Czesław Miłosz

Rok myśliwego

猎人的一年

[波兰] 切斯瓦夫·米沃什 著
李以亮 译

广西师范大学出版社
·桂林·

著作权合同登记号桂图登字:20-2014-065号

图书在版编目(CIP)数据

猎人的一年 /(波兰)切斯瓦夫·米沃什著;李以亮译. —桂林:广西师范大学出版社,2019.3
(文学纪念碑)
ISBN 978-7-5598-1379-4

Ⅰ.①猎… Ⅱ.①切… ②李… Ⅲ.①日记-作品集-波兰-现代 Ⅳ.①I513.65

中国版本图书馆CIP数据核字(2018)第268310号

出品人:刘广汉　　策　划:魏　东
责任编辑:魏　东　　装帧设计:李婷婷

广西师范大学出版社出版发行
(广西桂林市五里店路9号　邮政编码:541004
网址:http://www.bbtpress.com)
出版人:张艺兵
全国新华书店经销
销售热线:021-65200318　021-31260822-898
山东临沂新华印刷物流集团有限责任公司印刷
(临沂高新技术产业开发区新华路1号　邮政编码:276017)
开本:890mm×1 240mm　1/32
印张:15　　字数:300千字
2019年3月第1版　　2019年3月第1次印刷
定价:78.00元

前 言

为何是这样一个奇怪的书名？首先，为了纪念我做学童时读过的一本书，它有同样的标题。作者是沃齐米日·科尔萨克[①]，他从未被看作是一个作家，却在自然爱好者中间非常有名，尤其是在前立陶宛大公国[②]土地上原始之美的爱好者中间。上流社会无数姓“科尔萨克”的人，特别是在白俄罗斯（“每一棵矮树都藏着一个科尔萨克”）。这一位科尔萨克来自维特伯斯克[③]地区。在第一次世界大战后，他来到波兰，从事林业工作，

① 沃齐米日·科尔萨克（Włodzimierz Korsak，1886—1973），波兰自然学家、旅行家、作家。著有《猎人的一年》（1922）、《追寻自然的踪迹》（1922）、《致印度边疆》（1923）、《丛林之歌》（1924）、《森林告诉我》（1969）等。（此类注释为译注，后同，不另标出——译者）

② 立陶宛大公国（Grand Duchy of Lithuania）是一个存在于约十二世纪至1569年间的欧洲国家，随后该国成为波兰立陶宛联邦的组成部分，直到1793年五三宪法颁布，其独立地位才被废除。该国由立陶宛人所建立，其国土涵盖现今白俄罗斯、拉脱维亚、立陶宛、乌克兰，以及爱沙尼亚、摩尔多瓦、波兰和俄罗斯部分地区，是十五世纪欧洲最大的国家，在语言、宗教和文化传统上有着很大的多样性。

③ 维特伯斯克（Vitebsk），白俄罗斯东北部城市。

同时进行写作。《追寻自然的踪迹》讲述两个男孩在暑假里的故事,是科尔萨克专为本土年轻读者所写的一部长篇小说。他另一部长篇小说《在荒野中》有个罗曼蒂克的主题,展示的同样是时间的倒退和自然的风光。这两部作品都有关狩猎和对动物界的观察。科尔萨克常用优美的钢笔画做插图,直观说明他的描写,那些插图表明他的兴趣并不在艺术,而在细节的准确和忠实。我从他那儿学到许多有关鸟类和四足动物的知识,因此我想,借用他的书名以表达对他的敬意是适当的。

科尔萨克的《猎人的一年》是一部历书,依照历月编排要做的事;简单地说,它就是一本关于狩猎的书,虽然它的内容,主要只适用于北欧森林地区。我的这本书,当然跟这个题目没有任何共同之处,我保证,只是在形式上与历法书有许多相似。它是我一生中一年的日记:从1987年8月到1988年7月。只是在写这些每天或间隔几天的条目时,我会不断回到我知道的那些遥远的往事和人物,在书里,过去和现在是交织在一起的。

这一年我在伯克利度过,但不限于伯克利,因为我经常会旅行欧洲和美国,去不同的地方朗读诗歌。这也就是为什么这些日记许多写于飞机上或者机场。最近十年外出旅行减少许多,但我仍在勤勉地旅行。

对于书名还有一个解释。虽然我年轻时“追寻自然的踪迹”的梦想从来没有实现,但我的确成了一个猎人,尽管是不同意义上的猎人:我狩猎的目标是整个看不见的世界,而且我倾尽一生,在词语里试图捕捉这个世界,用词语击中它。唉,眼前这本狩猎之书带来的,大体上只是愿望和目标之间难以相称的回响，尽管我已写了整整一书架的书。我向自己反复吟诵罗宾逊·杰弗斯[1]的一首诗，很久以前我将它译成了波兰语，此刻我比任何时候都看得更清楚，完全可以拿它作为总结我全部创作的箴言：

爱野天鹅

“我恨自己的诗，每一行、每一个词。
哦，苍白而脆弱的铅笔曾试图企及
一片草叶的曲线，或者一只飞鸟的嗓音——
它贴着嫩枝，背向天空竖起它的羽毛。
哦，破裂而昏暗的镜子曾试图捕捉
壮丽之物的一种颜色，一个闪现的瞬间。
不走运的猎人，哦，蜡制的子弹，
狮子的美丽，野天鹅的双翼，翅膀的遮天风暴。”
——这世界的野天鹅不会成为任何猎人的猎物。
比你的子弹更好的子弹，也打不中那白色的胸脯，
比你的镜子更好的镜子，在火焰里也会爆裂。
你是否恨你自己……那有意义吗？还不如
爱你的能看见的眼，你的心灵——它能听见
音乐，翅翼搏击发出的雷鸣。爱野天鹅吧。

---

① 罗宾逊·杰弗斯(Robinson Jeffers, 1887—1962)，美国著名诗人。

目 录

1987年8月1日,伯克利

无休止的惊讶,每天都是。我开始进入人生的第七十七个年头。我一遍遍告诉自己这个事实,却不能让自己相信这是真的。而且,在我身体里和我周围发生的一切,并不会发生在别处,而只在这里,在加利福尼亚的伯克利(维尔诺是多么遥远)。

一个美丽的夏季,不多的日子有雾,即便有雾时,正午仍很炎热。露台上,花疯了一样盛开:香紫草、半边莲、喇叭花、新几内亚凤仙花。泡桐树已开花一个月,并将持续到深秋。我们去年植下的沙棘仍呈锯齿状;它被梅花鹿啃过,邻居矮树上的花朵也未幸免。

昨晚我们又徒步登上灰熊山顶。汽车停在两边路沿,人们喜欢俯瞰海湾开阔的风景,大桥、旧金山、奥克兰、本地日落出名的色彩,此时尤为柔美,宛如一幅东方的画,蒙上暗淡的光线。接着桑拿浴,在夜空下的泳池里游泳,仰泳,仰望星星,尽管总会发生疑问:那是一颗恒星、行星,还是一艘宇宙飞船?

1987年8月2日

"我不知道伯克利的群山会是我的终点,"我曾在诗里写道。也许不是，因为只要人还活着，一切就不确定，但看来很可能是我的终点。维尔诺已是亚特兰蒂斯[①]。我也不能想象生活在波兰，即便团结工会赢得大选后，在那个相对自由的时期我重访过那里。巴黎的熟人越来越少，朋友一个一个离世：齐格蒙特·赫兹[②]、神父约瑟夫·萨齐克[③]、科特·耶伦斯基[④]。不管怎样，无论在哪里，我都是一种离群索居的状态，如同在这里，我找不到屈尊下到城市里生活的理由。

书和字典。我的人生里有足够写一部长篇小说的素材，但我高兴于我不写小说。也许，这是一个诺贝尔奖得主的自负，我认为我的名声是有限的，仅限于诗的读者。当然，我不拒绝名声，如果我的书印数更大；但我珍视镌刻于我命运里的这份幸运的宁静：声名从不巨大，我只拥有恰当的一份。

小说的优点在于描述我们与他人关系的可能性，无须拿手指指着他们；换言之，可以给他们提供足够的保护。而在写日记或日志时，你没有那种特权；写日记时，仿佛可以抛开一切顾虑，

---

① 亚特兰蒂斯（Atlantis），传说沉没于大西洋的岛屿。

② 齐格蒙特·赫兹（Zygmunt Hertz，1908—1980），波兰作家，著名知识分子。1947年创立并出版至今的《文化》月刊主要成员。他与米沃什的《书信集，1952—1979》出版于1992年。

③ 约瑟夫·萨齐克（Józef Sadzik，1933—1981），波兰神学家、哲学家，天主教“对话出版社”负责人。著有论述海德格尔的书。

④ 科特·耶伦斯基（Kot Jeleński，1922—1987），全名康斯坦丁·亚历山大·耶伦斯基（Konstanty Aleksander Jeleński），波兰随笔家、翻译家（将波兰语诗歌译为法语）。

正如今天很多人所做的那样。

未经许可,原因只有他们自己知道,华沙的报纸《政治》(*Polityka*)发掘并重印了我的《挽歌》,那是我四十年代后期的一篇文章。甚至为《纽约时报》撰稿的华沙记者迈克尔·考夫曼[1]也提到了这篇文章,因为我的文章描述了华沙犹太人聚居区墙壁旁的旋转飞椅[2],当然不只这些。于是,该文被看作是由杨·布沃尼斯基[3]的文章发起的一个讨论的延续,布沃尼斯基在《普世周刊》[4]上发表了批评波兰人冷漠的文章。考夫曼从字面上翻译了"karuzela"这个词,译为"旋转木马",意思成了孩子们骑着用来兜圈的木马,实际上,这个词应译为"旋转飞椅",它是指夫妻或情侣荡秋千的飞椅。但"旋转飞椅"不太为人所知。

我已经完全忘了这篇文章的存在,重读它时,好像是别人写的。另一个证明是,我们对自己行为的好或坏,往往没有意识,就是说,我们对自己知道得太少,假如没有最后审判日,无论我们还是别人,都不会知道。在这篇我不特别喜欢的文章中,我所流露出的同情是真实的。

假装我是自己行为的评判者,这是再自然不过的事,因为我总在思考我的自我意识究竟到达了一个什么程度。不然,我们

---

① 迈克尔·考夫曼(Michael Kaufman, 1938—2010),美国记者、作家。

② 旋转飞椅,类似旋转木马,其座椅悬于铁链上,循着较大圆周旋转。

③ 杨·布沃尼斯基(Jan Błoński, 1931—2009),波兰文学史家、文学评论家、散文家、翻译家。

④ 《普世周刊》(*Tygodnik Powszechny*),波兰著名天主教报纸。

如何区分真实的自我评价与痴迷、幻觉、象征性的行为？我只是确切地知道，内疚的感觉和不断的自责，是一个极端利己主义者的标志，而一个基本原则是，我们应最大限度地意识到它的诱惑，从而武装起自己以反对极端的自我中心。

1987年8月3日

两年前笔记本里的一段文字，我抄录出来，因为与我昨天观察到的东西有关：

> 《再度先锋的冒险》，马莱克·扎勒斯基[①]的书。它像是我在另一个自我，一个遥远的化身那里发现的东西。否认：这不可能是我。然而，这就是我。好奇，因为我不时读到的引文，像是出自我写过却早已彻底遗忘的文章、信件。我也发现了我之异化的逻辑。仅仅因为我的一本小诗集，和我同伴的诗集，只印了一百或三百册的一个版本，还不是说卖出过那么多；在那些日子里，我相信我们也许只是为了二三十个人在写作，也就是说，为我们的同伴诗人；这种信念又在恢复。而在我们身边，数以千计的人在等待，竖耳倾听，无论一首诗在提到政治时说了些什么，他们随时准备接

---

① 马莱克·扎勒斯基（Marek Zaleski，1952— ），波兰文学评论家、文学史家、散文家。

受我们的意见，认为它服务于我们的事业。很显然，左派的事业。实际上，在底层，大部分人从来没有读过什么，因为他们是文盲或半文盲，电视就是为他们发明的。在某个稍高的层次，则有一个明确的分界：一边是进步主义，左翼倾向，通向创新，势利眼，一种可疑的理智主义，这是波兰语和意第绪语之间一个移动的边界（在维尔诺，则是在意第绪语和俄语之间）——因为在那整个地区，百分之八十是犹太人。另一边则是右翼倾向，老派的天主教。缺乏智识方面的兴趣。对后一阵营饱受创伤的不满，决定了我的命运。之后，也就是在我逐渐有了一些热情之后，很快找到关键所在，因为我是“饱受创伤的”。一个知识分子面对一群原始人？一个犹太人面对一群异邦人？一个智者面对一群傻瓜？一个神秘主义者面对一群民间宗教信徒——而在后者那里，神的母亲只是一个辅助角色？毫无疑问，通过提及我的立陶宛祖先可以让我撇清跟那些真实或想象的波兰施害者的关系。我可能是不公平的，但我没有兴趣，对那个时代做出社会学或政治性的分析。这就是我当时的感觉。但是，我之饱受创伤的关键，究竟在哪里？

整个先锋派是可笑的；一些迷茫的年轻人，一两个大学城的日常生活里绝对的边缘者，在整个国家生活中更是边缘。日常生活完全消失：工作、娱乐、爱情、婚姻、生育、无数人隐秘的故事。然后，出来一个文学评论家，认定那些遥远的东西是真实的，仅仅因为它幸存于语言。即使在先锋派诗人的思想和著作里，也看不到现实的变形，虽然他们很可能像我一样充满各种创伤。我的想象令我想起一些具体的人，他们与我同时，却在与我完全不同的一个维度上，以与我完全不同的观念和感知经历了这个世界。

艾萨克·巴什维斯·辛格[①]在其自传《爱与流亡》里，写到三十年代的波兰。我从未加入华沙的犹太人作家俱乐部，但是即便如此，我仍然形成了自己的看法。在那个时期，年轻一代的犹太人正逐渐脱离其父辈的信仰和习俗，并非为了自由思想和自由主义，而是直接投入了因新的信仰而产生的狂热仇恨。在我的异化和辛格的异化之间，不乏相似之处。辛格作为一个拉比的儿子，曾经接受过良好的宗教教育，他已世俗化，但又足够世故，足以觉察到他的作家朋友对共产主义的信仰中存在的摩洛神崇拜；他与犹太复国主义者的相处并不融洽，而是从空白中发展出了一种距离的艺术：他成了一个意第绪语作家，但是，为谁写作呢？希特勒在德国上台后，辛格周围的人都已确信德国很快将占领波兰。辛格在 1934 年离开波兰，到了美国，许多年后，正如他自己所说，他遭遇了无法写作的痛苦——合乎逻辑的结果似乎是因祸得福，损失被证明是幸运，因为在寻找脚下实地的过程中，他发现了童年那个传统的犹太人世界。最重要的是，他重新发现了自童年时起就占据他的那些伟大的形而上学问题。我亦如此，在遭受移民危机的时期，我开始寻找永远失去的

① 艾萨克·巴什维斯·辛格（Isaac Bashevis Singer，1904—1991），美国著名小说家。1978 年获诺贝尔文学奖。

属于童年的那个国度。终其一生，辛格（他的叙事天赋，真让我嫉妒）始终围绕着一个问题：上帝如何允许如此多的邪恶？犹太人的悲剧、代表了成千上万受害者的约伯的呼告，这些都或隐或显地出现在他的作品里，而他对罪恶的人类的厌恶，对希特勒的罪行的厌恶，在他后期的短篇小说《悔罪者》（*The Penitenty*）里公开爆发出来。对上帝的控诉、对魔鬼存在的清醒意识、对天道的信念——就像在我的写作里一样。当我读到《悔罪者》时，我对自己说，辛格对哈西德派正统的态度，一如我对正统天主教的态度。这就是我对辛格感到亲近的真正原因，这种亲近之感超过了对任何其他健在的散文作家，无论波兰的还是美国的。诺贝尔奖授予了两个变异的人。

是的，很难相信以下引文出自辛格的小说《肖莎》[①]，而不是我的手笔；我们同时写的是同一个事，但又没有互相商量：

> 我向肖莎详细地讲了关于世界历史的理论，说它就像一本只能向前翻阅的书。你永远不可能往后翻。但曾经的一切仍然存在。伊普还生活在某个地方。屠户亚纳什院子里每天宰杀的鸡、鹅和鸭，它们仍然活着，在“咯咯咯”“嘎嘎嘎”地叫，只是被挤到世界之书的其他页码里去了——这本世界之书是从右向左写的，因为用的是意第绪语，必须从右向左读。

① 《肖莎》（*Shosha*），辛格1978年出版的长篇小说，讲述一个犹太作家爱情与信仰的故事。

所有那些岁月哪里去了？在我们离去之后，谁会记得它们？作家将会写书，但他们会把一切搞得乱七八糟。一定有一个地方，在那里一切都保存了下来，包括最小的细节。比如说一只苍蝇落进一个蜘蛛网，蜘蛛把它吸干了。这是宇宙的一个事实，这样一个事实不应被忘记。如果这个事实被忘记，那将是存在于宇宙的一个污点。

1987年8月4日

接近欧洲的五月份。乘飞机在第三天下午抵达巴黎，目的地：学院街。来了一个电视文化节目的摄制组。录制期间，接到一个电话，科特·耶伦斯基去世的消息。这是不可避免的事，在一个人生命的最后几个星期，任何时刻到来都不意外。我没有什么高明的话说，除了想到在今后许多情况下，他的“不在”将是痛苦的。他是如此重要的一个人。我，很多人，都需要他。我的意识有一刻走神了，那是在应莱昂诺[1]之邀为《世界报》撰写一份讣告时；接着是去里尔[2]，参加一个以“波兰历史上东部的边界”为主题的会议。在积极参与会议的三

① 莱昂诺·菲尼(Leonor Fini, 1907—1996)，画家。科特·耶伦斯基的生活伴侣。

② 里尔(Lille)，法国北部城市。

天时间里,我满脑子想的都与 1944—1945 年有关,与最后的“克雷西”*的领土有关,并且惊讶于这样一个会议,在这里召开,在四十多年之后,收到如此多出色的论文,包括来自波兰的教授所写的论文。我在想,时间是怎样一种织物,它在多大程度上改变着地理。

雨天,寒冷,像大多数五月的日子;在卢加诺①,国际笔会在十日召开会议。让娜②的出席是吸引我的唯一原因;我们俩都是在开幕式上致辞。我在整个会议过程之中都完全心不在焉,既不热心也不冷淡,即便他们带着我们乘公共汽车去米兰的拉斯卡拉③出席一个(糟糕的)钢琴独奏会,接待地还安排在时尚的克里西娅酒店。

短暂停留,在让娜日内瓦的家里;下雨了。乘车与让娜一起去洛桑拜见伊雷娜·温森④夫人,我一直称她为“奶奶”。非常愉快。喜欢她的人应该也在这儿的地上行走过。但今年春天,这土地上却失去了一个人,对我来说,他是一个正直的楷模,也

---

* 克雷西(Kresy),这是一个专门术语,用来指波兰—立陶宛联邦东部种族混居的领土;东部边疆地区,相当于法语 confins(疆界)一词。(此类注释为原注,后同,不另标出——译者)

① 卢加诺(Lugano),瑞士南部靠近意大利边境的一座著名的旅游城市。

② 让娜·赫什(Jeanne Hersch, 1910—2000),哲学家,日内瓦大学教授。作者好友。

③ 拉斯卡拉(La Scala),意大利米兰一所著名歌剧院。

④ 伊雷娜·温森(Irena Vincenz),波兰诗人、作家、艺术史家斯坦尼斯瓦夫·温森(Stanisław Vincenz, 1888—1971)的遗孀,她在瑞士的家里接待过许多波兰作家,有人甚至在那里生活直到离世。

是一个朋友：塔杜施·别尔斯基[①]，曾经与我一起在维尔诺电台工作的朋友，他在华沙去世了。

我们的关系基于对“公平”同样的敬畏，反对“不敬神”，即反对“不信神”。别尔斯基比我年长一两岁。但是在这里，让娜和我，仍想担负“年轻人”的角色，就如差不多三十年前我们所习惯的那样。

1987 年 8 月 5 日

从日内瓦到芒通[②]，在艾格隆酒店下榻，住了两天，这个地方我很熟悉。这里也在下雨。仿佛音乐里的一个对位，我再次与内拉和雅内克会面交谈。然后返回巴黎；天气多云有雨。

和别的人一样，我非常喜欢耶伦斯基。我也嫉妒他。嫉妒他什么？他全部的生活，因为我相信他是用比我高贵的金属造就的一个人，尽管我也发现了他幽暗的一部分：他对于“拉加齐”[③]的激情；这是莱昂诺告诉我的，他说这种激情早在 1950 年代，在他们于罗马初相识时就存在。

在过去几年里我开始喜欢上法国，但这是报复我在那里曾

---

① 塔杜施·别尔斯基（Tadeusz Byrski，1906—1987），波兰戏剧家。他和妻子伊雷娜·别尔斯卡（Irena Byrska，1901—1997）都曾是 1920 年代“雷杜塔”（Reduta）剧院的演员；二战后均为波兰著名戏剧导演。

② 芒通（Menton），法国东南部城市。

③ “拉加齐”（ragazzi），意大利语，意为“小男孩”。

经遭受过的屈辱。如果在 1950 年代，我不曾渴望作为一个诗人而被承认，也许我不会感到羞辱。有几个人——让·卡索[①]、苏佩维埃尔[②]——他们知道我是谁，但我通过某个小孔，觉察到了我周围的大致氛围：他是某种古里古怪的人，也许还有点疯狂。伽利玛出版社能够出我的书，因为我得过欧洲的大奖，但是，在书店里几乎找不到我的书，看来他们故意破坏了发行销售系统。加缪还活着时，我在伽利玛出版社还有一个盟友。一个意大利出版商写信给伽利玛出版社，咨询《被禁锢的头脑》的情况（我想是在七十年代末，在我获诺贝尔文学奖之前），出版社回复说该作者默默无闻。在伽利玛出版社，我得在接待室等待，部分原因可能是我过于敏感，觉得我的位置似乎属于接待室。总之，在那里我从来没有宾至如归之感，而对于一个走进出版社的作家，希望被当成“我们中的一员”，这是非常重要的。正如今天我在巴黎圣父区的法亚尔出版社。

日落景色如同山里一样，因为雾气自大海弥漫开来，拥抱着旧金山，降落在岛屿和海岬，所以，从这里俯瞰过去，摩天大楼的尖顶，仿佛翻滚的白色鱼群从各处凸现出来，神奇的闪光越来越密集、强烈，直到太阳仿佛消失于群山背后。

---

① 让·卡索（Jean Cassou，1897—1986），法国诗人、作家、艺术批评家。

② 朱尔·苏佩维埃尔（Jules Supervielle，1884—1960），法国诗人、小说家、戏剧家。

奥赛博物馆。很难说,我在这里的经验是“审美经验”。无论如何,我不知道审美经验是什么。我的想法在两个方面展开:

一、一切自十九世纪中叶至今,无数容易受到生理变化、时尚、历史的飞跃和转变影响的人类生命,无数死去的个体,其数量是难以想象的,却又可以浓缩为一种精华;例如德加的舞者,她是自己,身后又伴随着一切——她的家人、交谈、床、厨房、那个时期的巴黎。德加[①]打动我,因为他的画作背后饱含同情。为脆弱的身体,为那些少女的愿望,为她们的情人、丈夫,为他们未来的未知的冒险。资产阶级,妓女,杰出的芭蕾舞女演员。时间停在这里,连同它的可能性。在奥赛博物馆,我对写实绘画更感兴趣,超过了对印象派。我漫步画廊,还有一个实际的目的,就是寻找一幅画,用于我的诗集《难以抵达之地》平装本的封面。

回到我的主题,换言之,在绘画里,人类经历过的几十年并没有过去,它凝固,冻结,成为形式,否则,时间就是难以捉摸的、不可触及的,尽管有人可能会反对:那么摄影照片呢?也许。这个问题我想留待他人思考,它们为什么不是一回事。对我而言,每幅画下方有一个日期,这是很重要的。

二、如果我们认真想一想,这是难以置信的:隔着一个挺大的距离,还不知道画家名字时,我们能辨认出他是谁。例如,

① 埃德加·德加(Edgar Degas, 1834—1917),法国画家,印象派重要画家。

那是柯罗[1]的风景画。这就是说，其中存在一个基调、一些细微差别、一个旋律（我不确定如何定义它），那是独属于一个人的，不属于他人，那是一个人的标志，而艺术只是供应一个特殊的场景让人意识到这一点，因为画家成功地表达了自己；当然，这并不意味着其他人就缺乏自己独特的音符。这也许是“灵魂不朽”唯一的证明，考虑到另外的前提，可以肯定的是：这也就是那个严格意义上的“个人”唯一永远不被摧毁的东西，因为摧毁它将是无意义和不公正的。

在夜晚，在黎明，我常常备受困扰，为没有写出的诗，为绘画、各种情境、主题。

1987年8月6日

浓雾翻涌，在山下，在旧金山上空，预示天气有变。海上的雾使我们感到寒冷；昨天，太阳在下午大约四点才出来，到六点又开始起雾。

我的人生冒险。“一个旋转基座上的吟游诗人”，如我一直这样自谓的。在波兰，三十年之中我像一个奥威尔式的“不存在的人”（non-person）；然后，1981年，在位于瓦金基的夏宫，受到文化部长致敬式的接待；然后，又被扔进垃圾堆。我与奥斯

---

① 让-巴蒂斯特·卡米耶·柯罗（Jean-Baptiste Camille Corot, 1796—1875），法国画家，以风景画驰名。

卡·米沃什[1]来往的经历更为奇特。1987年5月24日，一个星期天；我从里昂车站搭乘火车去枫丹白露。几分钟后，在铁路右边，是熟悉的城墙和树木：蒙特热龙车站一闪而过，尔后，火车经过布吕努瓦，加速驶入旷野，我从地平线上看到布里孔特罗贝尔教堂的钟楼。

1931年夏天，我登上了开往枫丹白露的火车。那时我二十岁。我们三人结伴——“罗伯斯庇尔”（斯蒂凡·耶德热霍夫斯基[2]）、“大象”（斯蒂凡·扎戈尔斯基[3]）和我，一身短袖短裤，因为我们的背包丢失在了莱茵河上游的湍流之中。奥斯卡寄钱给我，并嘱咐我在莎玛丽丹[4]买一套衣服，所以我当时的穿着不是十分优雅，但还算是体面。一个年轻女人坐在我对面。我虽然有些土气，却迷上了她，那个巴黎女人。现在，在这列火车上，如果我说没有想到她，这不是事实，因为我在计算：她那时有三十岁的样子，姑且如此假设；加上五十六年，现在已经八十六岁了，所以她很可能已经不在人世了。

当时在枫丹白露，奥斯卡在黑鹰酒店，他的房间里接待我。那个笼子（或多个笼子）里关的鸟，是非洲麻雀，他不知道如何

---

① 奥斯卡·米沃什（Oscar Milosz，1877—1939），米沃什的堂兄，他是一个法语诗人，虽然他强调其立陶宛血统。

② 斯蒂凡·耶德热霍夫斯基（Stefan Jędrychowski，1910—1996），波兰记者、作家和政治家。作者好友，外号“罗伯斯庇尔”。他是从文学小组“扎加雷”涌现出来的共产主义者小组的领导人；二战后成为华沙的政治局成员。

③ 斯蒂凡·扎戈尔斯基（Stefan Zagórski，1893—?），波兰诗人、作家。作者好友，外号“大象”。参加地下抵抗活动而被盖世太保逮捕，不堪折磨跳窗自杀。

④ 莎玛丽丹（Samaritaine），巴黎最古老的百货公司。

放心地放飞到公园里去;他从不囚禁当地的鸟类。啊,我是那样急切地想要表达我的敬意,我对我的远房亲戚关系表现出的势利,我在阅读布罗尼斯瓦娃 · 奥斯特罗夫斯卡[①]翻译的《米格尔 · 玛娜拉》时真实的喜悦,以及我对交织的命运全然的无知(几十年后它将结出果实)。我在美国时,发现了奥斯卡与克里斯蒂安 · 高斯[②]的通信。我认为我有责任出版奥斯卡的作品,所以我将他的《大艺术》(*Ars Magna*)和《科学的奥秘》(*Les Arcanes*)译成了英语。如果这些作品是那种流行的东西,属于廉价的神秘主义,我在出版它们时就不会遇到什么困难;但它们不是,而且,他对罗马天主教将会取胜的预言也会将人们赶跑。然而,它们最终还是作为奥斯卡的著作,厚厚的一大卷《高贵的旅行者》的一部分,由我撰写了前言,在克里斯托弗 · 班福德[③]的努力下于 1985 年出版了。当我听到自己获得诺贝尔奖的消息时,我认为其中也有奥斯卡的一份,获奖让他的名字仍然活着。事实上,《高贵的旅行者》与我的诗集并排摆在书架上,比如在伯克利的书店。

所以,在 1987 年 5 月,当奥斯卡 · 米沃什的友人在黑鹰酒店举行年度纪念午餐时,我到场了,而且是作为这个团体新当选的名誉主席,前任主席则是刚刚去世的让 · 卡索。那也许是五

---

① 布罗尼斯瓦娃 · 奥斯特罗夫斯卡(Bronisława Ostrowska, 1881—1928),波兰诗人、作家、翻译家。

② 克里斯蒂安 · 高斯(Christian Gauss, 1878—1951),美国文学批评家,长期任普林斯顿大学教授。

③ 克里斯托弗 · 班福德(Christopher Bamford, 1943—),美国编辑、作家。

月唯一的一个晴天。我们把鲜花放在奥斯卡的墓前,新的铭文以立陶宛语和法语镌刻在墓石上:"在巴黎代表独立立陶宛第一人"。来了一群法国人和立陶宛人。安杰伊·瓦依达[1]几天前才从华沙抵达巴黎,当他以一口纯粹的立陶宛语致辞时,在场的人都颇感惊奇。然后,参观奥斯卡去世时的旧居,在皇家街,有一个带围墙的花园,目前殷勤的主人是一位退休的鞋商,他让我们进去参观了一番。午餐花了很长时间;有致辞,然后,围着皇宫,在公园里漫步,五十六年前,现身于此的那个年轻人,他还是我吗?

1987 年 8 月 7 日

太阳大约在下午三点出来了,迅速聚集的云雾反射出金色和红色的光。在圣巴勃罗的一个苗圃买了簕杜鹃(bougainvillea)。这种漫游的植物及其名字的来历:十八世纪法国旅行者布干维尔(Bougainville)在世界各地航行,他在安的列斯群岛发现这一种灌木,用他的名字命名了它(我不知道是不是他亲自这样做的)。

---

① 安杰伊·瓦依达(Andrzej Wajda, 1926—2016),波兰著名电影导演。生于苏瓦乌基,毕业于罗兹高等戏剧电影和电视学校。拍摄的重要作品有《下水道》《灰烬与钻石》《丹东》《卡廷惨案》等。

1987 年 8 月 9 日

到核桃溪[①]去参加艾娃的婚礼,然后出席在丹维尔[②]一个公园里举行的招待会。1960 年,我和杨卡[③]及孩子们一起第一次来到伯克利时,阿尔弗雷德·塔尔斯基[④]驱车带我们在这个区域看了看,就是从伯克利群山往东的农村——山谷里的栗树园;更高一些的地方,是浅黄色的斜坡,一年四季都被黑色的橡树遮挡。现在这里已经完全是城市了:绿色树荫覆盖的街道和房屋、草坪、网球场、游泳池、公园。还有地铁,不过这里的地铁是在地上,从旧金山一路延伸而来。我不确定我是否全然赞成保存自然因而反对发展。这些地方太荒凉,只有干枯的杂草和坚硬的橡树。因为气候不同于伯克利,海上的雾到达不了那么远,天总是蓝的,一切都是焦干的;因此,人总是往有绿色植物的地方跑。

可以说,这里让我在此生见证了乡村的终结。在这里发生的,代表了整个地球的一个模式,不是说到处都跟这里一样,只

① 核桃溪(Walnut Creek),美国加利福尼亚州康特拉科斯塔县的一个小城。

② 丹维尔(Danville),美国加利福尼亚州康特拉科斯塔县的一个小城。

③ 杨卡(Janka)是波兰语昵称。米沃什第一任妻子,全名雅尼娜·德乌斯卡(Janina Dłuska),患阿尔茨海默症多年后于 1986 年在加利福尼亚去世。

④ 阿尔弗雷德·塔尔斯基(Alfred Tarski, 1902—1983),加州大学伯克利分校教授,在数理逻辑方面非常有名。

是说，这里发生的一切是整个地球的一个明确的模式，这还只是考虑到涌现的密集人口。因此，大片分散在远近地区的房屋用地，还保留了一点乡村遗迹，却也人为地维持了某些东西：灌溉系统、树木、体育空间。耕作是分开的，只是不再有小村落。

我在乡村度过的童年，迥异于今天的童年。到处是嗡嗡叫的昆虫，它们叮人，直往人眼睛里钻。赤脚上满是伤疤和不断抓挠后的结痂。蟋蟀在草地上蹦跶，甲壳虫在身边竞跑；红蚂蚁（数它咬人最厉害）和各种大小的黑蚂蚁在成群移动；各种颜色和形状的毛毛虫出现在树叶上、室内、厨房墙壁和某些房间里；苍蝇呢，飞在挤奶棚的周围，密密麻麻就像一层黑色的罩子。玻璃器皿被用作捕蝇陷阱，里面淹死厚厚一层苍蝇。在我的童年，也使用化学方法对付这个蜂拥的世界。在有大量的鸟类云集时，就会使用这种方式。今天，食虫鸟类的日子很不好过，尽管已经少了很多，它们的数量不再让人惊讶。

1987 年 8 月 10 日

北方的阳光特别好。叠起我们的帐篷，我就发现了。我们的营地在加拿大境内落基山中，在贾斯珀国家公园，那里的第一场雪（八月）驱赶着杨卡和我。那是 1969 年。从贾斯珀国家公园，通往埃德蒙顿的道路朝北而上，然后转一个弯。就是在那里，在阿萨巴斯卡河边，我邂逅了北方的阳光，然而，对这个星球上的许多居民而言，它太普通了，根本就没有引起注意。我第一次经历如此强烈的感觉,是在第二次世界大战爆发前不久,我从华沙旅行去格勒博基[①]小镇,当时我父亲在那里工作。跟我的家乡相比,格勒博基并不在更北的地区,而是更东面一些;也许这可以解释它们的差别。我从未描述过这个小镇。它的周边是典型的白俄罗斯风格,但在小镇里,后耶稣会的巴洛克式教堂幸存了下来;在镇中心是一个犹太人的部落,一如东欧犹太人的文学和夏加尔的绘画呈现的那样;之前或之后,我从未见过摊位如此密集的市场。它看起来如同一个木制帆船,被分隔成一些单独的摊位。

由于习惯了加州的太阳,我可能很难适应北方的阳光。最近在欧洲,那种灰蒙蒙的天空令我情绪低落。昨日的蓝天(差不多是在一点钟后)一如往常,缓和了那些我不能容忍的烦恼。虽然我也许喜欢安的列斯群岛那样的气候——持续几分钟的激烈暴雨,然后便是辉煌的阳光照耀在湿漉漉的树叶上。加利福尼亚夏季几个月,几乎从不下雨。

1987年8月11日

对气候的敏感可能来源于这样一个事实:我的生活已经过

① 格勒博基(Głębokie),现属白俄罗斯的一个小城。

去了,现在每一天都是珍贵的。在晚年,莱奥波德·斯塔夫[①]写过一首诗,《桥》:

站在一条又宽又急的
河流的岸上,
我不相信,
我会越过那座桥,细而脆的芦苇
编成的桥,被固定在树皮上。
我像一只蝴蝶小心地走过
我像一头大象沉重地走过,
我肯定走得像一个舞者,
摇晃得像一个盲人。
我不相信我会越过那座桥,
现在,我站在桥的另一边,
我仍然不相信我已越过了它。

我是怎么做到的?我是如何越过那座桥的呢?盘点自己的人品听起来可能不真实,对自己进行评判也不合宜。奥斯卡似乎想找出米沃什家族这一边的遗传缺点,曾经说:"你知道,就像米沃什家族的人。"意思是:"像个疯子。"这是他评说他祖父

---

① 莱奥波德·斯塔夫(Leopold Staff, 1878—1957),波兰诗人。战前是波兰文学科学院副院长,二战期间参加地下抵抗运动,战后一直生活在华沙。

的话，祖父是一个老兵，在奥斯特罗文卡①之战中受了伤，娶了一位意大利歌手；奥斯卡的父亲在生命弥留之际，患有临床妄想症；而他在德鲁加②的堂兄弟一家，也有不少毛病。没错，奥斯卡所言让我很是震惊，因为它正好击中我的怀疑：如果不是有特别近的关系，来自切雷加③和德鲁加两边的米沃什族人，为什么那么相似呢？会不会是某种先天性的缺陷，在对抗悠久的库纳特（Kunat）家族的强大血统，甚至更为强大的塞茹奇（Syruć）家族的血统？

艺术家和反常之人。因为自浪漫主义之后，我们已习惯这种联系，甚至与疾病的联系；托马斯·曼将它置于他忧虑的中心。可能受到浪漫主义的影响，我想到“替代品”“补偿活动”的观念，但我对于“病天才”真没有任何同情。谁知道会怎么样呢，如果我的雄心壮志没有被平凡的美德更好地滋养？即使那可能意味着我不会创作任何一部作品。

平庸作为一种理想？因为那样对自身的存在便没有内疚之感。在伯克利，当人们称我为“博士”或“教授”时，我会从中获得乐趣。有一种属于一个备受尊敬的大家族的满足感，但是也

---

① 奥斯特罗文卡（Ostrołęka），波兰东北部城市，奥斯特罗文卡省首府。奥斯特罗文卡之战是1830—1831年俄波战争的一部分。

② 德鲁加（Druja），1945年属于波兰，归维尔纽斯管辖，后属白俄罗斯。

③ 切雷加（Czereja），在白俄罗斯维捷布斯地区。1877年，奥斯卡·米沃什出生于此。

不太过分，因为，毕竟，正如莱谢克·柯瓦科夫斯基[1]的剧本《伊甸园酒店》里化身为经理助理的魔鬼所说，“一切都有代价”。

昨晚，在伦纳德·内森[2]处晚宴，我们在一起讨论到，在表达拒绝时如何措辞才好，尤其是在拒绝一个邀请，比如参加一个没有意义的演出，而它的策划又有着某些国际性的原因。礼仪要求我们说出为什么认为，例如争论怎么样引入民主、宽容和世界和平的途径纯粹是浪费时间。但是人们喜欢花他人的钱去巴黎旅行；如果拒绝，他们更喜欢采取礼貌。

1987 年 8 月 12 日

马莱克准备土壤，然后我们植下了簕杜鹃。它是纤弱而精致的，不易移植。我去年在芒通老城给内拉买的那株，病了很长一段时间；叶子都掉光了。

所以，我在试图理解我的生活。必须承认，我对“病天才”的恐惧，以及对与之相关的一切的恐惧，完全是强迫性的，这也解释了我的许多决定。固执、多疑、小气、谨慎——一个真正的立陶宛人——我尽可能节约地使用我的资源，因为我相信如果

① 莱谢克·柯瓦科夫斯基（Leszek Kołakowski，1927—2009），波兰著名哲学家、哲学史和宗教史学家，也是作家和翻译家，享有国际声誉。

② 伦纳德·内森（Leonard Nathans，1924—2007），美国诗人、批评家。米沃什友人，加州大学伯克利分校修辞学荣誉教授。

我忘记了自己的弱点，我可能会崩溃。不管怎样，我的婚姻持续了将近五十年。我选择杨卡，是为了让她的眼睛、她的判断力能够控制我的行为，尽管我给她带来过许多痛苦。也许，正因为担心自己身上那不负责和疯狂的一面，我给自己施加了太多的惩戒，以使自己总能保持准确、精准、守时，这样的性格，几乎无须努力便可成为一个出色的面包师、科学家或者生意人。

在加利福尼亚，在二十世纪行将结束的时候，我对欧洲的地狱了然于胸，就像索尔·贝娄①笔下的塞姆勒先生。我对美国诗人们自认为合适的特权，佯狂的特权，也持有某种怀疑。酗酒、吸毒、进精神病院、自杀——这些都被认为是极有才华的人的标志。从埃德加·爱伦·坡②开始，美国就一直在把他们推进这样的情形。这是可能的，但也有可能是因为一个浪漫主义的神话，将“异常”视为伟大，而为了“异常”，就从一个放任的社会中寻求新的刺激，现在，这产生了一些真实而非想象的结果。当罗伯特·洛厄尔③住进一所医院时，我不禁想到，如果有人用皮带给他裸露的后背十五鞭子，他也许会立即康复。我承认，这是“嫉妒”通过我在说话。如果我不能放纵自己，他为什么可以自由地放纵自己？

---

① 索尔·贝娄(Saul Bellow, 1915—2005)，美国作家。1976 年获诺贝尔文学奖。塞姆勒出自其代表作之一《塞姆勒先生的行星》。

② 埃德加·爱伦·坡(Edgar Allan Poe, 1809—1849)，美国诗人、作家。

③ 罗伯特·洛厄尔(Robert Lowell, 1917—1977)，美国自白派诗人。

1987 年 8 月 13 日

海湾灰蒙蒙的,中午出了一点太阳。桑拿之后是游泳。我浅浅地活着,仅仅活在表面之下。我知道很多事情发生在深处,但我宁可不看。只是做些与白天琐事有关的愚蠢的梦。

同时,我与自己的身体保持距离。我依赖它(而且我想,所有人都依靠自己的身体,就像我一样)。我不希望它比我的内心还老。科特・耶伦斯基说过,我有一副四十岁男人的脸,满脸皱纹;毫无疑问,一个"才高八斗"之士的脸。我对女人仍然有些吸引力;当然,女人们也知道,如果她还热衷于这个游戏或者已经超越了它。

但是,意识在观察,从远处。但丁将人生划分为若干时期,说六十五岁是老年的边界,在此之后,衰退就开始了。如今每个人都活得更长。我不能抱怨我的身体。尽管如此,对于一辆旧车,可以想见,化油器或变速器任何时候都可能发生故障。我们与身体的这个联盟——同时、同一,又存在于身体以外——本身就是惊人的。在二十世纪即将结束时,人类的思维着迷于此是适当的。在米兰・昆德拉的小说《生命中不能承受之轻》里,最精彩的部分就是,特蕾莎赤裸身体站在镜子前试图发现她的灵魂存在于什么地方。

在我的童年,我经常听到关于米沃什家族具有塞尔维亚起源的传说,这也许是因为我们的姓,跟他们中世纪一个英雄的名字是一样的。在贝尔格莱德,我在米沃什王子街逗留过。我在南斯拉夫一直受到盛情款待,他们几乎翻译了我所有的书,我还被选为塞尔维亚科学院的院士,在巴黎,一个南斯拉夫记者告诉我,他们把我看作自己人。她问我,我是从何处得出如此深刻的理解,因为《被禁锢的头脑》一书已经成为"南斯拉夫知识分子的圣经"。

昨天,我收到一本我的诗集匈牙利语的译本,来自布达佩斯,一个可爱的版本。它受到阻扰的时间最长,因为波兰大使馆通过匈牙利外交部进行了干预。几天前,托马斯·温茨洛瓦①寄给我一本由尤奥扎斯·凯克什塔斯②翻译、在维尔纽斯出版的诗集,其中有我二十六首诗。凯克什塔斯 1981 年在华沙去世;在我青年时期的维尔诺,他是那里杰出的人物之一。他度过了怎样的一生啊!先是作为共产主义者,遭波兰当局逮捕(他与白俄罗斯诗人马克西姆·谭克③被关在一起,后者我也知道);然后,又被逮捕并送往位于别廖扎-卡尔图斯卡④的集中营;苏联军队占领维尔纽斯之后,他又被关进古拉格;此后参加

① 托马斯·温茨洛瓦(Tomas Venclova, 1937—),立陶宛诗人、学者、翻译家。

② 尤奥扎斯·凯克什塔斯(Juozas Kekštas, 1915—1981),立陶宛诗人、翻译家。

③ 马克西姆·谭克(Maksim Tank, 1912—1995),白俄罗斯记者、诗人、翻译家。

④ 别廖扎-卡尔图斯卡(Bereza Kartuska),意为白桦林,1934 年波兰在此设立关押政治犯的集中营,在今白俄罗斯西部。

了安德尔斯[①]的军队，在伊朗、伊拉克、埃及、意大利作战。他在卡西诺山参加了战斗并受到嘉奖；然后他移居阿根廷，在那里多年从事体力劳动。当他生病（瘫痪）时，因为他是波兰公民，他回到华沙，并在国内的退伍军人之家生活了二十年。

1987 年 8 月 14 日

我想让自己免于说教，但我不能。作为补偿的浪漫主义习惯太强了：因为你可能认为你是善的，但你不是，那么你希望你的书是善的。但你的书，它独立于你，摇摆不定；有时候，你认为它们是善的，另一些时候你却不那么认为。所以你嫉妒那些声言“为艺术而艺术”的人，你也嫉妒从前的艺术家以及今天在某个不同标签下的艺术家，他们从不向自己提这样的问题。

1987 年 8 月 15 日

我必须找出我绝望的原因。当一个人的生活被打上公共和

---

① 瓦迪斯瓦夫·安德尔斯（Władysław Anders，1892—1970），波兰将军。早年曾在俄军中服役。1918 年参加波兰军队，1919—1920 年参加了波苏战争。1939 年苏联进攻波兰时被俘。1941 年获释奉命在苏联境内组建波军，1942 年率军撤至近东。1943 年 5 月任近东波兰部队司令，参加了意大利卡西诺山战役。1945 年任西部战线波军司令。

私人不幸的标志时,其绝望的原因是很容易确定的。自童年起,我就一直生活在不再“存在的国家”,这意味着什么?开始是沙皇俄国。当然,那时我还小,并没有意识。但是,一切要完结的趋势,我从伏尔加河边,日热夫1917年秋天发生的革命,就清楚地察觉到了,所以后来我甚至在早期的诗作里试图写一写它们,但没有成功。1920年的战争,一开始失败的场面、溃逃、逆转的命运,我都想写一写——哪怕只是简单地回忆华沙郊区的战斗。是的,我的学校岁月多少是个例外,因为它们是正常的,但在青春期,我已日益产生这样的意识,即我周围的整个系统都只是暂时的。我知道一切都将崩溃,奇怪的是有两个层面的意识。一个是关于世界末日战争的可能性;另一个,我感到更令人信服,至少我认为如此,那就是,存在一个意识形态的真空,在这个真空里——我又不得不说到大势——存在某些迹象,只有那些特别敏感的人才会觉察出来。我发现,马克思主义是唯一可能捣碎现实的力量。而我看不到任何可以与之对抗的力量,我和我在波兰国家电台的上级哈里娜·索斯诺夫斯卡①公开地谈到这一点。她很认真地对待我所说的一切。此后,我亲眼看到了两个国家的终结:独立的波兰和独立的立陶宛。不久之后是欧洲的终结。无论后来欧洲的命运如何,仅就西欧半岛而论(为求安慰,我们可以参照古代伊斯兰教的威胁,先是从南而来的撒拉逊人,然后是从东而来的土耳其人),欧洲只是暂时存在的印

① 哈里娜·索斯诺夫斯卡(Halina Sosnowska, 1894—1973),波兰独立运动的激进人物,曾任波兰国家电台节目副总监,是米沃什的同事与上级。

象,在战后几年里让我想起三十年代我在波兰的经历。也就是说,它是一个死后的存在。就西欧的情况而言,这是活的国家转变成一个博物馆的过程,而且,它已经准备好接受奴役。(依据经典的黑格尔公式,奴隶是不惜一切代价想要活下去的人,即使他所付出的代价是自由。)

所以,这些便是造成我的悲观主义的决定性因素。但是,在这里,在美国,我可以将我关于"终结的知识"写下来,对此我感到羞愧吗?首先,以此为标志的人,是不值得信任的,即便对他本人而言;其次,有一种作为责任的东西,不仅对于写出的东西,也包括说出的话。因为不存在什么单纯的诊断,所有的诊断也会创造出现实。

1987 年 8 月 16 日

花匠来访,他建议移栽费约果,因为没有什么能抑制它们在窗下疯长。他还证实,我们的松树是健康的,虽然已经长得很高了,应该还能再活二十年左右,不过,因为有从海洋刮来的暴风,这个冬天它们可能会对房子构成危险。

下午出席在西蒙·卡林斯基[1]家里的一个聚会,为表彰弗

① 西蒙·卡林斯基(Simon Karlinski, 1934—2017),加州大学伯克利分校斯拉夫语言和文学名誉教授。

兰克·维特菲尔德[①]出版了一套纪念文集。我得知一个防止小鹿跑进来的方法,去动物园买些狮子或老虎的粪便(?)。

一方面,我同情怀抱希望的人们,对此美德我尤为赞赏;一方面,我有我的"关于大限的认识",后者具有一种平衡力。塔杜施·别尔斯基便是我所赞赏的人中的一个。耶日·图罗维奇[②]也是。教皇约翰·保罗二世同时具有信仰和希望的美德。但是,如果一个人只拥有很少一点的希望,那会怎么样呢?这几乎就是我的情况。在我内心有爱吗?由我做出判断并不合适。那些我钦佩的人抱持的希望,源自他们在基督学运动(Christological movement)中形成的人类观,所以在最后的分析中,由历史(例如极权体制)造成的失败,不会妨碍人的灵魂的发展,甚至会产生积极的结果,尽管不是马上产生。

也许,让娜·赫什代表另一种希望,她继承了雅斯贝尔斯的"哲学的信仰"。这是镌刻在人的本性里的渴望超越的信仰。

我收到一个迟来的生日礼物,它是瑞娜塔[③]的杰作:一本书,其中收录一些作者对我《三个冬天》里每首诗歌的仿作,并

---

① 弗兰克·维特菲尔德(Frank Whitfield, 1933—2009),苏格兰作家。

② 耶日·图罗维奇(Jerzy Turowicz, 1912—1999),《普世周刊》主编。因其政治上广泛的观点所表现出的正直品格受到人们的尊敬,他也是米沃什和教皇约翰·保罗二世的私人朋友。

③ 瑞娜塔·戈尔琴斯卡(Renata Gorczyńska, 1943—),波兰作家、文学评论家、翻译家。

附加了评论。握着这本书，我仿佛完全站在了艺术一边，也许还是以大写字母A开头的艺术①。我骄傲于我的诗有它们自己的生命。一些过去不常出现的对象，通过我的沉思突然出现，因此，就如夏尔丹②的绘画，它们将永远存在；对于它们，无论有过一些什么评论，也将只会因为与它们的联系而存在。我的这个感觉，因惊奇而强烈起来：怎么可能是源自我？我们的身体和灵魂不断在变化，它们经历各种不同的阶段，包括生理的，如果过去一个阶段碰巧被保存，它会令你惊讶不已。

1987年8月17日

在关于我的《兵工厂的大门》一诗的评论里，斯蒂凡·基谢莱夫斯基（基谢尔）③写道：

> 在我看来，米沃什是个忧心忡忡的诗人，其迷人之处，恰在于他的信心之缺乏、他的悲观主义，它来自对脆弱性的敏感，对精神和物质世界之"无常"的敏感，而它渗入其骨髓。我相信他"畏惧"的真实性；我不相信他的安慰。我既

---

① 意指全部艺术。

② 让-巴蒂斯特·西蒙·夏尔丹（Jean-Baptiste Siméon Chardin，1699—1779），法国画家。洛可可艺术风格最具代表性的画家之一。

③ 斯蒂凡·基谢莱夫斯基（Stefan Kisielewski，1911—1991），亦称基谢尔（Kisiel），波兰记者、小说家和作曲家，以对波兰当局无情的讽刺而广受欢迎。

不相信他左派的、“人文主义的”、世俗的安慰,也不相信他宗教性的支撑物:神秘主义、斯威登堡[1]学说、乌尔罗之地。他对《旧约全书》的翻译?它们是诗化的、语言的化妆,是灵魂的面具;毕竟,一个人不得不活在这个地球上。“先生,你用宗教迷惑自己,你明天便会把它抛在一边。”

1987年8月18—19日

登上泛美航空公司飞往伦敦的飞机,在去冈道尔夫堡[2]途中,教皇要在那里主持一个关于欧洲问题的研讨会。我的动力在于:向教皇致意,尽管我没有太高期望,在老狒狒们的审议里会浮现什么美妙的想法。我提交给研讨会的论文也一般。

我很喜欢基谢尔(“老猴子”),而且很重视他。他在那个片段里所说的,有着不少恶意的真实。然而,他没有考虑一个具体的基本事实:我全部智识的冲动都是宗教的,从这个意义上说,我的诗歌是宗教性的。同时,(也许这是同一回事)我的诗歌是肯定生活、反对虚无的。尽管如此,如果我们谈到基督教精神,它本身就是持续地以“是”和“不是”来表达的。教皇

---

① 埃马纽埃尔·斯威登堡(Emanuel Swedenborg,1688—1772),瑞典科学家、神秘主义者和宗教哲学家。

② 冈道尔夫堡(Castel Gandolfo),位于罗马东南二十四公里处的一个小城。

陛下注意到了这一点；我们之间有过一次私人谈话，关于我的《诗的六次讲座》[1]，约翰·保罗二世曾经对我说："你总是进一步，然后退一步。"我的回答是："如果不是这样，今天应该如何写作宗教诗歌呢？"

1987 年 8 月 25 日

从冈道尔夫堡返回。在从伦敦飞罗马的飞机上，俯瞰欧洲。下飞机时，遇到莱谢克·柯瓦科夫斯基，我们同样高兴地看见一群兴高采烈的意大利年轻人（一次学校组织的远足吗？）。他们唱歌、亲吻、高喊"意大利"、拍手喝彩——一副自由、自发地赞许生命的样子。非常迷人。

我们还在罗马机场遇到了克日什托夫·波米安[2]和蒂希纳[3]神父，后者与克日什托夫·米哈尔斯基[4]在一起，他也是教皇主持的研讨会的组织者之一。雅采克·沃兹尼亚科夫斯基[5]刚从苏黎世乘飞机抵达。在去冈道尔夫堡的路上，我呼吸到一

① 即哈佛大学结集出版的诺顿讲演集《诗的见证》（1983）。

② 克日什托夫·波米安（Krzysztof Pomian，1934— ），波兰哲学家、历史学家、随笔家。

③ 约瑟夫·蒂希纳（Józef Tischner，1931—2000），波兰天主教神父、哲学家。

④ 克日什托夫·米哈尔斯基（Krzysztof Michalski，1948—2013），波兰哲学家。

⑤ 雅采克·沃兹尼亚科夫斯基（Jacek Woźniakowski，1920—2012），波兰艺术史家、作家、随笔家、翻译家。

股子烟味;有人正在烧地里的杂草,离开加州后,炎热是强烈的、压迫性的,仿佛在火炉里。在卡萨诺斯特罗[①]晚餐,这是一个修女膳宿旅馆,我们在这里住了下来。一次波兰式的聚会,正是我在伯克利缺少的,我喜欢更多这样用波兰语的交谈,远胜喝酒。尽管存在各种各样的障碍,这样的交谈,以前的确在布里孔特罗贝尔和蒙特热龙发生过,尽管杨卡不是没有发出无声的反对,交谈给孩子们带来不好的影响。因为对于旁听者,如果他不知道我们在说什么,这样的交谈听起来会是荒谬的,其中的幽默会有可怕的影响。然而对于我,它们是必要的。

会议的议题是“欧洲及欧洲所带来的一切”——因为时差(九个小时),因为炎热,也不可能睡觉。每天早晨,一辆面包车载上所有参会者,在身着多彩服装的瑞士卫队的敬礼下,经过一道道大门,到达教皇的宫殿。会议议程从十点持续到午后一点;教皇本人出席,专心听会。然后,进城在修女们的住地吃午饭,这是我午休的机会,之后,又是一下午的会议,也是与教皇一起,从四点到七点。宫殿的墙,非常厚实,提供保护,部分抵挡一些阳光,但是没有空调。大厅通向长长的台阶,可俯看湖景;微风卷起窗帘。我们坐在长桌边,面前是麦克风;教皇的桌子在一个角落里,堆满了书,他时而倾听、时而翻动书页。这个星球的欧洲化,通过那些不太专业的论文得到有趣的阐述(欧洲和印度,

① 卡萨诺斯特罗(Casa Nostra),罗马一家酒店。

欧洲和伊斯兰教)。德国人罗伯特·施柏曼[①]教授,乔治·克莱恩[②]教授(俄国和西方),他们阐述的内容视野不够广阔。直到最后我不得不指出德国人的德意志中心主义(Germanocentrism),我还谈到了德国人持久不变的倾向(之前的纳粹主义,希特勒与俄罗斯的失败的战争启示),往往将德国以东的无论什么东西,都看成“外部的黑暗”。这次会议之后,教皇称赞了我(“是时候了,应该有人提到它了”)。之后,我也谈到了《浩劫》(*Shoah*)这部电影(其中包含了基督教的控告),以及作为欧洲革命之结果的宗教想象力的衰败,追问这个影响,特别是它对于人类伟大的宗教将会产生的影响。

教皇的晚餐分语言组进行:英语、德语、波兰语。波兰语的一组在晚餐时,谈话无拘无束,几乎全是关于波兰事务。教皇说了很多话,笑声不断(蒂希纳神父讲了几个他们高地人的笑话)。

会议最后的安排,是我在九点进行双语朗读。8 月 22 日,星期六。我不是特别满意,我不停地出汗,看不太清楚,因为我站着,没有讲台,只有一张桌子上放一些书,为找合适的页面费了不少时间,而且为教皇考虑,我想尽可能多地用波兰语朗读。

阿尔多布兰迪尼公爵夫人在她的别墅为与会者安排了晚宴,

---

① 罗伯特·施柏曼(Robert Spaeman, 1927—2018),德国颇具争议的天主教哲学家。

② 乔治·克莱恩(George Kline, 1921—2014),美国哲学家、翻译家,研究俄罗斯和斯拉夫哲学的著名学者。

别墅距冈道尔夫堡不远,而波兰语组和教皇在晚宴过后才到。此任教皇,和前任不同,不太注意培养与罗马大家族的联系。阿尔多布兰迪尼家族的名声可追溯至克莱门特八世[1]时代。女公爵说,他是一个好教皇,除了他曾下令处死贝雅特丽采·桑西[2]。

教皇在向参会者告别时说,在听会的过程里,他一直在思考彼得来到罗马的决定,如果彼得看到他那个决定产生的意义,以及欧洲已经成为的样子,他一定会感到惊奇。

1987 年 8 月 26 日

伯克利的气候于我是一种安慰。我写了一些有关冈道尔夫堡的笔记,好像它没有什么特别;也就是说,我似乎不曾走进其中,在那里笑得前仰后合,不曾有过"对于存在的奇异性的形而上之感",这是一种复杂的感觉,它应该有一个独特的命名,这样,我们就不会总是不准确地重复说:"我感到震惊。"想想这个:我曾是那样胆小的一个男孩,在被派去商店时竟然害怕得说不出我要买什么。而在克拉斯诺格茹达[3],同样要忍

---

① 克莱门特八世(Clement Ⅷ),本名伊波利托·阿尔多布兰迪尼(Ippolito Aldobrandini, 1536—1605),1592—1605 年任天主教教皇。

② 贝雅特丽采·桑西(Beatrice Cenci, 1577—1599),意大利贵妇,因支持一次谋杀事件而闻名。

③ 克拉斯诺格茹达(Krasnogruda),在波兰波德拉谢省,离立陶宛边境很近。行政上一度属于苏瓦乌基省。

受折磨，因为不通世故，不懂在餐桌边就餐的知识。直到今天我仍时时体会到，在克拉斯诺格茹达曾经体验过的无限嫉妒，当我看到高大、英俊、健壮的华沙人——米哈乌（Michał）、日迪什（Zdziś）和艾德克（Edek）——他们一起出去玩时，这嫉妒便尤为强烈。且来比较一下吧，比如说将我现在的特性、1987年的特性，与我 1940 年的特性比较一下。那时法国刚沦陷，而在维尔诺的大教堂广场我也已经见识了苏联的坦克，一个夏天的夜晚，在齐腰深的沼泽地里，穿过芦苇丛，兴奋异常。这在今天看来是完全不能理解的。我可能被判罚，因为我试图逃离苏联边境，被抓住要关进劳改营八年，如果是这样，即使我还能活下来，一切可能也就完全不同了。在我的前面可能是萨克森豪森或奥斯维辛集中营。所幸这一样没有发生在我身上。我的兴奋是由于：敏感的身体，大胆的冒险，存在的危险。从那一个遥远的我，到今天的我；从那个欧洲到这个欧洲。这是怎样一种历史的浓缩，无以言表。“它本来可能更糟糕。”教皇说。如果是，会怎样；如果不是，又会怎样。如此等等。有一点，波兰的天主教未必得到现在这样的恢复，而且选出一个波兰人来做教皇，也不可能有这样一次会议，这样的议题——都将是不可能的事。如果有人预言，我有一天会成为加州大学荣誉教授，我会想：仅仅成为一名教授就已经是一项不菲的成就，更不用说“荣誉教授”了。这一荣衔包含了多少岁月的努力！

1987 年 8 月 27 日

早上,冷雾从树上滴下来。当我醒来时,惊奇而失望地发现:一只鹿吃掉了所有天芥菜的花朵。那么茂盛,即使专业花匠也种不出来。

教皇制度就像一块巨石,单纯的人得以寻求庇护。但是,有罪的人从四面压向它,道德可疑的人,疯狂的人,磨蹭他们的臀部!摇滚乐的节奏,沉溺于精神错乱、犯罪和电视。从教会的观点来看,他们是一大群,拥抱一种全球性的放荡:同性恋,女同性恋,一次或多次堕胎的女性,男人无论如何应该为之负责;男人和女人,生殖器成为他们的生活方式;所有人都在跟教会认可的婚姻之外的人睡觉;离婚的男人和离婚的女人。难道这还不够吗?也有无数的男女,不顾使用避孕工具的禁令。我将教皇制度而不是教会,比作一块巨石。我们站在哪一边呢——我们这些以罗马的仪式受洗的人?从以上枚举的类型中,我们难道不能认出自己吗?我们难道不是带着尊重和卑下的嫉妒,把梵蒂冈的教诲看作某种对我们普通人而言过于高尚而难以企及的东西吗?

身着白色教服的教皇,一个强大、高于尘世而极富魅力的人的形象,在我们这些沉溺于私欲的、猴子似的人群之上;如果他是一个干枯的老人,他的形象就不会产生这般力量;然而,他是一个身材伟岸的人,他属于普通路人的群体,同时,他又不属于他们。他在梦里返回。就像一个美国作家半开玩笑说的，拿枪击毙他，那会是值得一干的事；然后，用一个现代的教皇，代替这样一位保守的教皇，允许使用避孕药、废除教士独身制度、引入离婚、给予女性做教士的平等权利？约翰·保罗二世乃是一个“拒绝的象征”，他们已想除掉他；我们知道他们是谁。

当然，开放，比法利赛主义更好。然而，筑起大坝，也许又比给错误的理由打开闸门更好。

1987 年 8 月 28 日

一个梦：我在美国高中当一名教师。在年终考试结束后，校长（是的，一个女人）要我向学生致辞。我站在讲台，她在旁边。我不知该说什么，于是开始讲我做学生时经历的考试。他们开始离开，先是一个，接着差不多是全体。我心里有数，但我一直在无聊的谈话中絮絮叨叨而不是只说几句，这说明我是一个赶不上趟的老家伙。

在冈道尔夫堡，有人告知，教皇去了罗马一个监狱，会见那里那个土耳其刺客，他叫阿格查。从照片看，阿格查像是在向教皇忏悔。实际上，他在向他坦白担忧。他在那么近距离的地方开枪，如果不是法蒂玛[1]圣母干预，教皇不会活下来；那天是法

---

① 法蒂玛（Fatima），葡萄牙小城，是全球极少数被天主教会公开承认的圣母显现地。

蒂玛事件的周年纪念日。迷信的阿格查,现在开始害怕圣母报复。教皇不得不让他平静下来,宽慰说,圣母没有报复的习惯。

我收到了一册华沙博览出版社发行的《诗的见证》。我把它和“文化”出版机构在巴黎发行的版本做了比较。前者有不少审查官的删减——愚蠢,但也充分显示了在那里什么是不被允许的。

1987 年 8 月 29 日

好天气。只有山下,旧金山城市上空有雾。昨天,拜访了戈伊希医生。自他为我切除一处癌变的息肉,迄今已两年零三个月。那时我有点冒险,没有同意做预防性大手术。我在得知消息时很平静,不是说我没有认真考虑,我也考虑了一些其他的事。现在,戈伊希医生为他的病人感到骄傲;肿瘤没有再出现。

“人之不可避免的消失,对于我们来说是存在的最终极的失败;与有机体的生物性分解不同,它不属于宇宙的自然秩序。事实上,它违反这一秩序。此秩序,由于难以经验地理解,只有当偶然之物是一种必要,因而与永恒有关时,它才可能被谈论。”(莱谢克·柯瓦科夫斯基,《宗教》)

依照柯瓦科夫斯基的看法,相信上帝同时却不相信不朽,这是不可能的,因为如此信仰的缺乏本身便否认了上帝。相信不朽同时却不相信上帝,这也是不可能的,因为如此信仰的缺乏也就否认了不朽的可能性。当我们感到死亡是真实的时候,我们才能重视莱布尼茨的观点,他认为世界肯定是不完美的,但它仍然是可能世界里最好的,如果不是因为痛苦和死亡,我们会是谁?

在我的旧笔记本里,我发现两年零三个月前的一则笔记:

> "我的同伴"。我们应该不断思考这几个词的意思,但是,我们之"我",连同它全部无边的野心和畏惧,挡在我们的路上,所以,对我们而言,他人似乎是包裹于他危险、神秘的自我,包裹于他的思想、欲望、行动和身体深处,我们悄悄地观察着这些。于是,我们只有在反思自己的疾病或接近死亡的短暂时刻,才能发现我们的身份,才会对自己说:他(她)就是我!更糟的是,我们根据性别被区分开来,而且我们怀疑,那样区分也许有道理,也许没道理,阴茎的哲学与阴道的哲学不可能是一样的。但是,"我的同伴"毕竟意味着我们都是住在这个地球上的一个人,依据性别、气质、力量、欲望等而有所区别。"是什么联系着我和他?"——这一问题,其中包括对命运的感激,因为命运没有让我成为那么一个傻瓜、畜生、罪犯。"是什么联系着我和她?"——比如街角那个化妆俗丽、醉醺醺的黑人妓女。但是,当我们面对星星,或与我们为邻的动物——猫,或狗,或蝴蝶时,又是什么联系着我和它们?只有人类的欲望和满足感是相同的。而且,最重要的,人处在他们的痛苦状态里时是相同的。疼痛的普遍性是我(我们)自然本性的一个保证。然而,完全同情于我们的同伴并且理解他的不幸,如同自己的

不幸……唯有圣人才能做到。甚至圣人也难以做到。神,必须将自己化身于人之中。化身在一个人里面,从而,在所有人里面。

很长时间以来,我一直在努力理解约翰·保罗二世。准确地说,不是约翰·保罗二世,而是他的波兰性(Polishness)。我认识一个美国人,他是具有波兰血统的耶稣会士,他在波兰待过一些时间之后,从佩鲁贾给我写信;说他在那里遇到了许多真正的魔鬼和天使,如果但丁在世,可能认为那些人作为实例非常适合他的书。教皇代表了富于牺牲精神的青年的纯洁波兰,这个波兰就像被上帝投掷的石头,竖起了一道防御壁垒——这是最高贵的波兰——但是,它让我不安,这是一个诺尔维德[①]式的波兰。金黄的蜜蜂。("在世界的尽头,我也可以向你把她指认出来!")诗人西普里安·卡米尔·诺尔维德就像他年轻时期的华沙:一个被苹果园覆盖的平原,在每个果园里,一个小小的庄园主的房子——或者,如同一个名叫约翰斯顿的外国旅行者 1813 年的描述,它就是这样的。皮亚斯特王朝[②]的传说,庄稼汉,蓝眼睛和淡黄色头发的天使,骑士风度

① 西普里安·卡米尔·诺尔维德(Cyprian Camil Norwid, 1821—1883),波兰文学浪漫主义时期重要诗人、戏剧家和艺术家。他一生大部分时间都是作为政治流亡者生活在国外,主要在巴黎,境况极度悲惨;作为一个现代诗歌的前驱和思想家,他如今受到高度重视。

② 皮亚斯特王朝是波兰历史上的第一个封建王朝(约 870—1296,1306—1370)。王朝的名字来自传说中的波兰部族领袖皮亚斯特(Piast)。

的美德，这个世界迷乱的邪恶。在诺尔维德身上，有一种本质独特的信仰，而且我敢说，还有以部落形式出现的每个民族的渴望（在他的诗歌《纪念贝姆——葬礼狂想曲》里，贝姆①将军的葬礼便是一个部落仪式）。在历史构成的意义上，比起亚当·密茨凯维奇②或尤里乌什·斯沃瓦茨基③，在诺尔维德的作品里，民族主义有着更充分的表达。诺尔维德更为民族中心主义，作为一种政治意识形态，民族主义的信徒都了解这一点。诺尔维德不同于他同时代的浪漫主义者，他没有受到种种异教的影响，他是正统的天主教，他流连于历史的沉思，通过个人牺牲完成他的信仰，所以，最后，“殉难在地球上将是不必要之事”。

---

① 约瑟夫·贝姆（Józef Bem，1794—1859），波兰炮兵军官，匈牙利革命战争的英雄，匈牙利人亲切地称他为“贝姆爸爸”（Daddy Bem）；1956 年的反苏起义就是在布达佩斯他的纪念碑前开始的。在贝姆的葬礼上，西普里安·诺尔维德的一首六步格诗歌将死去的英雄提升到了一个神话的维度。

② 亚当·密茨凯维奇（Adam Mickiewicz，1798—1855），波兰浪漫主义大诗人。毕生作品结合了古典主义和浪漫主义，传播启蒙主义思想，以及他对于十九世纪前期的人道主义的信念。他的语言简洁有力，至今是波兰诗人的典范。在他的作品中，长诗《格拉席娜》和《康拉德·华伦洛德》是关于中世纪立陶宛的叙事作品。他以“对韵”形式写成的史诗《塔杜施先生》迄今被认为是波兰诗歌的最高成就；作品描写了 1811—1812 年立陶宛-波兰上流社会的日常生活。诗剧《先人祭》是公认的波兰戏剧的经典。

③ 尤里乌什·斯沃瓦茨基（Juliusz Słowacki，1809—1849），波兰浪漫主义大诗人、剧作家。与密茨凯维奇和克拉辛斯基共同领导了波兰的浪漫主义运动。曾参加 1830 年的起义，发表《自由颂》《颂歌》号召人民为民族独立而斗争。起义失败后浪迹西欧和中东等地，创作诗歌《在瑞士》《圣地旅行》和诗剧《里拉·维涅德》等。

1987 年 8 月 30 日

教皇所接受的教养里,包括密茨凯维奇和斯沃瓦茨基,但在我看来,首先是诺尔维德。他们一直是古老的"共和国"(Res Publica)的诗人:密茨凯维奇来自立陶宛,斯沃瓦茨基则来自乌克兰。且不说诺尔维德家族姓氏的立陶宛起源,他代表着种族边界的后退。虽然他对于历史的敏感性,作为一个系统有待理解,而他遭遇的一连串磨难,被赎回的人性,都源于那个"共和国"的历史性经验。他的作品充满历史主义,勃佐佐夫斯基[①]称之为 storicismo polacco,即"智慧读物",赋予了波兰文学以典型的特色。在这一点上,也许,唯有俄罗斯文学可以与波兰文学竞争,尽管前者站在相反的一极,不断回到"莫斯科作为第三罗马"这一观念。

国家的失败与诺尔维德个人的失败——这里,他突然化身为世界基督教精神的领导者,开始了与黑暗力量的斗争。这里有某种值得沉思并为之感到战栗的东西。这是一个伟大的主题,值得一个有才华的人好好写一写。也许,这是外国人很难深入理解的东西。因为每个波兰人,必定有其真正的 Civitas Dei,即"历史观",懂得从世俗历史欺骗的背后窥伺。但是,现在有

---

① 斯坦尼斯瓦夫·勃佐佐夫斯基(Stanisław Brzozowski, 1878—1911),波兰哲学家、文学和戏剧批评家、作家。

一个坐在彼得的宝座上的人，他被诺尔维德用来解释俄罗斯一个世纪向西方的扩张，这一俄罗斯化的过程，首先便是给波兰人带来无穷苦难。

存在一个诺尔维德式的弥赛亚主义，它不同于将波兰称为基督之国的渎神的弥赛亚主义。没有任何一个集体性的主体可以成为弥赛亚。但是，某些国家的某些具体特性，显示在他们的历史里，却能形成大量无私的牺牲行为的框架，超过另外一些地方的情形。

做了一个梦，梦见冒犯了一个俄罗斯作家（其人面相与亚当·瓦日克[①]很像），并且梦见马上要进行决斗。

另一个梦，我用波兰语做了一个很长的演讲；因为没有翻译，听众里没有一个人能够听懂。

---

① 亚当·瓦日克（Adam Ważyk，1905—1982），波兰诗人、作家。

1987年9月1日

在最悲惨的时刻，波兰得到了一个国王[1]，准确地说，一个梦想的国王——来自皮亚斯特的一支，一个苹果树下的法官，他没有卷入喧闹的政治的现实。他的第一个首都在克拉科夫，有一个信奉天主教的知识分子圈子，围绕在《普世周刊》和《标志》周围；他的下一个首都在罗马。一个有着弥赛亚信仰的国王，深刻地相信一个精神领域的存在，其中也有冲突、斗争和胜利，而且它与其他历史，与其他活的存在的历史共同存在，与它保持紧密的交流。毫无疑问，其他的教皇也一定相信圣徒的交流，但他不一定将这个世界与那个世界的合作视为历史的构成。现在，当我写到这一点时，我开始理解，波兰的形成在多大程度上取决于一种将生者与死者联系在一起的日常意识。这一点，甚至可能追溯到基督教之前，如同在“祖先”的仪式中，而浪漫主义诗人最强有力地突出了基督教精神的这一方面。“一切来源于那种精神，又为了那种精神。”诺尔维德所说的“大师……精神”！

约翰·保罗二世的波兰之行，可以被理解为一种为了波兰的灵魂而进行的超越尘世的斗争。教皇与千千万万沉浸于兄弟

---

① 指约翰·保罗二世。

之爱的听众间的每一次交流，即使只有片刻，仿佛也会打动上天，而又同时发生于大地和大地之上。他是否事先知道，他会通过一次不流血的复活让他们从集体的堕落中得到提升？可否说，他所实现的使命类似于团结工会的崛起，而又与这些人和平的习性相称？对于斯大林的问题——“教皇有几个师”，这是一个象征性的回答。

我读密茨凯维奇、斯沃瓦茨基、克拉辛斯基[①]、诺尔维德的作品长大，我十分感激我所继承的这笔遗产，它让我有可能形成对于历史维度的直觉的洞察力。但是，我不信任诺尔维德式的波兰。在这里，我绝对是在触及我自己的痛处。

天主教和波兰性，二者之间的界线在哪里？有可能画出这样一条界线吗？坦率地说，几乎在每一个波兰人身上，我都能闻到一种拔高的精神语言体现出的天真气，这意味着我只与魔鬼附身的波兰人共享同一种语言，与穿越了马克思主义、无神论或其他偏差（比如他们家庭中的民族性偏差或性的偏差）的那些人，共享同一种语言。我阅读约翰·保罗二世的哲学著作，和诺尔维德的著作一样，我发现它们没有我所认为的必要的缺陷，这时我应该将他置于何种位置？

---

① 齐格蒙特·克拉辛斯基（Zygmunt Krasiński，1812—1859），波兰大诗人。他与密茨凯维奇和斯沃瓦茨基一起并称波兰三大诗人；代表作是关于欧洲革命的预言性诗剧《非神曲》（1833）。

1987年9月2日

上个星期日,我扮演了一个纵容儿孙的祖父的角色。我带两个女孩(她们都在无宗教的情形下长大)去纽曼大厅做弥撒;我这样做,不是为了改变她们,而只为了让她们有可能尊重这个领域。开明的神父发表了布道,认为基督教要远离犹太教,像远离一个灾难。我问玛尔塔,在波兰,神父布道时是否会公开反对反犹主义。她的回答是:"有一次,在什克拉斯卡-波伦巴①的夏令营,我去教堂;牧师说过一些关于犹太人的话,但是恰恰相反。"弥撒之后,在溜冰场午餐,可以俯瞰海湾;窗外,海浪巨大、帆船云集。玛尔塔告诉我,她高中毕业的考试是比较任何一本小说和它的电影版,她选择了《伊萨谷》。"但是,实际上这部电影与小说几乎没有任何共同之处。"

我之所属的"另一个欧洲",其民族主义有着令人难以置信的病态。我不信任那种思想,认为它是退化堕落的产物,是在失败中试图寻找安慰的产物。如果物质的世界什么也不能给你,那么赶紧逃进精神的领域。诺尔维德的反讽给他的自怜戴上了面具,而它也出现在他的诗歌的英译之中;因为这个,他在世界

---

① 什克拉斯卡-波伦巴(Szklarska Poreba),位于波兰西南部,属下西里西亚省的一个小城,滑雪胜地。

诗歌的位置是可疑的。要是有人写一本比较研究著作就好了，这三位作家差不多就是同时代人：梅尔维尔、陀思妥耶夫斯基、诺尔维德。尽管他们之间有些差异，包括背景的差异（在梅尔维尔的美国是资本主义革命，在陀思妥耶夫斯基的俄罗斯是资本主义初级开端），梅尔维尔和陀思妥耶夫斯基都是先知，因为他们与基督教信仰的危机所进行的斗争——前者因为不能“信”而处于绝望之中，后者无论付出何种代价都愿意“信”，并与自己的魔鬼进行搏斗。诺尔维德却是有德性的，没有任何对魔鬼之崇拜的污点，但是问题出现了：缺乏这种混合物的文学，对于我们来说，不是像一种太素的烹饪食品吗？

若不是因为我实际经历了“波兰的民族主义”这个事实，或者只是从家庭和传统的菜肴里对它略有感知，我的看法也许很不相同。现代的爱国主义通常不清楚是什么塑造了它；它不会称自己为民族主义，却急于谈论其邻国的民族主义。而且，在波兰，主要的意识形态是（且有可能仍然是）所谓民族的意识形态，而各式各样的爱国者，不懂得他们每个人都是“自然天生的灵魂”（anima naturaliter endeciana）。这个拉丁语词出现于我的维尔诺大学，那时亨利克·丹宾斯基[①]开始左转，他是天主教“文艺复兴”运动的领袖。教堂的神父已经称柏拉图为“自然天生的灵魂”，丹宾斯基只是改造了这一术语，将波兰人的灵魂，

① 亨利克·丹宾斯基（Henryk Dembiński，1908—1941），波兰社会活动家和记者。从维尔诺文学小组“扎加雷”涌现出来的政治左派（实际上是共产主义者）的领导人。米沃什在维尔诺时期的诗人朋友。

依据本性,描述为“Endek”(一个步右翼民族主义政党后尘的说法)。

无论如何,德国占领下的华沙是我遭遇最强烈的波兰民族主义的地方和时期,那时它作为爱国主义起了专门的作用,没有人有权利批评它。它携带了一整套的价值,我不可能使自己摆脱它;也就是说,如果我不是觉察到了作为一个诗人内心的不适,我可能停留在它的力量之中——不可能从外面——如其所是地理解它,这归功于我对某种贫乏和虚假的直觉性的洞察力,它也确认了我作为一个诗人的技艺。太崇高了。太拔高了。太高贵了。过于精神化。在我看来,就算诺尔维德可以激发那时我所认识的一些人,我又该怎么样呢?他们情绪高涨,每天都好像发热一样——这些人已经死亡,想起他们来,我就痛心不已。安娜·斯维尔①——战前的诗歌充满奇思妙想,仿佛迷人的诗意的微缩图,她的诗体现了那种拔高的惊人紧张感。当她给我主编的诗歌选集《不可战胜的歌》(*The Invincible Song*),送来一首题为《1941年》的诗作时,我很惊讶。写这样一首赞美诗,她想做什么?

尽管很多人将会灭亡
也许我,也许你,
国家不会灭亡。

---

① 安娜·斯维尔(Anna Swir, 1909—1984),波兰诗人。米沃什在加州时,与美国诗人合译了她的不少作品,在英语诗歌界产生了广泛影响,她被认为是二十世纪一位重要诗人。

1987年9月3日

1944年7月。炎热。华沙,在近五年的占领后,露出了微笑,仿佛唯有它可以如此无忧无虑;城市公寓的墙壁麻麻点点,人质曾在那里的街角被处决;城市的中心区已经不复存在,犹太人聚居区成了被德国人摧毁的废墟。一个多么快乐的城市啊,咯咯地笑着,看着敌人的办公室匆忙地撤离,连同装上卡车的衣柜、大箱子、手提箱。蔚蓝天空上飞翔的燕子,花朵装饰的女性用品,男孩们在院子里用软管互相冲刷时的笑声和叫喊、跳进简易游泳池的噗通噗通声。就是这样,战争的结束就在眼前。在经历过那么多死亡之后,让生者可以享受阳光、绿荫,竖起耳朵捕捉前线逼近的隆隆声。

这个城市的居民有多少人明白?这不是胜利,毋宁说,这是一个国家完全、彻底的一场失败,经历了对侵略的抵抗,然后是持续几年的斗争——陆上的、海上的、空中的战斗,而现在又转入了"地下状态"。他们之中有多少人能够从现实里区分出表象?那个国家,它曾经的样子,将不复存在,虽然它一直坚持到了这一刻,可以清楚听见来自东边的军队的重机枪。

对于克隆斯基①在地下报纸的同事来说(他本人也为报纸

---

① 尤里乌什·塔杜施·克隆斯基(Juliusz Tadeusz Kroński,1907—1958),波兰哲学家、随笔家。

写稿),他所扮演的是一个老式爱国者的角色,他私下里嘲笑他们将祖国变成了一种绝对的价值。他们的愚笨妨碍了他们看清历史的律令。他们不是在罪与罚的问题上得出结论,而是在他们自己琐碎范围的小戏剧里寻求庇护。与此同时,图谋以法西斯主义统一欧洲的企图以犯罪告终;它是一种完全不同的征服,有别于马其顿的菲利普从外部对希腊的征服,因为它是内部的征服,而现在,是波斯人蹂躏希腊、欧洲,作为一种惩罚。如果是这样,那么对本地之神的膜拜是没有意义的。

塔杜施被他的朋友叫作"老虎",他的父亲是一个犹太人(克隆斯基律师),而他本人是一个哲学家,与捷克哲学家杨·帕托奇卡①是朋友,他的思想显然来自他个人的创伤和仇恨。在地下华沙,他看到在1939年之前就曾给他带来诸多痛苦的同一种精神状态的延续。他以忧郁,毋宁说是悲伤的心情,在他人不愿直面的情形下,预言了那种精神状态必然导致可怕的灾难。

他吸引我的是什么?他视野的广度。在其他人身上,我还没有发现,像他那样被正确地引以为荣的生动的历史想象力。那种想象只能是悲剧性的。他们想回到战前一切事务存在的那种状态,仿佛毒气室和焚尸炉只不过是个插曲,不曾有过向天堂发出复仇的哀求。哀求那么有效,乃至招来波斯人的入侵。

克隆斯基禁止自己和别人谈论波斯人或思考波斯人。我不认为他对他们存有任何幻想,但是,对不可避免之事表现得焦躁不安却是禁止的。这是我们的分歧所在。良心的痛楚令我沮

① 杨·帕托奇卡(Jan Patočka, 1907—1977),捷克著名现象学哲学家。

丧,因为我强迫自己以高尚的情绪自娱,我需要一个不顾一切打破旧习的、残酷的行动,但是如果不是因为他的影响力,我不可能有什么行动。我斩断了往日束缚我的钳制,于是我内心的自由涌现了——与此同时,一种诗歌的可能性也出现了,它不同于献给失败的无尽哀歌——这可以追溯到那个时候,从 1943 年开始。然而,如同往常一样,我也并不是没有矛盾;我并不为“矛盾”而羞愧,因为它对我的头脑有好处。尽管有克隆斯基的禁令,我并没有禁止自己思考或谈论波斯人。

我有很多可说的,关于奥克切①的种子仓库“霍泽尔”(“霍泽尔”是华沙最大的园艺供给公司),特别是关于 1944 年 9 月 13 日凑巧聚集在那里的一群人。请想象一个未竣工的庞大建筑物(在华沙的那些地区,从战争爆发起就有很多那样的建筑,换言之,城市被扩大了),它们矗立在一个开放的区域,高出另一端路边的小房子。要么来不及完成砌墙,要么并没有急于完成这项工作;不管怎样,这里只有开放的楼层,于是我们在最高的一层,躺在一袋袋种子中间。德国人开始放火烧毁城里建筑时,我们已穿过田野到了这里,齐格和弗塔·波尼亚托夫斯基(Zyg and Futą Poniatowski)②以及其他人。看见大火快要烧到波尼亚托夫斯基夫妇的公寓——基耶莱茨卡街 16 号时,我正在

① 奥克切(Okęcie),华沙市内的一个居民点。

② 即齐格蒙特和斯蒂凡尼亚·波尼亚托夫斯基。夫妻俩都是米沃什好友。

阅读玛丽亚·东布罗夫斯卡①的回忆录。杨卡和我，齐格和他的妻子，我们都在一起，因为那是“起义”开始的日子，没有怀疑什么，我们沿着独立大道步行到拉科维茨卡大街上的电车站。我们去拜访克隆斯基夫妇。从拉科维茨卡街角的掩蔽壕，德国人的机关枪开始喷射火光。我们一路快走，在人行道左边，冲进一条小巷，那里离波尼亚托夫斯基家只有几步之遥，他们是我们最亲密的邻居，但是，我们直到第二天黎明才设法到达那里。

人们说“起义”，但忘了它并非一个统一的整体，它是一系列事件的集合；比如基耶莱茨卡街16号的建筑物只是在等待，日复一日，紧张地听着，什么时候战斗会结束，什么时候苏联坦克会开进来。事实上，那个现代的小公寓房可以提供足够的观察材料，如果观察者愿意仔细观察那里每一个人，男人和女人。仅种子仓库就能满足一部小说或电影剧本所需的一切必要条件。理由就在于，他们都是偶然凑在一起；他们置身危险；幸运的是，他们没有被明显空荡荡的飞机库吸引，而是被来自西方文明世界的商品分散了注意力（他们正忙于学骑自行车）；如果他们过来看一看，那将是非常糟糕的一个情况。在此危险的过程里，存在各种冲突，气质的、性格的、观点的冲突，这里还有人物的特别类型，意外出现在这个城市；还有难以置信的背景，因为

① 玛丽亚·东布罗夫斯卡（Maria Dąbrowska，1889—1965），波兰小说家。代表作长篇小说《黑夜与白昼》反映了1863年一月起义后至第一次世界大战初半个世纪波兰的时代风貌和社会生活。

墙壁已不存在，大白天是一个白色城市的全景，伴随火焰、浓烟、战斗、爆炸、炮兵的炮击、小型武器口吃似的开火。那些不幸的伙伴里，有一个人清晰地刻在我的记忆里，他是波尼亚托夫斯基夫妇的一个熟人，一个名叫奥库里什的先生，一个职业小官员，正如他的名字所暗示的，他出身贵族，来自克雷西。他说，“我所有的生活，我所做的一切，就是逃离他们。我记得七岁的时候，我裹着一只棉帽，逃离明斯克周围的冰天雪地。”让我们沉思这奇迹中的奇迹，从中应该可以得出一些意义深远的结论。德国人来了；我们立即陷入危险；而他（只因为出生于立陶宛大公国？），知道的一件事是：俄国人就要来了。

1987年9月4日

一个人的消失。他的外貌、动作、习惯、性格，存留在熟悉他的几个人的记忆里，现在我可以扳着手指数清他们。耶日·安德热耶夫斯基[①]——不在了。齐格蒙特·赫兹——不在了。科特·耶伦斯基——不在了。还有几个朋友留在世上。那些可以谈论逝者的人，一个一个也会死去，剩下的是沉默。一个名字唤不起任何形象；消失是永久的。

在婚姻中，我们给彼此造成痛苦，想要修复什么时，却又为时已晚，这种内疚之感不会消失，即使它会不断变化。安慰也许

① 耶日·安德热耶夫斯基（Jerzy Andrzejewski，1909—1983），波兰小说家。

会来，想着曾经的一切与“死亡”一同结束，进入永恒，那里没有责任，那记着一切的人也将迅速进入永恒，不留痕迹。但很快，一个反对这种想法的异议出现了：如果还有判决，还有自我的自觉折磨呢？要是我们的信念被证明是正确的，相信我们的生命仍在某个地方持续着，永远持续着，那该多好。

我是唯一知道这么多的人，我与她共同生活了这么多年，难道没有义务说说她吗？她从来不要我说；她一直保持冷淡。她嫉妒的隐私，她对无名的接受，体现了她高贵的天性，虽然她并非出身贵族，甚至不属于知识分子阶层。她来自华沙，她的家族有着小贵族的根源。她的父亲卢德维克·德乌斯基，瘦长、淡黄色头发，一个颇有魅力的谦逊而斯文的男人，年轻时师从一个铜匠师傅。后来他在美国东海岸一个冶金厂工作两年，因为孤独回了家。第二次世界大战前，他在法院做领位员。她的母亲切斯瓦娃·德乌斯卡，娘家姓希泽宾斯基，脾气可怕，表现出某些心理障碍的迹象，但在我们四个人共同生活于还称为“独立大道”的那条街的尽头的时候，她的脾气只短暂爆发过几次，从 1941 年到 1944 年我们在一起生活得很和谐。1981 年我回到波兰时，托尼和我一起拜访了祖泽拉村，那是杨卡出生的地方，也是她的同龄人、红衣主教维申斯基①的出生地。她总是怀疑，他就是那些乡村小伙子中的一个，小姑娘们穿着节日盛装，同乘一只小船时，他们故意把它弄翻了。

---

① 斯蒂凡·维申斯基（Stefan Wyszyński，1901—1981），波兰天主教枢机大主教。

杨卡的优点是她对人、对书籍、对艺术品都抱有很高的预期，也许是太高了。她有一种罕见的品质，这给她增加了敌人的数量。她喜欢与其他人保持距离，尤其是我文学上的同事，我将这一点算作她的一个缺点，而我这个人，在维克塔[1]（约瑟夫·维特林的半个妹妹）看来，一直是个孩子，喜欢把泥浆溅到其他孩子身上。

1987 年 9 月 6 日

我自问，究竟有无可能描述一个婚姻，它不同的阶段，无论幸福还是不幸福。就我的情况来说，困难在于她十年里不断加剧的疾病，这使她将真实的自我与我本人隔绝开来。有着摩尼教倾向的我却不得不每天面对在我看来不值得忍受的痛苦，可怕的痛苦、身体衰弱带来的羞辱。我的头脑里是她从前那个自我的形象——美丽、开朗——而现在，我不得不看到一个可怜之人的外壳，目睹其无助、被动，依赖抬起那躯壳的他人的双手，将其放于马桶上，为其洗澡。令人心碎，无法忍受，目睹这一切的人却因为日复一日而变得麻木、反应迟钝。“可怜”和“共情”这样的词语并不适于这种情况；需要寻找别的词汇，也许“怜悯”最为接近，因为它包含了不幸之感。怎能

---

① 维克塔（Wikta），维多利亚·温尼茨卡（Wiktoria Winnicka）的波兰语昵称，她是波兰诗人、作家约瑟夫·维特林（Józef Wittlin，1896—1976）同母异父的妹妹。

不愤慨地说出人类发明的抗议上苍的那个词？我们可能会想起整个二十世纪的残忍，如果人的想象力能够从一个人类个体所遭遇的痛苦感知它——那些痛苦足以摧毁对于上帝的全部信念。更糟糕的是，这样一个被上帝判决的人类个体，在我们眼前被压得粉碎。在她生病的第一阶段，瘫痪的症状逐步由双腿向上延伸时，杨卡的声音似乎表达出某种惊愕："谁这么干的？谁需要如此？"的确，谁这么干的？如果我们接受"有人在这样做"的想法，不可避免会认为他是恶毒的。如果我们接受"无人负有责任"这个看法，我们的处境，便无异于那些盲目而冰冷的爬虫。

在杨卡住院的一个时期，她和一个乌克兰女人共用一个房间，这个女人会细数她经受过的手术，描述她经历过的各种疼痛，表示她绝对相信是上帝想要那样做，而她被迫接受来自上帝之手的痛苦。杨卡的内心在挣扎，在与即将告别世界的大限进行搏斗，但是，即使在她心智仍然正常时，她也不愿从那样一种狂热的信仰里寻求安慰。她以自己的方式体现虔诚，而她自己的方式倾向于不可知论。

她的头脑意识到正在堕入黑暗、被遗忘的日子、名字、事件；她有那么高级的智力，仍能战胜心中偏执性的恐惧，还在担心孩子们的命运。她有一种特殊的爱的天赋，盲目的爱，可以说，一种与她本人不妥协的性格相匹配的爱，一直是要么"是"要么"不是"，而且总是能做出果断的自我牺牲。如果那十年只是身体疾病的痛苦，但是不，还有精神的羞辱，精神残余的力量每天在流失，直到不知藏到了哪里，也许是眼泪，意识尚存的唯一迹象，在死亡的那一刻，而其他的一切似乎只是在证明患病的脑细胞活动减少，直至于无。

无辜者的痛苦。她是一个绝对坦率、单纯的人。写到这里，我无意提供关于她的一个理想化版本，如同我们在纪念死者时常见的那样；我知道她的缺点，与我的缺点完全不同，而她的美德却正是我所缺少的。她的“要么是要么不是”的头脑，与我的辩证、复杂的头脑正好相反；她正直的品性使她遭受文人雅士的讥讽，遭到“轻视他人”的指责。也许，不是因为阿尔茨海默症[①]、精神分裂症或“大脑硬化”，而是因为某种深刻的沮丧，不断发展出她远离人群的日甚一日的忧郁，或骄傲的自我隔绝。

1987 年 9 月 7 日

野生茴香，长得比人还高，沿着我早晨经过的道路盛开。对我来说，这是秋天重临的重要信号。天气仍很好，但空中常笼罩着烟雾，内华达山区的森林火灾造成的烟雾，悬在加利福尼亚上空。

米沃什的妻子。一个作家的妻子。我不喜欢“作家”这个

① 阿尔茨海默症（AD），一种神经系统退行性疾病。临床以记忆障碍、失语、执行功能障碍以及人格和行为改变等为特征。

词。一个可怜的兄弟会。我不时会在某个地方遇到这样一个景象,它与举止各异的艺术家有关:草地上一群人;每个人手里牵引着一只气球;空中飘满气球,每个人都在盼着别人的气球爆炸,都在梦想刺破它们,这样,就可能只有一只气球留下了——他自己的。作家成群聚集,他们有种扎堆的需要,几乎是一种群居本能;如果不是这样,搬弄是非的仪式和等级制的结构就不会存在。同时,每个人都认为他的同行比他差那么一截。于是,紧密结合起来的团体走向了尽头,而在那五百或一千个名字里,仅有一个是为后世保存的。

杨卡不属于那些"作家妻子"中间的一个;那些人主持社交仪式,在晚宴后点燃蜡烛,以崇拜的口吻宣布,"下面请卡奇奥为大家朗诵"。她对那些东西报以讥讽的态度,这在我看来是好的。她与那种"氛围"保持一种轻蔑的距离,但她能和我的一些同行做朋友。在战前,是约瑟夫·切霍维奇[①];我们成为位于东布罗夫斯卡广场的波兰国家电台内不可分割的铁三角。在战时的华沙,是耶日·安德热耶夫斯基、斯蒂凡·基谢莱大斯基。她受不了雅罗斯瓦夫·伊瓦什凯维奇[②];她和朋友们在学校里读过他战前的书,在她看来,他是一个灵魂的堕落者。当我和安

---

① 约瑟夫·切霍维奇(Józef Czechowicz, 1903—1939),波兰先锋派诗人。牺牲于德国进攻波兰时的炮火。

② 雅罗斯瓦夫·伊瓦什凯维奇(Jarosław Iwaszkiewicz, 1894—1980),波兰小说家,斯卡曼德诗人。

德热耶夫斯基到伊瓦什凯维奇在斯塔维斯科[①]的家参加宴会时，她从来不陪同。但是，我们三人常乘郊区火车，一同拜访维尔滕斯坦[②]一家，他们在科莫罗夫附近租有一间小屋。在被占领期间，那是怎样的一幅景象啊，无数犹太人区的居民被屠杀！那是午茶时间，一个犹太家庭的祖孙三代——祖母、姑妈、表兄妹——在桌子边坐下来，仿佛世上没有什么关心的；那是以极大努力维持下来的一首田园诗，以对抗那不间断的危险。

杨卡喜欢和安德热耶夫斯基一起喝伏特加；她很喜欢他，但对他的作品评价不高，而她可能也是他唯一愿意倾听其批评的人。他是那么高贵，他对他人的高傲简直令我嫉妒他身上的自信。对杨卡来说，战争是一个“打开”的时期，充满温暖和友谊的时期；那时她不觉得酒精令人不快，她后来才开始讨厌酒精，因为我要参加文学聚会不免饮酒，也因为我喝醉时与别的女人调情，使她蒙受羞辱。

她是那么重视我的写作，以至于我要指责她，除了我没有她满意的作家。1953 年，当她发现美国国务院肯定不会给我发放签证时，她朝他们愤怒地尖叫，“你们会后悔的，因为他即将获得诺贝尔奖。”然而，我们在法国的最初那些年，我作为一个作家的职业性，与她对我们孩子的爱，越来越发生冲突，尽管在很

---

① 斯塔维斯科(Stawisko)，伊瓦什凯维奇的家所在地，这里也是他与同行聚会的沙龙。

② 卢德维克·维尔滕斯坦(Ludwik Wertenstein, 1887—1945)，波兰物理学家，曾任居里夫人的助理。他的女儿旺达·维尔滕斯坦(Wanda Wertenstein, 1917—2003)是波兰著名剧作家、电影评论家、导演。

长一段时间里，写作是我养家糊口的唯一手段。我付出的代价是一个过于活跃的想象力承受的自我折磨、失望、长时间沉浸于研究中而把自我与环境隔绝——所有这一切，严重破坏了我的家庭生活。因为爱我，杨卡宁愿我是一个最普通的男人，比如面包师。诺贝尔奖到来时，对于她是一个悲剧。

1987 年 9 月 10 日

在西海岸，旧金山北部度过两天。以前我每次到门多西诺[1]，天空几乎都是灰蒙蒙的，这次例外，随处可见灿烂的阳光和蓝色的海洋，夏季的雾，肯定是过去了。在泡沫、海浪的呼啸和无休止涌动中间，宏大的教堂极其壮观。我的时代，人类的时代，都显得无关紧要了。“我向你致敬，古老的海洋！”（洛特雷阿蒙[2]诗句）是的，我是一个作家，看着美丽的鹈鹕成群结队地穿过夜空，想起罗宾逊·杰弗斯，他描写过它们。

鸬鹚的领地在嶙峋的露岩上。海鸥。褐色的鹈鹕，然后，在波德加湾[3]附近通过望远镜，可以看到大群白色的鹈鹕。几种不同的苍鹭。海鸟——我不知道在波兰语里有没有一个对应的词。成群的海鸟奋力跋涉在浅浅的泻湖里。

---

① 门多西诺（Mendocino），加利福尼亚西北部海角。

② 洛特雷阿蒙（Comte de Lautréamont，1846—1870），法国诗人。

③ 波德加湾（Bodega Bay），在加州北部靠太平洋的水湾。

世界的客观性存在不失为一种安慰。在写这本回忆录时，我不打算过深地探究我的感情，因为我担心会伪造它们，而那将是不可避免的，因为一个人如果不做一些化妆，怎么可能忍受他自己呢?

晚上，在惠勒大厅看苏联电影《悔悟》，然后与导演在礼堂一起出席映后见面会，来了几千名观众。一部了不起的电影。阿布拉泽[①]对观众问题的回答，体现了他作为一个苏维埃男人(homo sovieticus)的敏捷性。

1987 年 9 月 12 日

阿布拉泽援引了美国人对电影的一些评论，那些评论认为这样一部诚实、开放的电影，美国是拍不出来的。这是胡说，是美国人惯用的夸大其词。事实是，这样一部电影不是由美国制造，有着完全不同的原因，而非因为缺乏诚实。我见过战前波兰电影的资本主义融资方式，影院的所有者有权决定电影拍什么。波兰旧式的资本主义之于美国的资本主义，犹如布鲁诺·舒尔茨[②]在《鳄鱼街》里描述过的德罗戈贝奇的一条街之于美国人的一条街。美国给电影提供资金的那些大鳄们，他们会确保电影具有适当剂量的性和暴力，如果可能的话，再加上一些疯狂、疾

① 钦吉兹·阿布拉泽(Tengiz Abuladze，1924—1994)，苏联时期格鲁吉亚电影导演。1984 年执导影片《悔悟》，1989 年获戛纳国际电影节奖。

② 布鲁诺·舒尔茨(Bruno Schultz，1912—1942)，波兰犹太人作家、画家。代表作有《鳄鱼街》《用沙漏做招牌的疗养院》等。

病和变态。另外一个因素，则是由于非人化的大氛围所造成的无意识感染，它麻痹了独立于金钱考虑之外的全部想象力。

1987 年 9 月 13 日

在艾伦的别墅度过了一天，由他组织一年一度的烤猪宴。艾伦的避暑别墅，在大苏尔[①]附近。在陡峭的山坡之间，被太阳炙烤的青铜色的土地，小溪形成水沟；华丽草坪、树林（主要是赤杨和水杉）、树荫、旋花、大量近水酢浆草，神奇的绿色，与科西嘉岛上农察市古老的修道院附近干涸的沟壑中突然出现的植物几乎一样。一整只猪摊在火炭上烤，从早上六点到下午四点。我沿着溪边小路走到一个悬崖峭壁间的小沙滩，但不可能在那里游泳；海浪太激，海水也太冷。

1987 年 9 月 14 日

如果探究某个人的政治倾向，追溯至他们与生俱来的特性、性格，那会怎么样？我对资本主义长期以来的厌恶，可能与我对自然的厌恶几乎是一样的。原因在于，我有一种恐惧的感觉，它

① 大苏尔（Big Sur），位于美国加州旧金山和洛杉矶之间，号称世界上陆地和海洋相交最美丽的地方。

和怜悯、对暴力的反感混合在一起,不可分开。还有我对大自然残酷性的全部观察。“被撕成碎片的兔子的叫唤充满森林。”还有——也许被夸大了的,我对美国穷人命运的了解,他们悲惨的邻里、他们艰苦的劳作、他们对失业的恐惧、旧城中心地狱似的贫民窟。美国对我没有威胁。我在美国经历了成功,但是那又怎样?我完全可能凭着勤奋和遵纪守法的能力,在美国任何情况下都不会活不下去。不过,我绝不会赞同自然的状态——也就是说,每个人必须像濒临险境那样生活,如同穴居人时代。当然,资本主义是自然的;否则,无论谁想要换一个与之不同的主义,就得违背“强者生存”的基本权利,而且没有人知道,摆脱那种权利的尝试是否能成功。

在大苏尔附近小峡谷的烤猪宴,使我融入美国中产阶级之中。不一定是作为一个文学人士;我是终身名誉教授,仅此就足够了。之后,在卡梅尔参观罗宾逊·杰弗斯的石屋(Tor House),目前它的持有和维护,归石屋基金会,一个喜爱杰弗斯的热心者团体。

1987 年 9 月 15 日

我读了两篇发表于《方舟》上的文章,关于安杰伊·瓦利茨基[1]《与米沃什相遇》一书的评论,以及瓦利茨基的回应。对于

---

① 安杰伊·瓦利茨基(Andrzej Walicki, 1930—),波兰历史学家,美国印第安纳州圣母大学教授。

斯大林时代没有记忆的一些人，却喜欢根据后来的经验进行评判，瓦利茨基对此提出质疑是正确的。比如米奇尼克[1]和他的《波兰光荣史》。外国人不能理解，这有什么好惊讶的呢？甚至在波兰长大的人也无法完全领会那时恐怖的程度。不只是害怕。对于《被禁锢的头脑》的那些攻击，它们暗示：是我梦见了某种深渊，我真正担心的只是害怕失去自己的藏身之地，这真是离题的无稽之谈。那时的恐怖来自一种意想不到的意识，而且，建立一个独立波兰的梦想必须被抛进博物馆。这是无关紧要的吗？这就是为什么，回想起来，我坚决不相信雅采克·特日纳德尔[2]在《国家的耻辱》里炮制的那些堂皇说辞。当然，如果有可能回到作为殉难者国家的波兰，一百年或两百年前的那样一个国家，那么，这样一些区别（这里，纯洁；那里，屈辱）是容易找到的。我本人比较过瓦文萨[3]与科希丘什科[4]。情感的轨迹常常会被磨平。但是，应该冷静？客观？有人可能会说，斯大林时期只是一次脱轨，接着就是恢复到我们正常的状况——但是，在我们那一部分欧洲，“正常”是什么意思？

---

① 亚当·米奇尼克（Adam Michnik, 1946— ），波兰著名知识分子。曾任“团结工会”顾问，在瓦文萨执政期间一度出任国会议员，旋即辞职；从1992年起主编《选举日报》至今。

② 雅采克·特日纳德尔（Jacek Trznadel, 1930— ），波兰作家、诗人、翻译家、文学评论家。

③ 莱赫·瓦文萨（Lech Walesa, 1943— ），波兰政治活动家、团结工会领导人。1990年当选波兰总统。

④ 塔杜施·科希丘什科（Tadeusz Kosciuszko, 1746—1817），波兰民族英雄。出生于当时波兰-立陶宛联邦的立陶宛大公国。在领导1794年起义之前，作为大陆军的一名上校，他参加了1774年美国独立战争。

1987 年 9 月 16 日

在 1945 年成为共产主义者的那些人,都有合乎其立场的逻辑论据。至于年轻作家,即便他们另类的选择也不是太可信的。这个国家被永久并入了一个新的帝国;我们只要看看地图就够了。那么,谁能抗拒那个帝国呢?唯有不能理解它的那些人,那些指望来一场新的战争,等待一个奇迹的人,诸如此类。这是一类人。另一类,则是不适应共产主义的无神论宗教的那些人,然而这一类人,假装他们更熟悉俄国现象,相信自己比波兰作家更理解它。这样的人不是很多,最大的可能是,他们读过陀思妥耶夫斯基预言性的小说《群魔》。当然,天主教的信众有一个直觉的理解,足以使他们看清魔鬼之爪的痕迹。在知识分子中,那些宗教人士(耶日·图罗维奇,汉娜·马莱夫斯卡[1])保持了不变的信仰,然而,这意味着接受殉难的可能性,这是人们今天往往忘记的一点。

我个人的"凯特曼"(见我的《被禁锢的头脑》一书),某种程度上与天主教拒绝服务于黑暗的力量有关(现在看来,这是有些形而上学的说法)。我不知道,如果在直接的威胁下,我会如何表现;我只是尽力避免那样。

---

① 汉娜·马莱夫斯卡(Hanna Malewska, 1911—1983),波兰天主教小说家。长期担任《标志》杂志主编。

最神秘的是斯多葛派知识分子的行为,它在当代的伪装,那是认为世界没有道德制裁的一些人。亨利克·艾尔岑伯格[1]。兹比格涅夫·赫贝特[2]。尽管赫贝特的禁欲主义可能是假的。反思安娜·斯维尔的短诗,我发现,与她的不可知论或无神论并存的,乃是一种盲目的附属物,对一个"无法估量之物"(imponderabilium)——祖国——的忠诚。某个类似的东西也出现在赫贝特那里。一个绝对之物。

1987年9月17日

天气一整天都好极了。也许,艾尔岑伯格也不应算作一个斯多葛学派哲学家,因为他有佛教徒的倾向,而佛教说到底是一种无神论的宗教。但是,像赫贝特那样的诗人,可以归于一种可信的道德的爱国主义潮流,在波兰,它隐藏在种种表象下,这些表象被怀有敬意的集体维持,这种潮流证明了波兰人根本上的非形而上学特性。

我认为,我的抵抗另有来源,包括我的"形而上学的气质"

---

① 亨利克·艾尔岑伯格(Henryk Elzenberg, 1887—1967),波兰哲学家。诗人兹比格涅夫·赫贝特的精神导师。

② 兹比格涅夫·赫贝特(Zbigniew Herbert, 1924—1998),波兰诗人。出生于利沃夫,受过良好教育。二战期间曾加入地下抵抗组织。战后拒绝在体制内写作而不得不从事多份报酬很低的工作。1956年波兰"解冻"后,出版了诗集《光的和弦》等。在米沃什等人的译介下,赫贝特迅速成为当时最受瞩目的欧洲诗人,至今在世界诗坛享有极高的声誉。

以及我对那个运动严重性的理解,该运动本身真正在意的其实只是一件事:废除上帝。所以后来我在伯克利分校讲授陀思妥耶夫斯基,完全是始终如一的。因为我没有将波兰作为一个更高价值来崇拜,好在也没有让我的诗歌偏离到公共问题里去。不幸的是,鉴于种种历史的偶然事件,达到这种程度的自我克制是很难的。

然而,我那些仅仅基于"我看到,我描述"原则,忠实记录现实的诗歌,当然也是光彩的。它们跟莱希米安①的诗歌没什么不同。("如何能在非存在中,建立我们的经济生活?")

我们在写日记时,最好能记住西蒙娜·薇依的警句:"一个人想到自己全部的善和恶,在想到它时的那一刻就是假的。因此,一个人只应将自己往坏处想。而且不需要知道那是假的。"(引自《超自然的认识》)

1987 年 9 月 18 日

这些日子,教皇在美国和我们西海岸访问。我更喜欢在电视上观看此事。很多人,很多很多人都是这样;结果到现场的人群比预期少得多。报纸通常比电视评论员更讨人喜欢,那些革新主义者口若悬河,为不同意见辩护,却使持有不同意见的天主教徒蒙羞。公共意见被大众媒体导向平庸,所以这

① 博莱斯瓦夫·莱希米安(Bolesław Leśmian, 1877—1937),波兰著名诗人。

些天主教徒突然发现，他们的意见被当作平庸的东西端了出来，同时教皇却在试图提醒他们，基督教本身是一个“拒绝的标志”。置身于好莱坞的教皇：他走进了狮子的老巢，却没有发觉他们正准备将他撕成碎片，而他建议他们多吃蔬菜，代替血腥的美食。一个非凡的文本。它使人想到：对那些完全被宠坏的社群讲话，去打动或说服他们中间的一些人，这是可能的。教皇在圣弗朗西斯科[①]的情形完全一样；在那里宣讲圣言需要多大的勇气，在一个道德观念最为松弛的城市，一个同性恋的首都，一个对你可能充耳不闻的城市。如同圣保罗在哥林多？教皇在德洛丽丝慈善堂的演讲，是一篇公正的阐释的杰作。关于这个城市的庇护圣人，圣弗朗西斯科，他的爱之精神。然后，是一段训诫，关于浪子回头、天父对每个有罪之子的爱。接着引用了圣保罗、同性恋之敌者的话，实际上另有所指：关于保罗自己的罪过，那些罪过表明，在所有有罪的人里面，他的是最低的。

约翰·保罗二世的伟大和他的传教之旅。对于知识分子来说，它只是关于同一个东西的长篇无聊重复。然而，他们忘了，千百万人是第一次倾听那些最简单的真理。约翰·保罗二世的思想拥抱了那些人，他们像孩子一样强烈需要他担任他们的教师。

---

① 圣弗朗西斯科（San Francisco），即旧金山。得名自方济会的创始人阿西西的圣弗朗西斯科。位于北加利福尼亚，东临圣弗朗西斯科湾，西临太平洋，为加利福尼亚第四大城市。

1987 年 9 月 19 日

在那同一天,教皇从圣弗朗西斯科飞往底特律;在电视讨论过程中,有一个参与者,一个耶稣会信徒,来自伯克利的一个神学教授,他明确反对教皇的教义。按照他的说法,没有谁有权拒绝离婚的人以及进入非天主教婚姻的人参加圣餐仪式。我很好奇,那些主教,包括伯克利教区主教会怎样做。按照教皇对洛杉矶三百名主教的警告,他理应采取制裁措施。但是,那样做将可能引起更广泛的公众的注意,导致声名狼藉。所以,他很可能什么也不做。

我的严格、对纪律的维护,令我感到很好笑。好像我这个人一贯很顺从似的。姑且说它体现了我对于更高秩序的强烈需要吧。在这方面,我是一个意大利人或者波兰人,而非美国人。我们有权在行为举止上不那么高尚,但是,在我们之上应该有一个更高的权威。规则存在是为了存在,而不是为了不被打破。

有时候,在我看来,我似乎是一个小说作品里的人物。这是一个严肃的直觉;它深入我心。我们关于自己的想象,无论是否被写了下来,都是一种构想。意识就像是一个形式律。我的小猫“泰尼”,从来不会凭空想出任何关于它自己的故事。

1987 年 9 月 20 日

在政治家、君主、二十世纪的领导人中，除了卡罗尔·沃伊蒂瓦[①]，没有一个人物的形象符合最高贵的权威。只有他，能够真正扮演莎士比亚笔下的国王。

激动。我的生活总是充满激动，对人的存在的狂喜，或对作品的狂喜。即使现在，最近几天令人不快的病毒，深入我的胸口造成呼吸困难。

生与死的分界是那么微小。我们作为有机体难以置信的脆弱性，使人想到一个幻象：某种雾，浓缩成人的形式，持续片刻，又瞬间被驱散。

1987 年 9 月 21 日

呼吸困难，浑身乏力。我主要在读的是出版商发给我的一

---

① 卡罗尔·约瑟夫·沃伊蒂瓦（Karol Józef Wojtyła，1920—2005），教皇约翰·保罗二世的波兰名字。出生于波兰，1978 年 10 月 16 日被选为教皇，是第一位成为教皇的斯拉夫人，也是自 1522 年哈德良六世后第一位非意大利人教皇。从事圣职前，他曾担任过运动员、戏剧演员、矿工等。担任教皇后，他总共进行过一百零二次国际访问，是史上出行最多的教皇，也是史上第四位被冠以“伟大者”头衔的教皇。教皇方济各于 2014 年 4 月 27 日将他和教皇若望二十三世同时册封为圣人。

本书,名为《会众》的单页清样。这是一些美国犹太作家写的有关《圣经》的书,每个人从一个不同角度来写。一个可爱的点子,部分章节的确热情洋溢。下午我一边躺着歇息一边阅读,而在夜里,咳嗽把我弄醒后也在读。

1987 年 9 月 22 日

昨天,罗伯特·哈斯[①]和我,共同完成了我的《诗集》的编译工作。

我一直在留意 1950 年代的文本;比如康斯坦丁·加乌琴斯基[②]翻译的莎士比亚和席勒("欢乐颂")、聂鲁达和俄罗斯诗人作品。多么有意思的一个话题:在斯大林的军队于 1942—1945 年取得胜利之后,他们在二十世纪高歌猛进。他们今天难道没有夸大那些人的非道德性吗?他们应该想想,那些留下的文字和事情本身的二元性。谁知道呢?很可能人们需要一种永久的二元性,程度不断变化的二元性。几个大洲的诗人——巴列霍、聂鲁达、阿尔贝蒂、阿拉贡、艾吕雅、夸西莫多、里索斯、希克梅特——他们是"积极的",因为他们参与了造就明亮"新人"的巨大历史转变,他们满心狂喜,赞美这个星球的青春,因为他们已

---

① 罗伯特·哈斯(Robert Hass, 1941—),美国诗人、散文家和翻译家。

② 康斯坦丁·伊尔德封斯·加乌琴斯基(Konstanty Ildefons Gałczyński, 1905—1953),波兰诗人。他的幽默诗和短剧《绿鹅》在波兰广受欢迎。

与正确的一方而不是与垂死的资本主义签约。这些诗人的翻译文本,充斥于波兰的各种期刊。在我看来,在一个特定的时刻,波兰诗人——米奇斯瓦夫·雅斯特伦[1]、康斯坦丁·加乌琴斯基——被一种兄弟情谊的狂热席卷,确实真诚地相信最好的一部分人类共同的进步。加乌琴斯基给我们翻译了这首俄语诗:

> 让歌曲连着歌曲流淌,
> 让歌曲回荡在所有行动中,
> 在行动里,梦想和现实一致……
>
> 让歌曲接着歌曲流淌,
> 赞美那些勇者的名字;
> 歌声高扬,赞美那群
> 消灭压迫的人们——
> 现在,我们的俄罗斯
> 向他们伸出她闪光的手。
>
> 亚历山大·普罗科菲耶夫[2]

这是体现那时气氛的一个例子。对于参加过反抗希特勒的地下运动的那些波兰活动家,这是绝对不可思议的,他们在

① 米奇斯瓦夫·雅斯特伦(Mieczysław Jastrun, 1903—1983),波兰诗人、作家。

② 亚历山大·安德列耶维奇·普罗科菲耶夫(Aleksandr Andreevich Prokofiew, 1900—1971),苏俄著名诗人。

1945年后还要待在单身牢房,等待判决的执行:一颗脑后的子弹。

聂鲁达。我记得我们的会见,包括最后一次在国际笔会上的见面,那是1966年,在纽约,我问他,为什么写那些攻击我的恶心东西("被美国人收买的"等等),他回答说,"米沃什,我错了,我道歉。"我不知道如何理解他的名声,不知道这名声将会保持多久。他那种雄辩的口才,滔滔不绝的语言,实际上是一种多语症……

1987年9月23日

秋天,伯克利的典型气候。秋雾不同于夏雾。悬铃木叶略带红色,在盛夏的五、六月后,七月开始变红。虚弱乏力,服用了一些抗生素;显然,有些病毒在攻击我的胃和肺。

吉耶维克[①]给我寄了两册他的诗集,伽利玛出版社出版。老好色之徒,终于被年龄制服,写起有关甲虫、鲜花和流水的诗;换言之,似乎在接近八十岁时,我们都倾向于向神性祈祷,有的人向上帝,另外一些人,如吉耶维克,开始向自然祈祷。

做了一些可怕的梦。逃跑。感觉的细节来自加利福尼亚(海岸,高大的松树,针叶覆盖的小径,山坡)。恐怖的情节则来自战争年代;感官性的感受来自身体(在我向山上跑时,心脏怦

① 欧仁·吉耶维克(Eugène Guillevic, 1907—1997),法国诗人、作家。

怦乱跳)。是什么原因造成的？后面的梦好像是前面的梦的补充：关于暴食。极好的三明治，很多很多三明治，火腿的味道，熏牛肉，波兰熏肠。在一个吟游诗人那里，梦是极其寻常的东西；或者，正如齐格蒙特·赫兹经常说的，“对于一个驼背的人而言，你已经够帅了。”

公共电视台几乎每天在播一些关于自然的节目，主要是供年轻人看。蜘蛛、鱼、蜥蜴、土狼、沙漠动物或高山草甸，诸如此类。虽然摄影技术完美，但我认为这些节目是污秽的。它们显然冒犯了我们人类道德的同情心——不仅冒犯，甚至颠覆了它，因为这些节目的主题在于：你看，大自然就是这样的；因此，这是自然的，我们也都是大自然的一部分，属于这样的进化链，所以必须接受这个世界的样子。如果我被吓着，厌恶那些相互吞噬的冷漠画面，包括摄制者的思想，而把电视关掉，这是因为我想到这些东西时将它们“翻译”成了人类社会的生活吗？但是，年幼的孩子，千百万年轻人的头脑，他们在观看时会不会不受惩罚？大自然盲目的残忍会不会让他们联想到什么？或者，正因为没有意识到，他们会不会正慢慢被那些连自己在做什么也不知道的摄影大师系统地毒害？

1987 年 9 月 25 日

那些影片的制造者持有一个科学的观点，并且认为他们在展示真实，真实就是一切；此外，他们懂得大自然精妙的可摄性。

很难指责他们。尽管如此,他们不仅仅具有观察的眼睛,他们的摄像镜头也服务于他们头脑里的东西——他们的理论。他们通过图像传达的故事,是对“进化理论”“自然选择”之类东西动态的说明。无论他们的理论在科学上是否有效,事实却是,他们用那种理论筛选和编排了他们的材料。

巴尔扎克生活于一个自然历史占统治地位的时代,他不需要等达尔文出现。在《人间喜剧》里,他想要描写构成人类社会的各类物种。他成功描写了它们。在德国占领期间,我们狂热地阅读巴尔扎克,因为我们周围残酷的现实嘲弄了高尚的作品,并且证实了我们在巴尔扎克的作品里发现的十九世纪上半叶那个残酷无情的法兰西。显然,这说明他的作品乃是现实主义小说的典范,等等。多亏了他,我们对那个时期人们的日常生活有了许多了解。但是事实上,《人间喜剧》却是一部伟大的幻想作品,正如西奥多·德莱塞的《美国》。对,还是错?

互相狩猎和吞噬真是自然的本质吗?是的,这正是我不喜欢大自然的原因。不过,我尽量与我们的想象、我的想象保持距离。我不愿意在我们的幻想(即使它们是科学的想象)和真实之间画等号。

1987年9月26日

一个重复出现的噩梦:乘火车迟到。地点似乎是巴黎。上午九点的车票。我在打出租车时，手表显示九点差五分。下一班火车是晚上十一点。多个手提箱、杨卡、我们的儿子，全部调动起来赶到那里时，却再一次——迟到了。

我想起苏联在意识形态最为狂乱的一个时期有关达尔文主义的讨论。获得性状的遗传（李森科），通过基因突变、动物间的合作（基于克鲁泡特金的理论），反对为了生存而盲目斗争的自然选择。这个讨论的主要目标，很可能只是教学性的，是为了确保新一代“快乐的童年”（schastlivoe detstvo），多亏了众人欢呼的那些教导，走得最远的那部分被从现实之中删除了。达尔文主义太阴郁，不适合他们的目的。

我担心我的观点与最极端的行为学家是一样的。极权主义的教育，其结果不只是在这个世纪富有成效……他们的制服也都惊人地相似，还有他们之间的联系，他们关于深层信仰的灌输。我不相信可以断言他们永远不会成功，因为永恒的人将有最后的发言权，因为他需要真理，等等。很简单，这种教育能够呼应年轻心灵的真实需要。孩子们需要一个和谐的世界，一个明亮的色彩画出的世界；他们喜欢纪律、如何行动的明确指示。

我正在阅读《阿博恩》（*Arberon*），立陶宛作家维陶塔斯·布勃尼斯[①]的一个小长篇，已译成波兰语在华沙出版。阅读时，我仿佛重游了维尔诺，现在那里是苏联高中女生和男生们的领地。他们出生和长大的那个世界，对他们来说似乎也正常和清楚，和它在我眼里曾经的样子差不多，尽管那时它是多么的不同。所

---

① 维陶塔斯·布勃尼斯（Vytautas Bubnys，1932— ），立陶宛小说家。

有的欢乐和戏剧,一如当时一样在上演,在他们和他们的教师(比如一个绰号“长颈鹿”的教师)之间,在同班同学之间,在他们的年级之中,等等。

更高或书面的文化,与较低或口语的文化。我要详细讨论这个区别,为此,我在冈道尔夫堡的盖尔纳期刊中心,借来了一些有关民族主义问题的文章,准备在安阿伯市[①]做一次演讲。最初的动因来自阿兰·芬基尔克劳[②]的书《思想的失败》(*La Défaite de La pensée*),这是今年我在巴黎购买的。我也阅读了以赛亚·伯林有关民族主义的随笔文章。要点如下:大众从口头文化转向学校所灌输的那种文化,这是政治浪漫主义的重要时刻。对作为“民族遗产”的本土文学的消费。通过我本人的受教育经历来确认这一点。赫扎诺夫斯基[③]教授的波兰文学教科书便是民族主义灌输的最常见的教材。

我们,从事语言工作的人,最终服务于一个什么目的?如果一艘航空母舰命名为“普希金”号,这是否不可思议?一艘潜艇命名为“陀思妥耶夫斯基”呢?或者,一只远征其他星球的宇宙飞船被命名为“果戈理”?可怜的果戈理。他不想要。他不知道。那么,我们知道自己将被如何利用吗?

---

① 安阿伯(Ann Arbor),美国密歇根州的城市。

② 阿兰·芬基尔克劳(Alain Finkelkraut, 1949—),法国哲学家、随笔家。

③ 伊格纳奇·赫扎诺夫斯基(Ignacy Chrzanowski, 1866—1940),波兰文学史家。

1987年9月27日

我从美国高等人文学科的一份专门杂志(《人文与国家》,美国人文基金会官方出版物)读到下面的话:

> 诺贝尔奖得主切斯瓦夫·米沃什认为,“拒绝记忆”是我们这个时代的主要特征。当然,有许多例子证明这是我们国家的主要特征。我们听说学生们不知道乔治·华盛顿在独立战争中领导了美国军队,不知道有个“第二次世界大战”,不知道西班牙语而非拉丁语是拉丁美洲的主要语言。全国性的调查表明存在惊人的知识差距。根据赫斯特公司最近做出的研究,在接受调查的人中,百分之四十五的人相信马克思的说法——各尽所能,按需分配——可以在美国宪法中找到。

所以,我是作为美国教育体系里一个改革者出现的,至少是此事的一个鼓动者。关于集体记忆我的确有些话说,如果我的孩子们在布里孔特罗贝尔学习,因此开始注重历史的研究就好了,比如从“高卢人祖先”这一句开始……“我们的高卢人祖先有着金色头发和蓝色眼睛。”所以,记忆是通过一种特定的方式建构的,这与法国革命的口号——“一个人属于他所选择的国家”——并不一致。

记忆越少，灌输就越少；记忆越多，以预先决定的方式形成记忆的可能性越大——如果这是真的，那怎么样呢？此外，一个集体的记忆，是与他们的痛苦和屈辱相联系的。人总是记得受过的伤害。犹太人懂得记忆。波兰人懂得记忆。相对而言，波兰青年的历史知识是比较丰富的；它延续了国家的传奇，并经由他们而得以更新。一个问题：如何通过尽可能少的灌输而保持尽可能多的记忆？

1987 年 9 月 28 日

据伦敦出版的波兰语期刊《脉搏》(*Puls*)，波兰在庆祝格伦沃尔德之战①五百七十七周年。在格伦沃尔德战场的原址，举行了一场“伟大的爱国主义游行”。

“格伦沃尔德的概念，今天是与波兰人民共和国②的意识形态紧密联系的，它的国家理性(raison d'état)，强调国家主权、强大经济、国防能力、政治智慧、持久联盟。”

---

① 1410 年 7 月 15 日，在波兰北部的格伦沃尔德和坦能堡之间，波兰立陶宛联军与统治普鲁士的条顿骑士团进行了一次意义重大的会战，联军的胜利标志着波兰作为东欧强国的崛起和日耳曼骑士团的衰落。波兰人把这次战役称作格伦沃尔德之战，德国人称作坦能堡之战。

② 波兰在 1944 年 7 月 21 日宣布成立的国家，国名是“波兰共和国”(Rzeczpospolita Polska)，1952 年 7 月 22 日正式定为“波兰人民共和国”。1989 年 12 月 29 日，波兰人民共和国议会通过宪法修正案，改国名为“波兰共和国”。波兰人民共和国不复存在。

在过去，这种彻头彻尾的废话会激怒我，使我感到绝望。现在我远离了它，因为再过一两年我也许就不在人世了，这其中存在某种宽慰。在我所从属的那一个王国里，住着杨卡、安德热耶夫斯基、简、切霍维奇、科特·耶伦斯基、萨齐克、齐格蒙特·赫兹——那里，一切都属于同一个时代。死得早一些，没有看到最近这些变化，比如“格伦沃尔德庆典”，便失去了很多吗？因为我也许活不到 2000 年，我就将失去很多吗？

同时，我也在阅读从波兰寄来的厚厚一叠原稿——是关于米兰·昆德拉一个为期两天的非官方研讨会的论文和研讨记录。这么多有关二十世纪各种事件的知识，这么多富于生气的年轻思想；不，在四十年前，这是不可能的。

我还读了一本论述 1939—1940 年波兰和立陶宛关系的书。作者洛索夫斯基[①]，他写到那个时代，波兰的民族主义者和立陶宛的民族主义者的种种类型。大地，对你的草地，我又何所挂怀？名字，无数的名字，曾经熟悉、如今已逝者的名字。可怜的尤奥扎斯·克琉奥蒂斯[②]，他是《新文化》(*Naujoji Romuva*)的编辑，后来被囚禁于古拉格很长时间。

---

① 彼奥得·洛索夫斯基(Piotr Łossowski, 1925—)，波兰历史学家。著有《1918—1920 年波兰和立陶宛的历史冲突》等。

② 尤奥扎斯·克琉奥蒂斯(Juozas Keliuotis, 1902—1983)，立陶宛记者、作家。《新文化》是 1931 年至 1940 年在维尔诺出版的刊物。

1987年9月29日

昆德拉的《生命中不能承受之轻》(我同意,这是一本比《笑忘书》更弱的书),其中每个人都着迷于上帝和排泄物之间的对抗。因为人排泄,所以上帝不可能存在。很难理解这为什么是重要的;性器官的安排和交配行为的可笑性,不过提供了与消化系统一样的论据。我们应当是天使;可惜我们不是。但是,在这个推论之外,昆德拉还有一点别的东西:对恶俗的痴迷、对最可耻现实的痴迷,这些东西以这种或那种形式,反复出现于二十世纪文学,这也决定了二十世纪文学潜在的无神论倾向,或者,至少是某种巴洛克式的形而上学。我在诗作里不断思考着这样的主题,但是只偶尔会有一点成果。对于这个棘手的问题,我一生都在准备向它发起正面进攻,用一篇论文、一首诗或一篇散文。

秋季持续的炎热,闷热难受,因为从一大早就开始了,没有雾。鹿已经几个星期没有露面。天芥菜又开花了。蜂鸟的舞蹈。如同每年这个时节,家雀在鸣叫;更确切地说是朱雀,它们是波兰红雀的近亲。

很久以来,我一直记着以下这段韵文;很有趣,因为它证明在我们那个边远地区,那时并不缺乏本土的哲学家:

在立陶宛,

在鲁塞尼亚①,
尿尿和便便
人人都得做呀。

立陶宛和鲁塞尼亚,那时我们能够想象的最远地方;我们不知道再远是什么样子,但我们的视野足以得出适于所有人类的观察了。

对我而言,这一小段韵文蕴涵了一个深刻的内容。首先,“尿尿”和“便便”是小孩子的用语,它指涉了人类生活的一个阶段,在此阶段那些功能都被视为“绝对自然”,先于我们的反应,无论在儿童世界还是成人世界。坐在便盆上没有什么好羞耻的,当着所有人的面撒尿也不丢脸,从自己的软管射出一节轻快的溪流,甚至可以让小男孩在一首战斗歌曲中团结起来,就像托尼和他的同学在布里孔特罗贝尔常常唱的:

Allons pisser sur lc gazon
Pour ennuyer les coccinelles,
Allons pisser sur le gazony
Pour ennuyer les papillons!

① 鲁塞尼亚(Ruthenia),今波兰和乌克兰相邻地区。历史上指维京人九世纪中期开始建立的加利西亚-沃里尼亚王国,蒙古人入侵后,它的少部分被并入立陶宛大公国,十九世纪后这一名称逐渐罕见。

（让我们在草坪上尿尿
打搅瓢虫，
让我们在草坪上尿尿
打搅蝴蝶！）

尽管这首歌有点不雅，毫无疑问，歌词背后的意思只是禁止在草坪上撒尿。“意识”何时开始侵入并取代“天真”的呢？意识基于将眼中的人想象为两个部分的存在。

1987 年 9 月 30 日

人们每天都在建造自己的精神社会。语言、习俗、仪式、金钱和商品交易、政治、宗教、艺术，等等——这些难道不都是精神的创造吗？但是，怀疑立即出现了：他们仅仅假装是精神。他们不断介入精神的场面，以规定的服装（时尚）出现在舞台上，做出规定的手势。他们还必须时时冲进厕所，清空膀胱或拉屎；时不时他们的喉咙、肺部或胃部因疾病而拒绝顺从；机体老化，而且他们往往忽然之间就离去了，其他演员取而代之。化妆或者某些故意的举动也无法全部掩盖这一事实：那边一个优雅女士和其他人的构造是一样的，唉，她也会发出恶臭。幸亏浴室数量增加，我们倾向于忘记恶臭，但恶臭却是我们本性的一部分。如果贝雅特丽采仍是但丁的精神，那只是因为他与另一个女人结了婚，而不是与贝雅特丽采；关于订婚的行为，以前在巴黎的暗语里，人们发明了各种不同的说法，包括“搅她的尿”。看起来精神和身体的二元性再明显不过，仔细想想却显出它的神秘性；它决定了物种特殊的位置，而且，位于宗教和艺术的中心。

“灵魂”和“身体”的划分只是许多命名尝试的一种，知其不可而为之。这也是所有论文的题旨：艺术的归属、身体的告别、灵魂的天堂、骷髅的舞蹈、在巴黎曾经引人注目的藏骸所，当然还有索邦神学院楼下的妓院。厄洛斯和桑纳托斯[①]：可爱的词语，它们的联系却表明它们暗示着根本上可怕的东西——生和死。问题仍然是：在多大程度上可以完全赤裸地思考；也就是说，拒绝一切高于生理的想象？这个问题应该去问妓女，因为她们满肚子都是关于纯本能的喜剧和关于不幸的知识，但是也很可能毫无结果，因为一般说来，她们大多纠结于自己的野心和梦想，而且往往多愁善感。西蒙娜·薇依认为，妓女的职业等同于奴隶制，而且她将它仅仅归因于贫困，这个结论肯定很符合陀思妥耶夫斯基描述过的 1862 年伦敦的情况：成群的妓女，其中许多未成年人，对巴尔神[②]的崇拜——在其祭坛上英格兰牺牲了它的下层阶级。西蒙娜·薇依的看法不无夸张，但是，当她说到奴隶特有的补偿性梦想时，仍然切中了要害；奴隶会不断从现实中寻找想象的安慰作为盾牌。

不管怎样，身体的意识建构起它自己的海市蜃楼，而且不可

① 厄洛斯（Eros），希腊神话中爱神阿佛洛狄忒之子，借指性爱；桑纳托斯（Thanatos），希腊神话中死亡之神，借指死的愿望、自我毁灭的本能。

② 巴尔神（Baal），通常指一种强大的恶魔。巴尔神崇拜，可追溯至公元前十四世纪的远古闪族人。

能降至动物的水平。它也不可能长久保持在精神的领域;捉弄崇高的欲望、吐舌头扮怪相,很久以来就已经属于文学的范围。我最喜欢的场景来自斯特恩的《项狄传》:在餐桌上有关神学的争论过程中,一只烫手的山芋落入一个男人的兜裆布。

如果有关肉身性的思想不是处在幕后,厄洛斯根本就不会出现:请想象一下,一个“非人”,一个星外来客,科学而毫无激情地观看女人们藏在衣服底下的形体,那能激起我幻想的形体。

从一大早就起了白雾,虽然雨季可能还很远。昨天,园丁来访。因为马莱克现在不能干活,园丁挖出了费约果,并将它们移植;还得浇水,直到雨季来临。

1987年10月1日

昨天正午前后起了雾；现在天已很热。傍晚，我去圣何塞[①]参加纪念罗宾逊·杰弗斯诞辰一百周年研讨会。一片多沼泽、乏味的平原，不再有耕作；到处是工厂。一个日本和美国的汽车工厂组成的庞然大物。快到圣何塞时，山峰隆起，夕阳如同粉灰色的幽灵，有些不真实。下快车道，我在米尔皮塔斯[②]买了一个三明治；许多新建的街道，到处是社区。研讨会在圣何塞州立大学举行。我不知道自己落到了一个狮子的巢穴，也就是说，一群“研究昆虫腿的专家”——多半是些英语教授，他们吞噬和消化杰弗斯，同时忠实地将他偶像化。我认为，我的发言更切近杰弗斯的精神，尽管我不支持他的哲学，我想避免太过复杂化。不幸的是，我有一种感觉，没有人明白我想说什么。我读了我的诗《致罗宾逊·杰弗斯》，在诗中，我的反对意见已经表达明确了，我认为。然而，是我，为杰弗斯的伟大做过辩护，其时大学里还无人研究他，有的似乎只是敌人，或者嫉妒。这些并没怎么影响到我；这只是一个战术错

① 圣何塞(San Jose)，位于加利福尼亚州西部，是美国第十大城市。

② 米尔皮塔斯(Milpitas)，加利福尼亚州圣塔克拉拉县的一个小城。

误;我的思想很明显,观众却视为胡言乱语。不过,奇怪的是,不久前杰弗斯还被轻视,如今却恢复了他作为“自然”代言人的地位,被认为能够唤醒生态学的激情。斯塔什和他的女儿开车从洛斯盖多斯①前来听我演讲。斯塔什恳求我不要死,因为入读齐格蒙特·奥古斯特高中的我们那个班,没几个活着了。回到伯克利,差不多已到午夜。

回到肉身性存在的主题。我发现,孩子似乎是一下子就长大的,他们变得有些不洁,这似乎很自然;然而童年的一切对于他们是天然的,对于排泄之事他们有着愚昧、无知的天真态度。然后,仿佛突然间就有了羞耻感,同时到来的还有对性的发现、对做坏事具有某种乐趣的发现,如同普鲁斯特笔下的凡特伊小姐②,对她来说,如果没有罪感,她就不会有快乐。

有两种截然不同的性——“较高层级的性”和“较低层级的性”,我杜撰这个短语是为了更好地定义。第一种是腼腆的、节制的,甚或敏捷的,一种总体的体验,脱离了具体的、身体器官的考虑。第二种是建立于相互的快乐,陷入一个可恶的、诱人的层面。蒙田在他的随笔里写道:

> 常常想到这种欢娱,它造成的可笑的兴奋,那种荒谬、

---

① 洛斯盖多斯(Los Gatos),在加利福尼亚州圣塔克拉拉县。

② 见法国小说家马塞尔·普鲁斯特《追忆似水年华》第一卷《在斯万家那边》。

愚蠢和轻浮的动作,是它挑起芝诺和克里提普斯[1]的激情,那种不计后果的疯狂,在最为甜蜜的爱之行为里由于狂乱和残忍而燃烧的脸孔,然后是在愚蠢行为里的那一副严肃、严峻和狂喜的表情;我们的快感和排泄之物混乱的交织,最高的感官愉悦相伴出现,如同痛苦、晕眩和呻吟;我相信柏拉图所言,人乃是神的玩物:

这是怎样粗鲁的玩笑啊!——克劳狄安[2]

正是在这样的嘲弄中,大自然让最令人困惑的行为成为我们最普通的行为,大自然这样做是为了使我们人人平等,并将我们——傻瓜和智者、我们和野兽,置于同一水平。人群之中最善于沉思者与最聪明者,当我想象他处于这个位置时,似乎也就是一个徒具智慧和沉思风度的骗子……

兹比格涅夫·乌尼沃夫斯基[3],我在华沙与他匆匆相识(尽管我从来没有写到他),常常唱一首歌,直到今天我还记得,歌词说的跟这是同一件事。

我注意到,美国人,很少例外,他们在理解人的生理与精神的二元性时,存在巨大的困难,因此他们无法听懂某种幽默。我

① 芝诺(Zeno,约公元前490—公元前425),古希腊数学家、哲学家;克里提普斯(Cratippus),雅典历史学家,也被认为是希腊化时代晚期的著作家,约活动于公元前四世纪前后。

② 克劳狄安(Claudian,约370—404),古罗马诗人。主要效力于西罗马帝国皇帝霍诺里乌斯的宫廷。

③ 兹比格涅夫·乌尼沃夫斯基(Zbigniew Uniłowski, 1909—1937),波兰小说家。他是一位非常有才华的小说家,因患脑膜炎于1937年11月12日过早离世。

不知道,他们是如何阅读波德莱尔的,例如,他的全部观念都围绕着意识与身体的对立。我也不知道,在一个新教国家里,怎么会乐于接受那样的看法,认为一切都是"自然的",比如,性是一种健美体操的形式。(在《美丽新世界》里,阿道司·赫胥黎①称得上是二十世纪一个精妙的观察家。)

1987 年 10 月 3 日

从奥克兰乘机,经芝加哥飞往底特律。清晨,病情缓解,仍感困倦和乏力。乌尼沃夫斯基让我想到两次世界大战之间的二十年。据说,他是那个时代唯一的现实主义散文作家。今天看来,那个时期似乎是一个令人惊讶的短暂停顿。在文学上,却又是一个硕果累累的时期。只要想想那时取得了多少成就。我经常郁闷地想起乌尼沃夫斯基,并且自问,在维尔诺我们这些人中间,为什么没有出现一个散文作家……耶日·普特拉门特②毕竟不能算。我怀疑个中原因与导致十九世纪波兰小说弱点的那些原因相似。然而,探究这些原因,我就必须深入自己,掘进到几乎不可理解的层面。在我看来,我的童年、在维尔诺的青年时

① 阿道司·赫胥黎(Aldous Huxley, 1894—1963),英国小说家、学者。一生创作了五十多部小说、诗歌、哲学著作和游记,最著名为长篇小说《美丽新世界》。在其人生最后阶段,他被认为是现代思想的领导者,位列当时最杰出知识分子行列。

② 耶日·普特拉门特(Jerzy Putrament, 1910—1986),波兰小说家。二战后任驻法国巴黎波兰大使馆大使,后出任波兰作家协会书记。

代，似乎都有过一种强烈的虚无主义的体验。我接受了爱国主义的输灌：学校，波兰军事组织中那些女士们的帮助，游行，波兰学校联盟，托马斯·赞图书馆，维尔诺这“亲爱的城市”全部的波兰性，以及所有对它构成威胁的敌意——也就是，布尔什维克，立陶宛语称之为“Klausiuks”；还有犹太人（因为他们也欢迎布尔什维克，并于五月一日在电报线上悬挂红旗）。但我马上又怀疑，当时情况并非全是那样，波兰人的看法并不是唯一的，所谓“我们的人”也可能意味着立陶宛人、犹太人，而“他们”也可能把波兰人看作是局外人。事实上真正占第一位的，总是一个语言或民族的族群所规定的特定个人身份。我同时意识到波兰人的傲慢、波兰人的反犹主义、立陶宛人的狂热盲信（在第二次世界大战期间，它导致在教堂殴打唱波兰歌曲的忠实教徒）、犹太人的亲俄倾向；这也可能意味着对团结一致的基本原则的怀疑。这有些类似于今天我所听说的，因为弥撒的语言问题，在佛兰芒人和瓦龙人[①]之间发生的打斗。两个方面的灾难。不过，个人并不外在于群体；个人是不可进入的。而且他并不直接进入同他人的关系之中，而是以个人身份进入到群体之中。描述性的散文需要关注个人，而个人是弱小的。

维尔诺有一种爱国的狂热情绪，此外，还有一个分层的基础：阶级划分。在灾变派小组，我们这个文学团体中没有来自平民阶层的成员。所有人都是出身贵族——或者中等贵族或者

---

① 比利时两个主要民族。佛兰芒人具有日耳曼人血统，瓦龙人具有凯尔特人血统。

小贵族。亨利克·丹宾斯基是一位机械师的儿子，而他贵族出身的母亲属于下嫁，门不当户不对；不管怎样，丹宾斯基还是一个贵族的姓氏。只有耶德热霍夫斯基，他的母亲那一边来自德国市民阶层。波兰贵族。当然，曾经的贵族。如何看待那个时期的维尔诺，如何以小说写它呢？我的意识在今天也许达到了理解它的程度，即使这样，可能仍然还是不够。需要多大的勇气才能写出那个城市呀，如同乔伊斯之于都柏林！

乌尼沃夫斯基至少有过在无产者聚居区的童年，在华沙的维斯瓦河[①]边上。他的作品触及单独的个人，这得益于他短暂摆脱了爱国主义的悲情；也许，通过那些通俗的来源，他的作品在某种程度上与米隆·比亚沃谢夫斯基[②]的诗歌有些关系。

1987 年 10 月 4 日

安阿伯市，校园旅馆。昨天玛丽夏在机场接我；晚上我和蒂希纳神父、克日什托夫·米哈尔斯基一同饮酒、谈话；之后，与一群讲波兰语的人共进晚餐，其中包括兹比格涅夫·布热津斯基[③]。

---

① 维斯瓦河(Wisła)，位于波兰中部，是波兰最大的河流。

② 米隆·比亚沃谢夫斯基(Miron Białoszewski, 1922—1983)，波兰战后先锋派的代表诗人、散文家、剧作家。善用华沙街头俚语作诗。著有《华沙起义回忆录》。

③ 兹比格涅夫·布热津斯基(Zbigniew Brzezinski, 1928—2017)，出生于华沙的波兰犹太裔美国人，地缘政治专家、美国前国家安全事务助理。

对精神和身体的二元性的迷恋，是二十世纪的诗歌形而上学的一面。其中表达的苦痛、辛酸的悔恨最为有趣；这就是为什么诗歌胜过神学和哲学，因为神学和哲学在终极事物上不能打动人心。在这一类诗歌里，“沉思”是围绕时间、时间的神秘展开的——根据西蒙娜·薇依的看法，这是一切神秘中最大的神秘。也许，那使得诗歌具有了前苏格拉底式的“天真”的探索。

我不确定是否可以将罗宾逊·杰弗斯包括进来，尽管他很想成为“诗人哲学家”。批评他的非人道主义或极端自然主义（达尔文加尼采）体系是容易的，但那不是重点。与宇宙的浩瀚和完美相比，人类的一切事务都是微不足道的，这是杰弗斯诗歌的一个前提：地球上三百万年的生命——相当于什么呢？宇宙等于上帝，它是宏伟的，漠然于我们小小的善与恶。美是它未被命名的能量的一个隐喻。如同尘埃在阳光下随风传播，让我们看见风的力量。但是，杰弗斯是否反对自然或自然的理论呢？他受到科学的困扰，而他用科学家的眼睛观察地球和星系。如同那些关于自然的电视节目制作者。如同科学家，置身宇宙之外，或与它保持距离。这可以很好地解释，在他作品中的宏观维度过多而微观维度缺乏，以及不合理的概括而非对人和历史进行精细的刻画。最糟糕的是他的政治态度，反对美国参加第二次世界大战，罗斯福和希特勒被他一同谴责（虽然同时他还谴责了其他“诱惑者”——基督、圣女贞德、拿破仑、马克思），都是这方面的例子。有一次，我读到某个美国诗人的一首诗（我没能找到这首诗的标题，也不记得其作者的名字）；我想用这首诗来反对杰弗斯的哲学，因为它表达了对人类处境的一种同情，它对平凡事物有一种天真的投入。它讲到一个廉价的酒店房间，没有浴室，只有一个脸盆。两个人，即诗人和一个姑娘。他们做爱、沉睡；他在半夜醒来，他看着她为了不致弄醒他而小心翼翼地在脸盆里小便。就是这些。但是，在杰弗斯的诗里，却是这样的："从天堂带来一只鹰的毁灭，好过仁慈。"（见《山上的火》）我们正常的反应会说："不，不是这样的，仁慈比毁灭好，无论毁灭多么辉煌壮丽。"如果我们因此提供了偏向蛊惑或感伤的证据，那也在所不惜。我们只想站在人一边。在泰尼一边。在小昆虫一边。

1987年10月5日

安阿伯市，校园旅馆。天气宜人；树比伯克利更绿。我对昨晚的演讲不够满意，这里正在举行关于当代中欧宗教运动的研讨会，为期三天。如果我不写演讲稿，仅靠口头发挥，效果总是不佳，如同这次。但我不想写稿，毕竟我身体欠佳。此外，我对民族主义的问题的确不感兴趣；它是一个学术化的、做作的话题——尤其它的历史。总是一些所谓的"建构"。"民族"是否起源于启蒙运动、法国革命、浪漫主义运动？谁在乎呢？我的个人兴趣在于：作家是否被民族消耗。这是我的演讲唯一有价值的地方。

1987 年 10 月 7 日

从底特律飞奥克兰，在丹佛换机，我要面对疲惫和持续生病的状况。我知道自己躲过了伯克利的热浪，创纪录的华氏 102 度，高温持续两天，我正好不在。我发现费约果已被移植；曾经种植费约果的地方，现在种上了薄子木属常绿小灌木。移植的簕杜鹃开始开花。我躺在沙发上，连一只胳膊或一条腿也动不了。这次旅行真有些吃不消。

如果想象一群小魔鬼围在一个垂死者的床边，如同我在《伊萨谷》里描述的那样，或者，如同常见的那样，一个可怜的家伙活力锐减时的那种情况，就好像过去几周在我身上发生的情形，因为他的灵邪除掉了面纱。这都是为了让他赞成魔鬼学而不相信救赎。魔鬼学的定义：只承认关于 X 或 Y 的真实的感觉或者缺乏那些感觉，而不是承认我们作为一个道德和善良之人应该具有的那些品质，相信那些可怕的、令人惊骇的东西。于是我们全部良好的直觉便被怀疑是出于自爱的不自然的夸张，而且对于我们来说，没有救赎，因为天堂的钩——如果我可以这样说，将不可能从我们的内心“钓”到什么，也便不能推动我们向上。

一生中，我积累了许多挺住牙关履行责任的经验。尤其是面对疾病时。这可能使我有资格写一篇有关护士的论文。在她们许多相异的能力和脾气中，当然存在对他人的同情与爱的空间。但是,如果我们假设一下,其中既无大爱,也无亲情,那么剩下的就只是责任,还有反感、愤怒或遗憾,唯独没有同情。

比如奥克兰那个可怕的"老年人和晚期病人之家",负责照顾我一个老朋友的那些护士。有关二十世纪折磨人的地狱,有人写过很多。但是,在这里,在我们隔壁,这些有着漂亮名称的"家",每天都在运转;费用昂贵,有一些家庭却愿意付钱,只要他们可以摆脱他们的母亲、父亲、妻子、畸形者、瘫痪者,那些仍然活着却不再被需要的人。或者,他们交出自己的亲人,是因为抬起一个瘫痪者往往需要两个或三个人。我在那里看到的,如同一个未被控告的地狱,一个破碎玩偶的地狱……没有人负责,除了这世界无情的秩序。至少我没有将杨卡交到如此悲惨的境地;这些机构里的人看着跟自己一样的那些人,他们一定知道自己最后的日子近了。不过,这是真的吗?在我哈佛的研讨班里,有一位神学系的学生谈到她在绝症医院实习(面对垂死之人)的经历。虽然再明显不过,多数人却仍然相信他们会康复回到家里,如此等等,我那个学生十分同情他们,所以,她对西蒙娜·薇依很是生气,因为薇依对于想象固执的严厉态度,她认为想象只是给人(奴隶、病人)提供一些欺骗性的安慰。尽管如此,阿图尔知道这是他最后的日子,抗议的尖叫在我走下大厅去他房间时,隔着几道门都可以听到。看望病人,这是一种责任,但是,难道我不也是想尽快离开,把那个深渊、那种恐怖留在身后?那么护士呢?对于身体遭受的羞辱,或者更糟,精神遭受的羞辱(因为精神降到纯自我中心的条件反射),难道不会产生一种麻木的结果吗?并因此仅剩下冷漠,悲观怀疑的冷笑?

1987 年 10 月 9 日

我简直可以写一篇关于“临时”的论文。每天都有新的话题突然出现,但我不想费心扩展成随笔,如我曾经那样。

在华沙,德国占领初期,在中心火车站对面新开了一家咖啡馆;它的名称就是“临时咖啡馆”。每个路过的人都笑了。德国人在这里是临时的。然而,他们待了五年时间。但我想超越这些老生常谈。我们接受一生里某个特定的时期、条件和周围的人,因为我们相信,真正的生活确实存在于某个地方,对它而言,现在的生活不过是一个替代品。我检视我的良心,我看到一个又一个时间段,我以为它们是临时的,在我的记忆里它们却具有一定的连续性。我想,也许应该建立一个时间体验方式的等级制。在最底端,应是那些几乎属于病理学的状态,其中现实好像没有了色彩、空虚、被掏空,只会引起一种类似恶心的感觉。在更高的等级里,应是各种不同的变化形式,某种将会解决问题的“好”的变化。在维尔诺,我体验过这种状态,当时解决问题的方案必须是独特的;在战时华沙,我体验过这些,同时等着战争的结束;后来,在法国、在美国,我也体验过它们。“当下”看起来总是没有力量、没有价值;只有一个想象的转折点具有充分的重要性。然而,由于我们生活在人群中间,我们积累临时的朋友、临时的女人,我们不能排除这种可能性:那些他人——不是说我们偶然接纳的那些人——可能从不存在。

每时每刻用心地生活，这是可能的吗？不超前，而是完全停留于当下？

1987年10月10日

在磨人的咳嗽和呼吸困难的影响下，我认为我对上帝的感激仍然具有充足的根据。为了写那么多的书，首先要有健康的身体。大量被压抑的能量，包含在一页好的散文、一行诗里；这方面，抽烟的数量是一个衡量的指标。我戒烟了——什么时候？大约十五年前——但我之前已抽掉成千上万支香烟。也许，为此我会付出代价。

然而，在1936年的春天，“当下”对我来说确实存在过；我的诗《缓慢的河》就是证明。毕竟，它是以这样狂喜的句子开始的：“并没有过去太久/像这样一个美丽的春天”。

然而，我的注意力集中于感官细节，那时，维尔诺居民的密度还不如雾的密度。而在1936年，我非常渴望具有爱和友谊的能力，虽然我怀疑自己是否具有那种能力，甚至因此陷入绝望。今天我不想探究这种倾向的心理来源；我接受了某种冷漠或超然态度，将它作为一种职业病。它与一种临时感有着密切的相关，也许只是与生活的临时状态有关——因为确实还有另外一种生活，“别处的生活”。我并不是在思考宗教信仰的问题；这里有一种更基本的东西，它倾向于宗教信仰，但不需要那么做。这个“别处”可以存在于诗歌、绘画、音乐里吗？这里，在生活

中,有一种被动性,它屈从于命运提供的任何社会关系,而不是将它们寻找出来;这里甚至有种令人不快、心烦意乱的缺憾:

温顺、忠实的动物,短暂的人类,
徒劳的泪水在双手里,双手被紧攥在崇拜里。

摘自我的诗《挽歌》,收入《三个冬天》(1936)

阿图尔促使我产生了这些想法。他的遗体埋在伯克利的山间公墓,离杨卡的墓大约十五米;我去她的墓前献过花——永久盛开的花。从那里,可以俯视整个海湾最壮观的景象,岛屿、桥梁、旧金山的摩天大楼,一直到大海。我和阿图尔的友谊非常偶然,却持续了二十多年。起初,阿图尔到蒙特热龙访问了我们;此后,在 1960 年,我们搬到伯克利后发现阿图尔和罗斯也在那里,他们比起美国人或非犹太的波兰人更容易接近。阿图尔在别尔斯科长大;他的文化是德国式的——别尔斯科的德国健身房、柏林大学的经济学。罗斯出生于查涅采,那是齐维采附近的一个小村子。他们之间互相说德语,但与我们说波兰语。美国、波兰、反犹主义、犹太教、基督教、社会主义、托马斯·曼和其他的曼、德国人在伯克利的殖民地——这些就是我们谈话的主题。

1987 年 10 月 11 日

昨天,在期刊《茧蛹》(*Chrysalis*)上,我研究了斯威登堡大约在1770年的画像,当时他还是生活在乌普萨拉的一个学生。这是那个时代的艺术家画出的最可爱的肖像之一,说实话,有些美化。一张感性、神奇、精神化的脸。我还想到他的赞助人查尔斯十二世以及波尔塔瓦战役①。

愤怒:今天(周日)的《纽约书评》发表了《与切斯瓦夫·米沃什谈话》里的一章,当然没有依照我的要求修改,更糟糕的是弄了一个改过的标题。不是"诗人的形象",而是一个"白痴"题目:"独立的国度:诗歌和人民"。换言之,这是对我的意思的另一种扭曲。我从来没有说过,诗歌和人民是两个不同的国度。

阿图尔。跟他说话是困难的,因为他总充满激情的愤怒和各种情结,随时会爆炸,所以你必须缓和你的看法以免他爆发。因为在犹太儿童宗教学校的经历,他厌恶犹太教,但同时他又是一个十足的犹太人,只对犹太人感兴趣,每次与他谈话最终都会集中到犹太人问题。他厌恶基督教,尤其是圣保罗——一个在圣经方面受过极好教育的犹太人和基督教的创立者。然而,他非常了解《福音书》,实际上他牢记在心。他厌恶社会主义,那是他青年时期的宗教,但他仍然保持着反抗的情绪和对固有秩序的反对,这在"言论自由运动"和六十年代伯克利的整个"革命"之中表现得尤其明显。相比亚历山大·

① 波尔塔瓦战役,在俄瑞北方战争(1700—1720)期间,俄瑞多次交手。1709年7月8日,俄国军队与瑞典军队在乌克兰的波尔塔瓦总决战。彼得大帝率领的俄军在战役中击败瑞典军队,取得决定性胜利。

瓦特[①],我可能对运动有着更多同情,瓦特在运动初期也在伯克利。那些狂热的女生(纽约一个著名共产主义者的女儿贝蒂娜·阿普特克[②]是她们的领袖)使他想起以前替国际援助组织为华沙革命募捐的那些女孩。然而,阿图尔对当局自由的统治也心怀仇恨。有一次他真的向警察吐了口水,这令我不安。他们有何过错?请注意:阿图尔也是熟悉瓦特的,但对他却充满敌意,认为他背弃了犹太教,因为犹太人尽管有权成为一个无神论者,但是与基督教调情却是坏的。

简而言之,阿图尔是一个难以相处的人,甚至对于爱他的罗斯也是一样。主要出于对罗斯的体谅,我一般闭口不言,不想引起他的狂怒,那不利于他的健康。罗斯则更为体贴温暖,像一个波兰人而非德国人,因为她的童年是在查涅采唯一的犹太家庭里度过的,留给她的记忆是每天村子里的迫害和驱逐,这使她不可能成为一个波兰人。在对待阿图尔上,杨卡和我的努力卓有成效。我们和他们一起多次驾车旅行,足迹遍及加利福尼亚;此外,尽管阿图尔认为我非常了解犹太人问题,但是,从他身上我还是学到了很多,特别是他所从事的有关雅各布·弗兰克[③]和

---

① 亚历山大·瓦特(Alexander Wat, 1900—1967),波兰诗人、作家、艺术理论家。他的著作《我的世纪:一个波兰知识分子的奥德赛之旅》,是基于他与米沃什的对谈,英语版于1988年由加州大学出版社出版。

② 贝蒂娜·阿普特克(Bettina Aptheker, 1944—),美国活动家、激进女权主义者、作家、教授。

③ 雅各布·弗兰克(Jakub Frank, 1726—1791),波兰宗教领袖。他因自称弥赛亚沙巴泰·泽维(Sabbatai Zevi, 1626—1676)的化身而被犹太教当局逐出,自立教派被称为弗兰克主义,通常认为是神秘主义的沙巴泰·泽维运动的一部分。

弗兰克主义者的历史研究。他知识渊博,甚至还写过一本有关的书。

阿图尔和罗斯是忠实的朋友,需要时完全可以依靠。是的,我也体现了真正的忠实;有一次,我想将阿图尔从沮丧的情绪里拉出来,意在帮助他,从我的一个德国出版商那里获得了一笔委托佣金:他们曾出版过我的《波兰文学史》译本。这在一定程度上是违背我自己的利益的,因为我有些怀疑他的风格。这里,我进入到一个危险问题的领域:应该如何对待那样的朋友?如果他们从事的工作与我们相同——写作、绘画、医学,等等——而我们不认为他们属于该行当里最优秀的人。阿图尔年轻时是一名记者,然后成了一名教授。在美国,他努力出版过一些书,但从出版商那里收到的一般都是负面的反馈。不幸的是,我知道那些反馈是合理的。看起来似乎是这样:自我评判的自信是必要的,无论采取多么严格的评估等级制,但是这样的自信却往往近似于骄傲和自大,这在作家和艺术家中间尤其普遍。然而,坦率地说,我在考虑自己时,难道不是——至少潜在地——认为自己比我的维尔诺同行更出色吗?

1987 年 10 月 12 日

尽管虚弱、咳嗽,我还是开始重读科特·耶伦斯基与我的通信;一晚上我就读了一整包信。它们可以做成一本迷人的书。科特在他的喜好和判断方面,似乎比我预期的更一致、更统一。

富于逻辑,诚实,忠诚,睿智。我意识到他在我的生命中占有多么大的空间,他又是多么配得上我的感激。多年以来,我只有一个读者,那就是他。我的散文已找到波兰语和非波兰语的读者,但是,作为一个诗人,我还只是被无条件地接受,即便在那些了解我才能的人中间。例如,我没有期望过从齐格蒙特·赫兹那里获得有关我诗歌的意见。他认为《伊萨谷》是我最好的书,并曾经建议我,“切斯瓦夫,为人们写作吧。”诗不是特别为了什么人写的,更不用说随笔。

在我流亡的隔绝时期,有几个月,我曾半开玩笑地给自己写信,那样我在邮箱里就会找到一些什么。对于我从事的事情的价值,唯一的肯定,来自耶伦斯基写给我的信。有一个读者——那是怎样一个读者啊!——也许就足够了。是的,作为一个喜欢怀疑的立陶宛人,得到他的赞美,我会在考虑到他的好心之后,自觉扣除一些东西,因为他知道我的隔离状态,他可能想让我振作。除此之外,他的某些知识的构成,给我的印象是过于巴黎化;例如,他提及过我的非人文主义(我是一个试图成为人文主义者的非人文主义者;而贡布罗维奇[①]是一个试图成为非人文主义者的人文主义者),我把这理解为他对更迭的文学潮流非凡的敏感性。然而,现在,在读了他的信后,我有了不同的看法。在他的评价里,他是诚实的自我;他没有从批评退缩,同时,他也有着特殊的热情的才能。这正是将我们联系起来的东西:

---

① 维托尔德·贡布罗维奇(Witold Gombrowicz,1904—1969),波兰小说家、剧作家。因其反传统价值体系的大不敬的哲学对波兰文学产生巨大影响。

一种持久不变的热情。这种热情到了如此程度,以致他认为我的诗歌能唤醒他童年的记忆,他知道,由于某些原因,那些记忆早已萎缩。

1987 年 10 月 13 日

昨天,接受伦纳德·内森的邀请,参加他们修辞系一个班关于切斯瓦夫·米沃什作品的研讨会;这个班由内森与阿瑟·奎因[①]一起主持。学生很聪明,讨论很成功;两个小时不知不觉过去,中间甚至没有休息。这是修辞系专门研究翻译文本的班。也许,二十年后,斯拉夫语言和文学系才有可能再次设立这样的研讨班。

科特的信,使我想起《文化》(*Kultura*)和对话出版社(Editions du Dialogue)周围的巴黎圈子。未来的历史学家和文学学者会埋首于研究这些材料。我想说说 1960—1980 年之间最激烈的那个时期;其中主要参与者有耶日·基耶德罗伊奇[②]、齐格蒙特·赫兹、佐菲亚·赫兹[③]、约瑟夫·萨齐克神父、雅

① 阿瑟·奎因(Arthur Quinn, 1928—2014),加州大学伯克利分校历史和语言学教授。

② 耶日·基耶德罗伊奇(Jerzy Giedroyc, 1906—2000),波兰作家、政治活动家。

③ 佐菲亚·赫兹(Zofia Hertz, 1910—2003),波兰作家、政治活动家。齐格蒙特·赫兹的妻子。

什·勒宾斯坦[①]、奥尔加·谢勒[②]、达努塔·舒姆斯卡[③],以及后来加入的奥拉·瓦特[④]。科特、齐格蒙特、萨齐克的通信与《文化》《预见》(*Preuves*)等期刊一起,共同见证了那个时期的氛围。不过,在出版科特和我的通信之前最好等一等;因为这些信里有着太多激烈的评论。

我不在巴黎的那些年,与我在巴黎的那些年。看起来我似乎仅在五十年代深度介入过华沙或克拉科夫的文学"现场";后来,我更多地融入巴黎的这个圈子,往来于舒尔库夫街(对话出版社编辑部)、艾库菲街(雅什·勒宾斯坦)和拉斐特之家(《文化》编辑部)之间,我跟这些人相互通信,每年至少见一次面。我认为,那时积极投入其中的人,不像我有那么强的临时感(即便战争才结束,西欧的命运仍然悬而未定,甚或注定不妙,如果相信霍斯托维奇的看法的话)。不管怎样,我的临时感越来越强,但我还是参与其中,临时结识的一些朋友后来还成为我一生的朋友。齐格蒙特·赫兹便是这样一位,他是1951年我在科尔内耶大道认识的,当时我正在拉斐特之家寻求庇护。齐格蒙特不是一个知识分子,我们几乎没有什么共同之处。我逐渐被他吸引,他的善良、他的温暖、他的奉献,以及我们特有的幽默。对

---

① 雅什·勒宾斯坦(Yaś Lebenstein, 1930—1999),波兰画家。1959年移居巴黎。

② 奥尔加·谢勒(Olga Scherer, 1924—2001),波兰小说家、文学教授。

③ 达努塔·舒姆斯卡(Danuta Szumska, 1889—1965),波兰作家。对话出版社文学主任。

④ 奥拉·瓦特(Ola Wat),诗人亚历山大·瓦特的妻子。

于科特来说，我们的友谊也不是暂时的。很长一段时间，我们互称“先生”。我与约瑟夫·萨齐克的相识，很可能开始于第一眼、最初近距离的接触。我意识到他是一个完全不一样的神父，这很可能影响到我对他的反应。司汤达有一个“结晶理论”，不仅仅适用于爱情，也适用于友谊。

在男性之间的友谊里，确实存在一个情色的背景，但是，如果因此马上就开始谈到同性恋也是荒谬可笑的。这是一种身体的愉悦，双目相遇时的那种喜悦，与我们见到一个喜爱的女人是一样的，那是对存在的一种肯定。就像我的诗《实在》(Esse)写的，地铁里坐在我对面的那个少女，我在几分钟里热爱的对象。

阅读科特的信件，我发现，多亏了他，我才开始了与贡布罗维奇的合作以及我们三人之间的合作。不管喜欢与否，我也以同样的方式代表了乡村庄园最后的文学。不像奥热什科娃[①]、罗德日耶维佐夫娜[②]、维森霍夫[③]那么直接，也不似各种回忆录，而是在一种曲折的意义上，作为一个代表；不过，这是一个奇怪的事实，“庄园”不是由最经常称它“庄园”的那些人保存下来——相对健康，固执地保持了老派忠诚的那些人。耶伦斯基完全知道，贡布罗维奇在表现生活上的无力，他与现实的隔膜，

---

① 艾丽查·奥热什科娃(Eliza Orzeszkowa，1841—1910)，波兰小说家。作品主要以立陶宛乡村为背景。代表作为《涅曼河畔》。

② 玛丽亚·罗德日耶维佐夫娜(Maria Rodziewiczówna，1862—1944)，波兰小说家。以写作乡村题材为主，在普通读者中间很受欢迎。

③ 约瑟夫·维森霍夫(Józef Weyssenhoff，1860—1932)，波兰诗人、小说家、批评家。具有保守倾向，作品多取材于立陶宛大庄园日常生活。

仿佛被玻璃窗户隔开,以及全部作品里他的替代性自我建构,庄园被用一个局外人、一个跛足者的身份来描述。按照科特的看法,我正好是一个对立面——是生命力本身,是激情;但是,按照我的看法,我在内心里比贡布罗维奇更为纠结,或者说,在我看来是如此。这里,有一个不太重要的因素,就是我对于自己的出身的耻辱感、我的阶级羞耻感。科特本人可以说是一个年轻的庄园主,但他是怎样一个波兰地主啊!他父亲那边的血缘来自意大利,他自己则发明了一个不寻常的总体配方,结合了波兰性和世界主义。他曾经很严肃地看待他的波兰性,并一直忠实于它;他在所有方面都是二元性的,比如他既喜欢女人又喜欢男孩,同时他又是一个拼合的整体。他跟一部受人尊敬的贵族小说里的人物会有什么共同之处呢?虽然可以得出这样的论点,即无论何时,如果我们走近细看,"常态"事实上就会是扭曲的,如同在我们寻找一棵圣诞树时必然发现,并不存在理想的树。

1987年10月14日

在最新一期《文化》上,我读到基谢莱夫斯基向齐格蒙特·米切尔斯基[1]的告别辞。这是他最好的文本之一;出奇的简洁,

---

① 齐格蒙特·米切尔斯基(Zygmunt Mycielski, 1907—1987),波兰作曲家、音乐批评家。具有贵族血统,出生于波兰南方,那里是雅各布·希拉(Jakub Szela)在1846年领导的农民起义之地。

大量来自朋友之间丰富的细节。米切尔斯基是我的朋友，虽然有点远（这个“远”，犹如“远房表亲”之“远”）。却不仅仅是同行。我想，第一次听说他是在 1934 年秋天，那时我是一个依靠奖学金的学生，宿舍在拉曼德街。有一天我去音乐厅听米切尔斯基一首或两首歌曲的首次演出，他是娜迪亚·布朗热[1]的学生。我还记得几句歌词：“房子在舞蹈，桌子，/四匹马，第五匹是公牛”；这是布鲁诺·雅辛斯基[2]的《雅各布·希拉之歌》。（布鲁诺·雅辛斯基是波兰的共产主义诗人，移居苏联，在那里写了第一部社会主义现实主义的小说《换肤的男人》，出版于 1933 年。1939 年死于古拉格。）请想象一下，一个加利西亚的伯爵特意选择了这首诗……后来，在维尔诺，在 1935—1936 年冬季，我们有过几个小时的交谈。此后还有多次见面，主要在巴黎，还有通信，最后，我去拜访了他，在加利福尼亚的奥哈伊，他来这里度假，搞一些创作。那个房子属于某些富有的上了年纪的法国女士；其中一人曾经是他在巴黎的女友，这也解释了她的温柔对于他的吸引力。

一个不寻常的人，超凡脱俗；我还从来没有遇到谁像他那么超脱。他仿佛徘徊在自己的一侧，放任地观察着自己的命运，如同放任地观察着另外的人，他的世纪的历史、战争。他通常是悲观的，但这并未妨碍他具有行动力。

---

① 娜迪亚·布朗热（Nadia Boulanger，1887—1979），法国音乐教育家、作曲家、指挥家。

② 布鲁诺·雅辛斯基（Bruno Jasieński，1901—1939），波兰诗人。未来主义文学运动的领导者。

1987 年 10 月 14 日(续)

斯多葛哲学常常建议人们参与到人类事务里去,但又要像是没有参与;换言之,它建议在命运做出不幸的判决之前就默许之。米切尔斯基身上没有任何斯多葛哲学的色彩,因为我们通常以为的斯多葛哲学的冷漠或冷淡,跟他是格格不入的。我想,可以找得到的像他那样的圣贤,只有禅宗大师了。他可以在这里,在我旁边,同时又可以属于另一个自己的世界,在那里,“我”看起来可以很小,仿佛是透过一个倒置的望远镜看到的。有时,在极少数场合,他谈起所经历的战争,你可能会相信,如同在他有趣的叙述中那样,他所经历的那些事简直滑稽可笑。我认为,他作为一个同性恋者不断受到“身体冲动”的折磨,在他对性爱的追求里,维持着同样好笑的思想的优越感。我看出,在他身上有一种形而上学的体验,将他提升到了一个圣徒的水准。他最后的作品《礼拜的圣骨》(*Liturgia Sacra*),不是指向这同一个方向吗?

1987 年 10 月 15 日

唉,患上这个支气管炎,或者哮喘,不管叫什么吧,差不多一个月了,而我几乎没有很好地利用下这晴朗的天气。当我们还住在蒙特热龙时，那些法国孩子常常说这样的人："p. p. h."（ne passera pas l'hiver——他不会熬过这个冬天）。

米切尔斯基身上没有丝毫的傲慢、专横或势利。他是一个贵族，一个真正的贵族；也就是说，他的行为举止绝对自然。如同耶伦斯基一样，他完全不同于波兰上层社会，不同于某个不太招人喜欢的人物，"他们趾高气扬似乎都是应该的"。

我的脑海里浮现出另一个真正的贵族：斯坦尼斯瓦夫·伊格纳奇·维特凯维奇[①]，"维特卡奇"，出生于萨莫吉提亚[②]的索瓦古迪斯基城。米切尔斯基完全可以成为维特凯维奇小说或戏剧里的一个人物，因为他符合所有合适的特征：他是一个伯爵，却是一个"堕落"的伯爵，他成了一个作曲家、同性恋者——维特凯维奇的长篇小说《贪得无厌》里，普特日西德斯·滕格便是同性恋。维特卡奇可能将他妖魔化了，没有考虑他的谦逊、超然、冷淡的风度。此外，维特卡奇的人物都缺乏与他们自己那个"我"的距离；他们"对存在奇异性的形而上学之感"并没有解放他们，相反，强化了他们的自我，从而将他们锁进了一个个孤立的单子监狱。

我们这一代人，没有经历过1920年代和1930年代初在扎科帕内[③]的纵酒狂欢。维特卡奇、卡罗尔·希曼诺夫斯基及其

---

① 斯坦尼斯瓦夫·伊格纳奇·维特凯维奇（Stanisław Ignacy Witkiewicz，1885—1939），又名"维特卡奇"（Witkacy），波兰剧作家、小说家、哲学家、艺术理论家和画家。

② 萨莫吉提亚（Samogitia），立陶宛名城。

③ 扎科帕内（Zakopane），位于波兰塔特拉山脉北坡的一个艺术中心。

《高地强盗》[1]、伊瓦什凯维奇、耶日·瑞塔德[2]、莱昂·赫维斯特克[3]。在最后的分析中,扎科帕内在某种意义上已经成为一战前的艺术之都,它给维特卡奇提供了许多典型素材。兹比格涅夫·乌尼沃夫斯基是与这个团体交往的唯一年轻作家。米切尔斯基比我年长四岁,我不知道他是否在扎科帕内打发过时光,如果他在那里待过,可能也那么做了。我只是熟悉伊瓦什凯维奇、希曼诺夫斯基、瑞塔德,这就是全部;但在另一方面,米切尔斯基却是他们这个部落中间的一员。从我所读到的差不多同时期伦敦文学艺术圈子的东西来看,比如弗吉尼亚·伍尔夫,性爱自由在那里是非常先进的。在扎科帕内,他们热衷于在高地人的音乐伴奏下狂欢狂饮,生出过许多风流韵事,同性恋和异性恋。对参与者来说,这显然是酒神狂欢,不存在任何可怕预感。换言之,只有维特卡奇是个例外,他有了黑色的想象。

1987年10月16日

乘飞机从奥克兰,经丹佛抵爱荷华。尽管患支气管炎,感觉虚弱,我还是决定去一趟,因为组织者指望着我;这是由保罗·

---

① 卡罗尔·希曼诺夫斯基(Karol Szymanowski, 1882—1937),波兰作曲家。《高地强盗》(*Harnasie*)是希曼诺夫斯基创作的著名芭蕾剧。

② 耶日·瑞塔德(Jerzy Rytard, 1899—1970),波兰作家、剧作家。

③ 莱昂·赫维斯特克(Leon Chwistek, 1884—1944),波兰画家、“形式主义”创立者、哲学家、数学家和艺术理论家。

安格尔和他的中国妻子主持的国际写作计划二十周年。我在飞机上的座位是第十三排。其他排席位都坐满了;这一排却几乎空着。如此看来,人们仍然很迷信。

这事发生在1939年夏天。一个晴朗的星期天,在莱吉亚[①]的游泳池。当然,扬声器在播放热门歌曲《鸽子》,还有别的,都是外国旋律填上波兰语歌词。《爱情窃贼》播了一遍又一遍;我还听到在播放。年轻男女晒黑的身体。在极为恐怖的进攻爆发前夕,那些高贵的爱国主义的(狂热民族主义的)波兰青年,沉溺于体育和调情之中,此后注定牺牲,死于一粒子弹、监狱、集中营,以及一切难以想象的苦难。突然,一阵骚动,出事了,有人潜入水中,开始搜索。有一个男孩刚跳进水里,却没有浮出水面。他们找到了他,实施人工呼吸,但已经没用。显然,他死于心脏病突发。然后,一切平静下来,扬声器再次传出《爱情窃贼》。

侥幸。或许是上苍不想让他缓慢地死于肚子上一粒子弹,或者在奥斯维辛被靴子踢死。我们有将一切归于偶然的习惯。但这只是表面的;事实是,在我们想起其他人时,习惯用护身符保护自己,将自己托付给圣母玛利亚的特别关照。更重要的是,深入探究那些似乎显而易见的习惯,完全是合情合理的。然而寻思这一点却是困难的,因为这里没有什么东西屈服于理智的努力。我们是否害怕?基督教的天意,常常伸入义人与恶人的命运(在天主教里,也是如此)。但丁的地狱里该死的恶人,在他们出生前就不得不成为罪人。谁会对这感兴趣呢?

---

① 莱吉亚(Legia),华沙地名。

1987年10月17日

昨天,从锡达拉皮兹机场驱车到达爱荷华之后,保罗·安格尔主持了一个讨论会,谢默斯·希尼、《纽约时报》的莱维塔斯[①]、诗人科尔曼·麦卡锡[②]和我参加,大厅里有许多认识的人:伊瓦尔·伊瓦斯克[③]和阿斯特瑞德·伊瓦斯克[④]。来自克拉科夫的雅努什·格沃瓦茨基[⑤]、杨·约瑟夫·什切潘斯基[⑥]。随后,在艺术博物馆举行鸡尾酒会。我感到很虚弱,一杯酒后,头开始发木;离开半小时后,躺在爱荷华联合会我的房间里,避开了晚宴会。我读了一会儿西谷启治[⑦],他是京都学派的哲学家;所以说我的脑子并没有停,因为这是一个难啃的文本。

还有一个掩饰之举。在讨论文学时,我假装关心,却没有公

---

① 米切尔·莱维塔斯(Mitchel Levitas, 1930—),美国编辑、记者、作家。

② 科尔曼·麦卡锡(Coleman McCarthy, 1938—),美国诗人、社会活动家。

③ 伊瓦尔·伊瓦斯克(Ivar Ivask, 1927—1992),爱沙尼亚诗人、批评家。1944年流亡到德国,1949年移居美国。1991年退休前是《今日世界文学》主编。

④ 阿斯特瑞德·伊瓦斯克(Astrid Ivask, 1926—2015),拉脱维亚诗人。伊瓦尔·伊瓦斯克的妻子。病逝于爱尔兰。

⑤ 雅努什·格沃瓦茨基(Janusz Głowacki, 1938—),波兰剧作家。

⑥ 杨·约瑟夫·什切潘斯基(Jan Józef Szczepański, 1919—2003),波兰小说家、剧作家和翻译家。曾任波兰作家协会主席。

⑦ 西谷启治(Nishitani Keiji, 1900—1990),日本哲学家。师承京都学派开创者西田幾多郎,毕业后留校任教。1937—1939年赴德师从海德格尔,深受其哲学影响。著有《世界观与国家观》《宗教和虚无》《禅的立场》等。

开说文学是一个轻浮无聊、不敬神的职业。说它轻浮无聊,因为它理应将现实转变为文字,却只有很少的现实渗透进来。例如,“二十世纪”在多大程度上被文学有效地捕捉?昨天,保罗·安格尔谈到他曾经参加内战的祖父。作为一名骑兵,他在联邦军队里曾经驰骋数千英里,而当他的孙子问起战争如何时,这名经历过十九世纪最血腥战争的老兵回答说:“保罗,没有语言可以形容。”所以,他永远不能说出战争是什么样子。

说它是一个不敬神的职业——还可能是别的什么吗?因为在这个时代,文学、艺术与宗教已经分离,顺便一说,这难道没有诱使它们投入科学的怀抱吗?不是这里,也不是那里,而是在宗教和科学之间的某个地方,尝试着无神论的各种不同的形式。

但是,如果不是文学,我们应该走向哪里?哲学吗?西谷启治在《宗教和虚无》(从日语翻译)里,力求拥抱两种遗产,西方和东方的遗产;然而,他所引用的文学文献(陀思妥耶夫斯基、尼采、佛教禅宗的俳句),比他满纸自认为严格的论述更为雄辩。不管文学是什么东西,文学确实清楚地表现了困境中人不安的挣扎,因为人被科学的力量限制,对他来说科学却又是不够的。有时,需要神秘诗人写下的一两首诗……

一个波兰出生的教皇、团结工会,所有类似的一切使波兰的问题普遍化,所以我的同行便可以是“波兰中心的”(Polonocentric),不会遇到什么大的阻力。无论怎么说,那个国家的宗教信仰一直存在,尽管作为一个整体,欧洲包括俄罗斯一直处于不断的变动之中,唯一的不同在于,在这里上帝是被冷漠杀死,在那边上帝被宣布为一个敌人。要不是波兰所发挥的作用,因为自十九世纪初以来它就是中欧和东欧民族主义的浪漫典型,否则,波兰教会也许已衰落到一个更微不足道的地位。换言之,任何人如果试图从波兰得出结论,都可能过于乐观地看待了基督教的生命活力。在维尔诺的齐格蒙特·奥古斯特国王高中,我便发现,一方面是物理学、生物学,另一方面是宗教,两个课程之间存在矛盾;这种矛盾规定了我的诗歌的方向,而在这一点上,我的深刻体验使我区别于我的同时代人,他们要么跳过了这个问题,要么宣称自己是无神论者。尽管如此,绥靖和伪装却是不合适的。二十世纪的本质是科学的胜利,以及宗教试图逃离科学的钳制而未能成功这一事实。我们没有理由自己欺骗自己:科学的方法论本身带有无神论的哲学特征,它规定了哲学的语境,也规定了文学和艺术的语境。大众的朝圣和宗教信仰可以平衡这一点,但它们并不足够。

1987 年 10 月 18 日

昨天,杨·约瑟夫·什切潘斯基送了我一本《任期》,是由一个半合法的出版社出版的;这是他担任作家协会主席期间各种活动的记录,自团结工会出现之前,经团结工会时期及其之后,直到作家协会解散。我在锡达拉皮兹机场飞芝加哥的飞机上,接着在奥克兰读了读它。其中有些地方写到我。这一段,关于1981年我对波兰的访问：

> 米沃什于6月5日抵达。我有些担心与他的见面。我们的关系不算好。我们第一次见面是在很多年前，在耶日·图罗维奇夫人的宅邸，在她的庄园里，我们同在一屋顶下度过了战时几个星期——他作为一个从华沙来的难民，我则是一个脱离了林子的“栅栏”①。我在早期一个短篇小说里，描述过战时我们在这个偏远地方，最后一个新年之夜的庆祝活动。其中一个人物是以切斯瓦夫·米沃什为原型。诗人因为其中的相似性感到被深深地冒犯。在我几次国外逗留期间，他拒绝与我相见，终于见面是在1979年的伯克利，事实上，他的确让我相信，那件遥远的往事不再有任何意义，但我觉得他心里仍有不满。

现在，当我在爱荷华再次见到他时，我没有想到格什日采的新年夜。我不知道是否曾经拒绝与他相见。我只知道，他和他的妻子有一次在伯克利——可能是在1969年——我懊悔我们错过了彼此；当时杨卡和我正在旅行。当然，这被解释为拒绝相见；一串情节，如同在贡布罗维奇的小说《宇宙》里，已经形成一个逻辑整体。

事实是，在那个不幸的小说里，他将我刻画成了一个痛苦与可耻往昔的象征，然而，很显然他不知道为什么我感觉受到了冒

① 意为买卖赃物的人。

犯。那个新年夜是一次下坠,滑入地狱,滑入历史的噩梦的最底层。我狂饮,言谈举止像个丑角,只是为了扑灭思想,但一切却是徒劳;我的意识是清楚的,且无法应付那样荒诞的情况,结果将它变成了一个煎熬的噩梦。永远的波兰性,波兰人的庄园,在被清算和永远消失前夕的纳夫沃奇*,而我,带着羞耻和野心逃离那个庄园;然后,作为它的标志,最后回到那里,无论喜欢不喜欢,这是我之所属的地方,而我徒劳地试图摆脱那个我不喜欢的传统主义和价值被绝对化的宗教。需要一个萨尔马提亚人①的但丁,来描绘垂死的波兰这最后的场景。这就是我对自己说的,但这个经验、创伤性的痛苦,我从未写进我的散文;相反,我的长诗《诗的论文》,"精神的历史"那一部分根植于此。我的经验不仅与新年之夜聚会的那几个小时有关,还有那时我的想象向我暗示的东西,以及接下来几天确曾发生的一切,它们仿佛遵循了1918—1919年一个服装彩排的模式:"苏军在波兰庄园"。从牲口棚和马厩里赶拢牛马羊;捕捉和屠宰鸡鸭鹅;为洗劫行为大开绿灯、美好的生活终结。华沙来的一个难民海伦娜·比林斯卡,她是一个教师,一个忠于未婚夫的老处女,未婚夫牺牲于1920年与苏军的战斗。她也感到了某种事情正在发

---

* 在斯蒂凡·热罗姆斯基的小说《早春》(1925年出版)里,纳夫沃奇(Nawłoc)是一个庄园,讽刺地展示了贵族无忧无虑的生活缩影,与农民悲惨的生活形成对照。

① 萨尔马提亚(Sarmatian),位于斯基泰(Scythians)西部一个多部落联盟,公元前512年首见于史书,属印欧语系民族。鼎盛时期分布在西到维斯瓦河和多瑙河、东到伏尔加河、北到希柏里尔、南到黑海和里海的区域内。公元三世纪后萨尔马提亚人势力开始衰落。在公元六世纪不再是一个独立种族。

生，迫切需要见证人；许多年后，我在哈佛大学有一个机会读到她写下的日记。战后，由于精通英语，比林斯卡与我同在华盛顿的大使馆工作；后来她在新英格兰做了一名教师。她的回忆录很好地传达了波兰人面对外来入侵时的恐怖，那个外来的、难以理解的"文明"，或者说，它犹如一个大陆，在征服过程中造成了无数小部落，它靠着坦克、大炮，最重要的是，靠着千百万步兵的双脚，向西滚动。我在归还比林斯卡的回忆录时，告诉她，在美国没有人会出版它，她肯定会被指责为种族主义。从本质上说，她认为苏联军队的入侵是一个异于人类的种族的入侵，或者至少是异于白人；如同蒙古人的入侵，它表明存在一种隔代遗传的恐惧，完全可以追溯至鞑靼人的攻击，他们曾摧毁波兰的土地。当然，士兵中许多是亚洲人；不知何故，她几乎未注意到别的什么人。

我反感什切潘斯基的小说——不是因为它包含的东西，而是因为它漏掉的东西。将种种事件剥离于它们启示录的维度是可以的，但是，难道可以将它们过度裁剪，使其由国家和社会的悲剧变成一个完全地方性的悲剧吗？从前，那里存在一个庞大的主权国家，它衰退了，被邻国瓜分，但在一百多年里它却幸存了下来，就像纳夫沃奇。虽然斯蒂凡·热罗姆斯基[①]的小说不是太耐久，但是他在《早春》里的诊断仍然是成立的。所以，纳夫沃奇的终结就像旧波兰的终结一样，明明白白，它是在1945

① 斯蒂凡·热罗姆斯基（Stefan Żeromski，1886—1925），波兰批判现实主义小说家、剧作家，波兰笔会第一任主席。

年1月被那个帝国永远吞并的。一个最为自相矛盾的悲剧——贵族的波兰,作为一个重要而真实国家的波兰;它的覆没却仿佛一所学校,向奴隶敞开了大门。这一点,什切潘斯基不写,因为小说的形式处理不了;当然还有审查制度需要考虑。但是,你甚至不能从小说背后觉察到,作者具有一点那方面的意识。米奇尼克从这个故事里可以找到足够的材料,从而在他的《波兰光荣史》里增加一个相关的讨论,因为那些道德立场之间的差异是非常清楚的。实际上,因为论点是关于华沙起义的最后一战,争论真正在于:在一个失败的国家,究竟应如何行动:要么为荣誉而战,要么通敌。看到一个人内在的复杂性被简化为一个类型总是痛苦的,就如什切潘斯基虚构的人物,诗人维尔戈什,事实证明这个人的确是正确的。如果我被人认为是维尔戈什,我可以为米奇尼克的书鼓掌,但只是因为我安全地生活在美国。如果更细致地观察,米奇尼克的书只是揭示了黑与白分野的抽象性;像亨利克·艾尔岑贝格或汉娜·马莱夫斯卡那样具体的情形,当然可以那么看,但是,如果提高到一个加图①式的原则,它们和所有牧师的说教一样,有着共同的弱点。如果维尔戈什继续生活在波兰,他很可能会以这样或那样的方式通敌。然而米沃什,却成了一个"相对的白貂"②,这是他自己创造的一个术语,仅仅因为他与波兰人民共和国决裂了。

---

① 马尔库斯·波尔基乌斯·加图(Marcus Porcius Cato,公元前234—公元前149),罗马共和国时期的政治家、国务活动家、演说家。他是罗马历史上第一个重要的拉丁语散文作家。

② 意为"高贵荣耀或纯洁公正的标志"。

我昨天的诗歌朗诵是成功的。吸引了大厅里大约六百人的关注,几乎每首诗都赢得了掌声,虽然我用的是一门外语;这是很能满足一个人的自尊的。

1987 年 10 月 19 日

在爱荷华,与波兰诗人乔安娜·萨拉蒙[①]交谈,她现生活于荷兰。因为《乌尔罗之地》她抨击过我。我欣然接受了她的意见,对于这本书在波兰没有人敢批评,因为它介绍的深奥学问无人知晓。除了巴朗恰卡[②],没有任何波兰人评论它,虽然因为萨齐克和耶伦斯基的高度肯定,我颇感安慰。

将贡布罗维奇写入《乌尔罗之地》也许是一个错误。或者,一般地说,我写作这样一本任性的书,使我与波兰人隔离开来,因为从根本上说,他们是一种反形而上学的人。比如基谢尔,我很喜欢他,当他不屑一顾地说到《乌尔罗之地》和我身上其他的宗教特质时,他的声音就代表了那些人。

---

① 乔安娜·萨拉蒙(Joanna Salamon, 1932—2001),波兰诗人、文学评论家、翻译家。

② 斯坦尼斯瓦夫·巴朗恰卡(Stanisław Barańczak, 1946—2014),波兰诗人、理论家和翻译家。七十年代波兰著名的异见诗人和民主运动积极参与者。后移居美国,长期在哈佛大学担任斯拉夫语言文学教授。翻译有莎士比亚全集和狄金森等众多诗人作家的作品。米沃什曾对布罗茨基称其为“天才”。

我的基本估计是，这本书在波兰大概可以找到五个读者，不会更多。如果能够找到更多读者，也主要会是因为我在书中不得不谈到密茨凯维奇、斯沃瓦茨基、贡布罗维奇——并非因为其中无人需要的深奥学问。对我来说，它是《被禁锢的头脑》的一个延续，深化了我在那里提出的问题，而它遭遇了类似的情况："间接引语"（oratio obliqua）被当作"直接引语"（oratio recta）接受了。也就是说，我，作为一个……反对者，一个"唯心论者"，据说是以精神反对物质的，等等。我的目标是做出一个诊断，而不是布道，但是人们仅从字面上看待我的辩证思想的跳跃。来一份牛排，请。

在第二次世界大战之后，我的同行们沉浸于马克思主义，对革命思想的起源略知皮毛；他们根本没有意识到，为什么"科学社会主义"用它的"不证自明"压倒了他们自己的思想。在十九世纪和二十世纪的进程中，思想已习惯于某些理解的方法，这些方法变得像空气一样自然。思维主体将世界作为一个客观对象来把握，为了理解，这个对象必须被分类，为了掌握，它必须被合理化。所以这几乎是不可避免的，科学里主体的位置必然被转移到社会和政治的领域。十九世纪俄国知识分子中的一员，作为我的同代人的美国实验室里的一名科学家，洪都拉斯或萨尔瓦多的一个小学老师——所有这些人，无论他们的政治观点如何，无论他们的科学打上了什么标记，或者，凡是科学的东西在他们眼里都打"加号"的那些人，他们全都属于同一个知识分子家族，因为都在整齐划一的命令下，在与混乱搏斗——比如，自由市场的混乱。这也就是为什么，如果我们必须寻找实际正当的理由，就应该先思考“科学思维”本身的前提。

1987年10月20日

回头看看自己的一些书，它们以不同语言的译本占据着书架。这样一个守财奴，经常在一种激动状态下，反复计算着自己的泰勒[1]。不过，可以肯定，“无人知道通向后人的道路”；而且，一个人在清点时，必须将他的错误也计算在内。伏尔泰认为他写下的东西里，诗歌的价值最高，但是如今谁会将他的名声与诗歌联系在一起？又如博伊修什[2]，他在监狱里写下《论安慰》(*De Consolatione*)，却不知道自己仅仅因为写下的东西而在后来几个世纪被人纪念。正如俗话所说，我不知道，在我身后将会“留下”什么。三十多年来，我看着《被禁锢的头脑》逐渐获得“经典”的地位，当然，这得益于简[3]出色的英译。对我来说，此书是一个次要作品，它更像是一个宗教革新诗人的神学论文。《乌尔罗之地》也是如此。它是否会永久存在下去，全然不是我关心之事，虽然从某种意义上说——这是一个关键的考验——我

① 泰勒(thaler)，旧时德意志诸国的大银币。

② 博伊修什(Boetius，约480—524)，罗马哲学家。

③ 简·齐耶隆科(Jane Zielonko)，波兰裔美国人，翻译家。后文有更多记述。

也并不是漠不关心：我们是否真在反抗，或者只是屈服于一个无力的梦想？读一读让娜·赫什的《内容与形式》吧。此外，唯一重要的是，一个人在他的领域里有着多大程度的“任性”；我想，我可没少溅自己一身污泥。“渴望，行动，然后死去；剩下的是黑夜。”

《被禁锢的头脑》，它是痛苦的，源于内心的冲动，在祈祷中完成构思。如果不是由于我的虔诚，从小就在天主教环境里成长，以及长大后祈祷的能力，我可能根本不知道怎么办，我可能毁灭了十几次。在祈祷里，在高度的专注中，也就是说，在我生命的重要时刻，我会非常偶然地产生一种直觉性的洞察力，在那样的时刻，我的未来似乎瞬间对我显现。依照萨特的说法，无论谁假定宇宙对他的存在感兴趣，也就是说，以为他个人的存在具有一个形而上学的基础，他就是一个salaud①。因此，我们必须接受，我们的基础就是虚无，这是我们绝对自由的条件。因为，我相信，在神圣的计划里，我确有一个位置，并且祈祷我能完成摆在我面前的使命，我是一个典型的 salaud。

一个无形的骑士受命与骗子搏斗？《乌尔罗之地》里有一个人物的画廊，每个人都被分配了如同先知的一个位置：斯威登堡、布莱克、陀思妥耶夫斯基、奥斯卡·米沃什。还有我沮丧的宽容性：人类的弱点如此之大，以致不借助对于人类特殊重要性的信念，根本不能成就什么；既然如此，那又怎么样？

---

① 法语，意为“猪，卑劣肮脏的人”。

这是一个无可争议的事实，科学和技术从内部彻底改变了人，改变了他的想象力。我们为什么要闭上眼睛，拒绝承认明显的东西，古罗马又一次在衰落，而且这一次它不是基督教打击下的异教徒的罗马，而是作为一神论者的上帝的罗马？因为这，而不是别的，正是各种语言的当代诗歌未曾宣布的主题，显然，这种冲突已经越过普遍意识的门槛。我们不知道，《乌尔罗之地》的反对者、预言想象力重生的新时代的那些人，他们是否正确。

也许，剩下的问题仍将是，一个“科学”的宗教在过渡性的犹豫之后，将会从根本上重返机械的正统信仰。或者，新的视野将会展开，它们将绝然不同于那些先知的预言。但是，作为一个诗人，所用的语言属于这样一个国家，它的教堂里还坐满了人，是不应该考虑这类事情的。

1987年10月21日

最近种的栀子花开了。被小鹿毁掉的天芥菜也已复原，但生长缓慢。天气晴朗，不过毕竟已经是十月末了。

毫无疑问，奥斯卡·米沃什将是引起《乌尔罗之地》的读者争论的一个焦点——我的倾向性，也就是说，我（通常）将他的观点作为自己的采用。尤其是他关于运动和空间的学说。我从书架上取下我翻译的《西蒙娜·薇依作品选》波兰语译本；找到其中一个条目，可作为她与奥斯卡·米沃什之间的一座桥梁：

将身体赖以存在其中的节奏与世界的节奏统一，不断去感觉那种联系同时也感觉事物的不断转换，因为这转换，人的存在才沉浸于这个世界。

只要人活着，就没有什么能带走人的存在：运动、呼吸、意志的体现、知觉、空间（即使一个人身在地牢，即使双眼被剜去、耳朵鼓膜破裂，也能识别出空间）。

很可能，在《乌尔罗之地》里，我有一点过分了。我谈到奥斯卡·米沃什关于地球新秩序的预言，而且，当我接受那种可能，即认为一个神权秩序与激进的非集权化可能携手并进时，我似乎已认同他的观点。可怕。作为这本书认真而热情的读者，科特·耶伦斯基对此思想很是不屑；正是这样，到处才散发着宗教法庭火焰的气味。也许我应该删掉这句话，但是，神权政体难道不是意味着一个僧侣集团治下的政府吗？也许在二十二世纪，它意味着不同的东西，甚或是与主宰宇宙节奏的原则有关的虔诚，但那是我们今天的理解力无法企及的。

我认为，奥斯卡·米沃什对我的影响既是积极的，同时也是破坏性的。说它是破坏性的，因为卡利班不应该想要飞升，如阿里尔[①]一样；人被囚禁于他的肉体，l'homme sensual（耽于肉欲的人），不应被带到过于浪漫的寄存处，或是寻找不可能的爱、灵

① 卡利班（Caliban）和阿里尔（Ariel），围绕天王星运行的卫星。

魂的手足之谊。仿佛波兰的浪漫主义诗人还不足够,我不得不像对待另一个人那样对待自己,心怀他的贝雅特丽采和末世论,以及完成他的历史使命的期望。

1987 年 10 月 22 日

要么是失败生活的悲伤,要么是功成名就的悲伤? 又或者,二者都有? 我被超过我欲忏悔的东西包围,却不知如何或向谁忏悔,一种对沉默的忏悔的需要,仿佛只要懊悔我的罪本身就足够了。颇为奇怪的是,当我检视我的良心,我的常常占据如此突出的位置的不合群的天性,我就感到不可思议,这么多年我这样走了过来,而不是自童年起得到了什么训练。这可以通过我不善于注意他人而得到间接的证明,倦于跟模糊如面具、不具体的人交往。这其实很早就开始了: 在卡拉什诺格鲁德的午餐桌上,因胆怯而备受折磨,而且表现出了某种势利的焦虑心理: 没有人在意我,我必须尽力显得聪明,这样做却毫无结果。

早上六点。我被一个记者从奥斯陆打来的电话吵醒: 约瑟夫·布罗茨基获得了诺贝尔奖。由衷、直觉的决定是给他写一封安慰信(记住,流亡初期是最难的),此时,他会发现,他从一个持续多年的友谊中,在西方得到了丰厚的回报。他是一个忠诚的朋友,尽管他有明显的傲慢,我在很多场合已有见证。我嫉妒他的傲慢和自负,它们将那些自大的傻瓜置于他们应得的位置,而使他自己明确地处于一个优越的位置。这是我缺乏的。

大多数时候，我是礼貌的（羞怯的），却几乎没有意识到这一点，仿佛隔在一块玻璃后面。但是有时，我也会爆发轻蔑的怒火。如果我的人生故事充满了道德训示，好像愚蠢的儿子战胜了他聪明的兄弟，约瑟夫的故事大概更是如此——而且，道德的训示比我的情况来得更迅速。

当我追寻俄罗斯、波兰、捷克、立陶宛"持不同政见者"的命运——他们从1970年代开始，要么自愿，要么被迫移居国外——我便对他们感到不无嫉妒。因为我有过一段最困难的、飘浮的时期。从1951年到1953年，在巴黎，我处在人生的最低点；齐格蒙特·赫兹经常不得不用香烟款待我。1953年获得日内瓦的欧洲文学奖是一个突破，让我能够将我的家人带到美国，但我们的生活——起初是在莱蒙湖附近的本昂，然后是布里孔特罗贝尔，再后来是蒙特热龙—— 一直紧张不安。直到1960年，伯克利使我们有了稳定的生活。然而，他们这些持不同政见者，有了荣誉、研究职位；最重要的，他们能被接受，不像我被当作麻风病人。

辛格开启了移民作家获得诺贝尔奖的先例。但是，当我知道了我的朋友们（耶伦斯基、柯瓦科夫斯基）的努力后，我就没有太把这一切当一回事，因为在过去，流亡作家完全没有什么机会。（只有一次，那是很久以前，蒲宁[①]得过一次。）不管怎样，奖励一直不断地接踵而至：米沃什、卡内蒂，现在是布罗茨基。

写作这本回忆录的乐趣：随着衰老逼近，我努力提取精华

---

① 伊万·蒲宁(Ivan Punin, 1870—1953)，俄罗斯作家。1933年获诺贝尔文学奖。

(大事件、潮流、观念),这一次我屈服于众多具体人物、旧事件和新事件交织,也许因为这一原因,它们接近我的诗歌(或部分诗歌)的音调。

我已明白,为什么同时阅读普鲁斯特和日本哲学家西谷启治(《宗教和虚无》)是有意义的。这位京都大学的教授,对于始自柏拉图和亚里士多德的西方哲学做出了出色的批评,但我怀疑,他对当代西方虚无主义提出的补救,是否能够渗入西方的思想,因为那相当于一次超理性和超语言的佛教启蒙运动。尽管如此,现代物理学似乎也具有西谷启治那种思想倾向,而且普鲁斯特大可作为一个例证——他的真实观,与西谷启治的观念几乎是一致的,它将生命视为瞬间的非生命体(non-life),一种反射磷光的、不断变化的海浪,那就是"空"或绝对的虚无,一种真空,由于它是完全同样的虚无,时时刻刻达到澄明。

1987 年 10 月 23 日

阵雨,数月干旱后,这是第一场雨,但天很快晴了。我从夏尔丹的画册挑选了一幅静物画作为书籍的外封。与藤江(Fujie)夫人协商个人所得税。我喜欢到她的办公室,因为我对亚洲人有一种喜爱;在我看来,他们比白人似乎更有魅力。这么多年,藤江夫人一直为我准备纳税报表,我已能从她的脸上看出每年的变化;但日本人一点儿也不显老,而我在她眼里的吸引力仍然不失美学的依据。

1987年10月24日

下面的城市像擦洗过似的。阳光，夏天。

这里和此刻——那里和其他时刻，以后。假如没有更多“那里”和“以后”呢？我将自己很少生活于“当下”算作我的一个缺点，因此，我必须费力寻找，为了收集记忆的细节（最终目的是什么？），或者，不仅仅止于“收集”（因为这也是一个指向未来的举动），而是为了强化时间本身。比如我的家里，四个年轻的女人，她们的存在温暖着我：卡罗尔[①]；艾娃，负责整理我的图书馆；玛丽，处理我的信件；阿尼娅，和她的女儿纳塔莉亚、她的丈夫马莱克，共同住在花园里的小屋里。一个临时的圈子，几个星期和几个月过去，几乎没有觉察，一年就过去了，然后又过去一年。这些人，凸现在我的意识里；我想象与她们有关的事情，并喜欢将她们的形象进行艺术加工，但我很可能没有时间，因为那通常要在许久之后出现。这里，我应该补充说，那种疏忽的体验、流逝，某个“此刻”并不意味着，在疏忽的外表下没有留下深刻的印象，这是我的经验可以验证的。

在爱情里强烈痛苦的时刻。阅读普鲁斯特，我仍想唤醒那样的时刻。斯万因嫉妒而受的折磨，很大程度上那也是我的。

---

① 卡罗尔·西格彭（Carol Thigpen，1944—2002），美国历史学家。曾任亚特兰大埃默里大学文理学院副主任。米沃什第二任妻子，他们在1992年结婚。

这是令人欣慰的,因为,它们虽然被压抑、被遗忘,还是回来了,有那么一刻它们是真实的,而且它们证明,我真正爱过。

1987年10月25日

我的哮喘在缓慢改善,这是此前没有的。我喜欢躺在外面露台,看着院子里鲜花盛开,看着那些花,但不想让太阳软化我。

记忆。对记忆的态度,在我们的生活进程中不断改变着。1980年7月,我从巴黎到了日内瓦,约瑟夫·萨齐克和我一直在那里致力于翻译《约伯书》。(他一个月后就去世了,在拿到编好、准备送印刷厂的手稿后。)我有一个发现,那是在我还是一个学童时——因为受到密茨凯维奇《先人祭》第四部(古斯塔夫返回家中的故事)和斯沃瓦茨基的《思想的一小时》的影响——基于对甜美的忧郁的想象,也就是,认为我有一天会记起现在正在发生的事情。实际上,准确地说,在阅读浪漫主义诗歌之前,我就有了这个发现,因为我有一种与生俱来的忧郁,埃德加·爱伦·坡认为它是诗歌最合适的调子。早上步行去学校时,我望着维里亚河外的山峦,而在头脑里却踏上了通向失落的天堂谢泰伊涅的旅程;换言之,那时就已经失落了——但是谁会想到它呢?——我一直就是朝向"过去"的,却没有意识到"过去"是在不断放大的。

"过去",曾经那么难以理解。我到日内瓦,是为了与让娜的朋友们一起,庆贺她的七十寿辰。回到1953年的春天,应该是一个忧郁的记忆之旅，隔着几十年，重返我在这个城市接受欧洲文学奖的那个时刻，她将我引荐给她的朋友圈子，我们一起周游瑞士。我沿着湖边散步，看着同一眼喷泉里涌出轻盈的水。什么也没有改变。我叫了一辆出租车，然后发现自己身处一个花园派对，在此我遇到熟悉和不熟悉的一些面孔：这怎么可能？那个老者是罗伯特·海纳德[①]吗？那个上了年纪的女人是纳伊夫太太的女儿吗？说实话，我不是那么兴奋，虽然感到了某些异国情调。对我来说，瑞士社会如同一个可怜的表亲，来自一个错误的欧洲，可以唤起我曾经有过的对世界的憧憬，但现在，区别我们的差异性，逐渐消失在我们衰老的脸上。如果我是从那个时候来到这里，从那个不幸的土地，前来庆祝这一生日，也许我的感受将会大不相同，而现在，我是作为来自大洋彼岸的一个教授、一个美国游客出现在这里。

就像在维尔诺，早晨步行去学校的那个男孩，不可能看清等待着他的未来，同样，在那个夏天，在日内瓦，我也不能预料带我走进一个新天地的许多事情，尽管我糊里糊涂地察觉到，一个新的转折点已经出现。而现在，在经历了人生的另一个阶段之后，再一次，我发现自己很难欣赏关于人生无常的那种伤感，相反，一如往常，人生的神秘令我不安。

---

① 罗伯特·海纳德（Robert Hainard，1906—1999），瑞士艺术家。

1987 年 10 月 26 日

从《文学笔记本》(*Zeszyty Literackie*)第二十期上,读到扎加耶夫斯基[1]绝妙的诗歌。同时,我读了恰普斯基[2]的《斯塔罗别尔斯克回忆录》(*Souvenirs de Starobielsk*,瑞士白纸黑字〔Noir sur Blanc〕出版社出版)。这个人有着多么持久的绽放!他又取得了多么伟大的成就!他关于被谋杀者的见证,他以被谋杀者的名义所作的见证,将会永存下去,不是作为艺术品,而是作为勇敢地记录可怕真相的文献。那些名字、那些与他一道被囚禁的同胞的人品,如果不是他,不会出现在人类的记忆里。只要俄罗斯存在,因为这种犯罪行径,必然使它蒙受耻辱,并将吁求上天的复仇。就在几天之前,在雅库舍夫家,我和亚历山大·季诺维耶夫[3]在一起晚宴。他无意中提到,在 1943 年,他的分遣队里有些官员知道是谁在卡廷犯下的罪行。"但我们从一个积极的角度看待这个事情。"可怕。

大屠杀四十七年之后,出现了扎加耶夫斯基的诗歌。真是

---

① 亚当·扎加耶夫斯基(Adam Zagajewski, 1945—),波兰诗人、随笔家、小说家。

② 约瑟夫·恰普斯基(Józef Czapski, 1896—1992),波兰画家、作家。卡廷惨案少数幸存者之一。

③ 亚历山大·季诺维耶夫(Alexander Zinoviev, 1922—2006),俄罗斯逻辑学家、作家和社会批评家。

奇妙,生活可以有着怎样的反弹力量,又是多么令人惊讶。我在想,沉睡在那里的诗人,凝固于他们第二次世界大战之前的风格——瓦迪斯瓦夫·塞比瓦[①]、莱赫·皮沃瓦尔[②]。与此同时,令人恐怖的是:殉难,仍然是波兰的一个武器。

1987 年 10 月 27 日

在从奥克兰到丹佛的飞机上。

有时候,我们会对某个特定阶段的独特性,具有异常敏锐的感觉,就像今天,越过灰熊山,经过费什兰奇公路和隧道,驱车去机场。每次经过这里,我们好像会无限生活下去,一个又一个新的阶段在眼前展现,仿佛没有尽头。或者,对我们从前所经历却几乎没有意识到的一切,形成一个新的看法(总是从不同方面)。1929 年,我在维尔诺偶然购买到一份《战车》(*Kwadryga*),我相信,现在还能描述它的纸张、字体。《战车》上发表了加乌琴斯基的一些诗歌,正是在那里我第一次读到加乌琴斯基;那上面还发表了沃齐米日·斯沃博德尼克[③]的一些诗歌,当然,都与乡村

---

① 瓦迪斯瓦夫·塞比瓦(Władysław Sebyła, 1902—1940),波兰诗人。卡廷惨案的受害者。

② 莱赫·皮沃瓦尔(Lech Piwowar, 1909—1940),波兰诗人、讽刺作家、记者、翻译家、文学和戏剧评论家。作为波兰军官,在卡廷惨案中遇难。

③ 沃齐米日·斯沃博德尼克(Włodzimierz Słobodnik, 1900—1991),波兰诗人、翻译家。

有关，其中有个词 gar（雀鳝）我不明白；我只知道 garnek 这个词，意思是“水壶”。之后，关于《战车》出现了一些谣言或传说，然后又消失了，如果我没有搞错的话，主要是关于斯·雷沙德·杜勃罗沃尔斯基[①]的，那时他正在维尔诺服兵役；但是，每个《战车》诗人都是单独出现在地平线上的，而不是作为一个群体，他们似乎从来不是一个群体。斯蒂凡·弗卢科夫斯基[②]，他的父亲是华沙兹洛塔街上的一个裁缝，住在一个破旧的公寓里；我经常去那里，我们有过一些冗长的交谈。卢西安·申瓦尔德[③]和一些左派人士，主要是一些犹太人的秘密聚会，他们的面庞留在了我的记忆里：玛格达，本尼迪克特·赫兹[④]的女儿，一个童话故事的作者，还有她的男友萨尔曼，他们两个后来到了美国，然后又返回波兰，萨尔曼做了一名记者，化名“阿尔斯基”。也是在那时，我见到了莱谢克·拉贝[⑤]，很可能是第一次见到；关于他，应该与德国人的占领和一个名为“自由”的社会主义组织联系起来讨论。精神焕发、英俊、高贵、颇有英雄气——是谁把他交到了德国人手里？在一个紧要关头，兹比格涅夫·乌尼沃夫

---

① 斯坦尼斯瓦夫·雷沙德·杜勃罗沃尔斯基（Stanisław Ryszard Dobrowolski，1907—1985），波兰诗人、翻译家。

② 斯蒂凡·弗卢科夫斯基（Stefan Flukowski，1902—1972），波兰超现实主义诗人、翻译家。

③ 卢西安·申瓦尔德（Lucjan Szenwald，1909—1944），波兰诗人、共产主义活动家。

④ 本尼迪克特·赫兹（Benedykt Hertz，1872—1952），波兰作家、讽刺家、新闻工作者。

⑤ 莱谢克·拉贝（Leszek Raabe，1913—1943），波兰记者、社会活动家。

斯基与《战车》结成了同盟。最后，瓦迪斯瓦夫·塞比瓦，他与米琴斯基[①]一家有些联系，我不记得时间先后了，他与我也有些联系，我那时在华沙，状态很不稳定、缺乏自信。那个城市的永久居民，像博莱斯瓦夫·米琴斯基，在通常情况下，他们可以正常活动，有着自己的日常生活，有一起出席音乐会，参加展览、大学研讨会的社交圈子——对我来说，他们好像生活在一个超自然存在的区域。尽管我试过，却从来不能相信华沙的现实——无论是毁灭前的那个城市，还是毁灭后的那个城市——而华沙的居民，只有到了另一个城市或国家时，才会失去在那里生活的氛围（例如内拉·米琴斯卡）。这也是我与博莱克和内拉特殊关系的源头——我的生活与博莱克曾有短暂交集，却贯穿了他妹妹一生大部分时间，当然是在国外。博莱克如何看待我，我不知道。当他和哈里娜在格勒诺布尔靠奖学金生活时，我曾借用过他们在萨斯卡克帕[②]的公寓；后来，我把他引荐给索斯诺夫斯卡，并让他进入了波兰国家电台。我想，我是被他受到的哲学教育震住了。我们的谈话不断出现哲学讨论：关于阿齐奥（“阿波罗”的简称，这是博莱克和克隆斯基对塔塔凯维奇[③]教授的称呼），关于大学校园里的反犹丑闻，关于他的哲学同事。塔塔凯

---

① 博莱斯瓦夫·米琴斯基（Bolesław Miciński，1911—1943），波兰哲学家。下文博莱克（Bolek）是其昵称。内拉·米琴斯卡（Nela Micińska）是米琴斯基的妹妹，米沃什在华沙的朋友。她和丈夫杨·乌拉托夫斯基（Jan Ulatowski）生活于芒通。

② 格勒诺布尔（Grenoble），法国东南部城市；萨斯卡克帕（Saska Kępa），在华沙的南布拉加区。

③ 瓦迪斯瓦夫·塔塔凯维奇（Władysław Tatarkiewicz，1886—1980），波兰哲学家、艺术史学家。

维奇的《通往地狱之旅》，发表于1937年，是直言出版社（Prosto z mostu）的出版物之一种，却没有起什么作用，因为博莱克在华沙哲学学术中心任教的那几个月里，他对那些信奉民族主义的青年人是绝望的。他和耶日·斯蒂姆坡夫斯基[1]是朋友，并且有着某种卡桑德拉式的倾向，对右翼意识形态的各种不可思议的观点深表厌恶。我收到了他的随笔文章，相当佩服，但它们不是太聪明，因为文章的基础过于诗意化，我认为，那时我所写的随笔受到了他的一些影响，因为当时在波兰没有其他可供学习的范例。今天，我认为，随笔文章应该是一种清晰、明确的体裁，不应拐弯抹角，应该提出一系列思想。但在那时，随笔还是波兰文学中的新事物，即使我的随笔也还是乐于在抒情上兜圈子；换言之，缺乏散文坚实的优点。我认为，米琴斯基以及我本人随笔的共同特征，是那个时代模糊性的一个标志。

米琴斯基将我介绍给他的一些哲学家同事。尤里乌什·塔杜施·克隆斯基在布拉格逗留一年后，在米琴斯基母亲的公寓里举办了一场讲座。内容我都不记得了；讲座是高度技术性的，关于现象学，提到过帕托茨卡的名字。

同样的表情、手势、烟斗，为了幽默，穿插其中的俄语词汇和句子——仿佛直接出自维特卡奇之口。虽然我对米琴斯基充满感情，他的个性里有些东西却是不确定的；许多地方是我无法到

---

① 耶日·斯蒂姆坡夫斯基（Jerzy Stempowski，1894—1969），波兰著名作家。杰出的随笔家、回忆录作者，长于希腊语和拉丁语的知识；常化名“帕维乌·霍斯托维奇”（Paweł Hostowiec）发表作品。

达的，包括他的未婚妻和后来的妻子哈里娜·克劳兹，她的抑郁症、她的精神分析，博莱克对这些非常感兴趣，以及米琴斯基与维特卡奇的友谊，等等。我想说，两次大战间的华沙完全体现在米琴斯基身上，同样的情况也与我擦肩而过，也许包括两次大战之间波兰的所有方面，那是在维尔诺几乎无人知道的。我对内拉也存有敬意，她在当时外交部的图书馆工作；这就是我和米琴斯基一家，温暖的、不掺杂性爱因素的关系的开始——先是和内拉，后来是和博莱克的女儿邓卡。我想，我是在内拉的住处，遇到瓦迪斯瓦夫·塞比瓦的。他们是朋友，塞比瓦给她献过几首诗。显然，我特意跑到布拉加[①]去拜访他，肯定是因为他的诗歌吸引了我，因为他试图超越斯卡曼德派和先锋诗歌，走向哲理诗歌的努力。一个非常容易相处的人，多思，带着忧伤的微笑，说话缓慢。在经过早期充满社会思想的诗歌后，变得非常自足，有一种波兰诗歌必需的简洁性。“黎明突然开始滴血/穿过天堂所有的柱子/像塞比瓦的诗歌，/像沙皇尼古拉被谋杀的一家”，加乌琴斯基在其诗作《大众娱乐》里曾经这样嘲笑。

但不是《战车》圈子里所有诗人；对我来说，约瑟夫·切霍维奇和他在斯穆里科夫斯基大街上的公寓，要真实得多。我将让自己限制于少数几个名字，因为，在最后的分析中，那么多事情发生在那么短暂的间隙，在两次大战间的波兰，这几乎是难以置信的。对于国家、语言、社会的历史，十年、二十年意味着什么？

---

① 布拉加（Praga），华沙的一个区，在维斯瓦河东岸。

1987年10月29日

昨天和前天，是另一种经验。飞丹佛，那里有两位教授迎接我，然后乘车前往位于格里利市的北科罗拉多大学。这是一个小城市，距丹佛五十英里，距波尔德五十英里，距夏延[①]五十英里；海拔五千英尺的高原，但是温暖，阳光灿烂。地平线上，是落基山山脉。农业：玉米、甜菜；灌溉水渠自山底延伸；东边，是所谓旱田作物，小麦。

我们在车里的谈话，以及随后由R教授所作的采访，让我对他有了一个印象。没有一个欧洲人会承认自己不理解某个东西；他会假装理解。在谈到萨特时，R教授说，他在几个不同场合试着读懂《存在与虚无》，但是在读了七页之后，仍然什么也没有理解，就把书丢到了一边。也许，在这样的坦白里有一种谦逊，但是无论如何，其中有些自然的东西，而且绝无傲慢的成分，这与美国自由主义者普遍的坦率，与他们的和平主义（因为敌人也是人），以及他们在评估俄罗斯和美国时不偏不倚的习惯不无关系。

采访进行得很顺利；之后，在酒店，读书和休息。在一个坐满听众的礼堂，举行诗歌朗诵，很成功，尽管听众比爱荷华州的更胆怯，只有不多的喝彩。这里也有一些波兰人，团结工会上台

---

① 格里利（Greeley），美国科罗拉多州中北部城市；波尔德（Boulder），科罗拉多州中北部小城市；夏延（Cheyenne），美国怀俄明州首府。

后的新移民。第二天上午,与教授和学生进行了一个小时的会谈,我们都很满意,双方交换问题和回答,生动活泼。

应该说,我身上良好的欧洲性,只是强化了我作为一个美国诗人和教授的风格。这主要是由于我已谙于此道,也是因为我懂得哪些知识领域是不应贸然进入的。毕竟,英语系的教授们感兴趣的话题范围广泛,避免超越某个限度是很容易的。尽管如此,我仍然注意有意识地只谈对于我更容易的东西,同时,我也简化一些东西,否则我无法如愿。这是一个愉快的事,能够与善良之人相处,他们寻求真理、乐于行善。然而,如果有人试图向他们解释"魔鬼",或者绝对邪恶的存在,他们会生气,他们不相信会有这样反动的人提出这样的假设。无论是世俗的人文主义者,还是这个或那个教派的成员,没有"魔鬼"的概念,他们的宗教也对付得很好。在科罗拉多两天的经历,是我对二元性的一次体验——又一个二元性,虽然不是什么新的二元性。此外,我反思了这样的教授对学生的影响。对于天真的美国人的看法,永远需要不断地更新。

1987 年 10 月 31 日

"眼睛看不到自己。""火不燃烧火。"这些格言(西谷启治),思想深刻,它们与西方的理解不同,西方总是从"主体"开始,从笛卡尔式的"我思"开始。这个"主体",恰是对象或物质的对立面,它本身便被理解为物质。但眼睛看不到自己,看到的是本身之外的东西;意识并不掌握其自身,它逃避分类、定义、形式。我并不知道我过去是谁，也不知道我现在是谁。从这里，很可能，虚无出现了，“空”成为我们自己的背景。就是埃克哈特大师[①]所说的“神圣的虚空”。

宽容和耐心。我把这些美德归于自己，尽管它们的出现，可能是因为我老了。（我仍然不能适应对自己的归类：老人。）我后悔以前的狂热需求、暴怒、恶劣的情绪。当然，它们很快过去了，不像杨卡，长时间地有着恶劣的心情和抑郁症；她可以用十天的沉默不语“惩罚”我。但是，她的确曾经那样，使我苦恼。现在，我已能够克制自己，并对“应该如何如何”耸一耸肩，有时我也怀疑，我的那些强烈的需求，无论对于接近我的人，还是其他人，都是痛苦——为什么说对于他人也是痛苦？举例来说，因为它会伤害他们的职业抱负——然而，所有的那些需求却是促使我“勤奋”的不可或缺的条件。同时，宽容也并非没有包含一种对于自己和他人的轻视：我为什么要使自己不安？无论如何，我还剩多少时间？

我写下这个时，是在从旧金山到檀香山的飞机上，去度一周假期的途中，据说有益于哮喘的康复。毫无疑问，也是作为一种让步。一个度假的美国人。一件犬牙花纹的夹克衫。

不大适应。毕竟，人们之间不平等的一个原因是，认真负责而能力突出的人只是少数。辛勤的工匠，关心土壤墒情和习俗的农民，从不漏掉一个错误的校对工，不断练习以追求完美的音

① 埃克哈特大师（Meister Eckhart，约1260—约1327），即约翰尼斯·埃克哈特（Johannes Eckhart），中世纪德意志神学家和神秘主义哲学家。

乐家。大多数人却假装能够胜任，假装他们在做事，所以他们蒙混过关。他们的理想是什么也不做，度假完事。对我来说，为度假而度假总有一些不得体。虽然我在 1984 年 12 月旅行到了马提尼克和瓜德罗普①，目的是去见让娜，托词却是公开露露面。我发现，讲法语的省份，例如波尔多地区，有着基于肤色的社会等级：白人殖民者，白黑混血的中产阶级，黑人在他们之下。

我冒犯过一次我的祖父，齐格蒙特·库纳特，他可是一个尽职尽责的典型。他在谢泰伊涅经营一个不错的农场，那个庄园由于他的努力，农场没有在立陶宛土地改革的名义下被分掉。他是一个非常专业的农学家，早年毕业于华沙的“中心学校”，在十九世纪晚期“有机农业”*的传统观念里长大成人。我不能说，谢泰伊涅不会成为一个富裕的庄园（它不富裕），但是，那是因为有另外一些因素在起作用，并非由于他的无能。然而，在与亚历山大·弗尤特②的一次交谈中，我说他什么也没干过。我为什么那样说？我不知道。这也就是为什么，我们应尽可能少地依靠口头表述。没错，他不从事体力劳动，但是，如果不是因为他的眼睛和头脑，田野和谷仓看上去会更糟糕。在我自己的性格里，勤劳和诚信的特点，难道不应该大大地归功于他吗？

---

① 马提尼克岛（Martinique），位于加勒比海，是法国的一个海外省，首府为法兰西堡；瓜德罗普（Guadeloupe），位于加勒比海小安的列斯群岛中部，1977 年被划为法国的一个大区。

* “有机农业”是在 1870 年代俄国占领波兰后采取的一套农业生产措施，通过强化劳动来改善乡村的经济状况。

② 亚历山大·弗尤特（Aleksander Fiut, 1945— ），波兰文学史家、评论家、散文家。他在 1981 年与人合作采访过米沃什，并出版了访谈录《与米沃什谈话》。

1987年11月1日

卡哈拉·希尔顿酒店。本着“试一试”的原则,我出来度假的借口还不错,昨天下午我游泳回来,感觉健康在恢复。我想到此生之中地球在缩小。飞机上坐我旁边的,是一个年轻的瑞士人,刚刚高中毕业,出来看世界。他将从檀香山飞往澳大利亚。四处奔波是从什么时候开始的呢?起初,在欧洲。我的曾祖父塞茹奇1870年在巴登-巴登附近的一次铁路事故(!)中丧生。作为库纳特家族的一员,斯坦尼斯瓦夫,加入了1831年后的移民潮*,成为巴黎的巴蒂尼奥勒学院的教授。瓦迪斯瓦夫·米沃什的父亲,也是一个移民,生活在意大利。他的儿子到处跑;显然,也到过非洲北部。他的另一个儿子,奥斯卡,是一个世界主义者。他们家人就是这样。我的父亲到了西伯利亚和巴西;他的孙女,也就是我的侄女乔安娜,现在墨尔本,她和她的女儿纳塔莉亚一同到伯克利拜访过我们。杨卡的父亲,在新泽西或者宾夕法尼亚某处一个冶金厂工作过两年。第一次世界大战前,“旅行”是什么样子的呢?当他们在比亚里茨见到大海时,

* 在1830年11月反抗俄国的起义和1830年与俄国的战争之后,波兰开始了一次大规模向西方的移民,主要是到巴黎。

我仿佛从艾拉身上知道了什么叫"盛开的少女"。

这是我第二次到夏威夷。准备早在童年就开始了,因为我阅读过传教士们关于此人间天堂的文学传奇。我曾苦苦思考过被大怪物吞噬和消化的那些国家。我们无法相信任何历史的证据,因为它们都是征服者所写。几个世纪以来,玻利尼西亚人①就生活于这些岛屿,没有白人。他们的史诗记载了他们的故事,在领导人的意志和指挥下,从塔希提岛侵入这片海洋的未知区域;然后,是新来者专制、封建社会(有别的名称么?)的悠久历史,以宗教禁忌作为他们文明的守护。酒店餐厅那些可爱的女服务员,如今什么也不知道,什么也不记得了,她们失掉了祖先的语言。

1987 年 11 月 2 日

除了是一种准备,我真不知道生活还可能是别的什么。而这正是我目前危机的原因。因为我如同一个低声嚎叫的哑巴,他知道自己永远不会开口说话。到目前为止,我一直相信我会说话,我的诗便是这一信念的痕迹。当然,我经过了长时间的无言,后来证明它是内心成熟的一个缓慢过程。然而,现在,对我的内心发生的全部"反思",没有带来任何富有成效的结论。我

---

① 玻利尼西亚人(Polynesian),中太平洋岛屿玻利尼西亚(Polynesia)的原住民。

觉得自己离1985年那些短诗最近,但我不会再那样写。未完成的诗的片段:“我不认为伯克利山将是最后之地。”“我浅浅地生活。我的呼吸过于短促。”“没有多少日子了。不过是几个昼与夜/在一个日期和另一块石头之间。”

夏威夷群岛的一点历史。一些幻想;我不想探究其准确性。绝对的种姓、严格的等级制:国王、王子、首领、教士、平民——其中有各式各样的武士,最底层是一个奴隶的种姓。一种残酷宗教里大量的禁忌。没有我们所理解的社会不公。复杂的外交游戏,通过婚姻获取权力的努力,专事散布王室丑闻的人,必要时伴随谋杀。一些岛屿的国王反对另一些岛屿的国王连续而血腥的战争;入侵,失败,海滩上的战斗。然后,结合成一个国家。这就是国王卡米哈米哈(Kamehameha)所做的,他调动一千只独木舟组成的军队,迫使其他岛国屈服于夏威夷岛上自己的国家。而这,最后是用火炮才实现的,恰逢传教士的到来。在王朝末代女王利留卡拉尼(Liliuokalani)的回忆录里,我读到她在1842年如何被送到专为王室孩子设立的传教士寄宿学校。在那里,他们被灌输基督教的原则,附带学习英语,但传教士是吝啬的,孩子们吃不饱,就偷邻近花园的东西,女王是这么写的;他们继承了钻木取火的本领,自己做餐吃。总之,传教士们很快厌倦了宗教工作,开始做生意,积累作为种植园主的财富基础。

没有征服。这是一个逐渐吞噬的过程,(几乎)维护了民主的表象。王朝的统治贯穿几乎整个十九世纪;那里有一个在运转的议会——却一直伴随着一种沉默的力量,它以停泊在港口外那些美国舰只的形式存在。对于土著人口或中国人、日本人、白人来说,如何判断哪一个更好?如果我是一个夏威夷人,我会怎么想?我会不会只对另外的一切感兴趣,就像酒店那些女招待?

读到米兰居民的那些遭遇时,我流下痛苦的泪水;他们的城市被腓特烈·巴巴罗萨①摧毁。这是我小时候读过的一部小说,那时我的文学读物主要是一些年刊,《玉米穗》《文学盛宴》和《儿童之友》,我记得,我是从谢泰伊涅的图书馆借来的,却带到波得科莫热内克(Podkomorzynek)过冬时才读——那里很暖和,但房间里常常有"沙沙"声,黑色的大蟑螂。我借着烛光阅读。此刻我想到米兰,与其他故事一样,那是属于整个十九世纪文学的一个主题,它们被翻译、改写、节选,都是为了即时消费。

我在海滩上读到,德国国内关于德国历史以及1933—1945年罪责的一个讨论。德国人不能从外面审视自己,不能通过非德国人的眼睛。因此,持久的问题是:它是如何可能的?但是,如果他们变身为波兰人或俄罗斯人,哪怕只一刻(想象力的欠缺妨碍了他们这么做),他们就会理解更多。因为希特勒主义不是如同诗的一个停顿那样明显的东西。在希特勒之前和之后,支配他们的是这样的反差:干净与肮脏,体面与不体面,光明与黑暗,高雅与低俗,文化与野蛮。所有这些对比的后者,都

---

① 腓特烈·巴巴罗萨(Frederick Barbarossa,约1122—1190),即腓特烈一世。霍亨斯陶芬王朝的罗马国王(1152—1190年在位)、神圣罗马帝国皇帝(1155年加冕)。中世纪德国最成功的统治者之一,在其执政期间,神圣罗马帝国国力达到顶峰,是欧洲最强大的国家。

始自德国的东部边境。甚至“最终解决”肯定也是源于他们对波兰人或东部犹太人的厌恶。

1987 年 11 月 3 日

“因为我们只知道别人的激情,而对于自己无论我们了解些什么,都只可能从那些东西中间学习。”(《在斯万家那边》,第一卷)

为了理解一个人的势利,必须剥去他的一层又一层,如同剥洋葱。必须勇敢地承认,我们渴望身处对我们友好的人中间,他们能为我们提供更高的地位。我们说葡萄酸,因为葡萄太高而够不着。“我怎么会在乎在 X 还是在 Y 家里呢?”如果他们邀请我们,那是多大的乐事。

追寻一个人自己的未曾袒露的激情。唉,它们是不被公开展示的,更像是人类一个平常喜剧的主题。

1987 年 11 月 4 日

我将回到这一点;同时,关于真相。假如必须二者择一,我们会如何选择:要真相,还是我们的生命?在人类个体和整个社会的历史里,存在一些整体的区域,有一些每天都被坚决地绕开,另一些则会被踮起脚尖谨慎地接近。通常,即使看一眼真相,也会令我们后退一步,因为内心必然经历某种颠覆。完全地接受真相,会导致自杀。比如,有人发现了爱情的真相,比如说他的女人的不忠,所以他饮弹自尽。"真相"是好的吗?"妥协"毫无价值?但是,让我们假设某人活下来了,后来他吃惊于起因的平庸。那么,就两个事实相对的重量而论,问题出现了——第一和第二个,哪个更重要?"生命获胜了"。这不是一个令人信服的论点。列夫·舍斯托夫[1]的警句:

> 就本性而言,也许真相在人之间是不可能沟通的,至少无法通过普通的语言。也许每个人内心都知道,但为了与邻人交流,他必须放弃真相而接受某个习惯的谎言。

1945年春在克拉科夫。那时,我们与布雷扎[2]夫妇一起,同住圣托马斯街。戏剧首演、政府招待会,诸如此类,与国家令人沮丧的迁移场面同时进行着。谁得到邀请、谁没有得到邀请,仍然是非常重要的事情。这对于我应该没有意义,但是,布雷扎受到邀请而我没有,坦率地说,我承认有些难受。我说出这个有用的细节,有助于理解政府与文学之间的联系。

维克塔·温尼茨卡医生自杀前,烧毁了杜维姆[3]写给她的大量书信,因为她相信,他们使诗人妥协了,而诗人痛苦不堪,因

---

① 列夫·舍斯托夫(Lev Shestov, 1866—1938),俄国思想家、哲学家。

② 塔杜施·布雷扎(Tadeusz Breza, 1905—1970),波兰作家、记者、外交官。

③ 尤里杨·杜维姆(Julian Tuwim, 1894—1953),波兰诗人。斯卡曼德代表诗人,杂志主编。下文尤里克(Julek)是尤里杨的波兰语昵称。

为他对莫斯科夸大的爱。她告诉我，杜维姆一度满怀骄傲和情感地谈到，他受到贝鲁特[①]总统的邀请。维克塔回答说："你应该感到羞耻，尤里克。他算什么总统？一个廉价的代理人。而你——伟大的诗人——是你在帮他的忙，而不是相反。"

我可以自豪地说，我与波兰诗歌的遗产大有关系，在这个意义上，我是一个爱国者。但是，试想，让一个中立的、来自外部的人体会一下，一个诗人在1945年的精神状态，他敏锐地意识到他的国家正在发生什么，并且懂得他的语言在发生怎样潜在的变化。像贝鲁特那样廉价的代理人，不过是由外部任命的傀儡——尽管这也是事实：自十八世纪起，这国的领土，对于外面的代理人，早已熟透了。

1945年的时候，曼德尔施塔姆已经死去。一个狂热关心俄罗斯诗歌遗产的诗人的例子。曼德尔施塔姆写过许多关于前辈的诗，他们配得上，他们开辟了诗歌新的道路。而且，曼德尔施塔姆的爱国主义超越了俄罗斯帝国。"当遍及世界的孩子学会说俄语，"他在一篇随笔文章里写道。但是，在1914年，难道他没有感到，被"斯特雷基"（strelki）冒犯吗？"斯特雷基"——他如此称呼毕苏斯基[②]的那些军人，他认为他们满脑子"让波兰脱离俄罗斯"的愚蠢想法，曼德尔施塔姆还为此写过一首诗。

---

① 博莱斯瓦夫·贝鲁特（Bolesław Bierut，1892—1956），波兰总统，共产主义活动家。

② 约瑟夫·克莱门斯·毕苏斯基（Józef Klemens Piłsudski，1867—1935），波兰政治家、军人。1918—1922年为国家元首。波兰人的民族英雄。

国家利用我们诗人。即使在杀死我们或者判我们流放之后。但是,一个小语言和一个小国家(波兰)的诗人,与一个俄罗斯诗人有着多大的区别啊!我过去能做什么,我现在能做什么,我今后又能做什么?

1987年11月5日

昨天,驱车环游欧胡岛。如此偏僻的地方,真是迷人,满眼热带的葱翠,让我起到瓜德罗普岛。观看瀑布附近的植物园令人愉快。我看着彬彬有礼的游客,金发和白肤的游客,不知何故感觉自己置身于他们中间。这个公园,既是植物园的一部分,也是一个人种学博物馆。当地的年轻人在笨拙地表演草裙舞。听说草裙舞已被禁止四十年了,我知道为什么:这些舞蹈,应和着部落传奇的韵律节奏。或许因为白人只看到她们臀部的扭动。我问过表演者,她们会不会说夏威夷语。不,只要能背诵歌词能跳舞就足够了。从“经营”这个博物馆的一个老女人那里(她能说、写和读夏威夷语),我得知岛上还有六百个像她一样的人。现在学校也教夏威夷语。而在普罗旺斯,可能直到第二次世界大战,如果孩子们说普罗旺斯语,他们会受到惩罚。

意识被用来抵抗诱惑的魔力。它大约是如此发挥作用的:我意识到我的年龄,而我的位置在火线上,因为像我这个年纪的人,在一个接一个地死去。然而,仅仅因为我是有意识的,轮到我时,我将被跳过去。从逻辑上说,这毫无意义,但它也显示出大脑对必然规律的反射性抵抗。

理查德[1]有一个关于长寿的理论。在他看来,这是公正的:像他和我这样的人,喜欢贪吃和美食的人,应该享受高寿,而那些不大喜欢从生活中发现快乐的人,理应只有较短的寿命。这种理论似乎合理,但前提是要我们的生物功能没有怨言。试金石就是烟草和酒精。我一吸烟,就会有一些不适——比如发冷——于是我就没有了吸烟的欲望,以及写作的愿望。至于酒精,更不好说,但也是真的,只有健康的机体才能享受冰镇伏特加的味道。

常常对着镜子喝酒,于我一直很重要,以致我在这个回忆录里忽视了它。显然,我不像耶日·安德热耶夫斯基那么厉害地饮酒,而他很早就喝出了肝硬化,我的肝却很好。仿佛这是一个胜利:我得了一分。像这样的小胜还有:比一个朋友多活了一年或几年。

不幸的是,这些胜出的记录,主要都是负面的。也就是说,它们让我自己相信真相并不存在于其中。塞尚说,"这个世界,真叫人受不了。"(Le monde, c'est terrible.)但我对这个世界的态度不仅如此,甚至还有恐怖、反感、怜悯。同时,我总是放声大笑,因为人类的场景,的确是一个荒谬的童话,一个非常怪异的

---

① 理查德·劳里(Richard Lourie, 1940—),美国文学批评家、小说家。1969年博士毕业于加州大学伯克利分校斯拉夫语言与文学系。从波兰语、俄语译有多部作品,包括切斯瓦夫·米沃什的《旧金山海湾景象》和亚历山大·瓦特的《我的世纪》。

东西。语言，没有提供表达那些极端的手段，正如它没有提供表达真实狂喜的词语。

1987 年 11 月 7 日

回到伯克利，收到恰普斯基的来信，这是他对我上次电话的回应；在电话里，我感谢他在《斯塔罗别尔斯克回忆录》里对被谋杀者的纪念。一封长信。字迹潦草，因为他几乎已是一个失明的人：

> 也许这是唯一的反应方式：说出，立即把它写下来。你说我做了一件重要的事，说我复活了不太为人所知的那些人；但我对他们所知也甚少。那个来自利沃夫的老人，他需要的是那么少——死在利沃夫。他每天都做好了准备离开，戴着帽子、穿着外套，双膝绑着小包，那是他的珍宝。他每天都等待着，直到他们把他带走……但不是去利沃夫。那个年轻的教师，在我们离开前，恳求我们捍卫我们的波兰语言，我们全部的财富。而我有些不好(?)的想法——我们的词语从中得到什么好处呢？永恒的生命会获得复活吗？阿门。在我母亲死后，我的父亲娶了一个俄罗斯中年女人，他和她又共同生活了大约十五年。在他葬礼后的第二天，公墓就在我们的房子附近，她和我一起去看我父亲的坟。一个阴雨绵绵、凉飕飕的夏天，泥泞湿滑，坟丘附近有

一只小板凳……她一直在哭泣，然后，她忽然对我说："你相信他还活着吗？你相信他还在某个地方吗？"她的话近似于尖叫："Net, net! Eto liudi vydumali! Potomu chto slishkom trudno zhit'!"（不，不！那是人们编的！因为活着真是太难了！）

我仍记得，那一半呻吟、一半尖叫的话语。脆弱的老人与青年教师，他们的一生，竟只是为了后脑勺得到一颗子弹、一个填满的湿滑的小坑。我们记下他们的死，无数次描述他们的死，争论多少具尸体埋在那里，但是在我看来，在成堆的书写和文件之后，我们似乎已经忘记他们。一桩罪行淹没在数百万桩其他罪行之中……（此处字迹模糊）我为什么写信给你？你知道，正如我也知道——"魔鬼的伎俩"。

恰普斯基随信寄来一份他发表在《普世周刊》上的文章，其中我读到以下的话："……我没有取得成功，像戈雅、苏丁[①]和世上许多画家那样，我没有用我的绘画成功地打动人们，表达出存在的黑暗一面：这是一个无尽的痛苦，现在还是。"

在向秘书口授的信里，他说：

---

① 柴姆·苏丁（Chaïm Soutine，1893—1943），俄国画家。出身明斯克附近一个贫困犹太人家庭，后到维尔诺入读美术学校，1911 年抵法入巴黎美术学院高尔蒙画室。他很早就被人视为大师，但一生孤单不群，几乎无人知晓。

我对文学里“尖叫”的主题总有兴趣,而我身边的人,比如沃伊切赫·卡尔平斯基和其他人,他们完全是古典主义者,不能容忍“尖叫”,并且认为“尖叫”必是坏的文学。而我相信,即使最刺耳的“尖叫”也可以是文学,如果一个人有资格“尖叫”,这就是为什么我认为我的画作多是半成品。

那么我的诗呢?我想尖叫,同时我知道尖叫是徒劳的。我感到内疚,我没有尖叫。

1987 年 11 月 8 日

我想读一部关于二十世纪的小说;不是那种讽喻性的东西,隐喻式地描写人类的事情,而是一本小说,一份有关诸多人物及其行为的报告。它必须是一部国际性的小说,因为本世纪就是国际性的,虽然有各种民族主义的兴起。但我找不到这样一本小说,所以很有必要写——我很好奇是否有人能创作这么一部小说。当前流行的叙事技巧——第一人称、关于自己的叙事——是个障碍。它必须采取全景式视角,选择有代表性的人物,如同托马斯·曼的《魔山》。而且,小说人物不应是平凡的、灰色的;相反,他们的塑造应以丰富多彩、具有非凡个性的人物为原型——不缺少这样的人物。我会选择罗马作为场景,或者选取类似于肯塔基州客西马尼圣母院的一个修道院，这是各种职业和面目的人物与托马斯·默顿[①]常常同来访问的地方。托马斯·默顿本人，连同他互相矛盾的欲望，可能出现于小说中，与马利坦[②]不仅争论邓斯·司各特的哲学问题（马利坦曾是默顿的访客之一），也在政治问题上互相扭打。在罗马，红衣主教普帕尔[③]会是一个具有精神高度的原型。他关于天主教徒，特别关于神职人员信仰之状态的观点，我们在一起时，听他说过，但他的观点过于灰暗，令我颇不舒服。至于哲学家，某个以莱谢克·柯瓦科夫斯基为原型的人物可以出现在罗马或客西马尼。一个著名作家也可能露面，也许与几个有名的人物粘在一起，彼此不太友好——这些人，如果不是作家，很可能受到愚蠢理论家的欺骗，然后，在诱惑人们的思想时，技高一筹？

这本书不拘泥于各种观点和立场的冲突；托马斯·曼小说里纳夫塔和登布里尼[④]之间的争吵，将以新的形式重现。这部小说也有浪漫史；也就是说，必须有女性人物。这就产生一个问题：为什么女性人物，这小说人物的半数，只是适合于床笫？那

---

① 托马斯·默顿（Thomas Merton, 1915—1968），美国天主教作家、神秘主义者。1996 年美国出版了米沃什和默顿的书信集。

② 雅克·马利坦（Jacques Maritain, 1882—1973），法国天主教哲学家。当代圣托马斯·阿奎那哲学的重要阐释者，倡导将圣托马斯·阿奎那哲学运用到宗教、艺术、政治和教育当中。1940 年法国失败后移居美国。他的著作反对与德国合作，其中《穿越灾难》（*A travers le désastre*）由米沃什译成波兰语后在地下出版，巧的是，它比该书的法文版在法国的秘密出版更早。

③ 保罗·普帕尔（Paul Poupard, 1930— ），法国天主教红衣主教。

④ 纳夫塔（Naphta）、登布里尼（Settembrini），均为《魔山》里的人物。

些有能力激发史学家想象的特别的知识女性在哪里？毫无疑问，她们中间最著名的人物是西蒙娜·德·波伏娃，此人对于女权主义潮流毫无信誉，所以被忘记得越早越好。她不是一个合适的原型，因为她水准太低，而我们不想谈论一个笑话。当她出版一本所谓的纪实小说《名士风流》，传播流言蜚语，故意弄出一个在巴黎的外省人时，我问阿尔贝·加缪，是否准备回应它。加缪耸了耸肩："一个人不必回应下水沟。"他是对的。

两位杰出的女性都是哲学家：汉娜·阿伦特和让娜·赫什。她们与她们同样敬佩的导师卡尔·雅斯贝尔斯都值得引入这部小说，也许，在背景里，也有必要引入在意识形态方面并不无辜的海德格尔。通过让娜·赫什，我在巴黎见到了汉娜·阿伦特；我们共进晚餐。她们也许应该由一个同时代人来描述一番；阿伦特已经离世，而我也还没有给让娜绘一幅肖像。

所以，这是一部关于比较高级的知识界生活的小说，其中有国际会议，如在日内瓦召开的会议、教皇的研讨会，像让娜和莱谢克这样的非天主教人士也被邀请，或者，小说也涉及梵蒂冈的圈子。不管怎样，我认为，围绕这样的幻想展开想象是我的特权，因为在这个世纪，我见过不少著名人物，包括许多我所认为既睿智又高贵的人。

1987 年 11 月 9 日

托马斯·曼的《魔山》很早便进入了我的想象领域，在我的学生岁月，这也许是为什么它规定了我通常思考小说的方向。《魔山》引起我无数的联想。我从汉斯·卡斯托普身上看见自己；我把克劳迪娅·肖沙想象成 J. W.；后来，不是当时，我得知纳夫塔部分地代表了青年格奥尔格·卢卡奇①，豪普特曼②则以皮普孔的形象出现。

事实上，加利福尼亚后来也成了托马斯·曼移民时期的家。他的遗孀直到最近一直住在这里，离我只有几英里，而托马斯·曼的儿子迈克尔·曼在德语系担任教授，是我的同事。换言之，在伯克利，有一个德国人的聚居地，通过阿图尔，我与他们有些联系。托马斯·曼的太太委托阿图尔先期为托马斯·曼拟出版的书信集作注。在这个德国人的聚居地，有一位医生，茨旺大夫在我的家庭生活中发挥了重要作用。杨卡患病后，第一次诊断是肌萎缩侧索硬化症（ALS）——一种不可治愈的疾病，由运动神经麻痹而逐步导致的全身瘫痪症。诊断过后几个月，杨卡的双腿完全瘫痪了，在阿图尔的建议下，我们请来了茨旺医生。他说诊断纯属无稽之谈，在经过旧金山的大学医院检查后，他的诊断得到了证实，并立即进行了手术。我起诉凯萨医院医疗不当的官司（他们做出了"肌萎缩性侧索硬化症"的诊断，而不是"脊柱肿瘤"）花了两年时间，最后以我们的胜讼结束。最后，为了在谈文学时不忘人生，我必须提及，对《魔山》主角之一的认同，已逐

---

① 格奥尔格·卢卡奇（Georg Lukacs，1885—1971），匈牙利著名哲学家、文学批评家。当代影响最大、争议最多的马克思主义评论家和哲学家之一。

② 戈哈特·豪普特曼（Gerhart Hauptmann，1862—1946），德国剧作家、诗人。

渐模糊，因为我也变老了。我怎么能认同年轻的汉斯呢！我的狂热激情早已消散，所以不再感到纳夫塔还有什么亲和力。剩下的，对我来说，也许是那个年老而富裕的荷兰人皮普孔，他偶尔会去疗养院看望情人克劳迪娅（或者，将她诱拐到哪个热带岛屿？）。然而，不受任何演员的支配，“时间”本身就显示出我所说的“人物之间空间的塑造”，而我本人，也许会类似地塑造出我假想中的关于二十世纪的小说。

1987 年 11 月 11 日

多年以来，我一直保持着对波兰文化的关注，不只是波兰诗歌，还包括所有波兰语的写作；也就是说，我追踪知识界过去几十年发生的一切变化。广泛涉猎几种语言的写作，我首先阅读的是波兰语读物，因为它们最为有趣。在理论上似乎不可能的事，实际上却发生了。一个被奴役的国家却开出了更为丰盛的花朵，甚至超过许多在文化意义上第一流的国家；越来越聪明的世代相继而生，祖国与移民群体之间积极的互助协作战胜了国家的封锁。罕见的能量、人才、接受力、即兴创作的能力——这一切，都有一个众所周知的背景：日常生活的苦难、民族主义的狂热、警察制度的恶化、上上下下各种力量的争斗。一个脆弱的存在，持续地处在崩溃边缘。而我固执地坚持一种观点，即我们来自另一个欧洲——也就是人们终于开始将其定义为“中欧”的地方——我们比西方更有活力，也比东边那个庞然大物更有活力。

波兰诗人。或许最难讲的就是加乌琴斯基。他是不可译的,所以我几乎没有尝试过翻译他。然而,之所以说他最难讲,最可能的理由,是他提出了许多无法回答的问题。一个国家需要具有怎样隐藏的资源,才会产生这样一个具有独创性的诗人?这样一个来自地下洞穴、丰富多彩、傲慢自负的人,一个变戏法的人,一个地精?

维克塔·温尼茨卡有很长一段时间曾就职于日内瓦的世界卫生组织,她告诉我,有一次她走进那里一个高级官员、一位英国贵族(伯顿?)的办公室,看到桌子上一张照片,简直不能相信,她认识那张脸,加乌琴斯基的肖像怎么会出现在一个英国人的桌子上?英国人证实,那的确是加乌琴斯基。他们都曾在德国人的战俘营里待过。"我所见过的最不同寻常的一个人。"

我写到过加乌琴斯基,而现在我有另外一个假设,它不是太近似于那个关于他的被普遍接受的"超道德"的假设——也就是说,他的一支笔,可以出售给任何人。加乌琴斯基和其他许多波兰文人一样,青年时期都有过一些在俄罗斯生活的经验,而且读过一些俄罗斯诗人的原著。如伊瓦什凯维奇、维特凯维奇、卡齐米日·维耶任斯基[①]。或者后来的,更年轻的作家塔杜施·博罗夫斯基[②]。但是,尽管加乌琴斯基喜欢亚历山大·勃洛克

---

① 卡齐米日·维耶任斯基(Kazimierz Wierzyński, 1894—1969),波兰小说家、散文家,斯卡曼德诗人。1939 年后的政治流亡者。

② 塔杜施·博罗夫斯基(Tadeusz Borowski, 1922—1951),波兰诗人、小说家。曾被囚于奥斯维辛;后自杀。

的诗，第一次世界大战期间生活在莫斯科——那些年，使他太容易感染上俄罗斯特性——他的悲剧，从根本上说，却仍然是非俄罗斯的、非启示录的、非历史性的。同时，他根本不受二十世纪精神气质的影响，那种精神气质制约了许多诗人。各种否定性——世界的缺陷、对资产阶级的厌恶、对语言规则的反抗，等等——在许多现代主义的化身里都可以找到，包括波兰先锋派运动，但它们却与加乌琴斯基格格不入。这可以从下面一件事得到解释：很多人兴奋于“找回了我们的垃圾堆”——即波兰国家的独立——那时他还是一个年轻人。或者，也可以简单解释为对于现代艺术时尚一种故意的反叛，似乎他对自己发过誓，他永远不做一个革命诗人。他仅仅在 1929 年至 1930 年间跟“《战车》诗人”保持过松散的联系。我怀疑，他夹在名士派诗人中间，一起拜访过一次生活于斯塔维斯科的伊瓦什凯维奇，为了斥责伊瓦什凯维奇身上的“资产阶级性”（那时，塞比瓦甚至还站在左翼一边）。我从 1930 年起就认为，“小天使之歌”是理解加乌琴斯基全部作品的关键。它对于现实的肯定，与他后期诗歌对于波兰人民共和国的赞美如出一辙，使用的词语也几乎相同。

就二十世纪的诗歌而言，共产主义是一个梦，它以为挣脱了堕落天使的鬼脸而进入一个彻底肯定的领域——或者，米兰·昆德拉也许会说，那就是“刻奇”的领域，他具体定义过这个词。但是，对于加乌琴斯基来说，却并非如此，因为他总是在肯定。很简单，存在一种属于他的最个人化的倾向，以及这个国家的自大性格，而他巧妙利用了这一点。在我看来，加乌琴斯基的确相信，虽然不像颠覆自己以求摆脱过去之我的那些人，认为地球可以通过彻底改变而净化。那一套修辞，为了新秩序而不惜牺牲，这与他早年选择的风格是一致的。换言之，穆罕默德没有向山上走去；山向穆罕默德走来。他当然喜欢钱，但是很难想象，他一边写作、一边恶魔般嘲笑他骗人的小把戏。

是的，有一首诗，从中可能看出作者更多隐藏的意识。那就是《给叛徒的诗》（1951），这是一首有关我“出逃”的诗，它无疑写出了整个华沙文学界的情绪，全体的惊愕，因为这是第一次有人变节。此后，很快就发生了博罗夫斯基的自杀。但这首诗证明加乌琴斯基也确实发生了动摇：

这事让我痛苦
仿佛一节棍子击打着我，
我向我的母亲和华沙发誓，
此刻它仍然令我恶心。

《给叛徒的诗》是一种驱魔术。它还采用了各种爱国主义的煽动手法：见鬼吧，那些外国的城市，巴勒莫和陶尔米纳，这里才是可爱的，维斯瓦河和橡树林、山雀和啄木鸟；叛徒，“用波兰交换一只手提箱”，将会受到惩罚，因为只有在波兰才能写诗，无论谁移民外国，注定要枯竭。

这是我们
肖邦式的思想——
这是我们

斯大林主义的口号。
杜鲁门永远不能
扑灭我们的明灯。

“但是,为什么,切斯瓦夫,”斯坦尼斯瓦夫·温森在读完这首诗后问我,“他为什么把你放在拉文纳?”

以一双叛徒之眼,你看着拉文纳,
看着马赛克装饰的发光的石头……

“拉文纳就是但丁,说到底,但丁是流亡诗人的保护人。他好像在对你眨眼睛。”

温森知道那种驱魔术,虽然它充满刻奇,对我还是会发生影响,于是他想安慰我。不过,那个拉文纳的确暗含某种东西。虽然我不把它理解为眨眼睛。他的诗提出了一个观点,它是针对逃亡者的诅咒。相对于谁来说,逃亡者是一个叛徒?对于他的国家,还是一个从外部强加的政府?为了加强他的论点,他引入了十六世纪诗人杨·科哈诺夫斯基①(他曾出国,但他回国了)。加乌琴斯基的才智突然使他滑向一个念头,他想到了但丁:毕竟,欧洲这位最伟大的诗人也是一个流亡者,并且他不承认佛罗

① 杨·科哈诺夫斯基(Jan Kochanowski, 1530—1584),波兰文艺复兴时期诗人,通常被认为是亚当·密茨凯维奇之前最重要的波兰诗人。

伦萨政府。也许米沃什想从那不存在于波兰的自由中获利?不,那是不可能的,他不会成功:

> 而你认为那对你会更好,
> 你认为诗琴是一个小贩的盒子
> 带着它,一个人便可以在大路上游荡。

换言之,同时有必要驱除一个人自己的怀疑。

从这一点,我可以推断出,加乌琴斯基将我的诗放在了一定的高度,这就是为什么这一事件让他上心,尽管我们不知道其程度如何。我们也不知道,在某个时刻,他是否会突然感到震惊,那会使他意识到自己的言行错乱到了何种程度。我在巴黎听到的那个故事,肯定仍将是个谜。

雕刻家卡尔尼对我说,就在加乌琴斯基于 1953 年 12 月突然去世之后,卡尔尼被叫去做一个死亡面具。他看到他的脖子有黑色勒痕,在他看来,那只可能来自一根绳子。事实上,加乌琴斯基上吊自杀的细节被细致和成功地隐瞒,死因被说成心脏病发作。我不认为卡尔尼有任何理由编造这样一条信息。然而,加乌琴斯基的不忠,可能使爱国的意见倾向于一个罪恶与惩罚的骗局。由于卡尔尼显然是唯一的见证人,而且,因为公开这个秘密,家庭成员不会得到什么好处,卡尔尼的版本便无从证实;也许最终将会出现某种证词。虽然对于这件事我真不知该如何看,但是,如果结果被证明是真的,它将应验那个英国人的看法,加乌琴斯基的确是一个他有缘见识的“最不同寻常的人”。我必须补充说，加乌琴斯基是异常复杂和诡秘的，所以，对于他性格的任何分析，包括我的分析，都可能产生误导。比如，他隐瞒了他巨大的博学，仅偶尔显示那么一部分；又比如，他背诵了许多不同语言的诗歌——贺拉斯、里尔克、英语诗人、俄罗斯诗人。

加乌琴斯基的战后诗歌使用了两种主要手段：对平凡事物的赞美，对众多“与我们同在”的艺术家的赞美——这些艺术家包括贺拉斯、维吉尔、巴赫、贝多芬、勃拉姆斯、肖邦、科哈诺夫斯基、斯多什[①]，等等。对此，当然无人会提出异议。总之，它们在肯定：生活是美好的、快乐的、讲究的。但是，这种欢乐的基调是奇怪的，因为它完全不顾加乌琴斯基内心所有的挣扎，而这种挣扎的确是存在的，并且，在他 1946 年的笔记《从巴黎失败的撤退》里，挣扎显而易见；之后，它们确实不再浮出水面。然而，他肯定还记得他的祈祷：

宽恕我，主啊，
对于我的羊毛，风太大了；
啊，请收回你过度的丰裕，
请制止海洋的波涛。

一个诗人应该用他最好的东西来衡量，而非用最坏的。我

① 斯多什（Stoss），即斯托什·维特（Stwoszy Wit，约 1447—1533），出生于德国南部的雕塑家，生活于克拉科夫；他的雕塑杰作是玛丽木教堂的圣坛彩雕饰。

不接受那种指责,说我轻视加乌琴斯基。关于他诗歌的美,我在其他地方写过;相对于他同时代所有的先锋派诗人,我把他置于一个更高的地位。他最高的成就之一,战前的作品《所罗门家的舞会》(*Ball at Salomon's*),吸收了时代的末日情绪(与杜维姆的《歌剧院中的舞会》〔*Ball at the Opera*〕形成对照),将那些情绪带进了一种梦幻的领域。

我收到一封来自 J. W. 的信,其中写道:

> 西奥多(Theodore)是一个与你很亲近的人,但是他却是碌碌庸流,他不能理解那种弥漫着乡土舒适、狭隘欢愉——或者用你的话说,就是"与世隔绝、死水一潭"模样的时代已经过去了。他本该明白,现在必须要做出一个彰显男子汉勇气的决定,应该站在失利者一边。毕竟,他有几条路可以选择,但他却选了最坏的一条。也许我太苛责他了?但是,我无法想象你竟会写出这么糟糕的东西。

那个时代,换言之,就是 1940 年。

将近半个世纪之后,一个老女人和一个老男人,仍在沉思他们那个时代的城市和人影。为了避免做出像西奥多那样的选择,我非法越过边界而逃亡了,今天,我仍记得那时的一些争论。走,还是留;风险是巨大的。莱谢克 · B. 和他的妻子曾说,风险太大了。他们留下了。他在一所学校担任讲师,给工人讲授马克思主义,德国人到来时,他宣称自己是白俄罗斯人,回到他的庄园,它在德奇斯纳附近某个地方。他拿着一条自编的鞭子,走来走去,威胁那些农民。游击队杀死了他,在他吃晚饭时,子弹透过窗户,打中了他。

没有任何理由掩饰我的动机,我的能量的秘密就是爱。我想将我在那几个月里的情况形容为"过于清醒",就像某种"中介"。如果我承认,我不理解自己的很多诗歌,它们仿佛是由神灵口授的,那么我也应该承认,神灵完全掌握着我的一生,而且仅在事后才显示出其奇怪的逻辑,而真正驱使我这样或那样做的原因,却往往是不清楚的。

很长一段时间里,我被这个问题困扰不已:维尔诺的钟声沉寂了吗?我问过J.W.,她不知道。她反过来去问过许多维尔诺的居民,通过口头和书信的方式。没有人能提供一个答案。也许,它们是逐渐沉寂的?也许,代替四十座教堂的钟声一起响起,是越来越少的钟被敲响?或者,在某一天依照一道命令,同时陷入沉默?是某人的手移走了它们吗?那么,是谁的手?

有些街道保持着它们的颜色和色调,墙壁的奶油色,倾斜的影子。因此,我常常走在那一条街道上,它是从密茨凯维奇大街和卢基什基城区延伸过来的街道。我想不起它的名字,这事折磨着我。此后,在扎霍斯基的《维尔诺指南》一书里——我想,它出版于1928年——我发现一幅城市地图:它叫"斯蒂奇尼沃瓦",也就是"一月大街"。

1987年11月14日

过去。但过去就是现在,或者更确切地说,几十年前经历的和昨天经历的,就仿佛同时经历的。一个溺水者头脑里的影像。

总是这样,我今天想到的远比我聪明的人,第二天却发现远比我愚蠢。而且很难确定他们究竟是怎样的。无论如何,我在伯克利的孤绝状态,深刻植根于我对美国自由主义者的负面评价,而可能成为我的朋友的那些人,他们的头脑里都暗藏那些口号的痕迹。这并不意味着我在保守主义者之中找到了理解。简单地说,无论我给生活于伯克利的那些人一个高分或低分,在一个事情上我觉得自己高出他们——我比他们有着更多不能压缩进词语的经验。

出于同样的原因,我提出过一个观点:文明的中心在向东转移。转向索哈契夫[①]?维尔诺?基辅?我不知道。可能需要很长一段时间。比如在我死后五十年。正如我在思考比我聪明或比我愚蠢的那些人时感到踌躇不定,某一天我不遗憾于自己没有机会见证历史即将到来的收缩和膨胀,而在第二天却确实为之感到遗憾。

---

① 索哈契夫(Sochaczew),位于波兰马佐夫舍省的一个城市,距华沙五十二公里。

昨天，一对甜蜜的情侣从波兰来访，他们为《马佐夫舍周刊》做我的专访。只有从这样的接触中我才发现自己是一个诗人。也就是从某个层面上说，我清楚我在那里被当成什么人看待，但这是一种理论上的意识，当我面对我在这里不同的生活方式时，它很快就消散了；在这里，我不会总想这个问题。这可能是有好处的。我的采访者问我，是否意识到我在那边是谁，以及我如何看待那个角色。我的回答是，他们必须理解我的二重性。当我在美国的校园用英语朗读诗歌，并调动起六百或一千观众时，考虑到语言和内容上的差异，我认为我朗读的那些诗，与在那边使我成为加冕诗人的那些诗，不是同样的诗。毕竟，波兰公众主要是在寻找一种意识形态的信息。我并不是在抱怨；历史的压力从我这里榨取了许多声音，我可以为那边的公众弄出一本诗歌，在艺术上也不会太差，但是我认为，在内容方面我最难的诗歌（例如涉及一般概念之争的那些诗），在这里有着更多的欣赏者。也许我弄错了。不同群体知识发展的不平衡性——城市、省份、代际，等等——使任何判断都变得复杂化了。我的经验是：比如1937年的诗歌，只能被五个人理解，因为读者的敏感性更适应旧的模式，随着时间的推移，现在如学龄儿童读物一样简单。看起来，那边的年轻一代正变得更为聪明，至于为什么如此，以及教师的社会地位为什么那么低、如何发生的，我就不懂了。

我的同代人坚持认为，这也适用于立陶宛青年以及俄罗斯人。而且他们很乐观，因为不管统治者的意愿如何，慢慢地，年复一年，“新的一切正在到来”。

1987 年 11 月 15 日

雨停了;天又放晴,但不凉爽。我读了小说家威廉·盖斯[1]的文章,关于美国作家在维尔纽斯[2]与苏联作家会见的情况。事实上,我听阿瑟·米勒和艾伦·金斯堡说起过这个会议。美国人在城市里走了一圈,没有发现曾经的那个城市现在业已消失,被一个全新的城市取代了,尽管有着同样的建筑。他们虽然很宽容,但也绝对反感俄国人那种毫无生气的言语,比照中美作家之间两次自由而活泼的会谈,尤其如此。另一方面,立陶宛的戏剧院又使他们极为惊奇和佩服。而我,在从盖斯那里知道了他的同行者名字后,满是爱国主义的自豪感,因为他们仍然是我们的人民,不是像他们的父母一样讲波兰语就是讲立陶宛语。对于盖斯来说,导演内克洛修斯(Nekrošius)绝对不会是涅克拉什(Niekrasz),这个对于我也是如此。切斯瓦夫·涅克拉什先生爱上了我的母亲,我的名字就是取自他的名字。一战之后,涅克拉斯开枪自杀了。对盖斯来说,布景设计师卡诺维修斯(Kanovičius)、舞台设计师雅科夫斯基斯(Jackovskis),同时也是卡诺维奇(Kanowicz)、雅科夫斯基(Jackowski)。

我想起伊雷娜·别尔斯卡,她在维尔诺的戏剧工作室以及

---

① 威廉·盖斯(William Gass, 1924—2017),美国小说家、随笔家、批评家。

② 维尔纽斯(Vilnius),立陶宛首都。属于波兰时,波兰人称之为维尔诺。

她的学生。如果他们还活着,还在维尔诺,会是怎样呢？但我不知道姆容戈维乌斯是在哪里受的伤,他可能是他们中间最有才华的一个。希扎博洛夫斯卡患有肺结核。布尔谢维奇则牺牲于卡西诺山战役。

也许,来自欧洲的我们那一地区的流亡作家最大的一个困难是,他的读者往往与该地区地理和历史缺乏任何联系。丹尼洛·契斯[1],他本人是匈牙利-塞尔维亚人,他发现那些俄罗斯作家——比如纳博科夫——就处于一个更好的位置,因为所有人都知道伟大的俄罗斯文学,在阅读他们时便有一个上下文的语境;同样的,他们的地理和历史不必从头、从最基本的东西开始构建。

假如这只是波兰作家的问题,就没有那么糟糕。可是,还有维尔诺以及那些民族性复杂的地方！我一直在固执地逆流而进,我的著作,比如《故土》《从我的街道开始》《与米沃什谈话》,甚至《伊萨谷》,虽然都已译成其他语言,但在某种程度上,它们所划定的区域,现在已从世界文学的地图上消失了。

我才知道卢德维克·施里文斯基的死。难以置信,死亡可以是一个抽象的概念。在齐格蒙特·奥古斯特高中的低年级时,我们形影不离。我们都愿步行回家,不愿分开。他住在扎克热特附近;我们从学校结伴走向博胡兰卡大街,然后,沿着波德

① 丹尼洛·契斯(Danilo Kis, 1935—1989),塞尔维亚作家。生于南斯拉夫边境小城苏博蒂察,靠近匈牙利边境。契斯自幼体验到战争的恐怖,双亲死于集中营。主要作品有《栗树街的回忆》《达维多维奇之墓》《死亡百科全书》等,享有国际声誉。

戈马街到希尔拉科夫斯基街,从他家走到我家。后来,他留级一年,我不能跟着他了。无论怎么说,我们的兴趣分化了。无论在二战之后,还是我 1981 年访问波兰时,我都没有再见到他。他已结婚,有了孩子,显然住在托伦,或者在托伦附近,如同许多被从维尔诺遣返的人一样。但是,对我来说,他绝对清晰地存在着,在身体的每个细节里,作为一个十二三岁的男孩。

1987 年 11 月 16 日

我常收到来自波兰的关于立陶宛的出版物,也经常从波兰报纸阅读有关立陶宛的文章。为什么如此狂热,把它当作神话?显然,这是一个有力的证明——比起在其他国家更明显——文学影响了想象力:浪漫的维尔诺,密茨凯维奇的民谣及其《格拉席娜》《康拉德·华伦洛德》《塔杜施先生》;后来,是米沃什[①]和其他人,以及孔维茨基[②]。最有可能的是,每一个地区都可以获得一个传奇的维度,只要注意力集中于它,或者,更准确地说,只要那些地方似乎想象力能够企及。但它必须是一个被描绘出的区域,有着清晰的轮廓。乌克兰太大了,尽管马尔切夫斯基[③]和

① 指奥斯卡·米沃什。

② 塔杜施·孔维茨基(Tadeusz Konwicki, 1926—2015),波兰小说家、作家。出生地现在属于立陶宛。

③ 安东尼·马尔切夫斯基(Antoni Malczewski, 1793—1826),波兰浪漫主义诗人。

斯沃瓦茨基描绘过。“立陶宛”却变得越来越小了;一般来说,它不同于曾经的大公国,因为并不包括波罗克、明斯克、平斯克、斯蒂尼姆,尽管纳入了诺沃格鲁德克和图哈诺维切。幻想的边界是足够丰富的,因为“祖先”的习俗是白俄罗斯人的,而非立陶宛人的;对于东仪天主教会(Uniate)的教士,也可以这么说;然而,想象的“立陶宛”,事实上排除了白俄罗斯文化。我所阅读的出版物常常美化立陶宛,将其浪漫化。无论它是什么,立陶宛首先是一个北方国家,有着忧郁的本性。它也许比马佐夫舍平原更妖娆,但这是一个简单的说法。非常有趣,想到我的想象力类型,它是如此受制于空间的条件,驱使我描绘一些不存在的国家的地图——这一特点,有助于我将立陶宛转入神话的维度。这并不是说我没有意识到,文学是从来不忠实于地理的。

距克拉斯诺格茹达几公里,加拉杜什湖的末端(一如今天)就是波兰边境的一侧,而其他湖则在立陶宛境内。在青少年时期,我常在那里行走,射击水鸟(这个痛苦的记忆,因强烈的羞愧,至今折磨着我),我不认为那些地方是立陶宛的一部分,尽管泽加里湖尽头的村子都属于立陶宛人。为什么不是?因为那里的风,即便夏天,也非常猛烈而寒冷,属于整个苏瓦乌基(Suwałki)地区的典型特点,这是清场伐木所致,与我心中关于立陶宛的概念有些冲突,我认为,那里是一个非常舒适的地方,位于温和的河流切割出的山谷。然而,立陶宛大多是后冰河时代裸露的山、湖泊和寒冷的风。我注意到这一点,似乎是为了某个自嘲和幽默的目的。

1987 年 11 月 17 日

我尽力阅读当代美国诗歌。可以理解,这里有成千上万的诗人,但绝大多数并不太值得认真一读,虽然也能提供一些刺激和营养,只是很少;这种情况到处都一样。类似情况也发生在现代绘画方面,结果也差不多,因为绘画更少提供什么愉悦。

我们可以说,这些诗的技术是一流的,但他们往往没有什么可写。他们的"生活经验"在每一行诗里隐约可见;它就是大学校园或高级中学讲师们的生活,他们最经常地描述家庭生活的纠纷,他们自己的或者在附近酒吧听说的那些。这是一种平凡单调的现实,看不到历史的地震;最多,就其字面意义上的一次或两次地震。没有什么使他们飞跃,如大马哈鱼面临障碍时那样纵身一跃。准确地说,这种"无事可写"的情况,在我看来是一个相当普遍、有待研究的问题。同时,我还想到了其他问题。

奥斯卡·米沃什在 1934 年至 1935 年对我的训练使我不喜欢当代法语诗歌,他认为法语诗歌只会记录一些肤表的印象;也就是,被动的感知。半个世纪之后,我认为他是对的。我可能不太公平地说过,我不怎么喜欢保罗·瓦莱里,而布莱斯·桑德拉尔[①]和纪尧姆·阿波利奈尔[②]值得我敬佩。但是从这两位作家

---

① 布莱斯·桑德拉尔(Blaise Cendrars, 1887—1961),法国诗人。

② 纪尧姆·阿波利奈尔(Guillaume Apollinaire, 1880—1918),法国诗人。

那里学不到什么东西。要么有飞跃,要么没有;桑德拉尔表达对现代都市之同情的那首伟大诗歌《复活节在纽约》是一个飞跃。它可追溯到 1912 年。

我们面对难以理解的句子和违反句法的情况时表现出的胆怯,妨碍我们做出正确评价。许多难以理解的诗歌和绘画,最后被证明乃是杰出的艺术作品,这就是为什么人们会胆怯。至于我自己,我只是明说"我不懂",我不关心某个诗人在文学证交所的等级。他不是在对我讲话,我不懂,他令我厌烦,就是这样。我没有时间去深挖。我认为存在许多不同层次的不理解,而我的理解层次足够高雅了。无论如何,因其不可理解而拒绝许多诗,并没有伤害到我,尽管这是一个微妙的问题,我们的职业性也不喜欢大声承认这样一个简单的标准,以免助长普通人的粗率。

谁能知道,究竟是些什么费解的废话,酝酿在我们一些同行的头脑里?其实有时他们也有着一些深刻的直觉。在诗歌上,自从对逻辑的控制消失后,各种幻觉已经赢得其合法的身份;这是为新奇付出的代价,同时,正因为如此,很难在杰出的诗歌与劣质的诗歌之间划出一个界限。

1987 年 11 月 18 日

一个清爽的早晨;察看了一只鹿到来后造成的损坏。浣熊很想打开垃圾箱上的锁,但没能打开,偷走了一根绳子,好像有什么用处。

无论有何不同说法，某个文明的诗歌都是公开或隐藏的本质之真实的反映。美国诗歌仿佛一个巨大的快照集，从中我们感知观察到的事物和观察者的思想。在他的头脑中，我们可能发现他确信“没什么可写”，但是另外一些人（例如我们），饱经历史的事故，反而享有某种特权，因为各种印象的现实（童年、家庭、爱的结合、疾病、衰老、死亡）并不能真正提供解释的时机，毋宁说，它们使诸多印象转换成词语。同时，一个不可避免的问题也出现了，即语言的合法性问题：它是一种过于复杂的认识论的诗歌，还是如托尔斯泰所说——虽然我憎恶外来的说法，但我又能怎么办？——一种传统的抒情工具（uton'chenie）？不仅可以针对美国诗歌如此提问，也可以针对世界诗歌。我们渴望的“有什么发生”的领域是什么？社会，社会制度。艾伦·金斯堡的《嚎叫》是一个飞跃，但只是由于它在某种程度上歇斯底里的美国式启示录和愤怒。这里，我正接近某个重要的东西。我们不要忘记，塞缪尔·贝克特，表达过二十世纪诗人的信念：人类生活遭受着根本意义匮乏的痛苦。除了荒谬，从中什么也不能提取。从这一点可以推断出，有趣的东西只能以复数的形式开始。抗议、原子武器、拉丁美洲，等等。这个世纪知识分子的特点，不正是试图从单数逃进复数吗？而且，各种教派的神职人员，连同他们对于集体之拯救的全部关心，难道不都是在回避对可能终结于虚无主义的人类处境的沉思吗？

1987年11月19日

昨天,刚写完上面的日记,我就看到美国艺术与科学学院的一个公告:

> 在当前的认识论里,在当前的关于知识的理论里,以及在诗学里,在文学理论中,存在一种严格字面意义上的居高临下的虚无主义。我没有从任何贬义和形容词性的意义上,使用"虚无主义"这个词。在我的评论里,我愿意从词源学的意义上使用它。的确存在"虚无"。此基本的概念、它的核心(讲到"核心"就是悖论性的)是"缺席"。"缺席"的概念目前需要投入广泛的调查和论证的力量。有这么一个问题:主体的缺席,自我的缺席,笛卡尔式的单数第一人称的缺席。涉及意义的真实真理的缺席。不再有一致的理论,话语和真实之间一致的逻辑。客观或普遍意义上的价值缺席,没有绝对,没有正典,没有确定权威的教条的层次结构。
>
> 主观不再被信任,主观不再被视为稳定、中心、神圣不可侵犯。
>
> 乔治·斯坦纳,在美国艺术与科学学院的演讲
>
> 1987年4月15日

同样，我们很可能接受这样一种认识，这样一种诗歌终结论——而我们，我们中间的许多人，却因为我们的活力而凸显出来，因为我们落后于这个时代，也就是说，我们的哲学思考，仍然与残留的客观真理（上帝）保持着联系。

收到耶日·图罗维奇从罗马寄来的一封信，发信日期是11月1日。我抄录如下：

亲爱的切斯瓦夫：

我在罗马（和安娜一起）已有一个月了，跟主教会议有关；两天后我们就回波兰。在这里我试图意外地遇到你，或许你正在欧洲悄悄地溜达呢！你这个十一月好像会来巴黎；很遗憾，这次我们不能会面了。昨天早上我们与教皇一起做弥撒，和他共进早餐。他告诉我们，他现在更多地阅读诗歌，比以往任何时候都多！（但他自从成为教皇后，自己就不再写诗了。）前一段时间，他读了你的《三个冬天》（带评论的新版本），他非常喜欢它。他还说，最近他对你有了更多理解，在冈道尔夫堡，在你以波兰语和英语读了你的诗后，在那里，你是唯一一个提醒在场者关注东欧人民权利的人！

我拿起这里你的《编年录》，它给了我很大满足感，我很自豪，在《格雷科风咖啡馆》一诗里，你使我得以永生。在我之前还不知道的这些诗歌里，我尤其喜欢《权力》和《但是书籍》二首。

我们非常高兴约瑟夫·布罗茨基成为与你一样获得诺

贝尔奖的同行。我本来想写信祝贺他,但我不知道他的地址,我也怀疑他是否记得我,虽然我们在亚历山大·辛克①的家里见过。

我一直认为意识是具有治疗效果的。也就是说,它避免重复那些曾经被吸收的东西,甚至在一定程度上可以避开死亡,因为我们意识到死亡的"可重复"性质。这证明我的思想是神话化的、孩子气的。这世上有过多少页书,献给了人类的虚荣!这已经被分析过,以这种或那种方式,但是无济于事;那些最了解其诡计的人,他们屈服于它,并常常受到擅长发现他人缺点而非自身缺点的那些家伙的嘲笑。

虚荣是一种人类生活主要的滑稽调味品;如果拿走虚荣和性,可以说,毫无做作的幽默将所剩无几。也许厄洛斯是徒劳的,所有虚荣都是基于性爱?此刻我的想象力暗示出一篇关于镜子的论文。在无数巨大的镜子里,成千上万的镜子,和许许多多看着这些镜子的脸。十几岁的少女和成熟的女性,梳理着头发,长时间想着她们的鼻子、下巴、卷发、项链、耳环,今天我看起来如何,他将如何看我,这件衣服是不是足够讨人喜欢。镜子应该至少保留了一仓库那些人留下的目光,却没有一点痕迹。还有男人!掠夺成性——喜欢征服的鼻孔、令人无法抵抗的鬓角、充满男性力量的诱人表情、狂妄者的自我夸耀。很可笑;但我们

① 亚历山大·辛克(Alexander Schenker, 1924—),美国学者,耶鲁大学斯拉夫语言荣誉教授。

曾经就是他和她那样。

其他类型的虚荣心;例如著作者的虚荣心。我以为自己似乎没有这个,但我记得,很多次,去书店时,我都想抓住机会,看看诗歌或随笔书架上有没有我的书,如果找不到,我会有点失望,然后立即告诉自己:这是可笑的。有一次,我在行为科学书架上发现有《被禁锢的头脑》。还有相反的情况:如今,我去书店,科迪或黑橡树书店,我会高兴地看到我的书在那里大量展示。

在年老时,人会有一种虚荣,寻求对自我存在的肯定。也就是说,一篇关于我们诗歌的聪明的随笔或者一本书,让我们想到我们确实存在过;毕竟,我们的确写过什么——对于这一点的自觉,绝对不是任何时候都会出现的。

文学是一个伟大的名利场;且看它引发了多少空虚的笑声和可怕的东西。写作诗歌、小说、剧本的人,每年都在增加,但是,他们对于这一职业的渴望大多都是骗人的,在那些出版过东西的人中间,绝大多数人都是徒劳地自我膨胀。他们想要什么?被人喜欢。厄洛斯,就像在一面镜子前?

1987 年 11 月 20 日

有个非常重要的话题,我一直在想——关于我 1946 年至 1950 年在美国的逗留。更准确地说,那些年美国对我意味着什么。美国不像它今天对于我的意义,我认为,它也不同于对于我所有同辈人的意义。如果我试图从始于那个时期的诗歌和散文写作来探明这一点，将不会达成任何明确的结论。我认为，我的情况是难以置信的、不合逻辑的、不道德的、无法形容的。经过这么多年，我在文学上努力实现的，是向后投射的；也就是说，那个时期不真实的游戏是以事后分析为基础的。同时，那个历史阶段失去了尖锐性，和它最重要的特征，也许，沉入了遗忘。

意识往往是非道德的，仅仅因为它是意识。我们往往同时生活于意识不同的层次上，自欺，以求暂时的安定，适应于我们周围的环境，但是，存在一个最深的根本的层次。在1939年之前，就我所有的条件来说，我并没有太多机会，而我本可以成为一名共产主义者。然而，关于波兰的爱国主义精神，我有着宿命论的评价；我相信它是命中注定的。假如我生活在一个西方国家，我可能不必选择，我也许不必背靠着墙。但我们所能有的，要么是德意志，要么是俄罗斯；在他们之间，幻想不过是幻想。

然后就是1945年到来：希特勒毁灭了，以无数牺牲者和受害者为代价；获胜的军队占据了波兰；没有任何选择；说到这个国家的居民，则是“我们的森林，我们的野兔”；至于其他国家，俄罗斯人说的是Evropa nasha（欧洲是我们的）。波兰“富于创造力的知识分子阶层”，他们争吵、顺应时势，但最终还是接受了那不可避免的一切。有些人反应灵敏；他们离开了。“听听一个睿智犹太老人的话吧，”安东尼·斯沃尼姆斯基①说，“尽可

① 安东尼·斯沃尼姆斯基（Antoni Słonimski，1895—1976），波兰剧作家、散文家，斯卡曼德诗人。1956年至1959年任波兰作协主席。

能待在国外。”不久之后，斯沃尼姆斯基试图在伦敦的波兰研究院谋得一个职位从而实际操控它，也被调到了华沙；出于恐惧，他只好愚弄自己，写奉命文章攻击我。对此，我和其他人后来也都原谅了他。

在耶日·普特拉门特和耶日·博热依沙[1]的保护下，我离开波兰到了美国。普特拉门特警告我说：“记住，你正在与魔鬼签订一份协议。”是的，毫无疑问，一份与魔鬼的协议，考虑到我十分清楚发生了什么。我不能装作不知情而求得心安。1939年后的驱逐、华沙起义、波兰国内的恐怖——我了解这一切。与此同时，一个合法的波兰军队在西方存在，只是最近才被遣散，同样，还有留在伦敦的合法政府。我不可能同意他们，我有一个最有力的论据，他们已经失败并且不可能取胜。我是不是应该毁掉那份协议，站到他们一边，因为他们高贵，而且忠于某个无法估量的事物（imponderabilia）？只是在今天，在经历了波兰人民共和国几十年的统治后，人们才认可移居外国的坚定选择。在当时，则完全不一样。雅努什·敏凯维奇[2]在战后（或在战争期间？）写过一首小诗，说到伦敦政府，“与魔鬼在一起，也不与你在一起”，我们中间许多作家的看法其实与此相同，或者认为本就没有可以并肩同行的人。我痛苦，指责自己出卖了自己，但是，如果波侨怀疑像我这样的人获得了什么直接的好处，则完全没有说到点子上；还有更糟糕的，意识形态的东西。虽然如此，

---

① 耶日·博热依沙（Jerzy Borejsza，1905—1952），波兰活动家、作家。

② 雅努什·敏凯维奇（Janusz Minkiewicz，1914—1981），波兰作家、翻译家。

在某种意义上，他们是对的，只是在后来，作为一个移民，我也理解了波侨经受的那种折磨，成千上万的波兰人，通过沉重的体力劳动，彻底认识了英国和美国，之后他们便以各种原则的名义，自动地谴责自己。

所以，意识形态。黑格尔？历史必然性？一个极其难解的结，但某些东西，从美国开始，可以得到解释。杨卡和我搭乘一艘载有半船货物的小船，在 1945 年至 1946 年刮着暴风雪的冬天抵达纽约。我们身后是波兰，一片废墟；如果做个比较，灰心沮丧的伦敦倒更像是一个和平、安宁的王国了，那么，美国怎样呢？我们的需求和愿望不高，然而，在今天，那种适度让我感到非常有趣。我们认为，第五大道的富有，只是某种毫无必要的东西；是的，美国的那一面并没有给我们留下深刻印象。我对资本主义的诱惑无动于衷，这种感受被适当地记录了下来，所以完全可靠。另外，我在波兰的极端经历，在我周围竖起一个水冷壁似的东西。这里的一切是不真实的，美国人的思想是不真实的；我属于另一个星球，而我只能一面看着他们的星球，一面耸一耸肩，祝他们好运。

1987 年 11 月 21 日

如果重新认识我一生中的那几年，我将能简则简，一个月这样，一个月那样，互不相同，在我内心不断发生着变化。只有一个基调是不变的：我是一个左派人士。我不属于任何党派，没有加入官方批准的波兰社会党；在被占领时期，他们可能知道社会主义自由组织，但那并不是一个障碍。我在波兰战后最早出版的诗集《拯救》，包括了德占时期的诗歌。我的整个参照系就是在那里，根本不是在美国。此外，我也不笨，不会将我的观察局限于运转良好的民主机器，也会让自己懂得激烈的生存斗争、城市的贫困、孤独的个体、体制根本上的反智主义。我的阅读范围十分广泛，包括路易斯·阿达米奇[1]，他移民美国后，成了一个作家，为受侮辱和受伤害者、有斯拉夫血统的工人代言。显然，那时我在波兰人中间是孤单的，我阅读各种不同的英语读物：亨利·米勒、《党派评论》，以及正统性最少的纽约知识分子刊物《政见》(*Politics*)，它由德怀特·麦克唐纳[2]和他的妻子资助。我也是在那时候遇见德怀特·麦克唐纳。之后，在1955年，我们参加了"自由文化大会"在米兰组织的一个会议。他出现在我的《在米兰》一诗里。"我们在深夜的教堂广场长时间散步。"玛丽·麦卡锡也参加了本次会议。由于这些阅读，对于我来说，至少美国的一个部分——纽约左翼知识分子反对极权主义的嗜好，是可以理解的，不再遥远。我在《政见》上第一次读到西蒙娜·薇依的名字。尼古拉·恰罗蒙特[3]发表于《党派评

---

① 路易斯·阿达米奇(Louis Adamic, 1898—1951)，斯洛文尼亚裔美国作家、翻译家。

② 德怀特·麦克唐纳(Dwight Macdonald, 1906—1982)，美国作家、编辑家、电影批评家、社会批评家、哲学家、政治激进主义者。

③ 尼古拉·恰罗蒙特(Nicola Chiaromonte, 1905—1972)，意大利作家，著名左翼知识分子。1934年因反对墨索里尼的法西斯主义逃往法国，1941年移居纽约。主要著作有《历史的悖论》等。

论》的文章深合我心，虽然我不知道他是谁。我得以充分面对当时的政治，无论美国内部的还是国际政治。我的困境，或者说我们的困境，我以这样的方式来解释："跟一个聪明的强盗，或者，跟一个善良的低能者关在一个笼子里，哪一个更好？"这表明我对雅尔塔政治的共同创造者评价不太高，当然，这是一个带有精神创伤性的评价。

在此有一件事值得一记。1945 年，我遇到玛格丽特·斯托姆·詹姆逊[①]，她是一个小说家，也是国际笔会活跃的会员，当时，她从伦敦来到克拉科夫（第一个外国作家！），同行者还有柯萨瓦利·普鲁申斯基[②]和安东尼·斯沃尼姆斯基。后来，她在伦敦曾经邀请我们一起午宴——她和丈夫盖伊·查普曼[③]，他是剑桥大学的历史学教授，一个沉默寡言的家伙，习惯于让他的妻子主导，仿佛他本人在第一次世界大战中，作为一个英勇军官的历史是不存在的。这是我此前就已经发现的。玛格丽特作为一个小说家，可能已经被人忘记了，但她却是人类存在的一个典范，代表了盎格鲁-撒克逊的勇气和正直，她是几代水手、公海航行的船长值得记住的杰出女儿。她的青春可以追溯到 1914 年，她曾经对我说："米沃什，你不知道我这一代人的青春是怎样的，我们曾经多么渴望一个更加美好的世界

① 玛格丽特·斯托姆·詹姆逊（Margaret Storm Jameson，1891—1986），英国作家。

② 柯萨瓦利·普鲁申斯基（Ksawery Pruszyński，1907—1950），记者、战士、外交家。

③ 盖伊·查普曼（Guy Chapman，1889—1972），英国历史学家。

啊;可是,美好的一切在我们中间突然消失了,消失在鲜血和战壕的泥浆里。”

玛格丽特来到华盛顿,我想是在1948年,她与一些美国朋友——一个海军上将和他的妻子——一起待在乔治敦。有一次我们受邀参加他们的午宴,这也让杨卡和我对美国富裕家庭得以略知一二。在受邀的客人中,有一个是《读者文摘》的编辑,他显然出身“一个普通家庭”,带点俄罗斯口音的痕迹。我和他有了一次讨论;他抽着雪茄,轻蔑地说:“你们知识分子,你们已经输了。你们试图改变人们的意图一文不值。我们赢了:我们给他们提供任何想要的东西,他们读我们,我们的印数一路上升到了数百万份,他们不需要你们,永远也不需要。”

我想,也是在那时候我意识到,我是一个普罗米修斯式的浪漫主义者,在一个特殊的职业里注入了一种信念,试图“将吃面包的人重塑为天使”;他得意扬扬的刺耳笑声,连同他的雪茄刺到我的痛处,因为他没来由地将常识和清醒的判断,全部归于他自己。我也意识到,天啊,他们将具有浪漫主义血统的知识分子和共产主义者联系在一起;还有,美国并不适合我。

我逐渐与社会学家亚历山大·赫兹[①]友好起来,我们曾经同在哈里娜·索斯诺夫斯卡的领导下共事于波兰国家电台。赫兹崇拜美国,美国给了他自由,战前波兰的反犹主义挽救了他。我无法和他走得一样远,称赞美国的宪法及其立法、行政、司法

① 亚历山大·赫兹(Aleksander Hertz, 1895—1983),波兰社会学家、随笔家。

权力的保障措施，我私下里责备过他过于热情的正派，他的“素食主义”，因为他的社会学忽略了悲剧性的冲突。也就是说，依照我的口味，赫兹看待美国的方式过于乐观，跟杨卡几乎一样。

美国几乎摧毁了我和杨卡之间经受多年战争岁月的风吹雨打的亲密关系。托尼出生后，杨卡变了，也许是我更爱嫉妒了；不论出于什么原因，我们不断发生争吵，主要是关于美国。她是一个聪明可爱的女人，但是也并不是第一个那样的女人：需要应对丈夫患上的哲学或意识形态疯狂症；也许我在这方面尤为强烈。我对资本主义的“不”似乎意味着对共产主义的“是”。根本不是这么回事。那么你想要什么，如果二者皆不可接受？杨卡被俄罗斯人吓坏了。这源于她第一次世界大战期间的童年经历；从那时起，她就产生了周期性的噩梦，而这一切都以她1945年1月在戈申采[1]的经历为背景。美国对她来说，首要的不在于它是一个康乐、富庶之地，相反，它首先意味着孩子们的安全家园。作为一个具有反讽精神的人，却完全缺少愤世嫉俗，她充满信心，而且，自从她意识到在欧洲所有价值都已被破坏，她就开始相信美国的民主。这就是为什么，她认为很难再迁回法国——那意味着离开一个已是家园的国家、孩子们的国家，去一个完全外国的土地上生活。很久以后，肯尼迪的遇刺，对她是一个可怕的冲击——于我却不然，因为这个事件，对我来说只是历史丰富的戏剧之一。

---

① 戈申采（Goszyce），波兰城市，属于小波兰省，在克拉科夫附近。

1987 年 11 月 22 日

黎明时我看着窗外，欣喜于下面的色彩，旧金山湾透明空气里的摩天大楼。地球上没有几个地方拥有如此景致，我很珍视。

深入一个人的耻辱。当然，不仅是我的。在大使馆和领事馆工作的第一批人员多少有些偶然，大致由联合政府的各方组成：波兰工人党（共产党），波兰社会党，农民党；有几个人得到了私人的照顾，另有一些人则直接来自兄弟联合会（安全机关），虽然我们只能猜测谁是代理人和告密者，我后来发现自己的猜测也不是太准确。他们都是富有经验的人，对于"老大哥"不抱任何幻想。比如使馆的领事怎么可能对它存有幻想？如果他是一个社会主义者，且先已在利沃夫的监狱里待过，然后又在 1941 年成了德国人的囚徒，倒在他们疯狂的机枪扫射下。他幸存下来；是因为他及时摔倒，埋在死人堆里。

1950 年和 1946 年是不一样的。"怎么办？"成为一个折磨人的噩梦，白天黑夜都是。回到斯大林主义的波兰也许是最喧嚣的蠢话。然而，这么说似乎很可笑：可怜的切斯瓦夫不能放弃他的忠诚。在最后的分析中，波兰毕竟也没有对我有过任何伤害；他们甚至容忍了我不太正统的观点。反过来，我也没有玩两面手法。斯坦尼斯瓦夫 · 斯蒂姆坡夫斯基[①]给过我一封信，是写给几

① 斯坦尼斯瓦夫 · 斯蒂姆坡夫斯基（Stanisław Stempowski，1870—1952），波兰政治家。

个主要的美国互济会会员(Fremasons)的,如果说我之所以没有利用它的话,那也是因为我怕被纠缠。这并不意味着,我没有跟我视作自己人的那些人坦率地商量,也就是我的知识圈子——比如桑顿·怀尔德[①]。我想,在华沙,杨卡和我看过的最后演出就是怀尔德的《我们镇子》,现在,我所珍视的一个作家的好心和友谊,对我意义重大。怀尔德认为我应该留在美国,他承诺将我们安置在一个农场里,在那里我可以安静地写作。我也坦率地跟阿尔伯特·爱因斯坦谈过,爱因斯坦劝我不要移民。我通过奥斯卡·米沃什在普林斯顿的一个朋友和爱因斯坦取得了联系。(不是克里斯蒂安·高斯;那时我还不知道他与奥斯卡·米沃什的友谊。我当然不可能与他有过什么谈话,因为他 1951 年就去世了。只是更晚一些时候,到了七十年代,我才发现奥斯卡与高斯的通信,它们属于高斯的后期文件,收藏在普林斯顿大学图书馆。)

从我写于美国的诗,可以推导出许多东西。即使译成英语,《欧洲之子》(1946)对于美国人也是难以理解的,如同《两个人在罗马》(1946)、《法的精神》(1947)、《关于道德的论文》(1947)。《不被看见的景象》(1949)这首,关于底特律,是公开表达对美国不友好态度的诗。我的愤怒——那种状况难道不令人愤怒吗?——针对的是人们的生理生活,我反对的是耽于肉欲的人。他们吃,他们喝,他们繁殖,他们满足——但是,为什么呢?

这古老的清教徒的新的耶路撒冷,

---

① 桑顿·怀尔德(Thornton Wilder, 1897—1975),美国剧作家、小说家。

他们的梦想实现了，虽然以颠倒的方式，
对于我，这是一个沉重、空落的舞台布景。
因我入睡时，我想尖叫而不能。

然而，我学会了拒绝。这是
很久以前授予我们诗人的一项特权。
报酬、婚礼、洗礼和葬礼
不是我们真正的主题。它们不过是
艳丽而夺目、黑色的大水上飞逝的
映象。就像我们穿过一个玻璃
花园，我们走着，看到难以承受的悲伤。
我们真是那些人的敌人吗？那些
渴望通过暴力将人类变成纯粹
理智之天使的人。从深渊拔出一粒火花，
在普罗米修斯式的磨难中的一粒憎恨的火花？

《致爱因斯坦》，1948 年由作者译为英语

《魔山》里，狂热的纳夫塔曾经低头。现在，我想尽可能客观地说出我的判断，当然，这并不容易。

1987 年 11 月 23 日

文学和艺术，作为对沉闷现实的一种拒绝，有时也被称是

对资产阶级的反叛。说法国的波希米亚人对于十九世纪社会的反抗源于他们对正义的渴望,这是可疑的;毋宁说,它是对非利士人的令人厌恶的存在的反抗。波德莱尔、福楼拜、兰波。然后,是象征主义者朝公众轻蔑地背过身去。在俄罗斯,道德革命的进化冲动更为强烈,但是也有对于生理性周期的拒绝。文学和艺术——无论在哪里,无论在哪个国家——包括那些杰出的人物,不管受不受待见,他们的标志就是一代代地承受敌意。这一点,在克拉辛斯基1833年的《非神曲》中可能被残酷地揭示了出来。一对幸福结合的夫妇,有一个舒适的家、一个孩子,突然发生了戏剧性的变化。如果一个敏感、善良女人的丈夫厌倦了幸福与平静,梦想一个未婚的少女(诗歌),召唤他奔向一场未知的历险,那个妻子怎样才能拯救她的家庭?毕竟,少女的身上混合了知识和能够唤起情欲的东西;她同时可以是灵感、朋友、情人、热情的同志。作为那个绝望妻子危险的对手,她在各个方面都更为优越,但是当那个可怜的女人努力做到了与少女平等,并且获得了诗歌的天赐时,她在精神上却生病了。她相信,只有在她变成一个女诗人后,她的丈夫才会只爱她一个,同时,因为她的丈夫排斥普通的(渺小的)人类感情,他们的孩子只有是一个天才,他才会爱他。妻子的祈祷被上帝听到了,于是他们的儿子阿齐奥生下来便双目失明:这是吟游诗人和先知的标志。另一方面,那个少女尽力使她的崇拜者逃出了家庭,来到一个深渊的边缘,显露出她自身乃是一具可怕的尸体、一个恶魔的幻影。然而,男人给他的家人带来的厄运,他对情人的彻底幻灭,这些似乎也没有治愈这个丈夫;他在剧中第二幕的行为,他对以“历史”面目出现的同样的幻影和末世论政治的追逐,恰与一个浪漫主义的文人相宜,因为他们都是受惑于同样的行为和言辞。

男人往往匮乏于存在本身;观念、艺术、革命计划容易吸引他们。然而,女人有时更易成为做梦的叛逆者;包法利夫人不就是一个例证吗?

1987 年 11 月 24 日

伯克利的秋天,不久前,在第一场雨之前,是一片灰色和褐色;现在,山坡草坪满眼绿色。梧桐树叶带锈色的金黄,桉树和针叶树不变的颜色。明亮的朱红飞溅:那都是栒子属植物,挂满成熟的浆果。

我并不喜欢浪漫主义的种种习惯。它们讽刺性的夸张使我们逐渐意识到,它们根深蒂固地存在于我们之中。我反思这一点,只因为它们影响了我的婚姻微妙的化学变化。常识和体面的要求都在杨卡那一边;我们应生活在美国。然而,对我来说,待在美国意味着生老病死、繁衍后代,没有更多。因为我无法想象在这里会有任何涉及语言的活动。我在这里不仅什么也不是,这已经够屈辱了,而且我还必须外在于我的真实的遗产——波兰诗歌。换言之,很简单,不是我有什么特定的动机,只要想想我真巧地听到的、召唤我去完成我的命运的那个声音。显然,不可能有另外的选择;无论如何,我现在就是这样想的。我反对将传记和诗歌混在一起;不幸的是,有时很难不这样做。我将尽量避免猜测,如果我留在美国,而不是在十年之后再返回这里,会是什么情况,但我知道事情也许会大不相同。

普特拉门特远远地照管着我,他无疑是欣赏我的才华的,并且很想让我留在我们的祖国。后来,他写道,他曾试图引导“喷泉”进入(社会主义)管道。当时,他卸任驻巴黎大使,在 1950 年开始担任华沙成立的作家协会书记,如同一个老练的渔夫,他认为,将我突然调离美国不是一个好主意,所以他提出让我先到巴黎。从心理上讲,这是一次聪明的调遣,因为它使我仍然怀有希望在国外等待。事实上“解冻”的发生,还要再过六年。我怀疑这是一个陷阱,准备接受最坏的情况,但这仅是就我本人而言,我不想危及杨卡,因为她那时又怀上了我们的第二个孩子。她不想让我进入“恶龙的咽喉”,将她独自留下,但她又担心,如果我因为她的缘故而留在美国,可能会以此为由与她作对。这是三个人之间的游戏,三人彼此都很了解对方,虽然普特拉门特并不知道,作为一名共产主义者,他在战前担任所谓“节目监制”时,波兰国家电台曾要解雇他,是杨卡直接去找了电台领导人,当众据理力争,让他们收回了决定。

1950 年秋天,我乘船到了欧洲,那时欧洲要比今天远得多。我非常担心,更糟糕的是,我对自己的精神健康疑虑重重。虽然人们对我们的书的赞美和感激常常给我们带来快乐,但更经常的是书背后隐藏的东西,以及写作它们的动因,仍是一个尴尬的来源。

1987 年 11 月 25 日

时间的织物。许多相互依存的现象之网，毫无共同之处却同时发生。因为难以察觉的时尚的变化以及语言的变化，造成某些行为和词语的搭配恰在某个历史时期出现，不可能更早也不可能更晚。而这并不意味着高与低、好与坏的差别被消灭，而是说，当我们身处现象之网不同时刻、不同节点，在回顾时会发现，很难再现那个时代的许多联系。

或者说，在按时间顺序规定的纵横交叉点上，人们聚集在了一起？所以与这个交叉点平行，而非与那个时期的风格、语言、事件平行？举例来说，我能在注定的那一天之外，想象和描述柯萨瓦利・普鲁申斯基吗？在那一天，命运挥动它的剪刀，决定了他的大限。

Baloven' sud' by——我还记得，普鲁申斯基说这话的样子；在维尔诺“灾变派”的读诗会上，他倚靠着耶日・维硕米尔斯基[1]，关于我他说了这句话——用俄语。我感到很受伤，他说的是“命运宠坏的孩子”，但意思却暗指“命运的玩物”。二十岁，有才华——毫无疑问，这就是普鲁申斯基想说的——但我当时真没想到命运竟如此弄人，对此聪明的预言异常恼怒。普鲁申斯基来维尔诺，因为他是保守报纸《词语》的合伙人。

---

① 耶日・维硕米尔斯基（Jerzy Wyszomirski，1900—1955），波兰诗人、作家。

维硕米尔斯基定期给《词语》撰稿，给专栏副刊写些小品文。他是第一个欣赏我们的才华的人。他本人出过几本单薄的诗集。个子很小，戴夹鼻眼镜，神情忧郁，很有点俄罗斯派头(他父亲是沙皇军队一名职业军官)，在维尔诺酩酊大醉的夜生活里，形单影吊。许多年后，在波兰被占期间，我买过他的一本自传体小说，讲述他在一个要塞小城(扎姆布罗夫?)的童年经历，小说献给了瓦迪斯瓦夫·瑞尼卡[①]。我不知道小说在战后是否再版过。1955 年维硕米尔斯基自杀；他受够了，没能活着看到“解冻”。

事实上，普鲁申斯基才应被称为“命运宠坏的孩子”。他出身于富裕的家庭；他是一个才华出众的记者，他的男性气质使许多女性神魂颠倒。心怀恶意的人说，他突出的颧骨、绿色的眼睛、倾斜的眉毛都太哥萨克化，他的母亲或祖母肯定与某个乌克兰仆人搞在了一起。尽管如此，他的贵族出身对他有帮助，让他在《时代》和《词语》处于一个保守派的有利位置。他从红色西班牙发回的稿件一度引起轰动。他本来是被派去佛朗哥政府的，但途中他改变了主意，在那里成为忠于共和政府、反对佛朗哥叛乱的人。

普鲁申斯基的生平广为人知，我不必在此重复。作为一个士兵，他为国家服务，曾在挪威纳尔维克[②]附近及诺曼底作战；

---

① 瓦迪斯瓦夫·瑞尼卡(Władysław Ryńca)，米沃什在维尔诺大学的同学，社会主义者。在德占时期，他开展了多方面的活动，虽然不是犹太人，他担任了维尔诺犹太人聚居区和华沙犹太人聚居区之间的信使。

② 纳尔维克(Narvik)，挪威北部港口城市。

作为一个战时故事的作者,他勤于笔耕;凭着个人的语言知识,他做过伦敦政府——波兰流亡政府——驻俄罗斯大使馆的参赞或专员。他一生动荡,颇具骑士风度,罗曼蒂克(他自己肯定感到惊讶,他这一代还有如此好的运气,因为在1796年*,波兰军团的时代似乎就已经一去不复返了),而且他总处在通往荣誉的道路上。他的许多战友认为他玷污了他的荣誉,因为他在1945年转向了作为卫星国的波兰一边。的确,根据十九世纪维洛波尔斯基①总督的模式,自觉选择合作需要很大的公民勇气。他是华沙方面极有价值的收获,没有谁比耶日·博热依沙更明白这一点,博热依沙是华沙新闻和文学界的最高统治者,创建了一个属于自己的国中之国,他同亨利克·丹宾斯基的遗孀佐西亚·丹宾斯卡②合作,一起统治这个国中之国很多年。

就这样,在1945年,普鲁申斯基与斯沃尼姆斯基和玛格丽特·斯托姆·詹姆逊共同出现在克拉科夫。我们下一次见面是在美国。我们的关系可谓亲切,但不应被称为友谊。我们有时会进行非常坦率的谈话,但仅限于政治问题。

有一个我感兴趣的方面,柯萨瓦利·普鲁申斯基是根本不在意的;读过同一本书、迷于同一个哲学或宗教问题的两人谈话

---

* 在1795年波兰最后一次被分割后,波兰人的希望转向拿破仑和波兰军队参加意大利战役。

① 亚历山大·维洛波尔斯基(Aleksander Wielopolski, 1803—1877),波兰外交官、大地主。1862年担任沙皇亚历山大二世的俄国统治下的波兰总督。他认为与俄罗斯精诚合作是改善国家经济状况的唯一途径。1863年反抗俄国的起义使他的计划完全落空。

② 佐西亚·丹宾斯卡(Zosia Dembińska, 1905—1989),波兰作家。

擦出的火花,也许永远不会出现在我们之间。我可能嫉妒普鲁申斯基,因为某种意义上他是生活之王,但我肯定隐藏了一个他无法进入的领域,因为,非常不幸,我已经历太多复杂的事情。

但是,普鲁申斯基难道不算我的一个文学同行吗?他的短篇小说写得很好,很动人,富于伤感情调。如果不是因为过多的爱国主义煽情,他可能不只是一个出色的记者。然而,简并没有认真看待他的写作。她出现在我此时的文字中,因为我仍想念她,在她死后许多年;她是一个同时拥有非凡善心与智力的人,这很罕见。同时,你也可以与她进行有意义的交谈,而她身上少许愤世嫉俗的幽默感和开放性,会给谈话增添不少的乐趣。简和普鲁申斯基有过一段情人关系,她后来曾亲切地谈到他,虽然多是在大笑,她似乎觉得很有趣(正如很多女人一样),她惊奇于她的伴侣身上男性的活力与头脑的所思所想之间的反差,而这,在她看来完全可以宽容。这并不是说她认为他是一个愚蠢的人,比起那些攻击他的固执之人,他要聪明得多。或者,如果让我提供一个解释,她觉得有趣的,是他身上的波兰人爱做白日梦的独特气质或假派头。当然,很可能,她的笑声掩饰了真正的冲突。不管怎样,许多年里她都在努力收集证据,揭示他究竟是在何种情况下死去的。

1987年11月26日

简是费城人,来自社会底层,波兰移民的劳工社区。她的父亲是波兰国教的一个神父，但头衔极低；那里还是一个犹太人社区。她从自己的家庭获得波兰语言的知识，但她的头脑却已经完全美国化。她在中学和大学都表现很好，出色地从哥伦比亚大学毕业，获得英语方面的硕士学位，毕业后从事的第一份工作是在北安普顿史密斯学院，这是个一流的机构。她和柯萨瓦利的关系始于这个时期（前后），那时柯萨瓦利奔波于纽约和罗马之间，试图在波兰人民共和国和梵蒂冈之间达成一个协议。有过这样一个尝试；我不记得是在哪一年，但是可以查到。

就我所记得的，柯萨瓦利希望简能翻译他的那些短篇小说，而她的反对意见源于对其内容不利的评价，因为那些小说大都基于作者对读者的爱国主义预期，也就是说，脱离这个语境，对于非波兰人，它们是不可理解的。

简获得富布赖特奖学金，于1948年或1949年初前往巴黎。她到达那里时，却身染重病。一种嗜睡的病，由采采蝇或蚊子传播引起，表现为两种形式：病人要么嗜睡，要么患上慢性失眠，而简属于后一种。很可能她是从美国带来此疾病，因为那里已经有了几个病例见诸报道。这种疾病通常致命，或者引起大脑的彻底变化，即便治愈，患者大脑功能也会降低。1949年夏，在回波兰途中，我暂留巴黎，去大学城见了简，她在进行康复治疗。一个年轻的法国医生一直在挽救和照顾她，他渐渐爱上了她，并想与她结婚。结果，他实用主义的母亲坚决反对他和一个外国人结婚，而且是一个需要照顾的病人。那可爱的儿子就随一个科学探险队去了格陵兰岛。

我可以和简坦率地谈论一切,关于政治和文学,而我在当时的困境里非常需要这个。至少她是一个可靠的人,不会跑去向波兰人或美国人打我的小报告;而且,她能用波兰语阅读我的作品。她特有的幽默,非常适合我,总的来说,我们彼此理解,尽管有一些来自她身上的美国性的轻微干扰。我那一部分欧洲的居民,往往将美国理想化,特别是在1939年的不幸降临之后。正是由于这个原因,红军在1945年到达克拉科夫几天后,波兰红军的一个分遣队,列队穿过城市街道时,他们唱的一首歌,在我看来,在那个时候、在那种情况下,就像是一个恶意的玩笑:

这里是美国——
著名的美国。
这里是我们可爱的土地,
天堂在上,土地在下。

然而,对于一个出生于充斥贫民窟、贫困、失业和种族冲突的美国大城市的人来说,这是一个可疑的天堂,尤其是,如果她的童年正值大萧条时期的话。简最明显的特点,就是她身上属于三十年代和四十年代早期的社会激进主义,这意味着,关于自由市场经济的那些天真的说辞,对她没有多少吸引力。她当然认真听取有关共产主义的证词;然而,她的认识却多少有些中立,这意味着,她具有两方面的知识,或多或少各有分量,但是肯定都有分量。对我来说,简是我在美国最初的一部分，就像亨利·米勒的书和路易斯·阿达米奇关于下层移民阶级的报告文学。换言之，我从我们的谈话中获益匪浅，虽然对她谈话所体现出的那些特点保持着小小的不信任，那些属于美国自由主义者的典型特征，很难解释某个政体的恶魔本性。简投票支持民主党的左翼。我不知道她是否把票投给了亨利·华莱士[①]（此人去过科雷马，发表评论说那里囚犯的生活条件是一流的），我还记得，她后来开始积极支持候选人阿德莱·史蒂文森[②]。

1951 年，我逃离东边那个帝国的统治，生活在巴黎时，简还在那里，对我来说她的存在是重要的，因为我对她身上作为美国人的“盲点”虽然有所保留，但在精神上她比那些波兰移民离我更近，即使是那些最富同情和善意的波兰移民。她的康复进展缓慢，她生活在持续的恐惧之中，担心不能恢复精神的敏锐。当时我正在写作《被禁锢的头脑》，我建议她把这本书译成英语。她同意了，因此她的大冒险也开始了；正确地说，她开始了重返生活的努力。她把翻译看成一个考验：如果成功了，这将意味着她征服了疾病，可以正常工作和生活。到 1951 年年底，我的文本几近完成；她立即着手翻译，我想，直到 1952 年初她回到纽约，她一直都在翻译。我们的合作很顺利，她没有让我有任何理由怀疑她敏锐的理解力，而我也十分重视她的批评性看法。尽

---

① 亨利·华莱士（Henry Wallace，1888—1965），美国政治家。曾任第三十三届副总统（1941—1945）。

② 阿德莱·史蒂文森（Adlai Stevenson，1900—1965），美国政治家。1952 年曾获竞选总统提名。

管如此，我们相处并不简单，可以这么说。友谊是一回事，而在涉及“准确性”时，我也是毫不留情的。我没少折磨她，而这对我们两人都是有利的。她的译文极其出色，读起来就像这本书本是用英语写的。因此，可以说，简对自己的考验取得了最大成功。她为此付出了巨大努力，然而，1953年《被禁锢的头脑》出版之后，尽管收到许多翻译方面的邀请，她却并没有成为一名职业翻译家。我相信，她后来也只翻译了莱谢克·柯瓦科夫斯基的一本随笔，1968年纽约出版的《通往马克思主义的人道主义》，其中包括著名的文章《教士和小丑》。

命运将简带到了日内瓦，她在此生活多年，甚至加入了瑞士籍。在她因公出差到伯克利时（她为瑞士旅游局工作），她访问了我们。1980年她应我的邀请到斯德哥尔摩，她认为这是她生命中最快乐的一天。几年后，她在日内瓦去世。

普鲁申斯基是华沙政府一个宝贵的门面，但是，作为门面的时间也没有维持太久，他很快从他在华盛顿的位子，或者从纽约联合国的位子上降了下来，赴海牙出任大使，这意味着他已经靠边站。波兰的斯大林主义化进展迅速；实际上在1948年后，弗罗茨瓦夫举办国际和平大会之后，斯大林主义化就立即开始了；那次会议被认为是由耶日·博热依沙谋划并组织召开的，从而给东欧集团提供了一个宝贵的武器。有谁没有出席过那次国际大会呢！西方知识分子和作家满怀热情地竞相表演。我带去了爱因斯坦一封信，他在信中呼吁建立一个世界政府控制核武器，但俄国人不同意宣读。这个事件或其他一些事情（今天仍然是一个秘密），导致博热依沙失势。这个角色值得写一部专题著作,但却永远也不会被写出来的。

1987 年 11 月 27 日

在海牙,普鲁申斯基被完全监视;没有报告,打个喷嚏也不行,因为一切都被认为是有政治意义的。1950 年是一个不祥的年份,其氛围是由这些东西决定的:异端的指控、审判、无辜者的绞刑、不明所以的死亡。我在美国任职时,这些可能还感觉不到,但是那年秋天我已经到了波兰驻巴黎大使馆,我判断这是一个死亡陷阱。在这种情况下,待在国外每一个月就都是天赐。然而,那年夏天普鲁申斯基动身去了华沙,主要是因为尤丽雅,他打算与她结婚;之前他已与妻子离婚。我忘了是谁告诉过我的,说他买了一条传统的金腰带,还称赞它的实用性,因为一面可以用于婚礼,另一面可以用于葬礼。

他驾车穿越德国,独自一人,在晚上。在汉诺威附近的某个地方,他与一辆大货车迎头相撞,当场死亡。卡车司机毫发无损。按照官方说法,柯萨瓦利死于车祸;然而,无论在国外,还是在华沙的官员中间,都有不同的版本在流传。我应当记下我所听到的说法。

首先,是来自塞西莉亚的一个版本,她是一个美丽的英国职业女性。柯萨瓦利在海牙受到监视时,她是他唯一可以信赖的人。在巴黎的时候,塞西莉亚谨慎地与我开始了这次谈话;我知道,这对她十分重要。据她所说,柯萨瓦利前往华沙时,完全懂得自己面临的危险;这是一次表明勇气或蔑视的行动。正如他在前线表现的那样,他相信他的幸运星。有人提出过警告。谁呢? 不是别人,正是耶日·博热依沙。“他们想要审判你,因为西班牙,因为你在那里曾代表波兰第二部分势力。”博热依沙可能会这样说,我也怀疑塞西莉亚可能补充了相关细节。(波兰第二部分势力包括战前波兰政府的安全机关和间谍机关,后来转移到了伦敦。)我相信博热依沙完全可能说过这样的话,并劝柯萨瓦利不要回来。任何人只要记得拉依克[①]、斯兰斯基[②]等人因为西班牙问题而不断受审的事,就会相信其他人也可能受到指控。另一方面,博热依沙的举动也是令人困惑的。很可能,因为被党孤立和生病(他遭遇了一次神秘车祸),他经历了一场严重的哲学危机,开始想按照普通人的标准而生活。另一个假设也是可能的。普鲁申斯基必须被描述成一个狡诈的阶级敌人,因为他为伦敦第二部分势力效力过那么长时间,甚至还出任过大使和领事。

所以,不难理解,这是一件至关重要的事情,因此普鲁申斯基决定避免自投罗网,或者不直奔目的地。也许,我们永远不会知道这里面情况有多么复杂,究竟何种力量在起作用。我们应该注意,建立一个有关线索的逻辑是容易的,然而,现实却很少按逻辑来。他受到警告这一事实,并不必然导向坏事肯定要发

① 拉什罗·拉依克(László Rajk, 1909—1949),匈牙利社会活动家。

② 鲁道夫·斯兰斯基(Rudolf Slánský, 1901—1952),捷克斯洛伐克社会活动家。

生在他身上这样一个结论。

简在纽约有过几次谈话,我记得是在五十年代后期,在那个著名的高级别秘密警察施维亚特沃[1]的事件发生之后。我忘了她引用的是谁的话,因为她也不可能接近施维亚特沃本人,他被美国人小心地隐藏在某个地方。根据她的说法,施维亚特沃应该可以证实:"那件事是委托给了德国同志";换言之,东德的相关机构干了它们不得不干的事。

1987年11月29日

乘飞机飞纽约:在奥克兰机场经过了混乱的数小时,飞机仍没起飞;转签旧金山航空公司的机票,改飞一条不同的航线。疲惫至极,哮喘一点没有减轻,这次旅行真愚蠢呀,但我不能让第92街上的"诗歌中心"失望。结果不是在晚上八点,大约凌晨一点才着陆。第二天是我的诗歌朗诵会。

还有一个人出现在舞台。斯坦尼斯瓦夫·斯克热谢夫斯基[2]同志。他是当时的外长,接任了患有心脏病的齐格蒙特·

---

① 约瑟夫·施维亚特沃(Józef Światło, 1915—1994),波兰安全部高级官员。1953年逃往西方,当年美国为其提供政治避难。

② 斯坦尼斯瓦夫·斯克热谢夫斯基(Stanisław Skrzeszewski, 1901—1978),波兰政治家。

莫泽勒夫斯基[①]的职务。果然如我所料;巴黎变成一个陷阱。1950年12月,我回到华沙,短暂休假。我相信我的幸运星,就像普鲁申斯基一样。这个世界上的国家可以划分为两类:“难进入的”和“难离开的”。考虑到华沙当时恐惧的气氛,我的出现在私下里被解释为疯狂,或者被认为是在波兰安全机关里有着异常强大的靠山;无论属于哪种情况,人们最好的选择都是躲着我。在外交部,我得知自己不会再被放出去。我去找斯克热谢夫斯基寻求任命。他肯定地说,他们已经决定留下我,说这是为了我好,为了不让发生于普鲁申斯基的事再发生到我头上。

“发生了什么?”我问,“毕竟,那是一个意外。”

“不,根据我们的情报,他是被伦敦第二势力干掉的。”

“但是,战争期间我在波兰。不在国外,我与伦敦没有关系。”

他想了一会儿。“是的,的确如此。不过,我们还是决定留下你。”

他在撒谎吗?他编造这么一个有关伦敦第二势力的小诡计,是为了扣留我,还是最高职能部门果真相信这一点?这与“将它委托给了德国同志”怎么可能不矛盾?他们是否已经决定将那次对伦敦第二势力的成功打击掩盖起来?这些问题不会有答案。

---

① 齐格蒙特·莫泽勒夫斯基(Zygmunt Modzelewski, 1900—1954),波兰政治家。

根据杨·梅耶什托维奇[①](普鲁申斯基前妻的哥哥,也是我在维尔诺的同学)的看法,那只是一个意外,他的家庭成员也一直这么相信的。

在海牙,普鲁申斯基是一个不够熟练的新司机。他又是在晚上开车,而且很疲惫。那很可能就是一个意外。也可以推测那是反复无常的现实跟阴谋者开了一个玩笑。也就是说,"无常"抢先了一步;比如说东德的路况出了点什么问题。那么,事故也许并不是由德国同志一手策划,这让那些直接的和间接的阴谋策划者惊讶不已,所以他们想出一个解释,把它归诸对手的行为,也就是伦敦第二势力的动作。

关于普鲁申斯基的这个故事,在某种程度上传达出那个年代的焦虑和实情。至于手段,也不是非常严格。通常,涉嫌有变节意图的外交官会被注射某种适当的药物,然后塞进某架飞机。

① 杨·梅耶什托维奇(Jan Meysztowicz, 1910—1997),波兰作家、批评家。

1987年12月1日

国家的保存很可能是一件超出了我们理解的事情。如柏拉图所言,文官政府是强大的,且很难消除。它通常坚持消除致命的内部疾病、不公正的法律的危害、专制、地方官员的荒淫和无知,以及众人的妄为和暴乱……我们的政府状况是糟糕的;然而,有些病情加重却没有死亡。神在跟我们玩着回力球的游戏,从各方面驱使着我们……

蒙田《随笔》

在从纽约到旧金山的飞机上,我抄下《随笔》的这节波兰语译文。虽然我感到疲惫至极,还是尽力与马特逊、理查德和朱迪、布罗茨基和伊内兹交谈(他们都从阿冈昆酒店过来),跟艾可出版公司(Ecco)的市场专员会面,然后参加在诗歌中心举行的诗歌朗诵会。我的朗诵也很成功。签名售书,招待会,然后与丹和瑞娜塔在一家意大利餐馆共进晚餐。

1987 年 12 月 2 日

在纽约，讨论发表于《纽约时报书评》的《与米沃什谈话》一书节选、布勒伊瓦斯[1]教授给《书评》编者的信以及我的反驳。我仍然相信，我所说的是真实的。毕竟，根据我作为一个教授的经验，我知道在美国可以成就什么，我也知道，即使那些有钱的波兰裔美国人在支持文化方面也没有多大作为。数以百万计的波兰裔美国人可能是一股巨大的政治力量；他们能够改变大学里的斯拉夫研究，让斯拉夫研究不再是斯拉夫研究，而成为俄罗斯研究。

我想，我在什么地方写到过这个。欧内斯特 · 西蒙斯[2]，一个从事俄罗斯研究的教授，在 1948 年接近作为文化专员的我，如果我没有记错的话，他提出一个建议，波兰应该资助波兰文学方面的一个讲席。因为他提到了曼弗雷德 · 克里德尔[3]，他是我们在维尔诺的学生文学社（创意写作系）的管理者，西蒙斯发现我们在这个方面是盟友。老牌共产主义者齐格蒙特 · 莫泽勒夫斯基，那时是外长，很懂得这个讲席的宣传价值，提出每年资助一万美元（这在那时是高的）。让一所富裕的美国大

① 斯坦尼斯瓦夫 · 布勒伊瓦斯（Stanisław Blejwas, 1941— ），美国历史学者。

② 欧内斯特 · 西蒙斯（Ernest Simmons, 1903—1972），美国学者。

③ 曼弗雷德 · 克里德尔（Manfred Kridl, 1882—1957），波兰文学史家。

学向一个共产主义的政府去寻求资助,这不太好。但是,在此之前,在美国还没有开设过波兰文学的讲席,所以我算是它的创建人。然后,就是天崩地裂:几年之后所有波兰裔美国人的文件都在大声抗议,说共产主义者搞渗透(克里德尔是一个布尔什维克!),然而,由他们自己资助这么一个讲席,他们想都没有想过。几年后,来自华沙的资金花完,这个讲席就不复存在了。在我出版的所有书中,《波兰文学史》可能是印数最低的。

事情为什么是这样?现在,在纽约,我是这样解释的:是的,波兰是一个有着闻所未闻的等级差别的国家,从难得一见的高层,到令人沮丧的底层,而最有力量的,也许就是这两个极端。最底层的人,那些移居国外寻找活路的人,找不到可以效仿的对象,因为任何比他们高一级的人,对于他们来说也是高不可及。自然,在这个古老的国家,最底层的人就在那里,他们只有苦力可以提供;他们的标志是非熟练劳工,从波兰笑话就能理解,他们对于中产阶级的蔑视。那些笑话无疑是基于阶级差别,但从种族角度来看,也是非常恶毒的,我能感到这种恶毒,举一个例子:我捡起一支带有“波兰铅笔”标签的铅笔——一支根本不能用的铅笔,因为它,不是一头,而是两头都有橡皮。

1987 年 12 月 5 日

关于自我的意义:每个人的生命史,都可以浓缩为一个反复往返的游戏，在一个人的自我形象和他人形成的印象之间。骄傲和羞辱之间，中间有许多不同的阶段。我们在人群中的每一分钟，在商店、办公室、邮局、公共汽车上的每一分钟，让我们对各种姿态、话语的脆弱性和敏感性产生忧郁的体察，这些支撑或者拖垮我们。我们渺小的骄傲是那样可怜，乃至我们需要一个小小的圈子或社团，在其中可以得到认可，说明我们还具有某些价值。

曾几何时，一个小小的"灾变派"诗歌小组对我来说已经足够了；事情在华沙变得困难起来，在那里我终于被公认是有才华的年轻诗人之一。与《文学新闻》周围那些人不同，我不太在乎在齐缅斯卡咖啡馆展示孔雀翎尾的美妙，或者在玛佐维茨卡大街与人互致问候，虽然在那条街上的莫特科维奇书店是华沙出售我的诗集《三个冬天》的唯一地方。（按照当时出版商采用的销售系统，它是这本书指定的经销商。）在今天，无论何时，如果有人想打击我，或者以各种理由指责我怪异，我可能会奋起反击、动怒，然而，很奇怪，我想到了，那著名的咖啡馆和街道，都已消失，而那个羞涩而傲慢的人却幸存了下来。

有些人需要被很多人承认；另一些人，本身十分自我，只需自己和其他少数人的声音就感到满足。战争期间，我的朋友耶日·安德热耶夫斯基还沉浸在获得"青年作家奖"的荣耀里；1938 年，他凭小说《心灵的和谐》（很一般）获得该奖，战前他很享受人们在玛佐维茨卡大街向他表达敬意。战争期间我们有一阵常去一个叫作"公鸡脚下"的酒吧，同去的还有一个叫库德尔斯基的人，一个富有的黑市商人，他属于那种忽然冒出来的人物之一,后来也无人知晓怎么样了。库德尔斯基喜欢折磨耶日,称呼他“安德姆切夫斯基先生”,因为耶日喜欢带有仪式感地作自我介绍,伸出手来,说“我是安德热耶夫斯基先生”,说明他很在意自己的文名。库德尔斯基装作纠正,并请求原谅,可过一会儿又说:“安德姆切夫斯基先生。”必须承认,我从来没有遇到如此不恭;也没有理由表明我应该受到那样的对待。

“公鸡脚下”酒吧(我不确定它是否叫这个名字),在此值得一书。那里所有的侍者都是演员。我在维尔诺的雷杜塔剧院,见过扮演熙德的米勒茨基[①]。我见过坎姆帕[②],他死于华沙起义,在老城被德国人遥控坦克的炮弹炸死。玛丽亚·莱什琴斯卡经营着一家咖啡馆;她是两个诗人的伴侣,先是陪伴患肺病的耶日·利贝特[③]度过了生命最后的日子,后来是斯蒂凡·弗卢科夫斯基,他在战时曾被拘禁于一个战俘集中营。她的家,在纳尔布特街上,或者是在平行于纳尔布特街的一条街上;那里是一个名副其实的犹太孤儿院,出于天主教的虔诚,她资助这个孤儿院;关于她的家,真可以说是,“圣女盘旋在他们的餐桌上”。无论何时来到这里,我都会看见几个犹太小孩坐在那张桌子边。

---

① 米奇斯瓦夫·米勒茨基(Mieczysław Milecki, 1907—1988),波兰演员。

② 安杰伊·坎姆帕(Andrzej Kempa, 1895—1944),波兰演员。

③ 耶日·利贝特(Jerzy Liebert, 1904—1931),波兰诗人,以宗教题材的诗歌闻名。

1987 年 12 月 6 日

昨天，在泽勒巴大剧院观看日本芭蕾舞《金桔种子》(*Kinkan Shonen*)。我怀疑，起立鼓掌的那些听众，有谁真正理解这个节目的主题("一个男孩关于生命之始和死亡的梦")，它所包含的隐喻。对我来说，这几乎是一个纯形式的典范——也就是说，它是"为了舞蹈而舞蹈"的纯粹舞蹈。音乐和舞蹈令我印象深刻，晚上做了一个梦，一个绘影绘声的梦。主角是一个犹太圣人，以布伯[①]的风格出现；他舞蹈、布道、吟诵的主题，则是《旧约》的真理。

夜里刮起一阵暴风雨，狂风从海上来，暴雨打在头上的窗玻璃上。但我的哮喘差不多好了。

确认自我之重要性的需要，是一个很好的线索。我在战争结束后，在居留美国最初期间，为什么保持与华沙政府的联系，那种需要是一个决定性因素。如果我直到现在还没想清楚这一点，那倒是值得注意的，虽然说明显的事情往往最难分析。我们应该思考这样一个事实，即 1939 年的移民潮，是两次世界大战之间波兰最后一次向外扩展，事实上在当时的波兰，几乎无人知道我作为一个诗人的存在。读书的知识分子群体，趣味还没敢

---

① 马丁·布伯(Martin Buber, 1878—1965)，犹太哲学家、翻译家、教育家。出生于奥地利，后移居以色列。

超出斯卡曼德之外。玛佐维茨卡大街——也就是说,以伦敦为基地的《新闻》,它的编者米奇斯瓦夫·格日泽夫斯基[①]——仍然统治着伦敦(波兰)的文学。1946 年 1 月,我在纽约一家医院拜见了杨·莱洪[②];在巴黎时我就知道他,但是不喜欢他,不过,作为我青年时代的大师之一,他仍然值得尊重,据说他患了癌症。然而,就是这同一个莱洪,在他的作品里轻蔑地对待我。在 1951 年所谓"切斯瓦夫事件"爆发时,一些人开始用文章向我泼脏水(我后悔我收集的那些剪报"白皮书"丢失了),他们真正的怒火在于,作为他们眼里"一个江湖骗子"以他的言说体现出来的东西:他以为他是谁?谁在乎他的那些美学问题?然而,时间,在被战争的榨汁机压缩后,已经改变了维斯瓦河两岸的许多东西,包括某些思想形式的开启。我就存在于那里,特别是 1945 年出版的诗集《拯救》,同时,我也在不间断的斗争中,为自己行使了我的职责。这就是那个时代的秘密:我在美国不为人知,只是作为一个卫星国的大使馆里的一名小官员,我写一点东西,创作,翻译一些诗人,在那遥远的土地上披上一件"自我重要性"的大氅。我可以想象某人的评论:"这样的动机多么渺小!他已经脱去假面,坦白承认自己不过是个人野心的奴隶!"但是,在这里,命运也是一个因素,而且,对于这个游戏的某些规

---

① 米奇斯瓦夫·格日泽夫斯基(Mieczysław Grydzewski, 1894—1970),波兰作家。

② 杨·莱洪(Jan Lechon, 1899—1956),波兰诗人。斯卡曼德诗社创建者之一。1930—1939 年任波兰驻法国大使馆文化专员。1940 年迁居美国,在纽约编辑出版《波兰周刊》。

则的理解，也不应该是对什么人的诋毁，除非他是一个伪君子。

1987年12月10日

伦纳德[①]告诉我发生了一件事，一个荷兰诗人在大学校园举行诗歌朗诵。该地区的荷兰人长驱直入，把大厅堵住，他们想以这样排外的形式支持自己的诗人。这个诗人感到很失望。"我不想要这样的听众！"他大声喊道。所以，也不是只有我遇到过这样的问题。

雅内克·乌拉托夫斯基[②]收到我寄的《三个冬天》最新注释版后，回了一封信。他写道：

> 从照片看，很显然，这是一个"邪灵（daimonion）影响下"的人——照片上的人遭受了诅咒——这也为后来发生的一切所证实。我们似乎还存有你放声大笑的录音。那笑声让我们有毛骨悚然之感。

我认为，基谢尔的评价是最公平的："……而你明天会不承认这一切的！"显然，只有在文学上，基谢尔不会愚弄自己。

---

① 指美国诗人伦纳德·内森。

② 雅内克·乌拉托夫斯基（Janek Ulatowski，1907—1997），波兰艺术史学家、政治学家、记者、活动家。内拉·米琴斯卡的丈夫。1945年后移居巴黎。

1987 年 12 月 12 日

又一次，天气好极了。哈斯和我都在忙于校对我的《诗歌选集》，520 页，必须立即校订。我还要为约瑟夫·布罗茨基波兰语版的作品集撰写前言。

在我上次访问纽约期间，我敏锐地意识到，一个“名字”的社会角色和作为一个个体的角色之间的悬殊（我不大喜欢那些图书销售网络的代理人，或在诗歌中心排队等待亲笔签名的人）。不。更正一下：很长一段时间以来，我就知道这一点，我恼怒于人们要求和我拍照的狂热（尤其是波兰人），好像我是一只熊。但是，对于事物的理解程度存在很多不同，各种干扰和记忆的失效导致理解的削弱。这一次，我开始意识到，我必须应付那些几乎本能的掌声，它们如同外在于我的某种东西。例如 1981 年我在波兰逗留的整个过程。那是一个难以置信的胜利，一个道德的讽喻和寓言：聪明的哥哥们都输了，愚蠢的弟弟却赢了。如果写作曾经是我激情的中心（的确如此），如果出名对于写作是主要的（如今常常如此），那么，我的荣归波兰确实是我人生的顶点。但是，也可以说不是，因为我所关注的并且能庇护我的，完全是不同的问题，非常私人化和个人化的问题。

现在，我在纽约，从曼哈顿文学、出版的圈子角度看，名声于我似乎有着不同的意义；我开始领悟到一种礼节性的东西，一种对成功的敬意，来自圈子里几个著名人物的温暖和善意。作为一个多疑的立陶宛人，我不得不再次提醒自己，在这种情况下，甜蜜的语言只是礼仪的一部分，而且，正像在波兰一样，我不断向自己重复克拉西茨基[1]寓言诗里的句子：

> 焚香是为我而燃，老鼠傲慢地对他的亲属说，
> 当弥撒进行，他坐在祭坛上。
> 突然，他被香炉的一股浓烟呛住，
> 一只猫从侧面跳出，抓住他，把他掐死。

1987 年 12 月 13 日

我读了柯萨瓦利·普鲁申斯基新版选集《我们的童年之地》里的精彩文章。他对我们古老波兰的理解是多么清晰啊，它在克雷西的根和悠久的贵族传统，却已经在 1941 年消失，并永远地消失了。柯萨瓦利断绝与他的战友和伦敦移民的关系，自愿接受一个叛徒的标签，他这样做对吗？他一直头脑机敏，在国际事务上具有开放的思想；他不像其他人那样自我欺骗，相信随时会爆发一场新的战争。另一个保守派人士，斯坦尼斯瓦

① 伊格纳奇·克拉西茨基（Ignacy Krasicki，1735—1801），波兰十八世纪最伟大的诗人、作家。出身于加利西亚杜别茨科一个贵族家庭。曾在华沙天主教神学院进修神学，后被任命为宫廷神甫，三十二岁任瓦尔米亚主教。1795 年波兰第三次被瓜分时任格涅兹诺大主教。1801 年在柏林去世。

夫·马茨凯维奇[①]后来也做了同样的事情。如果历史地、严肃地思考,便会这么认为:为控制中欧与波兰,波兰和俄罗斯之间长达数世纪的对抗最终是以波兰的完败而告终的。从这里有必要引出一些结论,而不是让一个人沉溺于白日梦;也就是说,谁如果期望东边那个帝国高贵地吐出它已经吞下的东西,这是不现实的。谁那样想,也是错误的,因为他对问题的认定建立在一个假设上:在一个世界强国或另一世界强国之间存在选择。但是,这并不是一个可以由他选择的东西。在那里,一个人要么成为共产主义者,要么什么也不是,一个假装没有被线牵着的木偶。从世界范围思考的思维,与从国家独立角度思考的思维,二者是对立的。波兰的权利,罗曼·德莫夫斯基[②]的政治后人,基于地缘政治的原因,一度接受波兰从属于沙皇俄国的地位;普鲁申斯基,作为国家民主党的对手,突然发现自己被推到了一个勾结通敌者的行列。

我针对的目标是什么?针对的是提起帷幕的一角,因为波兰的悲剧,很少有与它同等的悲剧,直到今天它仍然是被隐瞒的。原因很简单,它的国土和移民的分隔,已经迫使人们接受"要么这样要么那样"这个扭曲的观点。有必要保持沉默,对许多事情避而不谈,"为了不使敌人开火"。直到今天,一些可怕

① 斯坦尼斯瓦夫·马茨凯维奇(Stanisław Mackiewicz, 1896—1966),波兰记者、作家、出版家。有"波兰第二共和国最重要的政治记者"之称。

② 罗曼·德莫夫斯基(Roman Dmowski, 1864—1939),波兰政治家、民族主义理论家。他主张国家由一个占主导地位的民族掌握的原则,其政党被称为"国家民主党"。

的事实仍然不能大声地说出来。

1987 年 12 月 20 日

桑拿,游泳。夜里,关于战时的噩梦。

在这个地球上没有波兰存在的空间。这种处境,必须从波兰人民的浪漫主义的朋友,他们的活动中去寻找遥远的原因:

> 以羊皮大衣伪装,从一个村子行走到另一个村子,
> 他们温暖的气息吹拂着民间的风俗和同样的报春花,
> 直到最后,他们产生了大量奇妙的国家的标记。
> 那就是吊钩——他们在那吊钩上吊死自己。
>
> 《祝酒》

从本质上说,大约在 1820 年,德国和波兰就是政治浪漫主义的温床,用一个更根植于大地的术语来说,就是“民族主义”。为了提高民风和“人民的灵魂”,也为了维护国家的观念,“教育”是必要的(学生、热心学问的人),同时,还有“羞辱”(这一点,被拿破仑打败的德国或被分割的波兰并不缺乏)。

在整个十九世纪,在卢瓦尔河以南的法国乡村,人们仍然说着奥克西坦语,但是没有人被建立一个奥克西坦人的国家这样的想法所吸引。也许是由于法国大革命,引入了一个完全不同的关于民族国家的观念,成功地巩固了法国全民意义上的爱国

主义,而不是源于赫尔德(参见阿兰·芬基尔克劳)。

维尔诺的浪漫主义者,如果我们用后来民族主义的标准来衡量,他们在民族国家的问题上仍然是摇摆不定的。他们热爱人民,但是人民说立陶宛语和白俄罗斯语。维尔诺大学的学生用书,虽然采用波兰文,却融合了两种民族主义——波兰的和立陶宛的,而且,正是由于诗歌,才导致乌克兰和白俄罗斯的民族主义的诞生。

为了使语言最终被看成一个人在一群人的组织之中的标志(这个组织以反对其他组织为目标),来一场重要的革命是必要的。人类已经很久没有如此重要的划界了,特别是没有迫切地渴望建立一个自己的国家这样的想法了。

如果在一战后严格采取民族自决的原则,波兰东部的边境就可能会遵循寇松线[①]。我将暂时不考虑军事力量的运用;无论如何,波兰、立陶宛、白俄罗斯、乌克兰将会成为邻居。同样,民族自决的原则,无论如何,会决定目前东部的边境,而在这个问题上,二战后在西方盟国的绝对主导下,导致了雅尔塔协议。“波兰”便是指沿维斯瓦河的一个狭窄地带,人口稠密而毫无希望。没有一个西方政府会想出斯大林那样的主意,把数以百万计的德国人从数世纪之久的定居点驱逐,再将那些地方交与波兰人。因此,可以说,波兰的存在是由于斯大林的恩典。

---

① 乔治·寇松(George Curzon, 1859—1925),英国保守党政治家。寇松线是他任英国外交大臣时向苏俄和波兰建议的停战分界线。1919年12月协约国最高委员会在巴黎和会上决定重建波兰国家,以民族边界线作为波兰东部边界,这条线沿布格河划分波苏边界,在北部把比亚韦斯托克地区划入波兰版图。

在两次世界大战之间，有过一段时期，美国共产党对“黑人问题”提出过一个奇怪的治疗方案。该党提议，黑人占大多数的南方各州，应被承认为“黑人国家”，而其他各州的黑人也应该被安置到那里。该计划作为一个“非美主张”被拒绝；同时，这也太容易让人想起印第安保留地，想起“泪水小径”[①]——佐治亚州和北卡罗来纳州的一些部落，在长途跋涉，前往俄克拉何马州预留地的路上，大批人员死于饥饿、寒冷和疾病。

我们必须承认，驱逐的罪行，是暗含在根据当地居民的语言或种族而划分领土这一行为之中的。因此，波兰人被驱逐，被希特勒从第二次世界大战期间便纳入第三帝国的领土上驱逐，被迫搬到自己的城市指定的街道，在战后又被迫大批逃离（因为被逐的恐惧）他们占绝大多数的城市（维尔诺和利沃夫等）和人口混杂的许多地区，然后生活于所谓“西部领土”。

在1945年，波兰共产主义者是对的：波兰只有在给定的领土、在苏联的保证下才能存在，不然就可能不复存在。在特蕾莎·托兰斯卡[②]的书《他们》里，雅各布·伯曼[③]对她尖声说道，

---

① 1828年，在佐治亚州，切罗基族印第安人的属地上发现了黄金。这让那些向南及西部迈进的白人觊觎这块土地。1838年至1839年，一万五千名切罗基人被迫离开故土，迁至现在的俄克拉何马州，约有四千人死于途中。故其行走的路线名为“泪水小径”。

② 特蕾莎·托兰斯卡（Teresa Toranska, 1944— ），波兰女记者。最有名的作品是《他们：斯大林的傀儡》。

③ 雅各布·伯曼（Jakub Berman, 1901—1984），波兰共产主义者。战后进入苏联主导的波兰统一工人党中央政治局。

如果不是共产党，波兰将成为一块煎饼，他这样说，在一定程度上歪曲了事实，因为在 1939 年之前，保卫波兰的领土并不是他们的一个目标；但是我们必须承认，在某种意义上他是对的，如果是一个在自由选举基础上组成的政府，不可能得到“西部领土”，一份来自“老大哥”的礼物。

1987 年 12 月 21 日

家国、祖国、民族国家：les choses vagues（朦胧之物），正如保罗·瓦莱里所言，它们规避定义，含有太多情感的意义。那么在这方面，最好不要坚持什么。当一个人主要的识别特征，是他在一个特定国家的成员资格，这就尤其不好了。瓦莱里不必关心法国，甚至不会去想做一个法国人意味着什么；法国性就是他所呼吸的空气。但一个波兰人首先是一个波兰人；一个立陶宛人首先是一个立陶宛人，一个乌克兰首先是一个乌克兰人。奇怪的是，当他想以他的头脑、他的笔、他的艺术，为他的国家服务时，他的成就与他对于国家的热情，便成正比地有了缺陷。

柯萨瓦利·普鲁申斯基，或者说，回国的问题。那时不是只有他面临如此艰难的选择。坦率地说，这是困难的，因为回国是很自然的选择，那是你的国家，待在国外意味着你不再过问那个国家的一切，不再过问所谓民族感情，你将全身心地投入你的职业、家庭、朋友。你成了一个世界公民。

“怎么是这样?”有人会反对说。“那么,考验过几代流亡者的使命呢?密茨凯维奇、斯沃瓦茨基、诺尔维德,也曾在巴黎街头行走!”

但是,在1945年,没有什么事实能够保证流亡作为一个政治行动的合法性,除非有人不愿严肃地理解这种处境。今天,后来发生的一些事件,作为影响因素,正在被追溯性地分析理解;并默认了一个额外的假定,即国家争取独立的斗争一直是不变的,人们接受了这样的观念,坚持认为失去的地位意义重大。

让我们假设一下,如果普鲁申斯基是一个生物学家、一个画家、一个物理学家,他可能一直待在国外而不必纠结于矛盾之中。但他是一个政治家,在西方他无事可做。此外,他是一个记者,对于一个写那样一些东西的人,外在的一切便会具有不同的意义。

1987年12月23日

我认为,普鲁申斯基和我之间并不存在多少相似之处;我不是用他来使我对自己的清算变得更容易。从诊断的意义上说,他的情况是很简单的,因为不能怀疑他有任何左派倾向。也不具有故意或无意的盲目性。他非常清楚俄罗斯的一切。不过,他还是走到了华沙政府那一边。基于地缘政治的原因。

1987年12月25日

他们是盲目的,因为那样做更容易,然后他们看见了光:这个扼要的解释意犹未尽,就好像可以用谈论法国人或英国人的方式那样谈论我们。此外,我对于俄罗斯的知识使我能够进行一些严肃的阅读,阅读俄罗斯流亡者在柏林出版的报纸,尽管存在审查制度,这些报纸仍然比其他官方许可的报纸有更丰富的新闻。法国通敌者的周报《花束》(*La Gerbe*)也发行到了华沙,但它却是可怜地昏庸不堪。俄罗斯报纸提供了许多目击者的描述、信件、文件,其真实性毋庸置疑;它们来自苏联广大的地区。不管怎样,报纸编者的意图显然与德国人的宣传目的不一致;他们试图采取一条中间路线。克隆斯基不懂俄语,关于这方面危险的读物,他常常问我一些难以回答的问题。

最近,我读到一册薄薄的回忆文章和评论性随笔,它是关于在巴黎出版的《文化》杂志的,让我感到很痛苦。因为我充满嫉恨的愚蠢,我必须要受到惩罚吗?我最初逗留于迈松-拉菲特①时,他们认为必须教育教育我,所以,我把眼睛睁得大大的,假装自己是一个孩子,"这怎么可能?他们那里没有劳改营吗?"可

① 迈松-拉菲特(Maisons-Laffitte),波兰流亡者刊物《文化》杂志编辑部所在地,位于巴黎郊区。

怜的佐菲亚·罗曼诺维奇[1]，在她关于1951年的回忆文章里，倒真是那么看我的。

所有这一切都发生在很久以前，而现在，这个世纪行将结束，是时候平衡我们这个世纪的账目了。屏幕和面纱之类的东西模糊了视野，很难确定事物的位置、什么更重要、什么不重要。任何一个涉足过文学史的人都知道，流派和潮流的划分是多么难以捉摸，桂冠的授予在经过十年或二十年后又似乎误会多多。也许，终极的标准是看一个具体作品呈现了多少真实、如何忠于真相。那么，那些驱散迷雾的书籍（主义的怪物往往隐藏在迷雾背后），将被恢复名誉。几十年来我已经观察到，它们是如何勉强地被人们接受，然后迅速被遗忘。

在三十年代早期的维尔诺，一个叫奥勒赫诺维奇的白俄罗斯人，曾被囚禁在位于索洛韦茨基群岛上的集中营，他从波兰读者那里得到的反应，和波兰人从集中营释放后在英语公众那里得到的反应是一样的：同情，但不大相信，肯定是见证者也做了什么错事；毕竟，除非有罪，没有人会被无故惩罚。同样是在1930年代，帕纳伊特·伊斯特拉蒂[2]和安德烈·纪德，后者写了《访苏归来》，他们为形成一个有组织的运动来反对那些幻灭者、那些叛徒，提供了一个机会。维克多·谢尔盖[3]、阿瑟·库

① 佐菲亚·罗曼诺维奇（Zofia Romanowicz，1922—2010），波兰作家。
② 帕纳伊特·伊斯特拉蒂（Panait Istrati，1884—1935），罗马尼亚作家。
③ 维克多·谢尔盖（Victor Serge，1890—1947），俄罗斯作家。

斯勒[①]、伊格纳奇奥·西洛内[②]、乔治·奥威尔，这些人很快就上了那个名单；阿尔贝·加缪也迅速补充了进来。进步知识分子们展开了一个运动：低声传播流言蜚语——事实上，与其说低语，不如说是靠打手势——但是，这比在媒体上公然地诽谤更有效果。他们对待那些麻烦的作家，就像对待资产阶级的仆人：不诉诸文字，不公开说出，只是通过交头接耳，一套心照不宣的鬼脸、嗤之以鼻、蔑视的手势。

我可以列举出很多书来，它们要么没有出版，要么被无声而有效地扼杀。同样，我也可以举出很多书，它们以一种语言出版了，但在其他语言里却找不到译者或出版商。例如约瑟夫·恰普斯基的《关于非人道的地球和斯塔罗别尔斯克的笔记》（英文翻译是找不到的），以及古斯塔夫·赫尔林-格鲁津斯基[③]的《与世隔绝的世界》。

1951 年，我写作《被禁锢的头脑》那年，也许可以称为最糟糕的年头，当时，对斯大林的崇拜，在完全难以置信（从今天的角度来看）且被广泛宣传的莫斯科审判之后不久，在法国达到了鼎盛期。同时，让-保罗·萨特和弗朗西斯·詹森[④]正准备在《现代报》向阿尔贝·加缪泼污水，因为加缪出版《反抗者》，在

---

① 阿瑟·库斯勒（Arthur Koestler, 1905—1983），匈牙利裔英国作家。

② 伊格纳奇奥·西洛内（Ignazio Silone, 1900—1978），意大利作家、社会活动家。

③ 古斯塔夫·赫尔林-格鲁津斯基（Gustaw Herling-Grudziński, 1919—2000），波兰作家。

④ 弗朗西斯·詹森（Francis Janson, 1922—2009），法国哲学家。

其中提出了相同的论点。(我读到这本书,已是在写完《被禁锢的头脑》之后。)所以,关于这一切,唯一合适的词语,也许是“精神错乱”。但也事关“权力”,幸运的是他们没有“警察”。萨特和詹森的文章不过是恐吓和咒骂,叫嚷要让加缪受到惩罚。那时我找到一个翻译者,经人引荐给我的一个年轻人,具有波兰犹太血统的新手;他向我保证说,他很愿意翻译我的书,但是他不能,因为翻译之后没有人会出版。安德烈·普鲁多米肖[1],一个曾在西班牙战斗过的无政府主义者,为我承担了这个工作。他在巴黎的《见证》担任文字编辑。但普鲁多米肖不懂波兰语,我只好逐句逐句向他口述《被禁锢的头脑》一书,他所做的,只是调整行文的风格。

1987 年 12 月 29 日

我为写作《被禁锢的头脑》付出太多,对此我不必自夸。也就是说,需要一系列前提条件:首先,我从美国离开,因为乔·麦卡锡正在发起针对共产主义者的政治迫害,恐怖的阴影笼罩在知识界。显然,没有任何有自尊的人会加入一个反共运动,因为这被解释为在美国实行法西斯主义。施行迫害的那些人,他们的智力水平也证实了这一假设。我在某个地方读到一份简短

① 安德烈·普鲁多米肖(André Prudhommeaux, 1902—1968),法国诗人、翻译家。

的报告，是关于贝托尔特·布莱希特当着众议院非美活动委员会所作的证词。他戏弄了他们，就像猫对待老鼠。不久之后，他离开美国去了东柏林。不幸的惠特克·钱伯斯[1]可以作为一个例子，代表那些鲁莽者，说明违反那个圈子的准则等待他们的将是什么。作为《工人周报》长期的编辑，钱伯斯由于内心的危机在阿尔杰·希斯[2]间谍案起诉时，作为关键证人站了出来。从那时起，直到死后，他都被排除在值得与之握手的人之外，失去了所有的朋友，而他死后出版的书信表明，他身处怎样的绝望深渊。在经过漫长的内心挣扎后，他决定做出公开的陈述，但是失败了。很明显，他一度深深迷信苏联的胜利这个"历史必然性"。谴责钱伯斯的那个圈子，绝不只是马克思主义者和各种类型的马克思主义的同情者；他们还包括一个广泛的自由主义者的圈子，他们因此团结起来。"假设如何，就会怎样……"总是一个危险的事，但是我认为，如果留在美国，我可能就不会写作《被禁锢的头脑》，也就不必让自己受到我在这个国家可以信赖的、仅有的几个圈子的排斥。更糟的是，在法国，我已提前预料到我的不合群的外国性，丝毫不出意外；我想，我也许会是一个麻风病人，永远的。

在 1954 年或者 1955 年，巴黎剧院正在上演一部波兰戏

① 惠特克·钱伯斯（Whittaker Chambers，1901—1961），美国作家、编辑。早年加入地下共产党组织，并为苏联服务，1938 年脱离，1939 年至 1948 年为《时代》周刊工作。1952 年出版《见证》。

② 阿尔杰·希斯（Alger Hiss，1904—1996），美国人，1950 年作为苏联间谍被判入狱五年。

剧,在剧院的前厅,我碰上了雅罗斯瓦夫·伊瓦什凯维奇,他转过身,厉声说:“我不能问候你,亲爱的。”我被告知,伊瓦什凯维奇和萨特在柏林召开的某次会议上讨论过《被禁锢的头脑》。萨特说:“不够聪明,你也必须明智一些。”“明智”的意思,既包含智慧,也包括要谨慎。自然,我是不谨慎的。那本书在我后面尾随了很长一段时间。驻巴黎的美国大使馆一些波兰人开始告发我(说我是共产主义者的秘密支持者),这意味着我获得美国签证的机会要被搁上九年;在进步人士中间,我还获得了一个“叛徒”的标志;同时,某个我根本不喜欢的东西,也戴到了我头上,就是说,我被认为是一个“散文作家”,一个政治学方面的学者。注意:这并没有帮助我获得一个文学教授的职位;恰恰相反。

其次,一个不可避免的条件,是我令人同情的思想状态。现在,我想了很多,关于意识形态、关于人将自己拖入一个无法逃避的下滑状态的几乎无限的能量。“黑格尔式的蜇伤”,可以通过一个创伤性的经历得到简单的解释,它可以是一个人的弱点,或者其国家的弱点——类似于一只铁制滚筒向前滚动的一种力量。“欧洲是我们的。”毕竟,在1945年至1950年,无人相信一个自足的资本主义的欧洲。我写作,就是为了使自己从那个下滑的状态中解脱出来。不过,我要感谢我的小说《伊萨谷》,这是另一个自我疗救的行动,它将我从各种抽象概念之中拯救出来,让我回到了诗歌。

1987 年 12 月 30 日

在身体上，所有人都是以相同的方式构成的，因此，每个人便可以理解对方基本的情感。善与恶混合于每一个体，其混合方式的独特性就更加惊人。探索我个人的心理，不会结出什么果实；再说，无论如何，那我也做不到。当然，在《被禁锢的头脑》和我的诗作《致 1950 年相册中的自己》之间，存在一种联系。

1988年1月1日

六十年前,克莱茨卡太太的供膳寄宿处。我已不记得所有人的名字。奥斯特罗斯基,一个秃顶的法律系学生、兄弟会成员、年轻的公牛、踌躇满志的学士;他后来怎么样了？没有人知道。伊雷娜·奥谢齐姆斯卡,一个漂亮女生,学习波兰文学,但她属于那样的女生,花足够长时间读书,只为找一个好丈夫;在1949年,我们在索波特的大街上不期而遇,当时我从美国回波兰度假。“在这里我们全是奴隶!”她尖声说。我虽然什么也没有说,但她至少得到了安慰,因为她知道我会怎么说;那个假期我一回来就生病了。玛利亚,我忘记了她的姓氏,她还是一个高中学生,本应上最后一节体育课,却逃到大街上来了,就像我那个时候一样;我永远不会知道,是什么原因让她到了纽约,而我在六十年代给她寄过一张明信片,这却是一个不幸的错误。明信片上是一头小驴子,加州驴子的图片。我被她的回复震惊了:她说她不想认识我,因为我侮辱了她的丈夫。我好不容易才弄清楚究竟出了什么问题。原来她的丈夫X,在维尔诺时常被人称为“笨蛋”,所以我完全无意之中选取的“驴子”,被认为暗指了有关维尔诺的那些事情。

克莱茨卡太太公寓的一个房间,对于我始终是个谜,只有在房门半开时,我才看见过一次它的内部。一个女演员,科索茨卡(?)租住在那里。香水和脂粉的气味,一个女人的存在,单人沙发上的长袍,柔软,另一性别的神秘。我相信,我只在擦肩而过时见过她一回。她根本不和我们走动;我们有时能够听到她在里面的声音,这意味着她有自己的社交圈子,但是无法接近,远在可以企及的范围之外。我也许爱上了她,在深深的想象里,甚至无须知道她长怎么样,但我没有勇气接近她。

我想起克莱茨卡太太的公寓,事实上也是因为那个女演员;近年她一直在造访我,我也想努力将她未知的生活信息叠加在一起。我甚至怀疑,那是在1929年的新年,1928—1929学年的新年,而不是1928年。那一年,在一个小巷子(叫什么来着?斯特罗姆?),就在密茨凯维奇大街的转角附近,那是快乐的一年,比这以前和以后都要快乐。我与我的老师之间的较劲结束了,我的学习成绩也再次上升,我在俱乐部体验到了友谊带来的喜悦,而且,那时,在毕业考试之前,不确定、不明确的未来使我着魔。我读了许多书(包括威廉·詹姆斯的《宗教经验种种》),还借助于范本,系统地进行过诗歌写作的练习,从若阿基姆·杜·贝莱[1]汲取灵感,在一本法语教科书上,我发现了他的十四行诗("快乐的人就像尤利西斯……")。我要做一个诗人吗?我知道人们一直这样叫我,但我想做的,可能是大于"诗人"的某种人。我要表达"我的感情"吗?不;那些只是风格的练习,不带

---

① 若阿基姆·杜·贝莱(Joachim du Bellay, 1522—1560),法国诗人。七星诗社重要成员。

感情、客观的练习。我还记得其中一两行,关于秋天乡村打谷的诗句。

现在,今年的第一天,我再次想到,一个人要做的是如何广泛撒网,然后网进一些面孔和名字。同时,继续写写值得一写的东西,虽然还不清楚这部回忆录要写多长。想象一下,假设一个人在上世纪写作这样一个东西:那人在1828年开始写作,到了1888年仍然在写。真不可思议,难以置信!

1988年1月3日

今年一月,加利福尼亚特别冷,而且多雨。我的哮喘不时发作;胸部常有杂音。我估计现有的药物可能治不好了。

如果我说出所有的真相,那会怎么样?当然,我有些担心。我担心:为什么要向人们披露我所有的缺点、罪过和负疚?那有什么用?给所谓"创造性心理学"提供更多的例证?但我也担心我的写作,因为我对自己和生活的看法过于无情,虽然也许不错,但一个看法常常会影响另一个看法;在我写作时,它们在形式基础上结合成一个整体,绕过其他人不那么可怕的看法。我们注定只会部分显露自己的本性,在最好的情况下,也只是尽量避免虚伪。似乎是这样,我们在表露自己时,常常更多地采取隐秘而非直接的方式。去年在巴黎,斯多玛告诉我,还是在上高中时,我就是一个多么富于才华的演讲者。我听着,不敢相信,但很可能是真的,换言之,一个人应该不断纠正那些有关自己的并非恭维的看法。

说到雅罗斯瓦夫·伊瓦什凯维奇的名字,我就马上产生一个想法,即知道他的人将会越来越少,因此有必要谈谈他。在他一生中,很少有人敢于描述他。有各种各样的原因;至少有一个是,他多年来担任着作家协会主席一职。

我想,从我还是一个孩子,从不认识他的时候开始谈起。在维尔诺,1920 年的春天,我多少感到,有种氛围包围着他——那时他只有二十六岁。他的诗《悲伤圆舞曲》写得略晚,却不失为传达那种氛围的一个尝试:

> 啊,那些舞蹈,那些舞蹈,哦,战时!
> 枪支在阳光里,春天的花朵散落一地。
> 曾是那么快乐的步兵小分队。
> 现在为什么如此悲伤?
>
> 啊,战时,啊,战时,多么快乐!
> 即使死后的快乐也属于胜利!
> 快乐,曾是那么快乐。
> 现在为什么只有死亡在哀悼?

亨利克·维热什茨基[①]的回忆文章,发表在 1984 年 5—6 月的《标志》上,其中我读到如下文字:

---

① 亨利克·维热什茨基(Henryk Wereszycki, 1898—1990),波兰历史学家。

洋溢的欢乐是当时波兰军官的主要特征；事实上，也是整个波兰军队的特征。一切都是在欣快中完成的，甚至极富勇气。我有一个朋友——自然与我年纪差不多。我们都二十一二岁；我们那时认为二十三四岁就算老家伙了。毫无理由地，我的朋友会突然钻出战壕，以证明子弹伤害不了他。似乎荒诞不经，但那时就是如此。一切都在欣快中进行。在我成为一名军官前，我们在加利西亚东部与乌克兰人作战。无论何时，进入一个城市或小镇时，我们都会唱歌，那是怎样超乎想象的歌唱啊！姑娘们会站在阳台上，我们男人都很快乐，有一种奇妙、非常奇妙的欣快。真是轰动一时。1916 年，我在维也纳，还是军团的一名士兵，我母亲一个可靠的朋友在照顾我（换言之，他给我钱，诸如此类）。当我们离开前线时，这个朋友到了火车站。后来，我看到他写给我母亲的一封信。“这些军团士兵，”他写道，“真是难以置信。他们是多么快乐啊，他们登上火车时，是如何快乐地歌唱呀。”毕竟，那是 1916 年，奥地利被战争拖垮，而我们这些小伙子快乐地做着每一件事。这正是他们的特点。也是 1920 年代的特点。

我们应该怎样解释这种欣快的氛围？是否因为人们有种直觉，认为这场战争将为他们愉快地结束？

维热什茨基写道：

当开始撤退时，我确信，依照历史的传统，我们只会停留在巴黎，我们将再次进入移民潮，因为这场战争就是一场起义，就像 1831 年，那次失败了，但是这一次，起义成功了。

1988 年 1 月 5 日

无论如何，我必须强迫自己坐到书桌前。很显然，由于哮喘，由于缺氧，我又感到极度的疲惫。

维热什茨基写道：起义失败好像是一个历史的传统！哼。

现在，没人能再现 1920 年维尔诺的那个春天，尽管是否应该再现存在争议。如果真的应该再现，那么就应该像许多双眼睛所看到的那样再现，而不只是如我看到的。那些景象哪里去了？那些深切的感受呢？都随着那些具体的人一起消失了吗？或者，仍被保存在某个地方，如同所有被体验过的一切？对我来说，那时的维尔诺就是一种制服的颜色，我父亲的制服，一个工程兵队长或者少校的制服，他的工兵队同事的制服。我们生活在滨河街，也就是圣雅各布街对面的转角处，但工兵队驻扎在住宅区，那里种了蔬菜（我记得有很大的菜园），也是在维里亚河边，只是在更往上游一些的地方，距安托科尔不远。松林和沙地。这件事发生在 1918 年，我们才从俄罗斯回来，那是我第一次感到谢泰伊涅的美丽，满眼葱茏。“维里亚河，我们的母亲河，/你有金色的河床和蔚蓝的脸颊。”换言之，这风景于我是全新的，因为在谢泰伊涅，涅维阿萨河不是从河砂沉积的河底流过。但我还记得，1914 年德国人到来前，我们逃离谢泰伊涅时,停留的地方肯定是在鲁克瓦庄园,它在维里亚河边,也就是说在维耶维斯(这是立陶宛语名称)森林附近某个地方,那里也有沙地和松林。属于哥萨克人的地盘,我在《故土》一书里提到过。

"枪支在阳光里,春天的花朵散落一地。"是的,欢乐洋溢在周围。维尔诺很欢乐,在1919年前,整年都在打钟,因为波兰枪骑兵把布尔什维克赶跑了。维尔诺的波兰人欢欣鼓舞,尽管那里也还有说俄语和意第绪语的维尔诺人。然而,我迷恋的是波兰人的维尔诺,而且,那年春天我开始去上学,第一次我完全惊呆了,不懂是怎么回事,对我的要求是什么。我喜欢一个女孩子,我还记得她的名字:班科夫斯卡。但是,报纸头版的粗体大字很快吸引了所有人的注意力:前线正在逼近我们,我的学校教育也并没有持续多久,仅仅几周。然后,逃离。父亲和他的工兵队一起撤退。母亲带着我穿过维耶维斯森林,回到了立陶宛,还有我的弟弟,他的保姆安多西雅,一只山羊。

1988年1月6日

昨天晚上,桑拿、游泳。

雅罗斯瓦夫·伊瓦什凯维奇那一代人是幸运的:他们经历的迷人的战争以国家的独立而告结束。虽然国境从东边移动了一些,那时类似伊瓦什凯维奇的年轻人,肯定也经历了许多打击和冲突。伊丽莎白格勒[1]、基辅、蒂莫索夫卡[2]、黑海大草原、东正教的乌克兰——这一切都再现于他的书中，因为他和斯卡曼德诗社的同行大不一样。波兰东部边境地区，也就是克雷西的人民，已分几波撤退了，那里已经如同俄罗斯人的囊中之物——一个大门敞开的空间。他们的处境，比那些俄罗斯流亡者要好，因为他们是在一个说自己语言的国家，但也存在贫穷和适应的困难。年轻的伊瓦什凯维奇以做私人教师谋生。

说实话，我无意为伊瓦什凯维奇画一幅肖像。我要将自己限制在：将他看作一个诗人，他对于我和文学的影响；反过来，这也影响了他。我成长于维尔诺，在1920年的胜利之后，那里是安全的，有一个时期它是中部立陶宛的首都。不久之前，我读到谢德勒茨卡[3]关于贡布罗维奇的书《贵族少爷》，我很震惊。我们之间毫无相似之处，不同的童年和青年时代、两个不同的国家、不同的社会环境，虽然有着相同的乡绅背景。我的家族没有那么多分支，没有任何财富，没有那么多社交礼仪，更不要说良好的教育、社会自由、冷嘲热讽的言行。我跟贡布罗维奇的庄园、小城的住宅、拜访、饮宴、稳定的收入，能有什么联系呢？

我的父亲复员后，与人合作成立了一家建筑公司“布德莫斯特”，但我们在家里根本不能养尊处优，我很早就学会了节

---

① 伊丽莎白格勒，是基洛沃格勒的旧称。乌克兰中部城市，基洛沃格勒州首府。

② 蒂莫索夫卡过去属于波兰，现属乌克兰。

③ 乔安娜·谢德勒茨卡（Joanna Siedlecka，1949— ），波兰作家、记者。

俭。有一阵子我和伊格纳奇·斯维齐茨基[①]是朋友;我常常去他们的家,在玛科瓦街上,我们一起去射杀乌鸦;就在最近,在费城,伊格纳奇提醒我说,那时他们还必须用木桶从院子里打水,这意味着那时我的生活水准也一般,不高不低。因为会计师挪用资金,我父亲的公司破产;作为一个热衷浪漫旅行的人,我父亲只好前往巴西;在二十年代,到处都在谈论殖民的"可能性"。他原打算在那里扎根,再带家人过去,却没有成功。此后多年,他先是在苏瓦乌基,后在格勒博基,担任一个建筑工程师。我生活在维尔诺时,由家里供给,住在比谢夫斯基的供膳公寓,不久后是租住在克莱茨卡太太那里,但是我的良心备受折磨,自从我进入大学,这种折磨越来越强烈,因此我开始做一些事情:争取奖学金,偶尔打打零工。《贵族少爷》让我意识到,我那时生活的维尔诺是多么贫穷和偏僻。然而,贡布罗维奇和我有一个共同点:我们都是学的波兰文学。此刻我自问:虽然贡布罗维奇认为波兰文学是弱小的、缺乏普遍性的文学,因为它服务于波兰性,所以他拒绝波兰文学,而把自己涂抹成一个天才、一个精神领域的领袖人物,难道他就没有从浪漫主义诗人的神话里汲取过养分吗?我早期常有的那种"受到召唤"似的感觉,难道不也是源自那个神话?

我无法重现我在十六岁至二十岁之间阅读方面的情形。在诗歌上,是莱奥波德·斯塔夫和斯卡曼德诗人,或者,"在春天

① 伊格纳奇·斯维齐茨基(Ignacy Swiecicki, 1911—2008),波兰军人。曾是著名飞行员。

就让我看看春天,而不是波兰”(莱洪)。我与文学兄弟会的那些人争吵的根源是什么？杜维姆被公认为当时最伟大的诗人；斯沃尼姆斯基和莱洪也有一些崇拜者,但我爱上的却是伊瓦什凯维奇的诗歌,这被认为是一个奇怪的事。杜维姆在维尔诺的诗歌朗诵会常常吸引一大群人;伊瓦什凯维奇的朗诵会却很尴尬。当时我还是一个高中生。博胡兰卡大街的剧院大厅里,除了我(我没敢接近他),大概也就来了五六个人。他读了自己的一个小说,那也证实了我对于他的一般性看法:“一个令人心醉神迷的唯美主义者。”

那么,我痴迷、固执地欣赏他的根源何在？我从他的这些作品里受益良多:《酒神节》(1921)、《颂歌》(1925),和其他散文作品,《传说和得墨忒耳》(出版于 1921 年,但写于 1916 年)和《逃往巴格达》(发表于 1923 年,写于 1917—1918 年)。

1988 年 1 月 7 日

伊瓦什凯维奇的诗集,细长而薄,纸张优良,带点灰色,封面很有质感;对于我,简直不像是书而是一个崇拜的对象。有几年,它们占据我的空间,代替了此前我所拥有的植物与鸟类的彩色图册。最简单的解释是,这是因为我第一次接触现代诗歌。比我在他们的刊物《斯卡曼德》上通常读到的那些诗歌更有现代感。我将不准备探讨他可能从哪里获取了写作的灵感;那是文学史家的事。也许,俄罗斯文学比波兰文学更现代；在许多方面，色彩感或者词语的感性方面，由于他曾经同时浸润、平衡于两种文化之中，他尝试了一些西方思想的方式，使之既有俄罗斯又有波兰的特点。事实上，令我对“青年波兰”派诗歌产生排斥的那些东西，正是他吸引我的地方。在最后的分析中，就主题上突出的音调来说，《酒神节》可谓全新的艺术，但是，如果试图对它进行冷静的分析，它却是非常愚蠢的；他的诗歌还留给人们一些喜欢的韵律。无论如何，我对杨·卡斯普罗维奇[①]的《赞美诗》没有兴趣，只是短暂喜欢过莱奥波德·斯塔夫。所以，肯定是他的诗歌的感性方面迷住了我；伊瓦什凯维奇代替了兰波，虽然那时我还不了解兰波。但是，为什么不是杜维姆呢？如果说这是两种语言之间竞争的问题，杜维姆也是浸润于两种文化的人。杜维姆在他的罗兹时期，似乎完全没有吸收第一次世界大战前夕俄罗斯知识分子那些精炼的糖分，这在伊丽莎白格勒或基辅，本来是非常容易获得的。杜维姆每隔一段时间就会受到某个俄罗斯诗人的影响（比如帕斯捷尔纳克）；相比之下，从语言上看，伊瓦什凯维奇不受俄罗斯诗人的影响，但是，在波兰诗人谱系里，他的传承也很难辨认。说到底，那些大草原、阿斯特拉罕、亚弗斯的冒险故事，它们的源头是什么？还有，写于1916年的《逃往巴格达》和《传说和得墨忒耳》（1917—1918），这些富于东

① 杨·卡斯普罗维奇（Jan Kasprowicz，1860—1926），波兰诗人。

方色彩的新奇故事，源头何在？也许来自塔杜施·米琴斯基[1]。

说实话，伊瓦什凯维奇的诗和散文的逻辑，在我看来，比它实际上的逻辑更不合理、更依赖于自由联想，而他作品的神秘性只会增加其魅力。我还发现很多我不懂的词语，例如"陶笛"。此外，他早期小说创造了一片奇异的、宽阔的土地；我曾在那里旅行，时空上广袤无垠；在那里，二十世纪近似于十八或十七世纪。在一个少年厄洛斯的控制下，一切都有了情色意味。那时我肯定没有给它们贴上任何标签，如果今天我重读此类段落，肯定马上就会注意到其中同性恋的密码。

伊瓦什凯维奇笔下的土地，与我对马尔切夫斯基、斯沃瓦茨基、戈什琴斯基[2]、扎勒斯基[3]，甚至显克微支[4]笔下的乌克兰的想象是联系在一起的——何必否认呢？我不能完全排除这种可能性，他是作为一个"克雷西的作家"迷住了我，而且，我不能保证，说他在后来失去他的乌克兰的光环后，他也保持了他的部分力量。无论如何，我欣赏他的小说《当月亮升起》（尽管不如他早期的诗性散文），而他的小说《希拉里：簿记员

---

① 塔杜施·米琴斯基（Tadeusz Miciński, 1873—1918），波兰诗人、小说家、散文家。他是波兰表现主义的代表作家，超现实主义的先驱。

② 休厄林·戈什琴斯基（Seweryn Goszczyński, 1801—1876），波兰社会活动家、作家。

③ 约瑟夫·博赫丹·扎勒斯基（Józef Bohdan Zaleski, 1802—1886），波兰浪漫主义诗人。与马尔切夫斯基、戈什琴斯基合称波兰浪漫主义的"乌克兰诗派"。

④ 亨利克·显克微支（Henryk Sienkiewicz, 1846—1916），波兰批判现实主义作家。1905年诺贝尔文学奖获得者。

之子》,以华沙为背景,则完全使我不抱幻想了。

1988 年 1 月 8 日

从某种意义上说,伊瓦什凯维奇的高峰,集中出现在对波兰东部庄园最后历史的描写,加上一点奥斯卡·王尔德,以及对于狄俄尼索斯的崇拜。年轻的庄园主,他们的马、马车;东正教神父瓦西里和他的女儿哈尼亚,在仲夏节裸体举行的酒神节仪式;邻近庄园的主人,法国侯爵在得墨忒耳神殿庄严地观看秋天的节日;甚至还有更神奇的,一封信,来自佛罗伦萨,来自尤列克[①](斯沃瓦茨基,死于 1849 年),而小说主人公最近在黎巴嫩遇到了他。然而,酒神的宗教,主要与日神的宗教形成对照,融合的观念在圣彼得堡的教授格雷科费尔斯、法德伊(塔杜施)·泽尔林斯基和维亚切斯拉夫·伊万诺夫这些人中间发展。我们正处在一个现代化的进程里,距摘去斯坦尼斯瓦夫·普日贝谢夫斯基[②]的孔雀翎、黄宝石和紫水晶还不远。

作为一个诗歌作者,我从《酒神节》和《颂歌》里受益匪浅;它们给我带来了启示,摆脱音步与韵脚的诗体所带来的启示。今天,作为一个读者,当我试图再次捕捉那些阅读的愉悦

---

① 指尤里乌什·斯沃瓦茨基。

② 斯坦尼斯瓦夫·普日贝谢夫斯基(Stanisław Przybyszewski, 1868—1927),波兰小说家、戏剧家、自然主义派诗人。

时,我发现已经有了障碍,很难回到以前那个我;我不理解,还是一个年轻人时,为什么那么多全然矛盾的口味能够共存。敏锐、多智,同时又孩子气,就是那样,叛逆而耽于纯粹的声色。

那时,我很可能知道伊瓦什凯维奇的《季诺碧亚·帕尔穆拉》,但我不太确定。我又重读了一遍,我发现,今天的我是一个多么理性的读者啊。这是一部结构完美的中篇小说,充满诗意,比当时(1920年代)其他许多所谓的先锋派更先锋,很像维特卡奇。基辅,1912年;英俊的青年,尤拉·玛弗利茨基王子;他的管家,约瑟夫;季诺碧亚,受雇于巴娜辛斯卡太太的糕点房"帕米拉";哲学系学生,通过姓名可以认出,那是雅罗斯瓦夫·伊瓦什凯维奇。同时,沙皇一家在里瓦蒂亚度假,因为尤拉的妹妹是宫廷受人尊敬的处子。约瑟夫是季诺碧亚曾经的情人,他对尤拉王子既爱又恨;季诺碧亚飞驰于尤拉的法乐士①(见《波德科夫斯基的疯狂》),因淫欲而痛恨自己。伊瓦什凯维奇是王子的朋友,也是贴身男仆;在喝醉时,睡那同一个姑娘。作者把这个故事讲给自己的朋友听,也就是耶日·米克乌霍-马克瓦伊,他也是这篇小说题献的对象,并且作者向他道歉,说尤拉王子是对他的戏仿。季诺碧亚后来成了帕尔穆拉女王,在约瑟夫的协助下,谋杀了赤身裸体的国王,也就是尤拉,匕首刺死。所以,受虐狂是狄俄尼索斯宗教的构成部分,当然也是现代艺术的组成部分(维特卡奇的尸体、阿尔托的"残酷戏剧",等等)。在

---

① 拉丁语 phallus 一词的音译,意为阳具。

伊瓦什凯维奇的早期作品，特别是在《酒神节》里，这种性爱和谋杀之间的张力一直是存在的。我认为，使我着迷的正是这种受虐的暴力，也许远超他笔下金黄的秋季和成熟的水果；这一点，我当时几乎没有意识到。《季诺碧亚·帕尔穆拉》采用的语言是多么大胆啊！

1988 年 1 月 9 日

两天前，我看了贝托鲁奇的电影《末代皇帝》。讲的是劳教的有利影响，十年后，即使一个以前的皇帝、勾结日本的通敌者也能变成一个可敬的公民。我记得《生命之路》，一部有关内务人民委员部（NKVD）高级教育官僚的电影。美国公众被《末代皇帝》宏伟的舞台设计迷住了，甚至没有注意到它所服务的主题，只理解了这样一个信息：日本人没规矩，他们的合作者得到了人道的惩罚。

我发现，我忽略了伊瓦什凯维奇诗歌一个最重要的东西：他的诗是按照音乐的语言写成的，但是乐谱却没有写出，在某种意义上，乐谱却已经存在。这完全不同于许多诗人那里常见的"诗的音乐性"，因为他的词语并不创造音乐；只是暗暗指向音乐，乐队彼此协调才听到的音乐。最典型的，是他那些颂歌、摇篮曲、咏叹调；《1932 年夏日组曲》难道不是他最高的成就之一？这也就是为什么他的诗语极其简单，没有刺耳之声，诗行不断叠加反复；这些在一个革命的先锋派的时代，使人内心难以平静；

伊瓦什凯维奇诗歌的存在,有其“合理的背景”。斯卡曼德诗社的诗人,只有伊瓦什凯维奇受过音乐教育,虽然他没有成为一名作曲家,但是他听从了音乐的召唤。我自己不是特别精通音乐,但我听过很多音乐,伊瓦什凯维奇的这种音乐,是供每个人追索或重构的,也因其丰富性深深迷住了我。

我鼓起勇气,给伊瓦什凯维奇写了封信。这样我们便建立起通信联系,他曾邀请我到华沙。很可能,我在斯塔维斯科的短暂访问(一个星期?),增加了我对华沙文学革新者圈子的叛逆倾向。必须承认,我不懂伊瓦什凯维奇和他的妻子哈尼亚的圈子成员之间交流的密码。法国作家、作曲家、画家等一些人的名字,不断出现在他们的谈话之中,对我却毫无意义;我不认识他们。他们朋友的暗示、涉及的轶事,加大了我的排斥感。我受到的教育程度有限,我也知道一些他们涉及的领域;比如伊瓦什凯维奇夫人的形而上学兴趣,对普鲁斯特频繁的引用,但是这些让我避之唯恐不及,他们的文化势利眼也使我愤怒;他们不适合那个时期在社交上封闭的我。同时,斯坦尼斯瓦夫·伊格纳奇·维特凯维奇所作的讲演,在伏克萨尔大街的作家协会(哪一年?1932年?),关于波兰知识界缺乏形而上学思维的问题,也让我感到沉闷无趣,几乎不能理解。

我不理解。然而,差不多在同一时期,我在巴黎见到奥斯卡·米沃什时,他在信里却完全肯定了我的才智。为什么我跟一些人在一起显得愚蠢,而跟另一些人在一起却非常聪明?为什么我可以懂得一些语言的密码,却不懂另外的那些?从智力上讲,我究竟是谁?在明智和愚蠢之间不断交替,整个一生都拼命学习,难道就是为了在今天,跻身于训练有素的达官贵人中间?那么,另外那些人,所有不能理解现在我的密码的那些人呢?

1988 年 1 月 12 日

我没有背叛伊瓦什凯维奇的诗歌。每当他有新的诗集出版时,我都发现我的选择是正确的。我也从来没有转而喜欢其他斯卡曼德诗人。也许,他们更熟练,却不能像伊瓦什凯维奇一样让我常常感到惊奇,甚至,他多变的智性和审美的跳跃也令我感到愉悦。无论怎样,伊瓦什凯维奇诗歌的来源更神秘,这神秘性隐藏在词语背后,而不是存在于词语之中,因为他的词语实在太简单,无法传达那种神秘。他是一个智性诗人吗?因此他的策略是利用繁复的意义吗?也许不是。在先锋派诗人圈子里,他被认为是斯卡曼德诗人里最不聪明的诗人,一个纯粹的审美主义的势利者。这一评价通常是相对的,随着时间的流逝,往往发生变化。维克塔·温尼茨卡,作为杜维姆亲密的朋友,经常重复其同母异父的兄弟约瑟夫·维特林常说的一句话:杜维姆证明了上帝的存在,既然像他那样愚蠢的人也能成为一个伟大的诗人……斯卡曼德诗人为人诟病之处,是他们的"有机论":故意不做任何安排,而这也许并不能准确传达他们内心合理的烦恼;他们还坚信自己足够聪明,所以写诗不需劳神费力。伊瓦什凯维奇可以一坐下来就自如地写出漂亮的初稿;我想他根本不会费力修改。写完之后,耸耸肩:好吧,成了,就是那样吧。他相信他的伟大的活力,我想他对诗学策略的考虑不是太多。

我认为,重要的或许在于,伊瓦什凯维奇与所谓政治和社会现实的联系并不紧密。他的同行常常对所谓"现实"做出回应——莱洪在他《深红色的诗》里,杜维姆在他的政治诗里,都是那样,还有像个宣传家的斯沃尼姆斯基,以及维耶任斯基,他写过关于毕苏斯基的诗。正是那些东西保证了他们当时的名声。伊瓦什凯维奇的诗歌则深入到某些更遥不可及的地方;专注于感官经验、爱和死亡;比如《季诺碧亚·帕尔穆拉》,作为基辅的画像,完全不是现实主义的东西。它其实属于,我想称之为"纯粹幻想"的领域。

1988 年 1 月 13 日

我当然不担心那种"非现实";在我看来,词语和现实之间总存在间隙,这间隙在伊瓦什凯维奇的诗里更小,如果跟那些可能更冷静的对手比。有趣的是,他从不写作关于语言、关于诗歌的提炼技巧方面的诗,而杜维姆就很喜欢写这些东西——但我不想在此得出结论,或者深入探讨他们类似于二十年代俄国形式主义者的实验,以及在他们诗人之间频繁的争论。

作为著名作家的伊瓦什凯维奇。他可能每天坐在书桌前,以纤细的笔迹,按部就班地填满纸页;他的无数短篇小说、戏剧作品、一部接一部长篇小说,就是这样问世的。我认为他实在不该如此。他的《红色盾牌》被认为是一部历史小说，采用的却是梦幻的材料，而不是清醒的现实。他不擅长裁剪“生活素材”，不过，那时也没有什么人更擅长，因为那种写法已经过时了。我非常喜欢他的小说《来自威尔科的年轻女人》，但我无法被他取材于当下现实的小说打动。从他的此类小说，我们可以推断出作者广泛的感受性——比如关于伟大作家的神话，关于诺贝尔奖得主的神话，它主要由托马斯·曼激发出来，或者关于年轻的民族主义者活力的神话。总将自己想象成可能的诺贝尔奖得主，不只伊瓦什凯维奇如此；后来耶日·安德热耶夫斯基也是如此，还有许多作家，比如博尔赫斯。伊瓦什凯维奇的勤奋和创造力，受到这一想象的刺激，反过来，这一想象也在内心支撑着他。

他在三十年代的生活。他进入了外交部，是驻比利时的波兰大使馆的专员。家庭种种的悲剧，与其他围绕家庭悲剧的带丑闻性质的事情，在战后引发了各种谣言。我注意到这个，不是因为我想证实它们，而只是想了解包围着他的那种令人不快的氛围，更一般地说，是要了解那个时代的不透明性。我不禁嫌恶地想到我自己的不透明性，时至今日，我在何种程度上能够质疑自己，那些存在于内心或根植于环境的起因，它们又是如何渗透进我的内部。关于这些相互联系的事实最好的表达，我认为，存在于斯蒂凡·基谢莱夫斯基的小说《同谋》中；在小说里，普遍的惰性——政治的和社会的惰性——体现为主人公的性无能。作为“无意义”的一个隐喻，在我的记忆里，一直保存着三十年代后期一个叫安卡的少女的印象，她的确很美。她有一个富裕家庭的未婚夫，几个月后应该就要结婚了，但她为什么外出与我约会呢？她的观点、她的社会环境，与我格格不入，我为什么要和她发生关联？她属于 ONR——激进的右翼民族主义政党；她崇拜该党领袖人物博莱斯瓦夫·皮亚塞茨基[①]，甚至坚持要让我去见他，并且带我一起去过他们的聚会现场。一个精力充沛的“金发碧眼的野兽”，充满魅力，善于言辞，神秘莫测，一个绝对的领导者。因为这次聚会我理解了，后来内务人民委员部为什么会注意到他，而且决定不杀他，只是利用他。

战争让斯卡曼德诗社的所有成员都移居到了国外；只有伊瓦什凯维奇留了下来，好像为了推翻整齐划一的归类。所以，事情是这样的：一个“唯美主义者”最终承担了公民的角色。的确，伊瓦什凯维奇开始以一个农民和慷慨主人的身份尽责，一副老乡绅的风格。斯塔维斯科对于华沙地下文学艺术具有非常重要的意义。不仅是雅罗斯瓦夫和他的妻子，他们俩帮助过许多人，包括很多犹太人；最重要的，斯塔维斯科是一个机构，表明即使在废墟之中，文学艺术也存在着一定程度的连续性。在那里，“地下华沙”仍然在讨论一些事件；形成一些有关地下出版物及其匿名作者的判断，说明我们知道他们存在；我们互相交换，有关这些作家、演员、音乐家、博物馆、图书馆的命运的信息。也在那里举办面向少数特定读者的小规模的朗诵会。伊瓦什凯维奇朗读自己的新作品；其他人，包括我，也朗读过作品。斯塔维斯科试图保持斯塔维斯科战前的辉煌遗迹，偶尔举行盛大的晚宴

① 博莱斯瓦夫·皮亚塞茨基（Bolesław Piasecki，1915—1979），波兰民族主义政治家、律师、记者、军官。战前极右势力“法兰加”（Falanga）的领导人。

(白色桌布、葡萄酒、仆人);得到参会的邀请是一个不小的荣誉。我不记得参与盛宴的所有人的名字。维拉姆·霍热察[①]和他的妻子、音乐家罗曼·雅辛斯基[②]、毛厄斯贝格尔[③](或穆齐奥),可能还有斯特罗门格尔[④]夫妇(他是一个音乐学者),瓦迪斯瓦夫·扎维斯托夫斯基[⑤],他算是地下文化部的部长,可能还有一些年轻人,或许包括斯塔什·迪盖特[⑥],或旺达·维尔滕斯坦。维尔滕斯坦教授是物理学家,旺达家在斯塔维斯科旁边拥有一栋房子。因为他们都是犹太人,不得不逃离,但他们没有进入犹太人聚居的隔都,而是在科莫罗夫租了一间小房子,它就在我之前提到过的那条通勤铁路线上。维尔滕斯坦教授设法到了匈牙利,在战争快结束时死在了那里。旺达继续她“在雅利安人一边”的生活,她与耶日·安德热耶夫斯基成了好朋友。在经常到访斯塔维斯科的作家里,我还能记得上面提到的斯塔什·迪盖特,以及诗人罗曼·科沃涅茨基[⑦],他有一段时间担任了伊瓦什凯维奇的秘书,但是,除了这些,我的记忆出现了空白。

---

① 维拉姆·霍热察(Wilam Horzyca, 1889—1959),波兰戏剧导演。

② 罗曼·雅辛斯基(Roman Jasiński, 1900—1987),波兰钢琴家、作曲家。

③ 杨·毛厄斯贝格尔(Jan Mauersberger, 1877—1942),波兰哲学家。

④ 卡罗尔·斯特罗门格尔(Karol Stromenger, 1885—1975),波兰作家、音乐史学家。

⑤ 瓦迪斯瓦夫·扎维斯托夫斯基(Władysław Zawistowski, 1897—1944),波兰诗人、戏剧家。

⑥ 斯坦尼斯瓦夫(斯塔什)·迪盖特(Stanisław/StaśDygat, 1914—1978),波兰小说家。

⑦ 罗曼·科沃涅茨基(Roman Kołoniecki, 1906—1978),波兰诗人。

当然,我听说,克日什托夫·巴琴斯基[1]也是到访过的年轻作家之一。耶日·安德热耶夫斯基和我,多少算是固定的访客。这样,斯塔维斯科对于我,似乎完全不同于它的过去;虽然已经非常破旧,但变化却是朝着有利的方向。

有一次,伊瓦什凯维奇邀人参加新作《塞奇莫尔平原之战》(The Battle of Sedgemoor Plain)的朗诵会[2],在那个时候(1942年)他竟然会写这样的故事,这让我想了很多。这也使得后来的许多事件容易理解了,比如他公开的、有计划的与共产主义者的合作。今天还有谁记得,那些宗教和政治的纪实小说?也许只有在研究十七世纪英格兰为何开战的血腥历史时,我们才会去了解它们。那些作者——不是没有原因——将"乱世"作为主题——实际上,那也是以信仰的名义疯狂屠杀的时代,作战双方的信仰却是同样地强烈、不容妥协。在伊瓦什凯维奇这个关于蒙默思[3]叛乱的小说里,众多人物都勇于承担一切牺牲;他们反驳了那种"个人利益高于一切"的人的形象。然而,他们的英雄主义的实际名称却是没有价值的。他们的信仰、他们的渴望,什么也没有留下;时间带走了一切,灰烬掩盖了它们的痕迹。在

① 克日什托夫·巴琴斯基(Krzysztof Baczyński, 1921—1944),波兰诗人。

② 塞奇莫尔平原,英格兰萨默塞特郡的低地地区。

③ 蒙默思(Monmouth),威尔士郡名。它与英格兰交界。蒙默思叛乱又称"干草叉叛乱"。1685年英国国王查理二世去世,其弟继位,即詹姆斯二世。詹姆斯二世是罗马天主教徒身份,所以不受英国民众欢迎。查理二世的私生子,蒙默思公爵詹姆斯·斯科特声称自己是合法继承人,发动政变,史称蒙默思叛乱。蒙默思公爵的军队于1685年7月6日在塞奇莫尔夏莫塞展开战斗,以失败告终,蒙默思公爵因叛国罪被处死,其党羽在随后的"血腥巡回审判"中遭到残酷镇压。

老年时，女主角认为，年轻时自己的“坚定不移”是毫无意义的；她甚至不记得为什么要这样做而不那样做。如果从某个“未来”的角度看，作者似乎在说，难道我们残酷的时代不也会失去它清晰的界限吗？这界限现在似乎呈现为不可调和的对立，但是，对于未来的世代，不也是一个无足轻重的事情吗？

在我们的一次谈话中，伊瓦什凯维奇嘲笑过历史学家的工作，他们穿过几个世纪的烟云试图寻找伟大的合题；他引述了一段远东的历史，说：“从七世纪到十三世纪，中国有过长久而持续的动荡。”那时，我想起他的“塞奇莫尔平原之战”。

1988 年 1 月 15 日

他去世只有几年，还没有人要评判他；他恭顺的、低声下气的颂歌（《致贝鲁特总统的一封信》）只是令人好笑，他个人传记的许多细节将会褪色；他的书，无论好和坏，都将继续存在。

直到苏联在 1945 年 1 月开始进攻*，对于来自华沙起义的难民来说，通勤铁路都是他们聚会的中心，他们在那里开会、商讨下一步怎么办，他们以硬通货进行交易，他们在那里哀悼亡

---

* 1944 年 8 月 1 日，苏联如期接近了维斯瓦河，华沙奋起反抗德国人，但是苏联军队停止了他们的攻势，两个月后，经过残酷战斗，德国人的空军和炮兵把城市夷为了废墟。

者。同时,普鲁什库夫[①]集中营的运输也在进行,也就是从该地将犯人运送到设在德国的集中营,每天仍有围捕。我们(杨卡、她的母亲和我)被一个修女从奥克切的带刺铁丝网后救出,然后,靠搭乘运货马车赶路,避开铁路沿线的围捕,终于到达瓦迪斯瓦夫·瑞尼卡在皮亚斯图夫[②]新买的房子。老天保佑,他转移了我购买、寄存在他那里的手稿,包括基谢莱夫斯基的《同谋》。然而,有些我才购买的手稿,仍然留在独立大道我们的公寓里:卡罗尔·伊热科夫斯基[③]的一卷随笔,维托尔德·科林格尔[④]翻译的希罗多德著作。它们都丢失了;正如我们后来知道的,一颗炮弹炸穿了二楼的墙壁,摧毁了我们的公寓,以及相邻的公寓。如果作者存有副本,也可能在城市另外的地区被摧毁了。

皮亚斯图夫、科莫罗夫、波德科瓦莱什纳(Podkowa Leśna,斯塔维斯科)。如我所说,是时候想想下一步该怎么办了。有人准备逃往西方;斯坦尼斯瓦夫·迪盖特在《告别》里写过这一点。许多逃难者在瑞尼卡的家外露营,那里就像大伙儿的家,但一群普通的强盗对那里进行了洗劫,那时大火照彻华沙的天空,荒谬到了无以复加的程度。那群强盗都很年轻,对政治不感兴趣,抢走我们的钱和贵重物品。斯塔维斯科露营地,完全仿照瑞

---

① 普鲁什库夫(Pruszków),波兰中部城市,在华沙西南约二十公里,是华沙最大的卫星城市。

② 皮亚斯图夫(Piastów),波兰中部城市,在华沙附近。

③ 卡罗尔·伊热科夫斯基(Karol Irzykowski, 1873—1944),波兰作家、文学批评家。

④ 维托尔德·科林格尔(Witold Klinger, 1875—1962),波兰古典语言学家、民族学家。

尼卡家外的皮亚斯图夫的营地。后来我再次到过那里。我们感到非常紧张,齐格和弗塔·波尼亚托夫斯基,以及德齐亚克——在逃离基耶莱茨卡街上的家园后,和我们一起到了奥克切,现在我们决定继续走;在铁路沿线附近不可能找住处,因为围捕还在进行。所以,我们经过许多村子,一个接一个村子,格若齐斯克、齐拉多夫、斯基米维采,最后到达亚尼斯瓦维采。在德占时期,我仍然对乡村生活怀有兴趣。晚上,森林的游击队通过,在白天无人提到他们;落单的苏联士兵,从德国营地逃出来的人,或者从德国人的供需队逃出的逃兵,穿过田野向东逃;偶尔,在黄昏时分,一个犹太人扛着一袋食物,跑向家人在树林的藏身处;我们与当地人交谈,他们突然的停顿意味深长,似乎默认了村里发生的一切。附近,有一个庄园。我们令人不快的到访:即将消失的场景带来的陌生感;许多穿高筒靴的青年,神情漠然;满口爱国主义的女人。此后不久,我得知,玛丽亚·罗德日耶维佐夫娜在此避难,她从波莱谢逃出;死在这里;她的死与波兰庄园的灭亡有着直接的关系。我原想参加她的葬礼,但我得到消息已经太迟。

在那几个月里,雅罗斯瓦夫·伊瓦什凯维奇有时间考虑下一步该怎么做。克雷西人可能具有更为广阔的历史视野,也可能怀有极强的宿命论思想。和雅罗斯瓦夫一样,斯坦尼斯瓦夫·斯蒂姆坡夫斯基也出生在乌克兰,1945 年他不是告诉过我吗?——“在我看来,这种污泥会散布到全世界。”每当我看到有人对跑到侵略者那边的叛国作家表达惊讶时,我就想,至少雅罗斯瓦夫的情况是很清楚的,因为他的选择可以看作是自觉的愤世嫉俗、有意识的机会主义。他事先已经决定,一个人要妥协就必须付出代价,而他准备付出代价;也就是说,他准备接受屈辱,而不是诱人的荣誉。他的决定是严肃的;相比之下,他那些诗人同行、坚定的流亡者,莱洪和维耶任斯基,高贵的言辞给人轻飘飘的印象。即使是更不聪明的杜维姆,也颂扬过东边那个国家:“百里挑一的新国家”。他从美国转回波兰后,接受了重任,因为——就像维克塔·温尼茨卡对我说的,还有谁比他更像一个灵通人士呢?——他与贝鲁特斡旋,制止了对被判刑的国家军成员执行死刑。

当然,人们会说,雅罗斯瓦夫为拯救斯塔维斯科可以做出任何事情。这很可能是真的,但这应该被理解为,那是他作为一个善良农夫的天性。因为他美好的“黄金时代”的精明,被嫁接在了一个克雷西普通农民身上,这是主导他的第一因素,然后才是其他因素;这个“其他”包括对白红色旗帜[1]的情感忠诚,对桑多梅日[2]建筑的留恋,对做一个“淳朴之人”的执着,以致他在最后留下了令人目瞪口呆的遗嘱,他要穿矿工的制服下葬。

1988 年 1 月 16 日

昨晚,旧金山本地诗人举行了一个资助国际笔会的朗诵会。

---

① 指波兰人民共和国国旗。

② 桑多梅日(Sandomierz),波兰东南部城市,属塔尔诺布热格省。始建于十一世纪,波兰最古老的城市之一,有许多名胜古迹。

卡罗琳·凯泽尔[1]读了一段《尤利西斯》节选，另一个人读了《哈克贝利·芬历险记》的节选，其他人读了自己的作品。我读了赫贝特、安娜·斯维尔、扎加耶夫斯基的一些诗歌英译，还读了几首自己的诗。

雅罗斯瓦夫在战前就有那样一些追求，尽管在他的头脑里，对于共产主义者和激进民族主义政党多少有些混淆不清。在波兰旧农村，没有什么富豪统治；一切都是健康的、平民化的。但是，我为何纠缠于这段文学的历史？我一直想弄清他的诗歌魅力的秘密，以及它对我的影响。我想将它概括为，它们揭示了"无常的狂喜"，他的"一个死去的女人之歌"，可以作为一把理解的钥匙：

在伟大的爱中
一切都是想象的
一切都没有意义
——但非常神圣。

我认为，雅罗斯瓦夫也许并不完全了解他自己的长处和弱点。他很可能属于那些清楚或逐渐理解个人的轨迹并懂得保持自我风格的诗人家族的对立面。他的创造性吸引了我，迫使我思考文学作品老化的问题。恕我直言，我承认他的诗歌，但从三十年代某个时候开始，它们却开始完全不能打动我，也许除了一

① 卡罗琳·凯泽尔（Carolyn Keizer，1925—2014），美国诗人。

两个例外，不再能给我留下印象。它们的主题是熟悉的；永远是那些相同的东西。家庭事务、爱情、旅行、威尼斯、西西里、文学或者艺术的神话、人世的无常、关于死者的回忆、孤独——一切习以为常的东西，都被放入了一个叫“抒情诗”的东西里。但是，为什么这一切失去了强度、失去了色彩呢？就好像缺少了一个能将音乐和词语统一起来的未知因素。有一种理论，因为属于浪漫主义的看法，今天几乎已被人遗忘；那个理论认为，抒情诗的写作只适合青年时期，或者适合于我们的活力开始下降之前。换言之，抒情诗是我们体内荷尔蒙的产物；在那之后，则是心灵的老化。不能排除，雅罗斯瓦夫只有在他年轻时，具有酒神式的力量；后来，当轮作季到来时，他没有很好利用它。

还有一种可能。也就是说，此前，我实际上赋予了他的诗歌里一些它们从来没有的东西，把自己的情爱想象、强烈渴望、自己的音乐添了进去。当我自己成了一个完全不同的读者后，事情就变得好像我们与一个曾经爱过的女人重逢：很难理解，当初我们何以那般强烈地付出情感。当然，我并不真的认为，雅罗斯瓦夫战前诗歌的价值，可以完全归诸我自己纯主观的判断。

今天像我一样的读者也许会拿起雅罗斯瓦夫第二阶段的诗，然后把它放下，心想：“他已经没有什么可说的了。”而这会立刻引起焦虑。因为这种残酷的意见，让我们想起我们对时间的依赖，时间日复一日、无时无刻不在悄悄吞噬我们的眷恋和忠诚。我们到七十岁后，开始重新进行价值评估，发现我们更经常地怀疑，文学是否真有什么可说。时间的力量使一些事物暴露，越来越清楚。不止一部所谓“不朽的文学作品”令我们失望，将它们缝在一起的针线、隐藏的接头，开始变得昭然若揭。比如我去年重读司汤达的《帕尔马修道院》，已完全失去很久前在维尔诺初读时那种魅力。笔和时间的结合，以及愉悦——还有什么是能吸引读者的？——越来越罕见了。至少，这让我在行使一个文学评论家的职责时感到气馁，同时，也让我想到自己作为一个创作者的命运我们应该经常想到，握在手里的纯金，有一天也可能腐朽。

战争岁月肯定深刻影响了雅罗斯瓦夫。其一，他开始懂得人类的苦难；其二，他在战争中永远失去了自己年轻的朋友，一些非常熟悉的人，他们被处决、被拷打、在战斗中死去。在战后，雅罗斯瓦夫不断以咒语召唤他们的亡灵，他们的名字也常常出现在他的诗歌和小说之中。

他的小说《逃离》被认为是对阿尔贝·加缪的小说《堕落》做出的一个回应。针对加缪这部具有普遍意义的道德寓言——其中，对帮助一个溺水女孩的拒绝，是一种简略的表达方式、一个隐喻，雅罗斯瓦夫回应以一系列历史强加给波兰人的苦难——换言之，又是“大象和波兰”的问题。一个与西方作家较量的比较差的成果。

1988年1月17日

昨天，塔季扬娜·托尔斯泰娅[①]来访，她作为苏联作家代表

① 塔季扬娜·托尔斯泰娅（Tatiana Tolstaya，1951— ），俄国作家。

团成员在此访问两周。我读过她的小说(很好,但很忧伤),所以,她可能知道自己在这里颇受尊敬,尤其是我发现她是米哈伊尔·洛津斯基①的孙女时,我走到书架前。找出洛津斯基翻译的《神曲》和《哈姆雷特》给她看。我们的谈话没有局促,也没有做作或架子。我说到与她的小说有心灵相通的感觉。她的回应是:Zhalosf(俄语“怜悯”的意思)。如果没有“怜悯”,我们这些可怜的人还剩下什么呢?她生于 1951 年。

雅罗斯瓦夫可能由于变化不定的本性和担任的各种社会角色,遭遇过许多不愉快。在他生命的最后几十年里,他已然成为一个名流,并以官方人物的身份,神气十足地履行着职责。我不在波兰那个时期,他长期担任波兰作家协会的主席。1981 年,一本作家协会的会员证被交到我手上,并附有一个尴尬的解释,说我的档案“不见了”,从 1951 年起就不存在。之后不久,作协就被解散。我不知道雅罗斯瓦夫在他任上如何,他也许是历任主席中最好的一个。我只能想象那数不胜数的策略和游戏,以及妥协;在这方面,他一定有着丰富的专门知识,因为他在那个位子上那么久。他深陷污泥,但我从未听说他对人使用过脏手腕;相反,他帮助和保护他们。换言之,他的策略——虽然不用我来评判——在挽救可以挽救的一切时,显然并不是无须付出的,事实上往往需要付出痛苦的代价,而他的确付出了。

作为保护者,他最大的贡献之一,是在战后担任了几个文学

① 米哈伊尔·洛津斯基(Mikhail Lozinsky, 1886—1955),俄国著名翻译家。

期刊的主编,特别是主编了《新文学》,1955 年后是《创造》。对此,还有什么可说的呢?在他主持期间,那是所有的波兰文学期刊里内容最为丰富的刊物,如果有什么缺点,也应理解为雅罗斯瓦夫为了保护期刊不得不做出的妥协,否则将会更不成样子。《创造》在他死后的衰落也证明了这一点。

荣誉、奖项。到了晚年,每个作家——雅罗斯瓦夫甚至比大多数作家更想——进入书架上的书籍之列,因为它们有可能使他获得桂冠。不过,值得怀疑的是,他曾经有过获得国际声誉的机会。他的诗歌越是富于自己的特点、感性,就越是不可翻译,因为与波兰文字和音乐的联系过于紧密。对此我有相当的确信,因为我曾经试图将他翻译成英语。在我编选的《战后波兰诗歌》里,我收录了他的一首诗,《昆廷 · 玛茨》,那的确是唯一能在选集中代表雅罗斯瓦夫的作品,尽管我意识到他完全不是为输出准备的。然而,他的散文,很大程度上也有他的诗歌的特点,除了几个短篇小说,也没有多少可以供外国人欣赏的。找不到一部可以翻译的中篇小说。他的戏剧作品都是相当老式的。他有少量作品被翻译为欧洲大陆的语言,而他在英语国家的完全缺席,意味着像诺斯达特奖和诺贝尔文学奖这样的奖项,对于他是根本不可能的。我从未听说他成为过福明托国际文学奖[①]的候选人。

如果他知道,诺贝尔文学奖不久前被授予了自己的年轻弟

---

① 1961 年始创,以西班牙马洛卡岛的小城福明托命名、福明托集团资助的国际文学奖,1967 年后暂停,2011 年恢复。

子,他会如何想?我承认,这要是发生在他的有生之年,也许对他有点痛苦,而我也会感到尴尬。

1988 年 1 月 18 日

柯萨瓦利·普鲁申斯基,雅罗斯瓦夫。现在我想到的,是另一个完全不同的作家:约瑟夫·马茨凯维奇[①]。战前,他在维尔诺为《词语》工作,主编是他的哥哥斯坦尼斯瓦夫·马茨凯维奇,这个哥哥曾因社论文章震动一时,他涉足政治,并曾进行过决斗(用剑),因为参与反对活动,被关进别廖扎-卡尔图斯卡集中营。至于约瑟夫·马茨凯维奇,人们只知道他在《词语》编辑部有一个位置,这就是全部。后来,事情发生了颠倒。斯坦尼斯瓦夫将仅仅作为一个记者进入波兰文学史,约瑟夫却成了一位杰出的小说家。

1938 年,约瑟夫·马茨凯维奇发表了《沼泽地的暴动》。这些来自维尔诺地区的报道,是他乘公共汽车和马车,穿行在与白俄罗斯交界的地方一路收集而成。现在,我在加利福尼亚,想到那个地区,它是那么迷人,不同的种族、宗教和阶级成分异常丰富地交织,还有同样丰富的历史。我现在更能欣赏它了,因为我又读了一些有关殖民历史的书;比如加勒比海。异国情调、棕榈

① 约瑟夫·马茨凯维奇(Józef Mackiewicz, 1902—1985),波兰作家、翻译家、记者、讽刺家。

树、热带海洋——以及历史真空的绝对恐怖、贪婪、剥削;从最好的角度看,也是白人冒险家和海盗的犯罪记录。尽管维尔诺地区是灰色的,坐落在松林和沼泽地之间,在两次世界大战期间,它也应该以其历史和现实激发过许多作家。不过,那里还没有出过大作家。他们理应出现;但是两次大战之间的二十年,时间太短了。除此之外,存在其他一些障碍。那些以波兰语写作的作家,他们在贵族庄园的传统里长大,需要把自己从既有轨道转到更广阔的现实中来。白俄罗斯人,又浸泡在他们民族主义的愤恨里,除了写些爱国诗歌,没有成就什么像样的东西;"青年维尔诺",维尔诺的作家群体,他们用意第绪语写作,与"灾变派"诗人是同一代人,具有相同的倾向。维尔诺产生过一位杰出的散文作家,哈伊姆·格瑞德[1],一位编年史家,立足于立陶宛和白俄罗斯之间的犹太小城,战后他在美国有所发展,像辛格一样。

在《沼泽地的暴动》里,约瑟夫·马茨凯维奇集中了他有关独立和对抗的报告文学,它们在后来,将使他感到诸多不快。他脱离了寻常的波兰轨道,他的注意力不在庄园,而是集中于"当地人"的外省,无论他们在家里说波兰语还是说白俄罗斯语,他特别感兴趣的是那里流行的宗教派别,它们同天主教与东正教一样疏远。另外,有关当地日常生活的许多信息进入到他的书

① 哈伊姆·格瑞德(Chaim Grade, 1910—1982),出生于维尔诺的意第绪语小说家、诗人。他的母亲和妻子死于大屠杀。二战时避难于苏联,战后短期生活于波兰和法国,1948年移居美国。曾被埃利·威塞尔称为"健在的最伟大的意第绪语小说家之一,如果不说是最伟大的"。

中。一个相似的维尔诺地区,也出现在弗罗莱恩·恰尼舍维奇[①]笔下,出现在《诺沃申什基的小伙子们》里,这是他写于阿根廷的长篇小说。主题是争斗:同一村庄里天主教和东正教信徒之间的争斗,但它并不全是讲波兰人或白俄罗斯人的民族选择的问题:支持波兰还是苏联。整个维尔诺究竟是如何适应 1939 年那个不一样的历史转折的,我们永远不会知道。

在我的维尔诺青年时期,我对约瑟夫·马茨凯维奇所知不多。一个粗鲁的家伙,一个略长的鼻子,俯就于一杯伏特加;戴一顶棒球帽,通常穿一身朴素的衣服和一双长筒靴,仿佛来自乡下的一个自耕农从你身边经过。他喜欢在维尔诺的餐馆里喝酒打发夜晚的时光,这一点很像他在《词语》编辑部的另一个同事,耶日·维硕米尔斯基,但是,跟他不一样,他对作家没有兴趣。当然,与他谈论诗歌是没有问题的。虽然他好像在一个领域——十九世纪俄罗斯小说——阅读广泛,当时这在我们这些人中间并不罕见。

1988 年 1 月 19 日

我无法将他想象成华沙或克拉科夫的一个作家。他生活的那个城市,对他来说仍然是立陶宛大公国的首都,而他是那个国

---

① 弗罗莱恩·恰尼舍维奇(Florian Czarnyszewicz,1900—1964),波兰作家。1924 年移居阿根廷。

家的爱国者。我认为，对于今天年轻的一代，很难想象我在这里所讲的那种掺杂了忠诚的东西，也难想象像他那样的人，他们为什么对波兰的爱国者与对立陶宛或白俄罗斯的爱国者一样，怀有那么多的蔑视。我一直在重读马茨凯维奇在伦敦发表的随笔和文章，其中谈到波兰人、立陶宛人和白俄罗斯人对大公国实施的“内部的划分”。“没有一个整体的大公国的继承人出现。非常简单，就是没有过这样的事。每个团体都想从它身上撕下一块。”我将他看作一个严格地谈论真相的作家，而且我认为，他在写作时绝对不会夸大其词，“这是争论的源头，它演变成一场有关语言、文化、传统、历史解释和宗教的公开斗争。斗争在天主教和东正教的教堂里进行，还用上了拳头和棍棒，以及刀子、车轴、手枪，直到最后，在上次战争期间，发展到向盖世太保和内务人民委员部进行告发。按照自然的法则，仇恨滋生仇恨”。

在马茨凯维奇看来，波兰方面负有最主要的责任，因为“大公国整个土地的遗产继承人”从文化和政治上都被波兰化了，所以，他们只能反对与波兰民族主义一同增长的各种民族主义。“结果他们发现，在自己的土地上处于一种极端激烈的处境，好像是另一个国家的代言人，并且，由此他们距离被人口的绝大多数完全视为外国人仅有一步之遥。”

我自己的家族不就是一个例子吗？我的堂兄奥斯卡·米沃什是在巴黎代表“独立立陶宛”的第一人，这在波兰人眼里等于背叛。我母亲的双亲库纳特夫妇都是立陶宛忠实的公民，但他们并不讲立陶宛语。我母亲拥有双重国籍，立陶宛籍和波兰籍，她在填表时填的是波兰籍，她也说立陶宛语，但不流利。然而，她的妹妹却说一口流利的立陶宛语。我父亲在立陶宛被定为叛徒,因为他曾属于波兰的作战组织。他被列入黑名单,禁止进入他出生的国家。尽管如此,他在 1939 年 9 月 17 日设法到了立陶宛边境的小城格勒博基,他曾在那里担任工务段工程师,立陶宛人显示了大度,就像对待来自波兰的许多难民一样,尽管知道他是谁,还是让他进入了中立的立陶宛。他没有因为先前的“罪”而受到迫害。

根据马茨凯维奇的观点,大公国只有一个具有自觉意识的爱国者,卢德维克·阿布拉莫维奇[1],他是《维尔诺评论》的编辑和出版人。他宣称,该地区的居民有权整体继承它,他认为这土地上所有的居民都有绝对的平等。他的计划不同于拥护联邦制的那些人的想法,包括毕苏斯基,因为其他人都被波兰的国家利益和波兰的国家理性(raîson d'état)所主导。从这个角度看,波兰人违反了《苏瓦乌基条约》,他们夺取维尔诺,并将立陶宛中部纳入自己的版图,这对于“雅盖隆概念”的支持者,是肩上一个巨大的负担。我不知道马茨凯维奇对于神父瓦勒里安·梅耶什托维奇[2]的看法,后者将大公国设想为他的祖先们的创造物,实际上是几大贵族的私有财产,并且美化了庄园和农民之间那种族长制的关系。很可能,他将自己算在那些人中间,他们身上的波兰性是“不言自明”的,所以,他们对此应该负有责任,尤其

---

① 卢德维克·阿布拉莫维奇(Ludwik Abramowicz, 1879—1939),波兰社会活动家、历史学家、出版家。

② 瓦勒里安·梅耶什托维奇(Walerian Meysztowicz, 1893—1982),波兰神父、神学家。

是对立陶宛人和白俄罗斯人的态度，这些立陶宛人和白俄罗斯人不信任“联合”，甚至宁可跟公开的波兰民族主义者打交道。

1988 年 1 月 20 日

阅读露西·斯·达维多维奇①的回忆录《彼时彼地》的校样时（出版者寄给我的），我想起战前的维尔诺。达维多维奇成长于纽约，但她 1938 年至 1939 年在维尔诺，在犹太人科学院（YIVO）从事研究工作。这是一次非常有益的阅读，提醒我存在另一个重要的维尔诺，那里有一个犹太人的传统，使维尔诺赢得了“北方的耶路撒冷”称号。大约三分之一的人口与那个国家几乎没有任何共同之处；他们说意第绪语，在某种程度上属于上层社会，已经相当俄罗斯化。达维多维奇的回忆录（她不懂波兰语）主要触及“我们”和“你们”的区分，以及与此区分有关的迫害。她在维尔诺的一个朋友，是个记者，在 1931 年反犹学生暴乱中失去一只眼睛（我现在还记得那次暴乱）。战争爆发前一年，国家民主党人（N. D.）的计划取得了完全胜利：在犹太人的商店前设置围栏、准备取缔他们的祭祀仪式、广泛加强波兰化的规定；最重要的，是在政府的新闻报纸和后

① 露西·斯·达维多维奇（Lucy S. Dawidowicz，1915—1990），美国历史学家、作家。

来的圣人马克西米里安·科尔伯神父[①]所办的报纸之间的竞争,围绕科尔伯神父产生了更多的反犹宣传。在达维多维奇的叙述中,维尔诺是一个很不安全的城市;那里手持棍棒的年轻人常常发起攻击,每次遇到年轻的波兰人,都有挨打的危险。达维多维奇承认,妇女和儿童没有受到殴打,然而这并没有减少此类恶性事件的频繁发生。

人们在谈到大公国最后的结局时,维尔诺是值得记住的。那些棒打大学的同伴、有组织地围捕街上人群的精力旺盛的青年,他们很快就会看到苏联坦克被热情的犹太青年簇拥,尽管我怀疑他们是否想到过这其中的因果联系。哈伊姆·格瑞德在他的自传《我母亲的安息日》(此书从意第绪语翻译)里,描述过维尔诺大街上那些欢迎的欣悦场景;他是一个诚实的作家,力图客观,他也描述了那一天如何走进大教堂、如何为那里聚集的忠实人群感到深深的悲哀。

我与马茨凯维奇的熟识始于 1940 年,尤奥扎斯·克琉奥蒂斯那时还是《新文化》的编辑,他帮助我来到了维尔诺,维尔诺当时还属立陶宛——顺便一说,我认为那次旅行也是我到华沙去的计划的一部分。马茨凯维奇是《每日公报》的主编,该报属于那个时候维尔诺出版的两份波兰语日报之一。主编助理是我

---

① 马克西米里安·科尔伯神父(Father Maksymilian Kolbe),他在二战前创立了强大的具有右翼倾向的天主教出版中心。被纳粹逮捕并且囚禁于奥斯维辛集中营,他为代替另一个要受刑的囚犯而被处死;死后被梵蒂冈封圣。

在“灾变派”诗人圈子的朋友特奥多尔·布伊尼茨基[①]。我开始为那份报纸撰稿,就像许多作家所做的一样,无论是本地作家,还是逃难而来的作家,这些人中间就有施维亚托佩克·卡尔平斯基[②]和雅努什·敏凯维奇[③]。许多年后,拿着发表有我的文章《论近期的某项试验与布伊尼茨基的死刑》(1954 年)的一期刊物,马茨凯维奇不接受我对他计划的描述,因为我认为他维护的是立陶宛边境之内的一个“波兰行政区”。无可争辩的是,无论是一个“波兰行政区”,波兰,还是立陶宛,都不会使大公国的继承者满意,因为他事实上想步卢德维克·阿布拉莫维奇的后尘。然而,实际上,《每日公报》的计划导致这样一个解决方案,就是它从《维尔诺信使报》中分化了出去,成为波兰正统派的声音,代表维尔诺的大多数波兰人的意见;对于他们来说,如果维尔诺并入立陶宛,等于是被立陶宛人占有。

我从来没有与马茨凯维奇成为亲密的朋友,因为我们属于不同的一代人,而且有着不同的思想倾向。作为一个作家,我尊重他,同时他也是一个具有善意的人,做了能做的事,我从未失去这种尊重。然而,这并没有让我停止沉思他曲折的命运。在大公国的贵族中,不乏自信的麻烦制造者(其中包括他的哥哥

---

① 特奥多尔·布伊尼茨基(Teodor Bujnicki, 1907—1944),波兰诗人。因为与苏联控制的报纸合作而被地下组织枪杀。

② 施维亚托佩克·卡尔平斯基(Światopełk Karpiński, 1909—1940),波兰诗人、讽刺家。

③ 雅努什·敏凯维奇(Janusz Minkiewicz, 1914—1981),波兰作家、翻译家、记者、讽刺家。

斯坦尼斯瓦夫),但是,也有一种安静而充满激情的麻烦制造者,他们永远不会放弃。这正是我对约瑟夫的看法。问题出现了:在多大程度上,一个自主的、目空一切的个体,确信权利在他一边,他有义务或者权利反对公众的意见?需要付出很大的努力忘记公众意见所代表的那些东西,以及我们对它的同情或反感,然而,只有在这样的时候,想要达成某种一致性的社会角色才需要获得某种权力。马茨凯维奇受制于他在维尔诺的社交圈——1920年战争时期的前贵族骑兵军官,他们现在已经是普通官僚,同时热衷于决斗和狩猎,就像他来自明斯克地区的朋友米哈乌·帕夫利科夫斯基[①],他编辑着一份专供狩猎者阅读的名为《聆听狩猎号角》的刊物,属于《词语》的增刊。尽管如此,他仍然试图努力突破这个模式。由于受到俄罗斯式中学教育的强烈影响,他本人在做小学生时,对于书本上的动物学和鸟类学也产生过狂热的兴趣(在这方面我们是相似的),从教育和观察习惯上来讲,他是一个自然主义者。也许是那种实证主义的训练,发展出他身上对于"波兰的维尔诺"的怀疑主义态度。从《每日公报》的最初几期起,他就使那个维尔诺群体感到了不快,因为上面发表的文章,充满他对"九月失败"的绝望和愤怒,对两次大战之间的整个波兰表达了强烈的批评,完全不留余地。他不喜欢毕苏斯基,或者他所认为的毕苏斯基的后继者,但是当

① 米哈乌·帕夫利科夫斯基(Michał Pawlikowski,1887—1970),波兰外交家、作家。他的妻子是波兰女诗人碧塔·奥贝廷斯卡(Beata Obertyńska,1898—1980)。长期共同生活于伦敦。

他开始与一名叫彼奥得·考夫纳茨基的人合作时，他就走得太远了，后者是一个“民族主义者”，而他还和他一起嘲笑那些级别不高的有着“上校”头衔的人，尽管他与考夫纳茨基毫无共同之处。这就有点像是故意拿波兰的失败说事，以取悦他的立陶宛雇主。《每日公报》不断受到审查机构的横刀腰斩，又被立陶宛人指责具有颠覆倾向(为什么阴险地谈论大公国?)，不断给包围着报纸的诽谤性的观点提供根据，其中没有挑明的指控是它与“占领者合作”。换言之，马茨凯维奇以这样的方式，显示了他两不讨好的天赋。这种情形以后还将一再重复。毫无疑问，在失败之后，愤怒和痛苦的感情是普遍的，而他出于焦虑将它们全部发泄了出来，而不是要去取悦什么人。但是大多数人，尽管他们也有同感，却控制住了自己，因为在这样悲伤的时刻，“家丑外扬”毕竟不是太好。

在维尔诺被并入中立的立陶宛那个短暂时期，那里充斥难民，借助法令的力量，有时也通过棍棒，城市彻底地立陶宛化了。(那些不久前殴打过犹太人的波兰人，现在因为在教堂里用波兰语唱歌而遭殴打，尽管他们不是因为使用波兰语而遭到殴打的唯一人群。)由于无数的勤劳立陶宛人的看护，这座城市曾经是一个富庶之地；有着极好的餐馆和咖啡馆，在此可用硬通货进行交易、购买护照和签证、筹划到西方的旅行。最重要的是，它是一个充斥了最多变的谣言和坏消息的城市。虽然立陶宛被各种敌意的力量包围，却仿佛一座救赎之岛，吸引了那些准备冒性命危险非法穿越“绿色边境”的不幸者，而他们一旦发现自己到达这个梦想之地，马上便会意识到他们其实置身于一个陷阱。

有一个时期，飞机仍然可以从考纳斯通过中立的瑞典飞往西方。我在考纳斯所登记的，是波兰非官方的代表，这被视为有效，尽管我已有机票，航班却停飞了。（波兰流亡政府的代表团，那时还在巴黎，有意促成一些有意向的年轻人通过中立国瑞典，借助空中飞行的方式，加入时在法国的波兰军队。）

我不认为自己特别担心波兰与立陶宛之间的紧张关系。尤奥扎斯·克琉奥蒂斯张罗着波兰立陶宛人开会——也就说，召集波兰的立陶宛人代表开会，旨在缓解紧张局势——我和克琉奥蒂斯之间的友谊，应该使我热衷于朝这个方向努力。注意：克琉奥蒂斯来自考纳斯，他不会说波兰语，1938年我初到考纳斯时，我们之间的交流依靠法语。那时发生的一些事件，其严重性和危险度使波兰立陶宛人之间的口角丧失了意义，我想，我也无可奈何。在我前面提及的文章里，马茨凯维奇指责我扭曲了事实，因为我说“立陶宛人和波兰人之间的许多仇恨已被忘记”。而他相信，由于民族主义，由于立陶宛当局不明智的政策，在维尔诺讲波兰语的人口的敌意在加剧。就当地而言，诚然如此。然而，与双方存在的党派性无关，有一个基本事实是，在“九月失败”中立陶宛人的表现如何，而且，正如我说过的，在这样一个历史的紧要时刻，那些民族主义的争吵是多么不合时宜，甚至多么荒谬。

我无法重现那个时期我的思想。在那个阶段，我高度紧张，几乎身心失调，痛苦不堪，而就外部来说，又单纯地痴迷于行动。我写不了诗，对我来说，仅此已足以证明我病了；然而，我使出浑身解数，想把杨卡从华沙带出来，带她到达西方，但是，在一次次努力过后，证明穿越边界要么太危险，要么不可能。太多的先入之见妨碍人做出清晰的思考。不过，谁又能真正清晰地思考呢？1939 年 9 月的打击实在太大，需要时间才能吸收那个经验。

所以，维尔诺是阴郁的。但也不是阴郁得让我失去了自己的政治决断。我与《每日公报》的合作，在很大程度上是因为布伊尼茨基，是他在负责报纸的文学立场。除此之外，比起正统的波兰爱国主义者，“地方主义者”离我更近，而且，奥斯卡·米沃什是主张维尔诺属于立陶宛的，我是他的一个血亲，我对“立陶宛人的占领”不可能产生任何敌意的情感。然而，立陶宛的政府，无论如何没有让事情变得于我们更容易；相反，接下来它在维尔诺问题上制定的是一个愚蠢的政策，危害了自身的利益。维尔诺居民被分成不同的类别，给“移民人口”或“难民”贴上“大多数”的标签，甚至一些他们的曾祖父就来自维尔诺的人，也被包含在这些类别里。居住文件的持有权，只被授予那些能够证明在某些特定年份便已居住在这个城市的人，我想，年份是从 1920 年算起，而在这些文件里表明“国籍”的大红字，意在限制有权享有一切公民权利的人的数量。比起难民文件，我当然更想要证明居住权的文件，但是，如果不是波兰国籍，我能给出什么国籍呢？无论如何，当我到达“总政府”（the General Government）那边时，我就会迅速毁掉我的文件，因为它们与我伪造的文件有冲突。

大教堂对面鲁德尼茨基咖啡馆附近，突然一阵铁器的铿锵之声，那是入侵的苏联坦克。直到今天，这仍是留在我生命中最悲惨的事件之一，非常清楚，那是一种挥之不去的可怕的感觉，我目睹了手无寸铁的人被践踏，根本不顾忌国家的法律。就跟大难临头一样。法国差不多同时沦陷。两个怪物分割了战利品，那时在我看来，它们将开始一个对欧洲的千年统治。

如果我没有逃离维尔诺，会发生什么呢？我很可能会像布伊尼茨基一样在《维尔诺真理报》上发表文章，或者被迫加入北极熊那一边。我在那里也广为人知。虽然雅努什·敏凯维奇和其他人靠着经营一家文学性的卡巴莱餐厅幸存了下来。当然，我对他们所写的东西一无所知。关于被入侵之后的情况，在马茨凯维奇的小说《通往乌有之路》中有着忠实的描述。

所以说，从 1940 年到 1944 年夏天我一直没有见过马茨凯维奇，直到后来他到了华沙。换言之，对于他在德占维尔诺时期的活动，我不是见证者。关于他通敌的指控来自那同一个圈子，他们对于 1939 年至 1940 年间的马茨凯维奇感到愤怒；也就是说，他的足迹被记录着。当一个袋鼠法院审判一位重要的波兰小说家时，却没有给予他自我辩护的权利，看看他在作品里表达的观点，再看看他的原告是谁，也许是非常必要的。

在他所写的东西里，马茨凯维奇从不闪烁其词。当他解释围绕一个姓氏的误会时（见他的《"编辑"博赫丹·马茨凯维奇》一文），我们可以相信他。当他拟定他在波兰战后小说和散文史中的位置时，我们也可以相信他。在我看来，他的地位是如此绝对地"非波兰"（non-Polish），跟大多数波兰人心目中既定的看法截然不同，即便他没有过失，那些人也恨不得将某种罪行强加在他头上。关于战争，正统的波兰人的观点是想当然地相信西方盟友的忠诚,并想让波兰国家的版图回到1939年的边界。这就是“波兰的维尔诺”的思想,也是波兰武装力量即国家军追求的目标。对于马茨凯维奇来说,那都是这个国家少数人的幻想,他们把两次大战之间的暂时状态当成了永久状态。在那一部分的欧洲,胜利要么是德国的,要么是俄罗斯的,这一点立陶宛人清楚,正如白俄罗斯人和乌克兰人也知道,即他们不能依靠西方。前大公国那一地区的人(除了波兰人和犹太人),热情地欢迎德国人,而且正如我们所知,只是后来德国人不可思议的愚行才导致了那种情感的逆转。剩下来的就是共产主义,而马茨凯维奇把斗争放在第一位,高于国家利益,而且他指责国家军的行动代表了盟军,因此从本质上来说,也就有助于他们的盟友,即莫斯科的胜利。现在,几十年之后,应该承认,他对波兰命运做出的那个切实的判断,的确是一个非常好的概括,而它是得罪两方面的——敌人和它的对立面,而将希望托付给了遥远而冷漠的西方盟国。不幸的是,这种切实的判断,只对马茨凯维奇作为一个作家起了很好的作用,使他对历史的死胡同的无情描述成为可能。作为一种政治计划,它是毫无价值的。没有一个人会支持参与德国人的改革运动(the German crusade),包括马茨凯维奇本人,那甚至是德国人自己也彻底打了折扣的。

他的作品使人不禁想到,如果他可以让沙皇俄国起死回生,他会那样做,因为他认为自由的俄罗斯是一个尊重法律和宽容的国家,尤其是与第一次世界大战之后各处存在的那种状态相比时。在这里,他也采取了与波兰人的意见完全相反的策略,波兰人的看法是急于在俄罗斯和共产主义之间画等号。这并不令人吃惊;例如苏联将波兰人从白俄罗斯和乌克兰领土大规模驱逐的政策,在他们的革命之后就立即开始了,这不过是十九世纪沙皇政策的延续,只不过执行得更露骨。马茨凯维奇坚决拒绝将俄罗斯与共产主义相提并论,他并不认为共产主义是俄罗斯的一个专门发明,他对俄罗斯人民不抱任何敌意。

很难猜想,在德国占领下的维尔诺,他会做出什么建议。如果是在俄罗斯和德国之间开战的话,他肯定毫不犹豫地站在俄国一边,但是从理论上讲,他似乎属于某种观望态度的支持者,因为在共产主义所解放的国家里,正在进行一场伟大的游戏;而与德国人的游戏或协定,坦率地说,与勾结没有什么不同。这从他战后的作品基本可以推导出来,因为在维尔诺,他并不是一个活跃的合作者。

无条件谴责马茨凯维奇的那些人提出的一个主要论点,见于帕维乌·雅辛尼察[①]的文章,《来自克雷西的一个乡绅的道德残余物》,这篇文章似乎出自当时身在维尔诺的一个人的手笔,他说."我为国家军服务,我是被分配来干宣传的,所以我的职责之一就是细心阅读一切发表的东西。"我不嫌麻烦地找到了雅辛尼察《交锋的痕迹》这本书,它收入了这篇文章。我们知道,雅辛尼察是化名。它是我在维尔诺的一个朋友使用的名字,同样来自我们的"流浪汉俱乐部",他本名莱赫·伯伊纳(我们

① 帕维乌·雅辛尼察(Paweł Jasienica, 1909—1970),本名莱昂·莱赫·伯伊纳(Leon Lech Beynar),波兰历史学家、记者。

叫他“巴克斯”[①]），一个历史系学生。他的名字完全不是一个犹太人的名字，有小道消息说他肯定是鞑靼人，鞑靼贵族的后裔，但伯伊纳不是穆斯林。“莱赫”的名，连同“雅辛尼察”的姓是他后来自取的，表明他自己和家人对于天主教波兰的忠诚。

如果一个严肃的历史学家和事件见证人可以毫无顾忌地写点什么东西，那么关于他人他可以说些什么呢？伯伊纳是一个正直无畏的人；无法认同在马茨凯维奇看来清楚明了的东西，他在一个反苏游击分队里战斗到了最后，而在战后被判处死刑。他似乎是由博莱斯瓦夫·皮亚塞茨基救了下来，后者是“派克斯”[②]的领袖人物。我不记得伯伊纳在我们的“流浪汉俱乐部”是否宣讲过自己政治上的观点。我们之中只有一个民族主义者，那个人显然是——卡齐米日·哈瓦伯达[③]；他被驱逐出境，死于痢疾。至于俱乐部的其他成员，高年级的成员伽西乌里斯因撕毁宣传海报被当局处死；布伊尼茨基因与那时的当局合作而被枪毙；耶德热霍夫斯基被“挑选”进了立陶宛议会，为了给苏联合并立陶宛而投票。

伯伊纳的道德义愤是真诚的，他在约瑟夫·康拉德(《黑暗之心》)之后再次喊出了“恐怖！恐怖！”，因此他表达了他那一代人里许多人的真实情感。但是，如果我们更为仔细地阅读他

---

① 巴克斯(Bacchus)，酒神之名。

② 派克斯(Pax)，在“人民波兰”时期，在苏联主导下，天主教右翼与共产党的合作组织。

③ 卡齐米日·哈瓦伯达(Kazimierz Hałaburda, 1910—?)，波兰诗人。“灾变派”诗歌小组成员，后加入波兰激进民族主义派别。

的文章,便会发现,其中很少超越那一情感状态的东西。

第一个指控,触及马茨凯维奇的性格。伯伊纳指责他懦弱:既然他主张抵抗,甚至不惜破坏整个波兰人的国家,他为什么不走向森林游击队(就像伯伊纳本人那样)? 对于了解马茨凯维奇的那些人,这只是一种蛊惑的手段。第二个指控,涉及他的小说《通往乌有之路》,伯伊纳认为它一文不值。为什么? 因为在小说里,对其他民族都有正面的描写,波兰人却遭到了诽谤,而且根本没有提到 ZWZ①,也就是"武装斗争联盟",而后来的国家军正是由它发展而来。此外,在这本书中,也找不到一个人对故土的热爱,就像在《塔杜施先生》(?)里所有的那样。但是《通往乌有之路》就在那里,它的存在可为它本身辩护。对它的攻击表明,做一个波兰小说家为什么是很难的一件事。假如在上世纪,有人像果戈理在《死魂灵》里描述俄罗斯那样描述波兰,他一定会赢得一个"恶棍"的标签。第三个指控,针对马茨凯维奇在卑躬屈节的报纸上发表文章。他当然没有那么做。他发表过什么? 发表了《通往乌有之路》里的几章,而它们被伯伊纳认为是一个讽刺。

我不久前重读了马茨凯维奇从 1969 年至 1970 年写给我的信件。我想努力引起美国和德国出版商出版马茨凯维奇作品的兴趣,这些信函有一定的参考意义。我的努力见效甚微,因为在每个节骨眼上都会有某个波兰人介入,急于搅黄任何可能的出版意向。马茨凯维奇和妻子芭芭拉·托博尔斯卡生

---

① 波兰语"武装斗争联盟"(Związek Walki Zbrojnej)的缩写。

活于极度贫困中，后者也是一个很出色的作家。我必须同意马茨凯维奇一封信中的话：与他们相比，贡布罗维奇的处境算是非常优渥了。

1988年1月24日

1943年，马茨凯维奇在德国当局邀请下前往卡廷。费迪南德·戈特尔①是去过卡廷的另一个波兰作家。华沙人应该记得，戈特尔在战前对于法西斯主义的公开称赞；1940年他已经表现出懦弱的通敌倾向，因为他登记为自由职业（作家），并且敦促同事也那么做。很多人登记了，他们认为那么做会更安全。然而，戈特尔对社会压力和爱国主义的要求有着不错的理解，他在向德国人做出调和姿态时并没有走更远。尽管他去了卡廷，后来移民群体中却无人指控他是通敌者。但是，马茨凯维奇因为与每个人都不一致，他根本不考虑公众意见，气质上又好讼，加剧了人们对他去过卡廷的不利看法，似乎无人注意到，他此行的意图是得到过波兰地下当局许可的。

从写作方面来看，约瑟夫·马茨凯维奇是个现实主义者，较之他重构现实的激情（"事情究竟是怎样的？"），另一些类型的现实主义就暴露出其苍白或虚假。在所有的文学讨论中，那些

---

① 费迪南德·戈特尔（Ferdynand Goetel，1890—1960），波兰小说家、剧作家、记者和社会活动家。

貌似高级的诡辩都与马茨凯维奇格格不入，而且，他从不认为现实和词语之间存在什么不可逾越的鸿沟。他也从不相信流行的“小说之死”的说法。他固执地老派，将语言作为工具来使用，不让他的风格陷入封闭，高于他实际写作的手。对于他，小说就是“途中的镜子”，且他认真地保持对细节绝对的忠实。

《通往乌有之路》和《你最好不要说穿》一起构成了一部关于末日的史诗。这是立陶宛大公国及其残余延续至1939年的末日，同时，也是维尔诺作为一个波兰人和犹太人城市的末日。没有任何一部编年史超越这部小说。它也是一部生活的写真，记录了1940年6月至1941年7月（德国此时进攻了它的前盟友），在苏维埃政权和德国政权下的人的生活。第二部小说的最后一章，提供了一幅1944年华沙的肖像，作为难民的马茨凯维奇那时从维尔诺来到了这里。波兰文学有着丰富的关于战争的作品，马茨凯维奇却是一个绝对的例外。在这方面，存在一个强制性的爱国主义文学模式：波兰人和德国人之间的战斗。马茨凯维奇对这一模式多少表现出一些冷漠；我们从这种冷漠中看到他个人对于普遍接受的观念的厌恶，以及对于多民族的维尔诺产生的影响的厌恶。

对于马茨凯维奇所写的一切，不可过于当真。他的某些文章绝对是强迫性的，近似于偏执狂，他似乎在所有地方都能看见形形色色的代理人。因此，如果把他的新闻作品集中，编成一部选集，那么应该记住，为保持观点的一致性，他付出了臆想乃至疯狂的代价。任何作家在其死后，都有可能被挑出一些明显的错误;这应能警示我们,不要做那种看似披着托加袍[1]的严厉法官。

1988 年 1 月 27 日

在去圣路易斯的飞机上。

昨天,收到两封动人的来信,一封来自 W,一封来自 M。我这两个维尔诺斯蒂凡·巴托里大学法律系的女同学,年龄和我相仿,不仅让我沿着一条感情的线回到了过去,她们作为个体的存在如此珍贵,以致我认为能够想起她们就是幸运的。因为在我们的城市曾经有些不寻常的少女,如今都如此衰老,记忆力根本不能唤起这些可敬的人。现在说起来,她们已是头发花白的女人,抚育着她们的孙子,而我,对她们充满错误和悲剧的人生多少有些了解。

我和 M 一直走得不近。但我喜欢注视她。我认为,她的深度近视眼镜让我心生好感,丝毫没有妨碍我察觉到她的魅力。她是迷人的,身材诱人,当然,非常聪明,因为她狂热地追求着她的目标。她和她的妹妹属于丹宾斯基或耶德热霍夫斯基的核心圈子,也就是"简明语言小组",后来,在战后波兰,她们则属于著名的"维尔诺小组"。她们出生在天主教家庭,从共产主义理论中发现了一个新宗教,就像丹宾斯基的妻子佐西亚·维斯特

---

① 托加袍(toga),古罗马男子穿的宽松罩袍。

法勒维奇,而她的姐姐是一个修女。

M的手写信,字体粗黑、用笔坚定。信中有对我的《路过笛卡尔街》一诗的评论;我写到向水蛇扔石头违反禁忌的问题,她在波兰版的《诗的见证》里读到。她还说,"既然谈到了水蛇的话题,让我告诉你一件事。当我还是孩子的时候,我曾进入厨房,我们的女管家在鱼还活着时就给刮鳞,鱼翻来覆去地滚动。我一直觉得我跟动物很近。所以,我在动手杀鱼时(出于同情),就把鱼头往墙上撞击。我浑身是血。这种情形,没有好的解决办法。但我想,我后来作为一个成年女性,跟索邦大学我的那些校友是不一样的。"

她对自己和她所在小组的历史的描述很简单。(我们的法律系出现过一些杰出的头脑。)对于他人的同情,引导她献身那些艰难的事业。而巴黎大学的那些毕业生,接受过萨特哲学的教育,却在柬埔寨实践一种同类相残的恐怖。M接着写道:

> 为使这信更有趣,我写下我所记得的你的样子。斯尼亚德茨基礼堂的坡道;你跑在一群工人和学生前头,追赶一个民族主义者组成的战斗小分队,他们要去驱散有多民族成员参加的一个诗歌晚会。你显出一副凶相,你知道如何假装成那样,露出牙齿、瞪着眼睛;你抓着一把椅子。你在咆哮。
>
> 还有一副形象:我们站在律师协会的桌子旁边,争论着什么,我不记得内容了,也许是政治问题,因为你不无恶意地对我说,"你一直是并将永远是一个狂热者。"很明显,

你击中了要害,因为我还记着你的话。我经历过两个为之献身的信仰,再也没有力量经历第三个了。不只因为我老了,还有其他因素,包括从童年时期起就一直陪伴我的文学。

在信的另一部分,她提到布罗茨基在斯德哥尔摩演讲时对文学的赞美:“约瑟夫·布罗茨基在诺贝尔颁奖仪式上所讲的话,正是我想写信对你说的,只是他说得更好。”

维尔诺当年的两个少女,如今已是老女人,我对她们的怀想,真的无法用散文表达出来;无法表达的空白里,有着太多的东西,太多丰富的意义,也许需要一种特殊的情诗。在那样一种诗里,时间也许能够倒退,退回到那样的时刻:我们同属学校的低年级,M 在厨房里杀鱼的时候,W 穿着教会女子学校的水手服。最有可能的是,贯穿整个早年时期的这些形象,固执地重现,体现出一种回归的渴望,回到原点的渴望,同时,也是一种希望重新开始的渴望,那时一切还没有变成后来的样子,我们没有被分开(可以想象,在一个完全不同的时代,有着不同的风俗习惯,等等)。谁知道呢,也许这样一种爱情诗歌源自梦想,具有斯威登堡所说的“天使性向”(angelic sexuality),包含一种对彻底认同的欲望,想要变成另一性别的欲望,不是无性,而是能理解另一性别的那种转变。

也许,在此最好不提 W 的信,她担心我的健康。因为我要处理的一切千头万绪难以说清。我总是惊讶于她可怜的自我贬低的倾向;按照她的说法,她不相信她会具有非凡的思想和性格优点。她总是在说她自己,她的病、可能马上到来的死亡,说这些时,总是漫不经心地耸耸肩。

M让我想起那次有多个民族的成员参加的诗歌晚会。在与维尔诺的"民族主义者"的对立中,我们有过许多联系,有些旧事我还记得;比如在1972年,我去参加一个诗人大会,在从鹿特丹到巴黎的火车上,我们与亚伯拉罕·苏茨凯维尔[①]分享一瓶伏特加,他是维尔诺犹太人贫民区的幸存者,写过一本讲述德国人在维尔诺罪行的书。同时我认为,这些联系也解释了,至少部分地解释了瓦迪斯瓦夫·瑞尼卡的秘密。战争期间他是如何经营一个运输公司成为百万富翁的呢?瑞尼卡是西里西亚人。在维尔诺时,他还是一个学生——也是我在法律系的同学。在大学里,在我们反对国家民主党(anti-Endek)的团体里,他是竞选学生会时主要的活动家之一;作为一个出色的演讲者,他脱颖而出。后来,他一直处在这个团体的边缘,没有靠近共产主义。1934年到1939年间,我不知道他在做什么(律师业务?),因此,我也许无法弄清,他到底如何从一个贫穷的矿工之子变成了一个金融大亨,如果他是从1941年开始经营生意的,那么是在哪里?——在维尔诺—明斯克—华沙一线;也就是说,在一个多种族混居的地区,那正是约瑟夫·马茨凯维奇在小说《你最好不要说穿》里描写过的地区。在我看来,值得注意的一个因素是,

① 亚伯拉罕·苏茨凯维尔(Abraham Sutzkever, 1913—2010),诗人。出生于今天属于白俄罗斯的斯莫根。他的母亲和儿子在二战期间被纳粹杀害,而他和妻子逃出,加入游击抵抗组织。他是大屠杀幸存的最著名的意第绪语诗人。

在维尔诺,存在着大量的现金、黄金和美元;它们没有用于投资。瑞尼卡的伙伴,克利维茨基,他是来自里加的一个犹太人;可能是他在操作资本。克利维茨基曾在维尔诺和明斯克的公司里干过,那些公司1944年在前线逼近时,被清算了,于是他来到华沙,我就是在此结识了他。他有雅利安人的文件保护;一般说来,维尔诺有着最为出色的印刷厂,能够制造虚假的文件。他没有等待俄罗斯人到来,从华沙去了捷克斯洛伐克的布拉格;他死在那里,对他临死的情形,我一无所知。瑞尼卡成功的另一个因素,无疑是他的外交天才和不持种族偏见。作为军队的供应商,他的公司受到保护,如果他雇佣德国人便开出优等的工资。实际上,公司在黑市上进行大量硬通货交易。运货车不停运转,满载各种物资,除了军需品;当然,有时也满载武器,但不是运给德国人的。瑞尼卡属于我们社会主义的"自由团体",并借此服务于"伦敦流亡政府地下组织",对于地下组织,有这样一个运输网络可利用是至关重要的。他为国家军分遣队运送钱和武器,我怀疑,为了确保通往明斯克的道路,以使运输途径能顺利穿过苏联游击队控制下的森林,他通过某些适当的方式和服务进行过一番打点。他公司的卡车也运送从维尔诺的贫民窟获救的犹太人;如果通过瑟韦林·特罗斯的例子来判断,可以说他不是为了钱。在战前,特罗斯就像我的兄弟安杰伊一样,也在给维尔诺的杂志《耕作休耕地》(*Plowing the Fallow Land*)写稿子,作为一个从华沙逃到维尔诺的难民,特罗斯饱受压力。我的兄弟在我们父母维尔诺的公寓里(它位于波波夫斯卡街上的扎热切),将他的同事藏匿过一阵子。然后特罗斯和他的妻子，被带上瑞尼卡公司的一辆卡车，在华沙放下来，而我已经给他们寻到了一个很好的藏身处。不幸的是，他们死于华沙起义，不是作为犹太人，只是作为平民死于德国人的炸弹。从德国人的角度看，他的公司所做的一切都是犯罪，很难相信竟然没有出现过一次闪失。在此，瑞尼卡的天才也是毋庸置疑的。他组织了一批绝对可靠的员工（我记得他的司机），他们之间牢固的关系建立在一个特别健康的基础上，而不是老板和下属那么一层关系。这种家庭式的结合，把维尔诺"我们的男子"团结在一起，完全防止了"告发"的发生，而"告发"，在当时是导致灾难最经常的原因。

我在《故土》一书里写到过瑞尼卡，我用了字母W代替，现在我又想到他，因为他给我的印象实在太深刻，直到今天，我仍在试图理解他所做的那一切。战争结束后，他按计划创建了一个出版公司，毫无疑问，它本可以成为出版市场的主人，但是，由于反对私有企业的种种规定，他的出版公司很快被消灭。此后他成为一名律师，专门受理遗产继承案件，包括美国的一些案子，这得益于他与"维尔诺团体"的联系，也使他得到了出国旅行的护照。

1988年1月30日

我们起初学习某个新的东西时，必须花费大量的神经性力量；然而，如果我们有了一些经验后，就只需付出体力，便容易得多。耕作，锄草，以及面向公众朗诵诗歌，甚至电影明星在扮演一个角色时，都是如此。在圣路易斯，我朗读诗作，亲笔签名，应允拍照，但我的思想停在另外某个地方。哪里呢？卢德维克·科宁斯基①的《观察》里，这是他1940年至1942年的日记，一本深刻的悲剧性的日记，因为贯穿这一时期，他都在试图让自己相信上帝的存在，邪恶不具有绝对的权力，但他并不是太成功。稍后我将再回到科宁斯基的话题；现在，关于马茨凯维奇我必须再说些什么，因为离题之故它被打断了。

如果仅仅依据政治标准来评判马茨凯维奇，我们就不会到达得太远。让我们同意说他是一个狂人，一个堂吉诃德，一个空想家；尽管如此，他的政治激情却激活了他的写作，它属于严格意义上的现实主义，同时它又相当于，或者试图成为某个论题方面的散文作品。那些论题，源于他的正派和道德义愤。他总是在不停地追问："这怎么可能？"在其他人都陷入沉默时，他想成为某个声音，一个旷野呼告的声音。幸运的是，他不是一个政客。

他的小说《你最好不要说穿》的最后几章，反映了维尔诺和华沙在氛围上的差异，而这，马茨凯维奇1944年夏天从维尔诺刚到华沙时，就察觉到了。他描写的华沙——疯狂、快活、漠然于各处的杀人事件、自豪于它的英雄主义、因胜利逼近而充满快乐——这些都是准确的。对马茨凯维奇来说，这是一种孩子似

---

① 卡罗尔·卢德维克·科宁斯基（Karol Ludwik Koniński，1894—1943），波兰出版家、文学批评家、散文家。

的无忧无虑,他们不想知道,在短短一分钟后,他们的游戏将什么也不会留下,就像在维尔诺什么也不会留下。

在他到达华沙后,马茨凯维奇表示了想与我和雅努什·敏凯维奇会面的愿望。我们交谈了很长时间。在他那边,问题是,“这是怎么可能的?”他通过多种不同的方式明确表达过。所以,既然每个人都很清楚,盟军仍很遥远,什么也就不会发生吗?没有任何尝试,甚至在最后一刻,也没有尝试与即将失败的德国人达成某种理解,他们到了现在是不是倾向于做出让步?毕竟,现在有可能出版一种刊物讲述苏联占领期间的真相,这个真相因为被认为直接服务于伦敦,间接服务于莫斯科,一直受到波兰地下组织的压制。

我们不相信地听着,就像一个并不完全占有其感官的人那样听着。我们嘲笑他。我们告诉他,他对本地人的心情缺乏理解,没有人会跟他一起做这样一份杂志,没有人会与埃米尔·斯凯夫斯基[①]和菲利克斯·莱比茨基[②]这样的通敌者握手;而且,如果他着手出版这样的杂志,就会被贴上叛徒的标签。马茨凯维奇没有提及出版过三期的《警报》,那显然是他和妻子在1944年春天弄的一份新闻报纸。

对于马茨凯维奇而言,我不认为指出他在那个特殊时刻提出过合作的建议就把事情弄得更糟了,如果他更早有那个合作

① 埃米尔·斯凯夫斯基(Emil Skiwski, 1894—1956),波兰作家、文学批评家、记者。在德占时期,出于意识形态原因,唯一与德国占领军合作的作家。

② 菲利克斯·莱比茨基(Feliks Rybicki, 1899—1978),波兰作曲家。

的想法，他可能真就与敌人合作了。他没有合作。因为他那时处于绝望之中，甚至比我和敏凯维奇更绝望——我和敏凯维奇，多少还怀有一些希望。

我乐于提到瓦迪斯瓦夫·瑞尼卡，他在维尔诺—明斯克—华沙这个三角区域的活动，说明了在德国人占领该地区时，人们命运的奇特丰富性和复杂性。对于它们的描述，必然与有关那个时期波兰的图景发生矛盾，所谓波兰的图景，因为爱国主义的传统而被极度扭曲了。这些地区在战争时期的现实情况，被官方历史学家彻底隐藏和重构了。事实是，德国人曾被当作解放者受到欢迎，如果不是德国人过于疯狂，他们有可能让当地人完全站在他们那一边。事情被那样叙述后，效忠派和合作者的真实性就只保留了很小一部分。这是一个三方游戏，其中，大多数人都在迂回地兜圈子，试图从两方面寻求保险。此外，存在一些独立的飞地、孤立的小国，就如曾经的那样，它们被一些小小的战神拼凑到一起。马茨凯维奇的看法，受到了他关于这一切的知识的影响；他的客观性得到了充分的体现。

1988 年 1 月 31 日

马茨凯维奇的小说引发了某种直接关系到文学的怀疑主义，这种怀疑总是穿着这种或那种外衣，带有一时的强制性趣味，它可能是时尚、意识形态、政治或者你能想到的任何东西。

马茨凯维奇的书充满生动的叙述;吸引你的注意力,“让你放不下”,换言之,充满各种细节,这些细节都是构成小说不可缺少的东西,因此,它们在改编成电影和电视剧时也常常是不可省略的内容。最有可能的是,一直就存在两个类型:“专业的文学”和“非专业的文学”。似乎没有人愿意承认他阅读马茨凯维奇,这既是因为他在文学意义上属于非常老派的类型,也是因为他是一个可怕的反动派;但是,人们阅读他,直读到面孔发红、耳朵发烫。在我看来,他将那些写作优美散文的同行碾压粉碎。他的艺术性远在他们之上。苏联士兵有个说法,颇适合于那些人:法国人穿绸着缎,但输了战争。他的散文紧密、简练,富于实效;他写他之所见,特别是他那个地区的景观。我所知道的波兰作家无人像他那样。然而,与他相比,博莱斯瓦夫·普鲁斯①和斯蒂凡·热罗姆斯基也许更具专业性。马茨凯维奇是一个小地主乡绅,我一直这样称他,他属于那种固执、高傲、充满激情的沉默寡言者类型,他的写作纯粹出于泄愤。他向整个世界泄愤,因为世界黑白颠倒,因为无人勇于行使其否决权。马茨凯维奇写作风格的秘密,即存在于他身上的这样一种激情。

① 博莱斯瓦夫·普鲁斯(Bolesław Prus, 1847—1912),波兰小说家。波兰语现实主义的创始人之一。代表作有关于 1870 年代华沙的小说《玩偶》,以及关于古埃及的寓言小说《法老》。

1988年2月1日

卡罗尔·卢德维克·科宁斯基。我从未见过他，他也不在我的兴趣范围之内，我只知道他的名字。他不属于我这一代人，而且，不管怎么说，他在“国家的”刊物上发表东西——换言之，在文学意义上，那是不被严肃考虑的。而现在，我认为他在天主教的波兰是非常罕见的人物——一个具有形而上学气质的人，就像他的朋友斯坦尼斯瓦夫·伊格纳奇·维特凯维奇。不过，维特凯维奇认为科宁斯基的宗教信仰是一种麻醉剂，他很可能将科宁斯基看成了一个典型的新天主教的(neo-Catholic)人物，这些人假装他们是信徒，却不大成功。

科宁斯基的日记手稿，由布罗尼斯瓦夫·马蒙译解，并以《观察》为题出版了，它深深地打动了我，因为它触及一些根本问题，对我来说，也是最重要的问题，依我之见，对于二十世纪的文明也是最重要的问题。我甚至感到了良心上的剧痛，因为我将时间浪费在了另外的东西上。简而言之，看起来我们好像见证和参与了一个革命性的变革时代，它相当于罗马帝国从异教到基督教的转变。那是一个缓慢的过程，持续了几个世纪；绝不是康斯坦丁大帝宣布基督教为国教便结束了的。对于今日世界正发生的事情，我们没有从更大范围实现清晰的理解。有一些迹象,但不能肯定它们得到了准确解释。我一生都在试图确定它们的意义;现在,我在加利福尼亚仍继续做着这个事。在学术界,声称信仰基督教的人数量很小;我的一些学生表现出对于源自圣经传统的一些最简单概念的无知,以及对宗教的冷漠甚或敌意。科学世界是世俗的,主要信奉世俗的人文主义,以及有关社会主义的梦想,这些东西不时会光顾图书馆和实验室那些具有自由思想的大学生。然而,基督教堂,就在理性神殿的隔壁,星期天挤满了人,无人知道此一共存的现象受制于何种律法。在我看来,统计数据在此并不重要,尽管在西方进教堂的人数量在不断下降。更重要的是他们做出选择的理由。这是我多年来一直关注的问题:我们称为“信徒”的人,跟几个世纪前的信徒相比,无疑有着不同的思维方式。

1988年2月4日

科宁斯基是一个关注“痛苦”的哲学家,人类和动物的痛苦。他自称天主教徒;他不断与自我搏斗,努力想要成为一个天主教徒,但他仍然受到他父亲很大的影响;他父亲是个新教教徒和不可知论者,他常说,如果确实有人创造了这个世界,那个人很可能是撒旦。年轻的科宁斯基接受了这个说法,认为对于上帝的信仰不应以放弃理性为代价,也不应损害我们的良心。十八世纪的自然神论者也做出过这样的假设,但是在那个乐观的世纪,信仰与理性、道德情感之间的冲突更容易调和。科宁斯基在鲁达瓦时，写下了他的日记，那个地方就在克拉科夫郊区；所以也就是说，在奥斯维辛集中营附近，在那些年里，每天都有逮捕和死亡的新闻，总是在绝望之中，因为德国人在前线凯歌高奏。日记结束于1942年，科宁斯基可能身患疾病，一年后他死于这种疾病。这些情况强化了他的根本问题。

上帝创造了一个“在罪恶的泥水里打滚”的世界，而对苦难漠不关心。如果像人们所说，上帝是爱，那么，在上帝的冷漠和他的爱之间，就存在一个矛盾，既是逻辑上的矛盾，也是道德上的矛盾。怎样的爱，会允许奥斯维辛集中营的存在，并眼睁睁看着那里发生的一切？的确，在但丁那里，地狱也是由*永恒之爱*(Eternal Love)造就，但是对我们来说，将普通人判处永恒的折磨，是绝对不能接受的；我们只能将基督教的地狱想成一种可怕的残暴。一个人为自己寻求救赎，于是被免除痛苦，比如他眼前的痛苦，从那一刻起，他就有权知道为什么他能有此特权，而身边其他人却死于折磨。至于说永恒的救赎，有人蒙受恩典而其他人没有，有人注定得到救恩而有人被罚下地狱，这倒不难理解。

当我追循科宁斯基的努力，看他如何试图摆脱这些矛盾时，我理解了——很可能是我第一次清晰地理解这一点——任何一个严肃地思考宗教问题的人，肯定不可避免地提出异端的思想。科宁斯基做好了准备，放弃将最高要求置于我们的头脑，也不要求宗教真理经得起理性的考验；它们也可能超出理性，假若不与理性发生矛盾。它们也可能超出我们的道德判断，假若不与道德判断发生矛盾。但是，他的平衡之举并不是十分成功。他的上帝不是《旧约》里的造物主,从无(ex nihilo)中召唤出这个世界,也就是说,上帝是一个反复无常、不可预测的统治者,他的命令必须依照盲目的信仰而接受,即使命令显然是荒谬的。科宁斯基向一个不同的光明的神祈祷,那就是爱,一个可以对抗邪恶、苦难,并要求人的合作的神。在这光明之神的宗教里,没有永恒诅咒的空间,也没有宿命论的空间。

可以肯定的是,这些思想并不新鲜。伊壁鸠鲁派发现过一个强有力的"非此即彼"的命题:鉴于世界的构造是如此拙劣,创造的神要么全能而不善,要么善而非全能。然而,如果他们不是全能的,这就意味着,存在一个可以说比他们更古老的要素在反对他们。这样,我们完全可以追溯到伊壁鸠鲁派哲学,寻找后期灵知派和摩尼教的来源。一个光明的神,在与世界的邪恶作斗争,而这世界不是上帝创造,而是一个较小的造物主所创造。接下来,在二世纪,我们在马吉安①那里发现,化身基督之爱的上帝与被称为造物主的耶和华之间存在对立。许多世纪之后,威廉·布莱克②将此愤怒的统治者称为"诺巴达底"(Nobodaddy)。科宁斯基祈求信仰,不惜任何代价地相信上帝的存在和作为,尽管他的上帝是另外一种神,而非一个冷漠的造物主。换言之,他在此进入了神学的领域,这位波兰作家正在接近诺斯替派的解释,这在我们这个世纪,也许是不可避免的。

---

① 马吉安(Marcion,约110—160),早期基督教神学家。自立马吉安派,被基督教会判为异端。

② 威廉·布莱克(William Blake, 1757—1827),英国浪漫主义诗人、版画家。

1988 年 2 月 5 日

“如果我必须在天主教或人文主义之间做出选择，我选择人文主义。如果说，能够协调人文主义的基督教就是新教，那么我是一个新教徒。”

科宁斯基的确让事情变得于己非常困难。因为正如他所说，“信仰上帝的意思就是，我应心怀希望，相信人的心灵高尚、公正的渴望将会实现。”在别处，他又说：“上帝是良心的公设！唯有如此，我才寻求使这一公设成为合理的种种外部可能性。”

“我不拒绝奇迹，如果良心能够证实它们。我不拒绝奇迹，因为灵魂渴望奇迹，因为我不知道恩典依照何种律法征服自然。上帝是深奥而丰富的，因为现实总是奇妙的。”

“……在天主教的波兰，没有人认真对待宗教或者无神论。”

“一个好父亲，他看着他的孩子爬进井里，却不抓住他；一个公正的好法官，他给被告注射狂犬病杆菌，然后，被告因为狂犬病被判处永久的监禁。”

“‘我的王国不是这个世界’是真理。这个世界不是神的国，但是基督耶稣会声明放弃未来的王国吗？‘你的国降临了。’对于一个富于批判性的头脑而言，《福音书》充满令人费解的谜语，使得阅读它们如同踩着破碎的玻璃：从一个高处的安全的避难所,跳到另一个高处的安全的避难所。《福音书》看起来就像一个雾海的风景;清晰的、可以理解的高峰,若隐若现,但《福音书》像从一个雾海的岸边突然出现,却无人知道其深处隐藏着什么,会有何种黑暗的深洞。"

"为什么是宗教,而不是无神论,即使那是一种很绅士的无神论,一种很崇高、庄严、基督徒的无神论?因为宗教比无神论似乎更真实。因为无论如何,正是情感、想象力,正是它们使我们的理智信服。因为这是一种神秘的、形而上学的信念,这个信念认为:宇宙并不是扁平的、机械的,而是深奥的、有生命的;现实是丰富的,无限而深刻地丰富,在其中,存在足够的给地狱和天堂的空间。而且,如果有天堂,那么就有上帝;一个没有上帝的天堂是毫无意义的,那只是另一个地狱、一个无聊的地狱。然而,现实是迷人的,它像神一样有趣。我们从内心里认为,比起无神论设想和预先假定的一个乏味的、完全可以用物理定律解释的世界,一个更丰富和有趣的世界要更真实。"

在最后的分析中,柏拉图的厄洛斯,那个神和人之间的调解者,似乎支持科宁斯基的思想。

"Filosofia ancilla theologiae:哲学总是遵循信仰,无论这个信仰是有神论的还是无神论的,一元论的还是多元论的。哲学系统地阐述一个基本的信念,提供对它有利的论点,然后予以证明。一个人也可以通过哲学思维达成一个信念,但不必通过系统的哲学思维;相反,只须遵循想象、情感、习惯的推动。心灵指引哲学思维的道路。"

"比起基督教的世界,异教的世界少了多少残酷!说基督教给艺术的世界带来了光明，这不是真的；它带来了恐惧和恶魔。”

“……但是，这就是震惊我的东西，让我惊异的东西，吸引我的东西：为什么不是理性与平静忧郁的逻辑取胜，而是大胆的反逻辑，以大量无法回答的问题和英雄主义压倒了我们的头脑，要求我们像一个永久钻进家里的作恶者、一个作恶的小偷一样生活？”

作为科宁斯基基督教信仰的核心，他选择基督的话：“我父作事直到如今，我也作事。”（《约翰福音》5：17）也就是说，他选择了与神合作的冒险的哲学。

“不是谦卑让我们感到与神的联系，而是骄傲，因为在我们里面有比宇宙里任何东西更好的东西；在我们里面，有神里面有的东西。”

“信仰的可怕折磨以裸露的手指抓住神秘，就像一个从悬崖绝壁滑落的人抓住一个斜坡。”

“天主教教义意识到了盲目信仰的可怕折磨，从创立时起，就钉入了客观证据的铁岩钉：哦，要是那些岩钉一直坚固就好了！要是那个逻辑被证明是稳固的就好了！天主教教义意识到了，被留下与上帝单独相处的人的可怕孤独（直到上帝俯身于他，但他很少俯身），因此，它把信仰的人包裹在共有的祈祷的坚实的布里，裹在公共仪式里、公共圣礼里、组织里、集体的要求里、权威里、官方的‘科学’的神学里，这一切都是为了人不必独自直接面对隐藏的上帝，面对神秘的夜。”

那么,教会的外交呢?

"好吧,罗马和德国主教里的撒玛利亚[1]绅士,你们自己有什么可说呢?如果你们不能为信奉天主教的波兰人求情,你们如何能为谋害我们的主耶稣的人而求情?"

"在波兰,形成了一个新的天主教,一个像克拉辛斯基的剧中人那样祈祷的天主教,如此等等?宗教大会(synod)的概念呢?一个斯拉夫人的教皇,至少由宗教大会选出一个教皇?他不世故不狡猾,如一个虚弱的外交官,他像一个强大、善良的家长,所有善人的一个守护者,善良的上帝在这个悲哀的地球上诚实的代表?这些都是白日梦吗?"

我抄下科宁斯基的这些话,因为它们贴近我的心,因为它们捕捉到那些人内心的挣扎,他们,用他的话说,"从形而上角度看,属于不太信者"。不能排除,如他所说,大多数人的宗教已经承受了几个世纪的习惯的力量、仪式、对地狱的恐惧、政治、雕塑和建筑的辉煌,然而只有很少的探索者一直走在去往异端的路上,他们根本没有危害教会。尽管他要求教会革新的希望已经实现,科宁斯基很有可能成为神圣宗教裁判所的监狱的候补人,很可能被架上火刑柱烧死。的确,虽然天主教已经放弃那些严厉的教条,更靠近新教信仰和东正教会甚至犹太教,它在若干世纪里已经允许犹太神秘哲学者的独立思想,而不是对他们施行公开的迫害。

天主教的主要支柱似乎是信徒们的忠诚,他们力图避免质

---

① 撒玛利亚(Samaritan),典出圣经,喻指乐善好施者。

疑,这要么是因为他们对质疑没有兴趣,要么是因为他们事先就以坚不可摧的屏障将自己包围了起来。

1988 年 2 月 7 日

我一生致力于诗歌,已经不得不将我的宗教上的“是”和“不”置于自十八世纪迄今的诗歌史之内。诗歌与宗教的分离强化了我的一个信念,即宇宙—宗教的想象力的侵蚀,不是一种错觉;在这个星球上,广大的区域背离基督教,只是这一侵蚀的外在体现。与此同时,在许多国家的诗歌里,不断出现的《旧约》和《新约》里的意象,给我们提出了一个问题:诗歌究竟处于一个什么阶段?诗歌在朝着什么发展?——朝着“圣物”的消失,还是加强?诗歌的虚无主义的基础,正如在全部文明里一样,难道不是在贬低诗歌作为“形而上学”知识的作用吗?对于科宁斯基来说,深刻性、丰富性、宇宙的生命力,这些都站在上帝的一边。那正是诗歌无视科学的公式所表明的东西;那也是滋养诗歌的东西,和诗歌所要探索的东西。

1988 年 2 月 8 日

科特·耶伦斯基曾经写过,他不知道有谁像我一样,诗歌在他的存在里占有如此重要的位置。在最好的情况下,这可能意味着,"许多个我"之中有一个我与诗歌非常紧密地联系在一起。另外的"我"则完全不是。现在,当我清算我的人生资产的负债表时,我不得不承认,我对精神分析学的反感是意味深长的;也就是说,它证明我有许多要隐藏的东西。事实上,我从来不懂"释放"。我在齐格蒙特·奥古斯特国王高中度过的八年,莱奥波德·霍姆斯基神父的影响,给了我非常强烈的印象,也就是说,我所能做的就是反抗,但反抗与自由不是一回事。我内在里那个文雅的男孩,是虔诚的、勤奋的、迷信的、保守的,总是站在权威和反对无政府主义的一边。我无法触及我之压抑的核心,并老练地利用它们;维托尔德·贡布罗维奇却能。在我的书中,有着太多对于传统美德的尊重,以及对自我意愿的违背,乃至我常常被人当作一个道德家。我不会说:"是的,那就是我,我就是那样。没错。"我为自己缺少美德而感到惭愧。美德的缺乏源于我与集体的冲突,首先是与同学的冲突,我很可能被贴上"极端个人主义"的标签,因为集体的价值并不能吸引我。虽然我可以反驳这一点,说我在临毕业时感到很幸福,因为能成为某个特殊"圈子"的一员,后来还成了"灾变派"小组的一员,就像如果是在1820年代,我也可能投入爱学社[①]的怀抱。

我仍然不信任精神病学家,我从未寻求过他们的帮助。我并不了解我内在的那些"我";我最多可以猜出其中某一个

① 爱学社(Philomaths),1817年,密茨凯维奇、托马什·赞等维尔诺大学学生秘密发起的波兰爱国青年团体,其宗旨为开展科学文化活动。1823年被迫解散,成员遭逮捕流放。

“我”的身份。因此,我无法分析我的人生故事里一个核心的事实:杨卡和我的婚姻。我最多可以辨别,其中情感的维度(在此,应该明智地不去触及它),以及婚约的道德维度。当我们在东布罗夫斯基广场的波兰电台工作时,我们与约瑟夫·切霍维奇保持着友谊,这个时期,拉斯基中心和天主教的期刊《圣言》(*Verbum*)也出现在我的视野里。换言之,我认为,马利坦的天主教教义,与那些可怕的天主教出版物——诸如《完美处女的骑士》《小型日报》以及其他卖力诋毁犹太人和共济会的读物——是对立的。我被踢出维尔诺的波兰国家电台,就是因为《小型日报》的一次告发。不久前,在美国有人问我,关于科尔伯神父的责任。我如实回答说,我希望他没有隐瞒观点,但也不希望让他为他报纸上发表的一切负责。

拉斯基(反对天主教右翼的知识界中心)和《圣言》。我认识科尼沃维奇神父①,杨卡和我跟他谈过我们的问题,但不是很成功。事实上,杨卡做出过让步,因为她不信任那些神职人员。她有别于波兰知识界(这部分是由于她的出身——她的家人来自普通家庭),这也是我醉心于她的原因。“拉斯基”是在我们相识之前,在我们相识之后也多少持续了一段时间。我还在《圣言》上发表过一些东西,我和耶日·安德热耶夫斯基经常去那里平静地坐上一会儿,虽然没有做什么,至少诚实地互吐心曲,以致在一种虔诚的禁欲主义的气氛下,我们对于伏特加和牛

---

① 瓦迪斯瓦夫·科尼沃维奇(Władysław Korniłowicz, 1884—1946),波兰天主教神父。

排生出强烈的渴望。我想，这发生在更早一些时候，在杨卡之前，也早于我和马莱克[①]一起去维斯瓦旅行的那个春天，马莱克（斯蒂凡·纳皮尔斯基）是我的编辑，他在《雅典娜神庙》（*Atheneum*）上发表了我的作品。安德热耶夫斯基在维斯瓦河边的一个公寓里躲了几个星期，一心写作。我们三人徒步到了巴拉尼亚-哥拉[②]和维斯瓦河的源头。我们在一个不太清醒的状态下到了那里，因为喝过一些西里西亚人的家酿啤酒，又在一个酒馆喝了酒。天气迷人。我记得天气难得地阴凉，我们非常快乐。那是 1939 年，因为正是在那个时候，无线广播播报了教皇庇护十一世[③]去世的消息，我想动笔写一首告别的诗，但没有写成；我们非常清楚，教皇的去世意味着黑夜（nox atra）的加重，独裁统治的黑夜。几个月后马莱克被德国人处决。我想，我在德占时期没有去过"拉斯基"；在我的天主教信仰如潮汐起落的过程中，此时更多的属于一个说"不"的阶段。不过，我仍然保持着接触。我弄到一本马利坦的《论失败的道路》，从拉斯基圈子的某个人，很可能是从玛丽亚·恰普斯卡[④]手上。马利坦的打印稿经荷兰被带到了波兰。我翻译了这部著作。

---

① 马莱克·艾格尔（Marek Eiger），即斯蒂凡·纳皮尔斯基（Stefan Napierski，1899—1939），波兰诗人、翻译家和文学批评家。1938—1939 年，他是《雅典娜神庙》的编辑。1939 年被纳粹杀害。

② 巴拉尼亚-哥拉（Barania Gora），波兰南部山区。波兰语意为"公羊山区"。

③ 庇护十一世（Pope Pius XI，1857—1939），第二百五十七任教皇。他在 1929 年同墨索里尼签订《拉特兰条约》而使梵蒂冈成为主权国家。

④ 玛丽亚·恰普斯卡（Marynia Czapska，1894—1981），波兰作家。约瑟夫·恰普斯基的妻子。

精神病学可能仅揭示了我严谨的良心里反常的种种东西，那些我认为导致我抑郁的原因。严谨的良心，绝对不意味着敏感的良心，而且通常不是可靠的良心；也就是说，良心不会允许自己脱离笔直的路径。但是，当良心意味着自我折磨时，严谨的良心是无可匹敌的，它在受虐似的内疚感方面就会出奇地严重，甚至发展成胸腔之内身体的痛苦。这也解释了那把炽烈的剑，是它维护了我和杨卡五十年的结合，一直到她的坟安放于伯克利的落日公墓。

我应该重现 1939 年的那个春天和夏天吗？我无法重现。那年八月，博莱克·博霍维奇邀请我和杨卡到保利诺夫，那里有他的弟弟布鲁诺在波莱塞的庄园。保利诺夫位于涅什维什和巴拉诺维采附近，我熟悉那个地方，因为那年春天（那一年，或前一年）我就到访过那里，我和布鲁诺一起捕猎过大松鸡。保利诺夫是一个森林庄园——也就是说，不存在大庄园主的宅邸与农场普通住房之间那种反差——而这更增加了它的魅力。房子是新的，不是仿照大庄园的传统建筑；它有一个大露台，可以看见松林的景色，我们每天早上都被布鲁诺现磨咖啡的香味吸引。通常有五个人：博霍维奇兄弟，护林人莫夫什安（他是乌克兰人），唯一的女性杨卡，和我。我们被森林包围，没有邻居，除了一个会讲各种趣事的邻人。那是一个小地主，乡绅有些学究、为人谨慎，虽然并非特别博学。他在花园入口放置了一段铭文："无论进出，请关好闷（原文如此），凡不如此，等着瞧吧，厄运在前。"在这之后，我努力想象过他在西伯利亚古拉格的命运。

咖啡的芳香和松树林子，谈话，搭乘布鲁诺的新奔驰去郊游。我们参观了涅什维什的宫殿,也就是说,我们进到文艺复兴时期的巨大城堡的院子里。好像“意大利”从乌有之中冒了出来,被荒野和沼泽包围。在它旁边:是涅什维什城,一个犹太人的小镇。许多年之后,在伯克利,我读到一篇关于拉兹维特(Radziwitt)家族财富的经济学博士论文,由于有过那一次访问,我得以想象有关该地区的具体细节。

夜晚是温和的,星光闪烁;有一颗炽热的红星令人痛苦。火星。战争。现在似乎就将要兑现我关于灾难的预想了,还有奥斯卡·米沃什的预言,按照他的说法,未来的战争将是“红马”(the Red Horse)的末日战争,它将会始于格丁尼亚(在波兰语里,Gdynia 是 gniady 的一个变位词,或者意指“海湾”)。然而,那时我处于另一个阶段,一个更加愚蠢的阶段。在华沙,我居然赞同这样的口号:“我们不会屈服半步”,赞同耶日·斯蒂姆坡夫斯基所主张的恐怖(我记得我们的谈话),我感到“兴奋”(是的!),因为形势就要沸腾了。这种反应,在斯蒂凡·基谢莱夫斯基的小说《同谋》里可以找到解释;在波兰电台长期劳累的痛苦、内心的迷茫和困惑,这些也影响了我对杨卡的感情——从这样的心境出发,战争似乎能够拯救小说的主人公。我当时的想法现在仍然给我冲击,就像具有强有力论据支持的论证,说同一个人要么明智、要么愚蠢,取决于他的环境和他对环境的抵抗。然而,很可能是我夸大了我的愚蠢,因为很清楚,就好像某一天某种东西堵塞了我的头脑,某个东西取代了另一个东西。无论如何,我考虑的焦点是杨卡,同时我不无畏怯地想要弄清楚,那个一直攥住我的东西是什么。

我不记得我们是否收听到了收音机的广播，或者认为里宾特洛甫—莫洛托夫协议的消息实际上意味着血红的战神之星的存在。我们有一份华沙出版的报纸，我们急切地阅读贡布罗维奇在上面的连载小说《意乱情迷》，只想知道在涅维耶斯基家里接下来将会发生什么。一块难以置信的毛巾，像蛇一样滑落，而且报纸突然就没有到来；相反，宣布了全国战时总动员令。

1988 年 2 月 9 日

“Bidiulis”的意思是“朋友”。这个词来自 bitê（蜜蜂），于我是一个神秘的词。很显然，它跟英语的 bee，德语的 bini、bia，北欧语的 by 有联系，但目前尚不清楚如何跟斯拉夫语的 pczoła、bczoła 联系起来的。Bidiulis 指“某个与邻居分享蜜蜂的人”。我们在此说说古老的乡村——立陶宛乡村，但不限于立陶宛乡村。在美国乡村，“bee”也有一层意思，表示一群邻居，男人和女人的聚会——比如“husking bee”（一起剥豌豆），其复数形式在从前是“been”，指“人群”。对于我，bee，或者邻居的聚会（波兰语 tłoka，东部的斯拉夫语 tołoka，立陶宛语 talka）* 都是指“家里的事”，我从小就很熟悉；但在今天的波兰，还是熟悉的吗？人们用

* 这些斯拉夫语的单词都与“人群”一词的根意有关。例如，在波兰语里，阳性名词 tłok 意为“人群”，阴性名词 tłoka 意为“聚集的蜜蜂”。

“bee”,也用“biti”来指古代埃及王朝的纹章设计,这又是怎么回事?

我在校阅亚历山大·瓦特《我的世纪》,最后一次通读,检查有无姓名拼写错误,等等。所以,这部诞生于伯克利的作品,在经过这么多年之后,就要由加州大学出版英语版了。我记得开始是在 1965 年,我不太情愿地承担了那次对话的录音工作,做着做着逐渐深入其中并忘乎所以。我为瓦特争取了一个研究员的职位,尽管格列勃·司徒卢威[1]比我出力更多。我有些恼怒于瓦特的是,不等杨卡和我结束巴黎的年休假返回美国,他在 1963 年 11 月或 12 月,因为过于兴奋,直接从巴黎飞到了加州大学伯克利分校。他似乎想避开我做中间人,好像想让他自己相信,一切都是他自己安排的;当然,他对自己的“伟大”持有夸张的看法,认为美国终于开始欣赏他了。我与他的联系出于一种友谊,这友谊并非始于战前那几年,而是始于 1951 年那个可怕的新年夜,在华沙,帕冉多夫斯基[2]夫妇家里:普特拉门特和瓦特,如同齐儿、麻风病人,而我,一脸苍白、浑身发抖。我刚拒绝作家协会新年晚会的邀请,我不去,是因为普特拉门特夫人过于自信:米沃什肯定出席。如果我去了,意味着我已屈服,将自己的“不顺从”淹没在几杯伏特加里。两天前,我看了米兰·昆德拉的小说《生命中不能承受之轻》改编的电影。其中有一个

① 格列勃·司徒卢威(Gleb Struve, 1898—1985),俄裔美国学者。早年在英国牛津接受教育,后移居美国,执教于加州大学伯克利分校斯拉夫语言系。

② 杨·帕冉多夫斯基(Jan Parandowski, 1895—1978),波兰作家。

人物，托马斯，拒绝签署一份效忠的声明，因为他的同事，那些医生是那么自信：他们签署过了，每个人就都会签名。这个情形，就和我那个时候一样。

我对瓦特的友好情谊，没有阻止我注意到他身上滑稽的品质，这一点，我甚至倾向于将它扩展到自己和整个的诗人家族。自我中心、过于天真，甚至幼稚。有什么是他不曾想象过的！他以为学生们会坐在他的脚下，畅饮他关于共产主义的至理名言。他以为可以向学生们传达写在纸上的关于此话题的全部，将其浓缩到一学期的工作里。但是事实上，那将会有太多太多的东西；他会被它们淹没。在这里，不是像在欧洲的咖啡馆里那样漫谈，而且，他这个人本身完全缺乏趣味性，对于肤浅的个人关系又喜欢口若悬河，当然，跟这些相伴的，也有他大量的善意。很简单，在这里，没有人可以给他那么多的时间。我必须承认，在经过几个星期之后，我也没有如我应做的那样向他明说，这都是鉴于他过度的敏感。或者说，我有那样的感觉，因为他匆匆忙忙飞到伯克利，我感觉有些不快，于是不由自主地表露了出来？很有可能。你不是要显得好像一切都是自己做的吗？那好，现在你自己对付好了。无论如何，当他想开一个关于“未来主义”的讲座时（他讲俄语，因为他不会说英语），我说，“再简单不过。选一个日期，选一个题目，列一个内容概要。”我的生硬态度，我的友好建议，虽说也很正常，对他来说却是痛苦不堪。那样做行吗？他必须要提前制订计划并告知所讲的内容？不过，瓦特毕竟是由斯拉夫语中心主任格里高利·格罗斯曼[①]教授请到伯克利来的，格罗斯曼尽量让他平静了下来，让他相信没有谁想从他身上榨取什么，以交换他的研究职位。那么，格罗斯曼向他提出了什么要求，以致瓦特感到压力巨大？一定是瓦特主动提出开讲座。然后，只要一个人，他或者我，去找格罗斯曼，或者凯瑟琳·福伊尔[②]谈一谈，后者对瓦特更有好感。“题目和主题就是如此，我们定一个日期吧。”

他们挽住我的手臂，他们会被葡萄园的芳香留住吗？……

他们引导着我的手臂，他们有着凝视的冷冷的目光。

瓦特的这首诗是献给我的。

批评家一直在追寻一个问题的答案：我的诗歌里所有的矛盾，来源于何处？对于我的散文，也是这个问题。我可以告诉他们的是，在我体内同时存在着几个不同的“我”，我试图压制，却常常不能成功。我不愿如此易变，但我能够怎么样？我希望，我的这部日记，比我在其他书里坦白得多，因此它将被视为又一次尝试，以证明我完全清楚自己身上存在各种不相容的个性。

---

① 格里高利·格罗斯曼（Gregory Grossman，1921—2014），美国经济学家。1921 年出生于基辅。1952 年从哈佛毕业后一直执教于加州大学伯克利分校。

② 凯瑟琳·福伊尔（Kathryn Feuer，1926—1992），美国文学批评家，加州大学伯克利分校斯拉夫语言系教授。

1988 年 2 月 10 日

我从未在军队服役。首先，作为学生我有一个延缓期；然后，我被宣布为“不合录用”，并被转为射手的“候补资格类”。这是给政治上的可疑分子安设的一个类别，如果他们被招入军队（而这的确常常发生），则通常要特别给他们灌输一些健康的道德。每年我在华沙以替代性工作服务几天，动动铲子。多数情况下，一起服务的人，都是些犹太工人。军事部门也许是对的，因为我很可能是一个颠覆性因素，一种不良影响。

在从保利诺夫，或者更准确地说，从巴拉诺维采车站返回华沙的路上，我们经过了无数火车，满载着欢笑、唱歌的新兵。我无法重现那些日子，或九月最初的日子，我们没有立刻意识到，那些爆炸是敌人的轰炸。我们一路好像肩负着一个着弹点观察员的责任，随时准备服从某个人的命令。显然，我的头脑里渗透了失败的意识，巨大的心理创伤让我不情愿地想到我和杨卡从此永隔了。她去看望住在沃瓦明[1]的父母，原准备回到迪那西我们的公寓，但广播里下达了命令，所有能够扛起武器的男人必须离开华沙，所以我前往我所在的波兰广播电台报到。疏散就

---

[1] 沃瓦明（Wołomin），波兰马佐夫舍省沃瓦明县的主要城市，在华沙东面二十公里处。

发生在那天晚上，我在广播车上，紧张莫名。漫长的一夜，大迁徙，一辆接一辆的车；最后，在早晨，到达卢布林。这里，我的记忆出现了一段空白。我听说切霍维奇跟电台的一辆汽车到了。我试图找到他，但我们的广播车（上面有接收机、扩音器等）正开往前线，我真的不知道为什么我自愿报名了，我们开向维斯瓦河一线。库鲁夫在燃烧？必须立即回头，甚至不能在卢布林停留，因为德国人已经到达那里。几小时前卢布林遭到轰炸，切霍维奇在爆炸中丧生。现在怎么办呢？麻木。利沃夫。但是，还有一些事情：这么多人，他们意识到自己是溃败的车队的一部分，军队和警察分遣队，许多小汽车都被迫转向南方。美丽的晴天，波德沃瓦切斯卡附近，那里有一个无线电工人的家，喀尔巴阡山省农村的景色——玉米、南瓜。我们意识到，我们在不知不觉中来到了罗马尼亚边境的一座桥上，我告诉自己：我不想去。负责疏散的机构有汽油，有些家庭还获得了煤气；比如那些将自己组成所谓"波托茨基大篷车队"（la caravane Potocki）的贵族。雅什·塔诺夫斯基，因为他大致是一个艺术家的出身背景，算是一个没落贵族家族的成员，也在他们中间同行。我告诉他，我没有移民的打算，不管发生什么，我宁愿回到华沙。原来他也有同样的想法，提议我们一起走。他有一辆小轿车，有汽油。我们拟定了一个计划。唯一可能的路线是沿着波兰东部的边境往北走，然后继续向波里希。[①] 所以，我们逆流而上，在狭窄的道路上出发了。旅途并不很长，但是值得悲伤地记下，因为这一天是

① 波里希（Polesie），波兰东部低地地区，与白俄罗斯接壤。

9月17日。许多飞机在低空飞行，就像蝙蝠一样，让我们相信一定发生了什么事情。很快我们就被告知，苏联的坦克就在路上。我们没有说话。雅什开始往回走；在我们经过的村庄，到处是拥挤的面孔；我们终于赶到那里，越过那座桥，抵达罗马尼亚。之后，我们俩在切尔诺夫策[①]稍作停留，避开检查站，沿着乡村道路，驱车到达了布加勒斯特。

1988年2月12日

东海岸有暴风雪，这里却是春天，炎热，树上花朵盛开。昨天洗了一次桑拿，然后在室外游泳池游泳。

我在布加勒斯特的逗留需要展开描述，但我宁可不做这样的尝试。我只想说，我想出了一个疯狂的回家计划——我与雅什·塔诺夫斯基一起继续我们的旅程，而它被一个次要的情况中断，也就是来自东面的入侵。尽管困难重重，我不顾一切地执行我的计划，这几乎不可理解。因为必须避开途经苏联占领下的领土，只剩一条迂回的路线可走。我给一个朋友写了信，他就是克琉奥蒂斯，《新文化》的编辑（我是该杂志的撰稿者），我告诉他想去立陶宛。他回了信，给我寄了一份安全通行证（sauf

---

① 切尔诺夫策（Chernovtsy），现乌克兰西南部，切尔诺夫策州首府。1918年属罗马尼亚，1940年并入苏联。

conduit),相当于一种南森[①]护照。

我回到维尔诺,然后 1940 年夏天又转到华沙,对我来说,这是区别“意图和真正的目标”的一个好例子,至今仍然不知道,或者几乎不知道,在那样的时刻,我是如何做出决定的。因为我显然不知道,我返回华沙,是为了去体验、观察、完成我作为一个作家的命运。

1988 年 2 月 13 日

轻松愉快地学点语言。一部俄语词源词典,四卷本希腊词典,卡沃维奇波兰语词典与林德波兰语词典,现代立陶宛语、布鲁克纳波兰语词源词典,英语版印欧语系词根词典。轻松愉快地学,因为只是想找个事做,不必遵循常规。知识在人死后有何用? 而老年人必须每天为死做准备。可以说,词典在天堂没有必要继续存在,天堂将不会有完整的知识,也就是说,意味着一种消极和无聊的状态,而不必为再次获得什么权力而奋斗、活动。换言之,语言学者将在另一个世界里获得桂冠。虽然在那里他们也许也将研究从未达到写作水平和语法水平的种种语言。

---

① 弗里德乔夫·南森(Fridtjof Nansen, 1861—1930),挪威外交家。曾获 1922 年诺贝尔和平奖。

1988 年 2 月 14 日

我几乎跟不上我广泛的兴趣。校对瓦特的书。校对我的最新的英语版诗集，厚达约五百页。哲学。读书：佩德罗·丰特神父[①]的日记，叙述 1776 年他在加利福尼亚的探险。讲述在白人到来前那里的样子。我信任这个修道士的记述，胜过我关于“高贵的野蛮人”[②]的浪漫幻想。事实上，印第安人的生活是污秽、恶臭、死亡的恐惧，因为那里只有无休止的“所有人对所有人的战争”；而且，最重要的，事实上经常性的营养不良，将他们吸引到西班牙人的传教团那里，因为如此一来，就能解决早餐、中餐和晚餐，只要他们接受洗礼。在各种人类的特征中，丰特神父只能看到他们作为人的体貌；至于其他方面，只能说是动物。这促使丰特神父开始思考神学问题。千百年来都是如此贫困，那么死后呢？

1988 年 2 月 19 日

在山里逗留了几天。洁白、明亮，让人知道雪是什么样子。

---

① 佩德罗·丰特神父（Father Pedro Font, 1737—1781），西班牙方济会传教士。

② 高贵的野蛮人（noble savages），指未开化、善良而天真、未受文明的罪恶玷污的原始人。

滑雪缆车。高山草甸。

在太浩城外，沿太浩湖[①]驱车而行，我认出，或者试图认出，杨卡、孩子们和我在 1961 年租住过的小屋。水边有一个小露台，我喜欢坐在那里，望着内华达州一边的高岸。我的诗里留有一点痕迹，关于那个黎明时刻、一只汽艇里的两个渔民、决定、遗忘。我与那时候的自己有着怎样的不同？

倚靠着我的水手
我陷入了永恒的
怀疑的深渊。

这就是加乌琴斯基，那时他还允许自己怀疑。

我们能让自己公开表白的是什么？难道不是存在一个不应该让话语触及的领域？因为那样可能有损人类的健康。舍斯托夫也许会说，是的，存在这样一个领域。

1988 年 2 月 23 日

如果我们谈论宗教的未来，我对日本的直觉很可能是正确的，而我感到惊讶，我还没有将它展开。我想起这一点来，与英

① 太浩湖（Lake Tahoe），加利福尼亚和内华达州之间的高山湖泊，旅游胜地。

国版的诗选集《火焰之舌》一书有关，里面收入我三首诗和瓦特的一首(《日本箭术》)。此书的编者凯伦·阿姆斯特朗[①](一个前修女)谈到神秘体验和多数人的宗教实践之间的区别；多数人的宗教实践只是履行其特定宗教要求他们履行的一切。佛教和日本神道教，历经传统的政权存在了下来，没有屈从于同一或矛盾。然而，在某种程度上，最近几个世纪基督教受到的强烈侵蚀是不一样的；这似乎是一个持久的情况，宗教从统治一切的阶段向下跌落后，侵蚀便随之发生。也许其他宗教也遵循了同样的路径，而在西方，基督教舒适地停留在一个既卑微又强大的位置上，或者，借用另一个比喻，就像一条直线，另外的直线与之交叉——个人期望、灵恩运动，或神秘沉思，而从根本上讲，沉思并不过分依赖任何特定信仰，如此看来，比如说一个一神论的基督徒与一个无神论的佛教徒，他们有着很大的相似之处。显然，作为规定的修习，宗教的存在是很重要的，因为，如果修习也阙如，信徒便不能为自己的思想或动力进行辩护了。

1988年2月24日

不能排除，我们对宗教史的整个思考方式需要根本改变。几个世纪以来团结了农民、工匠和神学家的强烈信仰，充满宗

---

① 凯伦·阿姆斯特朗(Karen Armstrong, 1944—)，英国作家。她曾是天主教修女，著有比较宗教学的作品。

教热情和奉献精神的强烈信仰,在很大程度上可能是事后的想象的创造。在许多国家,民众的基督教信仰是可疑的,上教堂的习俗并不意味着那些忠信的人有能力理解最简单的教义问答。在十六世纪,甚至十七世纪,立陶宛农村仍只是名义上的基督教。即使是在法国,皈依基督教那么早,在十八世纪仍有大量的城市人口,主要是穷人对任何宗教都还一无所知,他们的存在解释了大革命期间圣徒的头颅在大教堂门外被打碎的那种狂热。米哈伊洛夫斯基[1]批评陀思妥耶夫斯基,说他相信俄罗斯农民的深刻虔诚,米氏认为从本性上看,俄罗斯农民就是无神论者。在这些例子里,第一例,导致某些怀疑:宗教的历史,就如同一般历史,带有"知识阶层"的印记。辉煌的建筑、绘画和音乐树立了一个基督教文明的形象,而且在一定程度上高于普通人,普通人通常专注于世俗事务,不可能有任何明确的区别,就像我们不能使奈良和京都的宏伟庙宇脱离一个被称为"日本"的令人惊奇的传统之混合体。那么很可能,在过去妨碍宗教的各种限制(异教的习俗、经济的贫困、教育的缺乏),在今天,于其他的限制中找到了它们的类似之物,所以,不可能做出一个总体判断。

然而,"上帝之死"击中了知识阶层的要害,然后,哲学、科学和艺术都走上了各自的发展道路,不再在意神学家的意见,而这的确是一个根本区别。在这里,在这个分离的方式中,我看到

---

① 尼古拉·米哈伊洛夫斯基(Nikolay Mikhaylovsky, 1842—1904),俄国文学批评家、社会学家、作家,民粹派运动的理论家之一。

了现代诗歌存在的主要问题。

诗歌取代了宗教;也就是说,诗歌被一种“需要”召唤,这种“需要”与使人转向宗教的需要是相同的。这样一个公式也许是准确的,但过于一般,应该考虑不同的倾向。马拉美不同于里尔克,他们任何一个人也不同于惠特曼。可以毫不夸张地在基督教最初的几个世纪找到相似之处,那时,由于知识进步无限细化(希腊哲学、当时的科学世界观,等等),对于受过教育的人,新的宗教被证明不能胜任,因此各种灵知派普遍出现。诺斯替教对于受过教育者的意义,就像今天的诗歌(这一点,决不可简单降低到“审美经验”这个层次)。在诗歌最重要的创造中,它是关于人在宇宙中位置的一种探索。那时的诗歌,被用来与各种有关人类处境的灵知论进行竞争。

1988 年 2 月 25 日

近几十年来,文学发展到了这样一个尖端而深奥的高度,那些还未进入这一知识领域的局外人,他们肯定会觉得很难理解,为什么曾经属于哲学的一切,让位给了“文学研究”,或者,成了某种打着“文学研究”招牌的学问。出现了某种关于写作的亚历山大主义①,以及形式主义、结构主义、解构主义的三层建筑,等

① 亚历山大主义(Alexandrianism),二世纪至三世纪希腊亚历山大哲学学派的教义和方法。

等。写作的整个领域,连同与其相邻的活动领域,似乎是一个极其严肃的事业,就其重要性而言,很可能与黑格尔式历史哲学的灵知论(historiosophical gnosis)处于同等层次。热门,越来越热门。如果有人研究现代时期,研究这个时期的对抗、合作,以及社会先知(革命者)和艺术家这两个主要对手,那结果会怎样呢?

1988 年 2 月 26 日

我对"论诗"这事极度反感,这让我远离了无数的理论家、学院派,这种或那种"主义"的假圣人(他们在大学以种种"主义"成就自己的谋生之道)。我喜欢日本女诗人和泉式部①(974—1034)写于一千年前的一首诗:

如果我等待的他
此刻到来,我会怎么办?
今晨白雪覆盖的花园
是如此美丽,没有一丝足迹。

这样一首诗是"知识"的一个工具吗?是的,知识,比哲学更为深刻的层面上的知识。

---

① 和泉式部(976?—1048?),日本平安时期女诗人。位列中古三十六歌仙,与《枕草子》作者清少纳言、《源氏物语》作者紫式部并称平安时代"王朝文学三才媛"。

1988 年 3 月 1 日

在这首诗中,一千年前的一个年轻女人的思想,她生活之中的一个早晨,成为我们所谓审美体验的一部分,显然,它不能被简化为美学。某种联系,某种统一出现了,她的身体、她的呼吸、她对夜间降落的雪之洁白的赞赏,其中有什么是我们熟悉的,同样又是隐秘的。我们难道不是也体验过这样的时刻?我们希望纯洁能够常存,一尘不染,然后,我们立即感到羞愧,因为这是一个愚蠢的想法?女人的幼稚。一个成熟的女人,一面等待着一个男人,一面睁大眼睛,像个孩子;她感悟着一个可见的世界的细节。这个世界仍然客观地存在着,以致她的访客在或不在,并不是最需注意的事。她似乎在向我们表明我们的"激情"适当的位置,应该服从于恬淡的沉思。然而,正是通过她的复杂的情感,这个日本女人才如此可感可触,离我们如此之近,呈现出我们珍爱的女性的样子。

1988 年 3 月 7 日

我无法用诗句抓住我的基本主题。经验告诉我们,在此情形下我们必须等待。比如说,等待几个月。但是,试图成功抓住它的期望与顺从的等待是矛盾的,因为,一个人不写诗的时候,那样的时刻却会到来。

1988 年 3 月 9 日

关于作为机体的人、人的精神物理学(psychophysical)的复杂性,常有惊人的发现。我能提供一些例子描述它吗?这是一个我不曾深入探索的领域,因为一直不愿承认自己的脆弱性,不愿承认身体对它的精神状态的依赖性,同时,我对它却全然无知。换言之,在这方面,我的自觉意识是最少的,而这,就是为什么我愿意接受那些比我明智的力量引导。

《希望与荣耀》,一部关于第二次世界大战期间伦敦生活的电影。艺术上有些瑕疵,但忠实于西方的精神力量与自我否定的传统。一名教师在课堂上解释英格兰为何而战:"为了维护我们的帝国。"但观众知道,那个帝国已经土崩瓦解。但是那又怎么样?为什么没有一个人抗议,没有一个人大声宣布,那并不是英格兰作战的真正理由?

1988 年 3 月 13 日

今年不断有些出版方面的琐事涌来。我刚校完一大本我的

《诗选》,就必须着手另外的校订,瓦特的《我的世纪》和我的《知识的花园》法文版(*L'Immoralité de l'art*),眼下又是我的《不能企及的大地》法文版。啊哈,还有瓦特的诗,一册薄集子的英译修订版。

校订法语集子时,我发现,一种语言通过文学而精致化,其过度的成熟对于诗歌却是不能接受的。在法语里,有一些词语组合的现成公式,我们努力将词语组合起来以寻求自己独特的表达方式,译者却显然更喜欢那些公式。我说,"在世界开始之时";译者说,"在世界的黎明"(À l'aube du monde)。但 à l'aube 意为"在黎明、在拂晓",这就是陈词滥调了。我说,"他读一个咒语";译者,"念咒语"(Une formule magique)——念咒语后怎样了呢? 如此等等。我不想再多举例。这样的地方,都尽可能挑了出来。法语的问题,我可以自行解决。在其他语言中呢,又会发生什么? 可怕。今天一个匈牙利裔记者从巴西给我打来电话,说他正准备将我的诗歌译成葡萄牙语。他说,我在布达佩斯出版的书非常了不起。他是怎么知道的? 他跟原文比较过吗? 也许真的很了不起,但我没法核实。就像在最后的分析中,我也无法规避某些译文的垄断。

1988 年 3 月 16 日

前天,举行了我计划的本学期三次研讨会中的第二次。研讨很成功,但是,我发现自己越来越频繁地想到,除了留在身后的诗,我没有太多要说;我的理论观察,别人同样可以做。我谈到客观艺术,叔本华认为荷兰静物画乃是客观艺术的最高成就;我选读了他的文章片段,然后,读了我的组诗《赞歌》和《时代之声》的一部分。效果很好。但在我这样的年龄,一个人经常想到的,是自己的错误;我还想到那些比我明智的人。很多人比我明智;也有很多人比我更愚蠢,这也算不上多大的安慰。很长一段时间以来,我的动力在于,我能确定我是对的;今天,这近乎一个笑话。在这次研讨会的过程中,我意识到我说话的口气,仍然如同一个激情满怀的人,他在制订规划,仿佛面对一种诗歌风格,还有多种可选择的形式;我仍是那样一个诗人,深知当代诗歌的主观性,并决心反对这一倾向。但是,实际上我应该对此耸一耸肩,将自己限定于我已完成的那些作品。“切斯瓦夫,少说,你会无意中说出一些愚蠢的话。写吧!”尽管齐格蒙特·赫兹有过如此明智的建议,我还是在大学里谋求到了一份职业,但是现在,我感到受够了;我越来越开始怀疑那种圣人姿态,包括我自己的。

1988 年 3 月 19 日

我发现一封科特·耶伦斯基在 1982 年写来的信,由于某种原因,它没有与其他信件放在一起,现在仿佛来自另一个世界的消息让我感动。它再次证实了科特对我所写作品的出色反应,他的绝对正派和智慧。他说到了我和梅尔奇沃·瓦尼科维奇[1]的往来书信,这些信发表在《创作》上。一个不太忠实的朋友可能会犯踌躇;也可能勉强说出一些逆耳之言。科特对这些文献的反应却是报以悲哀之情,坚持认为它们降低了我在自己的诗歌崇拜者眼中的形象,它们甚至是难以理解的,因为我在那一时期所说的,与我在诗歌里所说的完全相反。在他看来,瓦尼科维奇是正确的,而我的观点是不诚实的,有着明显不恰当的自我肯定和自我怜悯的成分。他建议我面对现实,最后,将战后我在外国的工作情况写出来——不要懊悔,不要试图为自己从事过的不可原谅的职位辩护。

科特是对的。我的论据是虚假的,隐瞒了自己真实的动机,个中原因,要么是因为那些动机不可能被承认,要么是因为需要对自我的心理进行过于复杂的分析。不幸的自我宽宥导致我同意齐沃乌科夫斯卡[2]女士将它们发表(她知道自己在做什么,因为这些书信只会给瓦尼科维奇带来正面的影响),这件事已经并将继续带来它的报复。亚当·米奇尼克在他的文章和《波兰问题》一书里,好意地扩散了这些信件,但是,由于他过分慷慨的引用,他为米沃什所作的辩护显得比较虚弱,只有在他引用我的那些诗作时,才意外地具有力量,事实上,也在一个不同的层面上,表明了我的立场的逻辑。

从一开始,我与波兰的决裂就打上了欺骗的痕迹,因为引导

---

① 梅尔奇沃·瓦尼科维奇(Melchior Wańkowicz, 1892—1974),波兰记者、作家。

② 亚历山德拉·齐沃乌科夫斯卡(Aleksandra Ziółkowska, 1949—),波兰作家。1990 年后移居美国。

我的只是一个简单的愿望：离开。然后，我们都看到了。在我母亲去世之前，她只是命令我赶紧走。后来，我到美国后，发现无论从任何意义上来看，我在那里完全无事可做。除了谋取一份生活，就剩下“吃，拉，睡”。1951 年我与《文化》杂志的冲突——今天看来似乎有趣，当时却并不好玩——带给我某种想法，任何融入流亡圈子的努力，对于我，从内部就是不可能的。

1988 年 3 月 30 日

你真的喜欢贡布罗维奇的小说和戏剧吗？现在，要诚实回答！不。我不嫉妒他写了它们；我甚至不愿成为它们的作者。它们使我不安吗？是的。因为如果人们的存在的确只是为了别人，如果我们纺成的茧注定要消失在我们无话可说的宇宙，甚至不论宇宙是否存在（最多，它存在于我们的头脑），如果是这样，那我们也许真的生活在地狱里。我的焦虑来自我认为贡布罗维奇是一个现代作家，那么我不得不认为自己是过时而守旧的作家。一个礼貌的小男孩，他相信亲爱的上帝，他试图避免罪恶，遇到一个不文明的恶棍时伸出舌头，对两千年的权威嗤之以鼻。在最后的分析中，我借以反对贡布罗维奇的东西，直接来源于古老观念的宝库：

“世界是存在的，不仅仅存在于我的头脑。”

“而你如何知道？”

“因为它是上帝观察到的。”

这让我想起笛卡尔的推理。笛卡尔治愈其怀疑的办法,是将他的论点建立于这样一种思想：上帝不会欺骗我们。但贡布罗维奇却说,这是由于笛卡尔的懦弱。

就让他那样说吧。但我有一个巨大的需要,走出自我,超越于我的角色(persona);我对自己衰老的机体知道得越多,这种需要就越强烈,这种想要成为上帝在观察世界时的想法之一部分的欲望,对完全的客观性的需要,要求存在那么一个领域,可以独自忍受人们之间短暂的相互联系。我已经试验过,我的诗就是这样,它向外移动,走到我之外。一个理想：是能够说世界永存,世界沿着它的道路在前进,虽然我的情况不如意;而且,在这个世界上,无论它是多么糟糕,仍然还存在另外一个面,真实的一面,一个上帝眼中可以看见的内层。换言之,我与贡布罗维奇的争论,其实一直围绕着他"关于世界存在的论断",也就是说,他固执地断言,否认在我们的感知之外存在任何事物。这是他对客观真实的抨击之一。另一个抨击,是说人们纠缠于自己拘禁在身体里的方式;因此,真理总是他们的真理,上帝总是他们的上帝。

我并不是"大自然"特别热烈的崇拜者,因为"大自然"也是痛苦本身,但我仍能感到——天生的、固有的感觉——树、动物、花的存在,然而,对于贡布罗维奇来说,这些只是作为一个威胁而存在。对于我,也是,但仍然有什么是超越它们而存在的。贡布罗维奇有可能写一首禅诗吗,而不只是沉思他所胜任的一件艺术作品的创造行为？在我的辩护里,为一个迷信的孩子的辩护,无论我说什么,他可以轻松地用它来反对我！你向上帝祈祷吗？你不过是在向自己祈祷。Feuerbach da capo.（费尔巴哈的东西重复一遍而已。）

我的命运迫使我去接受贡布罗维奇的意见，没有给我留下任何超然的空间。一个人身边的环境不健康，肯定产生这样的效果。灵魂对一个有机体细胞的绝对奴役在这样的时刻暴露无遗。多少年里我被迫见证了这一点！

上个星期天是圣枝主日[①]。在圣玛丽·抹大拉教堂，我又一次经历了这个时代人类的那种浸礼，多少世纪以来千百万男人和女人参与的弥撒；然而，这是很难用语言表达的。同时，存在一个直觉的理解，认为基督是存在的，因为每个单独的人都处在他痛苦的入口，仿佛被遗弃，在我的自我中的我，无法进入我的同胞。无论我是多么经常地想到同情的作用，我都感到强烈的恐慌：为什么我，一个像猫一样自私自利的人，能够思考这个问题？说实话，我珍视我的猫一样的本性。

我的孩子气的思维包含着悠久的习惯。也就是说，我认为，人们只要做他们注定要做的事情，他们就能生活，而且，如果再没有剩下的事情要做，我很快就会死去。这样一个想法是什么意思？其中有没有给一种无神论的宗教——比如佛教——留有空间？

哮喘使我虚弱，我再一次相信，至少对我来说如此，诗歌需要一个人付出全部身体的力量，一种神经能量的高度专注。

很偶然，我昨天听到一个录音，录制于波兰，我的诗歌被唱

---

① 圣枝主日，即复活节前的星期日。

出，或者根据音乐吟唱出来（谁谱的曲？）。如果我想活得更久，那仅仅是为了改正我所犯下的罪恶。包括我的所有那些被归进高贵的、波兰爱国主义的、悲悲啼啼的愚蠢的诗歌。或者可以像那样朗诵的诗歌。莱希米安没有写过一首那样的诗；是什么诱惑了我吗？一个礼貌的小小童子军，他是无法将自己从他的短裤中解放出来的。我的国家正统观念的一次次发作，才是我无法洗净的污点。

1988年4月1日

西谷启治对西方思想的批评著作《宗教和虚无》，尤其是其中批评尼采和萨特的"无神论的主观化"一章，完全适用于维托尔德·贡布罗维奇，他也常常纠缠于西方哲学家一贯的主客二分的困境。剩下的就是，要反思像贡布罗维奇这样的知识分子必然得出的结论（毕竟，萨特和贡布罗维奇各自独立地得出了相同的结论），同时，思考后基督教的西方向东方学习的可能性，主体—客体的问题在东方是被勾销的。

1988年4月4日

《文学生活》发表了贡布罗维奇写给施维切夫斯基夫妇[①]的信。他确信他的这些信将有很大价值，建议他们不要将原件弄丢。为什么我不担心我的信件？为什么我不曾考虑这种可能性，认为出于对后人的关心我应该说些什么或不说什么？这是

① 即玛丽亚和卡罗尔·施维切夫斯基（Maria i Karol Świeczewski）。

否意味着谦逊,或者对自己的卓越缺乏信心?我不能评判自己。或许这也是一种彻底的傲慢:认为自己优于任何关于文学伟大性的游戏,认为这种游戏是非常愚蠢的。不过,毕竟我也不能不定位自己,或者1939年以前的某个诗人在波兰的地位,在那里,杜维姆曾被认为是最伟大的诗人;我不会争论伊瓦什凯维奇的伟大,我愿意将切霍维奇放在我的位置之上。那么,这个问题是怎么出现的?我怎么会跟一个不在一个层次、一个未被宣布的结论进行比较呢?(或者,跟那些至少不代表我自己的意见的东西比较?)我倾向于认为:的确存在一个等级制,而且,在其塔尖是那些具有启蒙意义的诗人;在波兰,没有这样一个等级的诗人存在,但是奥斯卡·米沃什属于这一等级。我不指望自己上升到这个塔尖,但鉴于我对这个存在序列的清醒意识,我比我周围的波兰诗人站得更高。我认为事实就是如此。后来我是不是生出什么野心?我嫉妒过普日博希[1]的名声吗?我嫉妒过加乌琴斯基吗?也许多少有一点,但都过去了。现在,伊瓦什凯维奇——他确信自己的伟大,而且,在写信方面都极为讲究,不过,他关于"伟大作家"的整个神话(参见他的小说里描述过的一个角色,诺贝尔奖得主"扎莫尔特"),在1939年之前就让我感到非常好笑。

前天是圣星期六[2],我去了墓地。很美的一个地方,我的

① 尤里杨·普日博希(Julian Przyboś, 1901—1970),波兰诗人、随笔家、翻译家。克拉科夫先锋派的主要诗人。

② 复活节前一周的星期六。

骨灰将安放在她的骨灰边。这是应该的,我想,不在索波特*,也不是在库纳特家族墓地。要是能够补偿她就好了,因为我带给她的委屈,因为我没有好好爱她,而她的确值得被爱。

性。在最后的分析中,强烈的爱主要属于传说。一个男人和一个女人,首先是一种自爱的游戏。这就是为什么说“性爱”整个领域都是如此可疑、不纯。我的内疚感。同时,我知道斯威登堡是对的:真正的婚姻是人间天堂。那就是我所寻求的,那就是我和杨卡曾经有过、短暂体验过的一切。

1988年4月8日

在从奥克兰到西雅图的飞机上。

是的,很明显,我们完全无能为力,无论是对于死后的时间,还是对于趣味的变化、习俗、价值尺度、时尚等的变化。它们从我们这里取走任何想要的东西,摒弃不需要的东西,谁能预测,我们以后的形象,在多大程度上符合我们自己的定位?有时我想,语言、音乐、绘画——这些话语的产物,很难推测它们究竟是何人留下的痕迹;留下的将是,作为特例的一首诗、一幅静物画。

---

* 索波特(Sopot),靠近格但斯克,在波罗的海沿岸,二战后来自波兰东部的难民定居地。作者母亲那边的家人(库纳特家的人)安葬在那里。

我不得不授权波兰国内出版机构出版1942年的地下诗歌选集《不可战胜的歌》。我说,“我不想出版它们,那是很久以前的东西了,与现在的我毫无共同之处。”但是,我1936年的诗集《三个冬天》出版了,而且有了一些评论,给我带来莫大的快乐。也就是说,我认可《三个冬天》,但不想认可《不可战胜的歌》。

1988年4月9日

在西雅图,五月花酒店。

我履行了这个学期的义务(一次研讨会和一次诗歌朗诵),我没让他们知道,因为哮喘,我每做一件事情都要付出多大努力。显然,我经常想到衰老和不远的大限,特别是在接到W的明信片后。她写到由于年老和疾病,身体越来越虚弱了,没有力气做事,包括回信感谢我给她寄邮包。

Inter arma silent Musae.(缪斯诸女神在战时都是沉默的。)这话里有许多真理;也就是说,缪斯女神有自己的领域:花园、四季的流转、爱侣、乐器。当然,还有存在的奇异。但是,就像我昨天在研讨会上所说,当代诗歌是一种探索:在一个难以立足的地方如何行动,如何面对世界,一个完全不可理解的世界,或者,一个你知道得愈多,却理解得愈少的世界。如同一个朋友或熟人死后,我们内心产生的需要:必须做点什么,但是能做什么呢?没有人知道。这时,如果引入宗教以及宗教礼仪,就是好的。但是,一个人应该如何面对终极事物?诗歌,难道不是礼拜仪式的一种替代性创造吗?

缪斯诸女神在战时都是沉默的。什么持久的诗歌,是真正兴起于第二次世界大战的武器的撞击中?梅尔奇沃·瓦尼科维奇的妻子和女儿,给过我杜维姆作品《波兰之花》的一些节选,计划编入我所主编的《不可战胜的歌》,但我根据自己的判断将它们舍弃了,因为杜维姆的姿态令人难以忍受。尽管我把关严格,远严于同类竞争性选本,其中仍然存在大量爱国主义的修辞。是的,那种修辞几乎都特别爱国主义,即便我看出来了,又能怎么办?毫无疑问,另外一些选集做得更好;在唤起人的行动上做得更好,因为那些选集的编者不必像我一样顾虑重重;换言之,他们不是唯美主义者……

如果我们严肃对待自己的专业,就应该意识到,我们受制于一个严格的等级制,这个等级制基于一种拒绝的原则,需要剔除一切不合最高要求的东西;也就是说,拒绝直觉告诉我们的任何具有明显虚假、廉价特征的东西。谁知道呢,也许所谓高尚的情感、社会反抗、爱国主义等等,都应包括在这里面;也就是说,应该承认这个等级制有些不近人情。我的第一本诗集,其中有些社会性主题,是违反这个等级制的,但我的第二本诗集《三个冬天》,严格维护了这个倨傲的、轻慢的等级制。

1988 年 4 月 10 日

几个星期之前，卡罗尔种了一棵苹果树。就好像“苹果佬”[①]的传说，种植苹果树是一个乐观的行为；我们会死去，苹果将留下来。而母鹿不断跑来，吃掉了苹果树一半的叶子，正如在最近几天里，吃掉所有的花朵、三色堇、绣线菊，包括卡罗尔买回来种在花园的其他东西。我写这些日记时，正在想办法战胜它们。

严格的等级制意味着，一个人能够把握他自己（而非任何他人）命运的线头，而且没有什么诱惑能够分散我们专注于某一个目标的行动。这是非常难的，因为我们生活于人群之中，生活于他们的权力之中，我们分享他们的情感、欲望、恐惧。那是一种强烈的集体情感的压力。你过一种生活，随之做些什么。在未来世代的眼中，谁会在意你是否屈从于同时代人的期望和要求呢？这是否就是说，我主张“为了艺术而艺术”？如同马拉美那样，说明我要维护艺术的纯粹性而对人群背过身去？当然，但只是为了有益于艺术的健康。而不是说要用粉笔画一个圈，只允许在其中编织词语的游戏。

对此我感到惊讶，而我并不理解这一点。我的这个想法源

---

① “苹果佬”（Johnny Appleseed），典出美国民间故事，《撒播希望种子的约翰尼》，一个关于 1774 年开垦时代的童话。

于何处？我怎么会在纯诗和我的诗(它们一直服从于我的时代)之间划一道线？或者更准确地说，在我的诗(时代在其中被适当地转化)和似乎呈现原始状态的诗歌之间划一道线？有时我认为，我的人生应该结束于《三个冬天》之后，剩下的所有阶段都是不必要的附录。因为那时我狂人似的脸，就像雅内克·乌拉托夫斯基所说，那是犹如一副附魔者(possédé)的脸，毫无疑问，我一直就是如此。贡布罗维奇在谈到杨卡和我时，说："我不明白，那么聪明的一个女人，为什么能跟那样一个疯子坚持下去，avec un fou pareil[①]。"他又说对了。

1988 年 4 月 12 日

一封来自伦敦的信，我不认识的名叫塞巴斯蒂安·巴克尔的读者写来的信。多好的一封信啊！我们一生能收到多少这样的信呢？很可能要到人生的最后。但是，我们对这样一封信又能怎样，如果他视自己为一个疯子。

我看了一个关于罗伯特·洛厄尔的电视节目，长达一小时，这是"美国诗人"系列节目之一。连续播出一个星期；相当粗制滥造。不同诗人对于罗伯特·洛厄尔各种各样的评论，其中许多评论还来自我的朋友罗伯特·哈斯。

在我第一次逗留美国期间，洛厄尔的第一本诗集《威利老

① 法语：和一个疯子一样。

爷的城堡》曾引起轰动。我大吃一惊，而且我是第一个用波兰语撰文介绍他的人；在波兰受到斯大林影响之前。我记不得那是怎么发生的，洛厄尔到华盛顿拜访我们，我们当时住在谢里丹街，租借着米勒先生和太太的一层廉价公寓。也许因为他是一个反叛者（他被关进监狱时，没有参与以他当时天主教的观点看来不公正的一场战争），难道他认为没有必要表明，他的观点有别于"红色"公众的愤恨？当然，对于我们波兰人的复杂性，他没有什么惊人的看法。

后来，我也见过洛厄尔，在他访问伯克利期间。我的反感可能是被他六十年代的名声激起的，那时整个太平洋西岸的青年运动都视他为伟大的进步分子；他也赞同他们的信念，认为所有人，尤其诗人应该思想一致，因为只有猪猡才会有不同的思想。毕竟，在美国一直是这样的：成为一个诗人就是要成为一个所谓的自由主义者。加上洛厄尔的婚姻破裂、他待在精神疗养院的时间、他对欧洲文化（博物馆）的兴趣，以及他生活里的诸多大事——依照我的品位看来，那些都太典型了——所有的一切，不过构成了一个平庸无奇的人生背景罢了。

1988 年 4 月 14 日

我应该回过头来，谈谈伯克利自由言论运动（Free Speech Movement）兴起的那些年，因为它已经构成历史。正是在那些时候，搞过一些洛厄尔的诗歌朗读会。试想，多少人仍然记着那个时期，并开始撰写有关的回忆录；对于他们来说，那是一生里最强烈的体验。对于我呢？不过是一个可怜的场景。那些成年人，对于我们在维尔诺的“丹比斯基运动”会有同样的感受吗？在这里，有马里奥·萨维奥[①]鼓动多数学生，使他们变得狂热、进入一种歇斯底里的恍惚状态，还有贝蒂娜·阿普特克指导他们，她来自（如何！）美国共产党。我不害怕，像那些屈服于年轻人的教授，我也不过分担心。我允许煽动者进入我的教室，对我的学生发表讲话，但是，在我受够了之后，我抓住他的后颈，命令他滚蛋，这让他惊异万分。

“革命”持续了几年，经历了不同强度的几波。在美国轰炸柬埔寨后，系里的基层部门被组织起来，这样一来，学生和教授就可以一起讨论问题，或者更确切地说，学校就可以适当地进行教化了。这个时候我巧妙地抽身而出，借口要翻译西哈努克亲王的一篇法语文章，那是我在《证据》（*Preuves*）杂志上发现的。它恰与我的看法一致，因为不幸的西哈努克正准备对越南人做出一些小小的让步，他是唯一能够维护国家中立的人。美国人犯了一个大错，毁掉了他全部谨慎的计划，美国自身却没有捞到任何好处。开会时我宣读了那个文本。一名教授扯了不少可耻的“先进的”废话。

会后，我驱车送一个女学生回家，她是从华沙大学来伯克利分校的。

---

① 马里奥·萨维奥（Mario Savio，1942—1996），美国政治活动家，加州大学伯克利分校言论自由协会领袖。

“这怎么可能？我这是到了哪里？”她问，“难道我逃离……就是为了在这里落入同样的境地？还有那个教授，他是什么意思？他是谁？”

我两眼盯着路面，回答说：“一根刺而已。”

对于六十年代巴黎大学的那场革命，我不知道我应该作何反应。我绝对不会支持砍倒圣米歇尔大道上那些法国梧桐，设置路障。在这里，我的观点似乎与科特·耶伦斯基的观点背道而驰。在那些事件发生几年后，我与阿布拉沙·赞姆什有过一次谈话，他现在已经过世了；他曾是“左岸”一个古怪人物，一个总在挨饿、总在说“不”的学生（他是一个波兰犹太人，在驻留英国的波兰武装部队里曾因反犹太主义遭遇过痛苦的经历）。阿布拉沙在革命中扮演一个积极的角色，甚至产生过一些影响。我问他为什么，他却没有提及任何意识形态。因为它就是行动，本身就是一场革命。

1988年4月15日

在奥克兰机场。

开车去机场时，我在想十九世纪下半叶那些令人惊骇的音乐。他们在想什么呢？那就是他们的发明？那就是他们相比于十七世纪和十八世纪的进步？为什么在形式和创造的阻力之间那种奇妙的平衡，仅有一次，而让我们拥有了像巴赫、海顿、莫扎特那样天国似的音乐作品？而且，不只是有了他们；还有比较次要一些的作曲家,他们也同享了那时期美妙的风格。

在途中,从奥克兰经芝加哥,飞往南本德(圣母大学)。

每当听柴可夫斯基的音乐,我就忍不住大笑。他们为什么那样?一个作曲家、艺术家的尊严,艺术家的神话,整个乐队(数年数月的劳作,小提琴手、小号手、大提琴手);公众——穿紧身胸衣的女士,挂满勋章的军官,身穿长礼服的男人。所有这些,他们的仪式也许会遭到后人的嘲笑,如果认真看待那些仪式的话。

美国带给我许多欢乐,包括他们拒绝的欢乐——比如,在这里没有人强行给我的耳朵灌入那些柴可夫斯基式的东西。这也是我不能生活在俄罗斯的一个原因。

奥斯卡·米沃什的诗集,法语和立陶宛语双语版,1980年在维尔纽斯出版。印数可观:14 000册。我的想法与上述有关音乐的想法相似。所谓"无用的艺术",它的整个漫长的时期,即是一个艺术家、一个诗人一生的一部分。立陶宛人没有按照现代品位来选取,而是"如其所是"地,恭敬地翻译了他,从他的早期作品开始,那些作品有着世纪末诗歌"冗长"的特征。很多诗我以前没有读过,因为不可卒读。尽管如此,其中突然也会有一些诗,仍将在法语里留下来:"卡罗玛玛[①]"和"罗弗敦群

① 卡罗玛玛(Karomama),古埃及第二十一个王朝时期妇女的名字,以卡罗玛玛为名的青铜雕像收藏于巴黎卢浮宫。

岛[①]”，然后是写于第一次世界大战之中和之后的，大量极好的“交响诗”（Symfonies）。

Kunas ir dvasia——身体和灵魂。发音很好听。我对这个发音非常敏感，因为它与我母亲的姓氏“库纳特”（Kunat）相近。可怜的贡布罗维奇吹嘘他的家族姓氏“科特科夫斯基（Kotkowski）”；在我看来，以“斯基”结尾的姓氏通常是有点可笑的。而“库纳特什”（Kunatas）这个姓——显然是一个领导者的姓，让人想起身体健硕等长处。库纳特在十四世纪就被授予了带斧头标志的武士服；根据传说，他是“约特温盖”（Jotvingai）为数不多的幸存者之一；那是一个现已灭绝的普鲁士—立陶宛人的部落，他们受到了波兰人和日耳曼骑士联合力量的屠杀。我想，当我从维尔诺到达华沙时，有些人（如马莱克·纳皮尔斯基）便会感到兴奋，因为我有这样的宗谱，它很像美国印第安人的宗谱。伊瓦什凯维奇在他的小说《红色盾牌》里，写过一个名叫库纳特的约特温盖部落小王子。

我喜欢乘飞机旅行。写作、阅读、饮酒。我到过许多地方，美国和大洋两岸，这个范围是惊人的。在我年届七旬时，发现一起到来的，是我身体里连我自己也感到惊人的巨大能量和活力。说实话，我在饮酒和性方面的能量，是与我的创造力联系在一起的。我对我的朋友耶日·安德热耶夫斯基的看法不乏同情，这倒不是因为他太想获得诺贝尔奖而我成了获得它的那个人，而是因为他酗酒，不能自拔，而我避免了，我可

---

① 罗弗敦群岛（Lofoten），挪威北部挪威海中的群岛。

以喝,也可以不喝。

需要保持一个活跃的头脑,直到生命结束;要让身体拒绝酒精。

* * *

胜利和失败。想到安德热耶夫斯基,很难不想到酒精的阻碍作用。我见过太多虚幻的伟大,太多的失败。在波兰,在法国,在美国。有时候,我似乎赢了。然而,在更早一些的时候,当我还在学校里读书的时候,我就相信,胜利必有其代价。当人们给我赞扬和喝彩时(通常是起立鼓掌),我想对他们说:"如果了解我的生活,你们愿意与我调换位置吗?"

1988 年 4 月 17 日

乘飞机从芝加哥到旧金山。

参加一个有关东欧(中欧)和俄罗斯民族问题的会议,这是安杰伊·瓦利茨基担任圣母大学首席教授就职仪式的一部分。哮喘没有发作,似乎说明我只在伯克利才过敏。

从南本德返飞芝加哥,我对伊沃·巴纳克[①]教授讲了我的

---

① 伊沃·巴纳克(Ivo Banać, 1947—),克罗地亚历史学家,耶鲁大学历史学教授。

关于谢泰伊涅、卡那泊泽和斯托雷平[①]一诗的内容。同时，最近我从由彼奥得·克沃奇科夫斯基（Piotr Kłoczkowski）编制的科特·耶伦斯基档案里了解到，科特曾将这首诗译成法语并交给斯托雷平的孙子。斯托雷平的孙子将这首诗读给他年迈的父亲听，他被感动了，并说他都记得：谢泰伊涅，还有那位年轻的库纳特小姐。

巴纳克和我都认为，索尔仁尼琴在这一点上是正确的：二月革命后，唯一可能拯救俄国的人是斯托雷平。因为权力就在大街上，只是没有人想去追逐它。

巴纳克和我讨论了一个计划，在耶鲁大学就"作为文化中心的中欧城市"这个题目召开一个会议。我很高兴他接受了我的建议，把北方几个城市也包括了进去——塔林、里加、维尔纽斯。我不理解他为什么不把他的故乡杜布罗夫尼克包括进去。

我不准备写常见的那种回忆录，因为我们的记忆常常受阻，各种形象难以清晰地出现，被我们的记忆过滤掉了。所以，只有一些清晰的片段。

1950年秋。杜蒙德维尔街（Dumont-d'Urville），距埃图瓦勒（Etoile）不远。我从华盛顿抵达巴黎后，他们把我放在那里，我甚至无心对他们说一句："非常感谢你们，但我更想自己选择一

① 彼奥得·斯托雷平（Pyotr Stolypin，1862—1911），俄国政治家。曾推行土地改革。1911年在基辅被社会革命党人暗杀。他经常在立陶宛自己的庄园度假，庄园与米沃什的祖父库纳特的庄园相邻。米沃什在一首诗里提到斯托雷平的到访。

个地方。”

我没有那么幼稚。房子是属于大使馆的；大使馆的雇员都被安置在那里。守门人能看到谁进谁出、什么时候。那是一个健壮的中年妇女，实际上很老，一个来自法国北部的波兰人。她为联合兄弟会[①]工作，当然，也为安全警察工作，肯定为法国警方工作。那些巴黎的守门人与警察的联系，于我始终是个未解之谜。他们付酬吗？或者，警察有另外的方式控制他们吗？我的房间有一个小门，通向隔壁房间；你可以听到一切，所以我不会邀请任何人来。一对狂热信仰共产主义的情侣住在那道门背后——年轻记者科齐茨基和他的妻子安卡，安卡是瓦迪斯瓦夫·布罗涅夫斯基[②]的女儿，她后来自杀了。我想，我在华沙就见过她，在布罗涅夫斯基位于索里博兹的家里：在游戏围栏里，一个头发淡黄的小女孩，被挡在轻型木质结构后面。现在她已长大，为人非常讨厌，有着一副狂热者那样绷紧、狭长的嘴唇。他们俩看我，仿佛我是外星人的代表。就像是大使馆里令人恐惧的、长着一双蛇眼的埃杰里亚[③]，安卡属于波侨在巴黎的共产主义者团体。大使馆没有大使，奥格罗金斯基[④]具体负责一切，但是算不上大使，因为他的表现就像一个落入陷阱的动物。他

---

① 联合兄弟会（United Brethren），美国的一个清教徒教派。

② 瓦迪斯瓦夫·布罗涅夫斯基（Wladysław Broniewski，1897—1962），遵循浪漫主义加现实主义传统的革命诗人。

③ 埃杰里亚（Egeria），罗马神话里常在人的梦里出现的仙女，给予人警告或预言。

④ 瓦迪斯瓦夫·奥格罗金斯基（Władysław Ogrodziński，1918—2012），波兰小说家、散文家、记者、社会活动家。

是从波兰社会党转入波兰共产党的。有一位老人,波兰裔,一个信仰共产主义的巴黎人——门泽尔(Menzel),我想是这个姓,但我忘了他的名字——我认为他是一个正派人。大使馆由安全警察的代理人沃伊托维奇在管理运作。没有人知道他在想什么。他很快就瞒过他们移民到了以色列,在那里重新启用他本来的姓氏,或者变换了另外一个名字。

当我现在走在大使馆附近圣多米尼克街时,以前让我感到痛苦的地方,如今似乎不再像那时一样被警戒了。在以前,门卫室前面,安排了手持机枪的非军方警员站岗;常常是雇用来自北方的矿工来干那事。

我经常想起杜蒙德维尔街的看门人那样一些人。那样的人成千上万,数以百万计,那样受过一些小惊吓的人,不计其数,他们懂得为了生存必须用一顿饭的价格将自己出卖。这样的人总是很多,极权主义政权又使这个数字惊人地翻倍。(在我们维尔诺从前的宿舍,那个看门人——我不记得他的波兰语称呼了——难道没有与警方合作?)如果能通过某些神奇的方法查查那些波兰居民真实的家谱(不是想象的家谱),结果也许会表明,他们的祖先、祖父、他们中间多数人的父母(也许绝大多数?),都是不太光荣的人:告密者、奴性的唯唯诺诺之辈、警察和安全部门的仆人、双重间谍,等等。如果说屈从者和不择手段者最有生存机会并繁衍后代,单纯和遵循简单的道德原则的那些人会灭亡,那么"自然选择"在这里究竟是如何发挥作用的呢?俄罗斯又会怎样?在经过多年恐怖之后,告发邻居的那些人幸免于难,无意告发的那些人却被消灭了,组成他们人口的是些什么人？想一想这是多么可怕。

唉，这一想法往往引出另外一个想法：那个卑躬屈膝者的庞大的社会阶层，形形色色的下级官员，摇尾乞怜者，俯首帖耳者，他们懂得自己的命运取决于主人的微笑。是的，很大一部分欧洲人，都是管家奴仆的后裔。但是，明智些吧，应该区分可敬的服侍和不光彩的服侍，何况你并不太清楚，基因到底是如何结合和传播的。

我在大使馆干了大约几个月，从十月到十二月。对于普特拉门特担任大使时期相对的辉煌，只剩一些零碎的印象；他雇用了一些有才能的人，举办一些文学精英参加的招待会。我仿佛找到一点1949年夏天到访巴黎时的感觉。我甚至做过一次关于奥斯卡·米沃什的演讲，在思想之家（Maison de la Pensée），这是法国共产党的一个项目，他们试图垄断各种讲座、音乐会、展览会的场地，并且几乎干成了。同时，法国文人圈子里那些名人，差不多都出现在了大使馆的露台。我并不感到意外，阿拉贡[①]出现在那里，因为苏佩维埃尔也在那里，就是说，政治上的中立者也必须经常跑到“红色圈子”里去。

那之后也没有什么好说的，毕竟，恐惧是具有传染性的，而且，那些面孔看上去都是悲哀的，不像是参加宴会。不过，虽然“伦敦的波兰人”对这个变节者的前哨感到厌恶，许多人基于经济利益，被迫频繁到访这个“院子”。这些人，首先是画家和雕塑家，他们通常在挨饿，都在试图得到一点什么——几

① 路易·阿拉贡（Louis Aragon，1897—1982），法国诗人、作家、政治活动家。

顿饭,或为画些速写获得一点微不足道的报酬,而这些画会印在宣传单上,在法国的波兰人中间散发。我曾试图接济这些艺术家,虽然我只有很少一点资金。这的确很是令人悲哀;我曾经组织过一次茶会,他们都来了,因为他们不得不来,但是他们讨厌这样的茶会,我能够感觉出来。我感到难过,为他们蒙受的屈辱;比如说可怜的佐菲亚·斯特里耶斯卡[①]。他们有些人回到了波兰,被分配了工作室——阿丽娜·萨波奇尼科夫[②]就是其中之一。

1949 年,克隆斯基夫妇还在巴黎,但是,当我在 1950 年圣诞节回到国内时,发现他们已经在华沙,在他们自己的公寓里。当时,他们的行为让我想起,1940 年维尔诺被苏联军队占领后,瓦迪克·博里索维奇的举动。他摸着自己的肚子。这个人,总是失业,饿得要死,现在终于有了一份工作,能够吃饱肚子;换言之,这就是制度的优越性。克隆斯基夫妇什么也没有说;他们只是不停念叨着“母亲”。“母亲”是细心的,“母亲”给予了一切。

在我的任期内,潘凯维奇[③]的遗体被从法国南部运来,并葬于巴黎,我不记得是在哪一座公墓。这件事在我任职之前就已启动。1934 年至 1935 年间,我是一个小组的成员,该小组星期天齐聚卢浮宫听潘凯维奇的演讲,他带着我们从一幅画讲到另

① 佐菲亚·斯特里耶斯卡(Zofia Stryjeńska, 1891—1976),波兰画家、设计家。
② 阿丽娜·萨波奇尼科夫(Alina Szapocznikow, 1926—1973),波兰雕塑家。
③ 约瑟夫·潘凯维奇(Józef Pankiewicz, 1866—1940),波兰印象派画家。一生大部分时间生活在法国,并在那里去世。

一幅画。这个小组其他成员还包括约瑟夫·恰普斯基,他后来写过一本有关潘凯维奇的专著;还有卡齐奥和费拉·克兰齐;我想,偶尔也有作曲家罗曼·马切耶夫斯基[①]。而现在,在潘凯维奇的葬礼上,几乎没有人来,因为是华沙大使馆安葬他。另外几个人和我。在一场巴黎的冷雨中。

我在巴黎有几个朋友,特别是那几个在报社供职的愤世嫉俗者,还有内拉;这于我是非常重要的。战争期间,内拉主要生活在格勒诺布尔[②],属于波兰知识分子的一个小圈子;著名的拉弗雷[③]就在附近,她的哲学家哥哥就死在那里;她曾被里昂的盖世太保逮捕入狱(监狱头子就是臭名昭著的克劳斯·巴比[④])。战后,米琴斯基一家试图在波兰和法国之间保持平衡。女儿和她的母亲回到波兰,并留在了那里,但是内拉的其他侄女,也就是她姐姐的女儿留在了巴黎,等等。说实话,内拉在巴黎总在挨饿;她租住的房子非常低廉,位于法尔吉埃老城区,那里跟亚洲的贫民窟差不多。

在那几个月里,我的神经始终处于一种非常糟糕的状态。我感到我的位置(第一秘书)完全是个虚幻的东西,而且我还有个折磨人的烦恼,我为杨卡担心,她准备做剖腹产。最主要的

---

① 罗曼·马切耶夫斯基(Roman Maciejewski, 1910—1998),波兰作曲家。出生于柏林,逝世于瑞典。

② 格勒诺布尔(Grenoble),法国东南部城市。

③ 拉弗雷(Laffrey),法国里昂的古镇之一。

④ 克劳斯·巴比(Klaus Barbie, 1913—1991),德国盖世太保,有"里昂的屠夫"之称。

是,在这样的情况下,我还必须经常戴着一副面具,像哈姆雷特被奸细包围。

1988 年 4 月 18 日

昨天是杨卡去世两周年纪念日。我们去了公墓——托尼、彼得、家里所有人。

1950 年秋天,我回到了巴黎。随时可能被跟踪的那种感觉,使人很容易陷入一种妄想症。清醒和幻觉之间的界限消失了,这证明了我当时的悲惨状态。内拉等待着里昂的一个讲师职位,她部分地属于大使馆那批人的圈子——克隆斯基夫妇,茱莉亚·哈特维格[①],几个画家。我和她在咖啡馆会面,为坦率说话,我们促膝而坐,我征求她的意见:我该不该回波兰去?

内拉明确表示我不要回去,而我坚持认为他们不会对我怎么样,因为我已经被法国政府接受和认可。我不顾她的建议,我走了,结果我勉强活着逃了出来。之后我立刻与她见了面,在一个光线幽暗的咖啡馆,那里离法尔吉埃老城区不远;我们确信我们被跟踪了。我们改换了咖啡馆,同一些人又出现了,其中一个女人,头戴一顶绿色的毡帽。我们开车去邮局,在那里,我可以给迈松-拉菲特也就是《文化》杂志的人打电话,那些人又尾随而至。就像一个压迫性的、重复发生的梦。今天,或多或少可以

① 茱莉亚·哈特维格(Julia Hartwig, 1921—2017),波兰诗人、翻译家。

肯定,他们不是波兰安全部门,而是法国安全局(French Sureté)的人。

1988 年 4 月 21 日

旧金山机场,等待去达拉斯和纳什维尔的飞机。

关于厌世情绪。说到我们,他人可能会说:“他是一个厌世者。”我们自己不会说:“我是一个厌世者。”但是,因为有许多程度不同的厌世者,我们可以说,有不少的人,他们需要与他人保持一定的距离,不必忍受与众人来来往往。从这个角度看,对于我,美国比斯拉夫国家更适合我;我的格尼兹利山峰①,使我得以避开山下的城市里各种极端愚蠢的言行。

一个真正的厌世者应该生活在城堡里。儒勒·凡尔纳的小说《喀尔巴阡山里的城堡》,其主角就是那样生活的。他的城堡在特兰西瓦尼亚②,坐落在一个几乎无人进入的野山之中,被一条壕沟包围,而这还不是全部;高压电线的电流足以震惊任何胆敢闯入的冒险者。然而,没有冒险者前来,因为在电力的帮助下,城堡的主人搞出了种种不可思议的现象,因此山谷里的人相信城堡里住着各种鬼怪。那个厌世者独自和一个忠实的老仆生活在一起,靠听一个他曾经爱过的杰出的意大利职业女歌手歌

① 格尼兹利山峰(Grizzly Peak),伯克利山的主峰。

② 特兰西瓦尼亚(Transylvania),位于罗马尼亚中部地区。

唱(通过留声机),或者看着屏幕上她的形象(电视发明的预言!),打发时间。

在飞机上。

人类的贫困。生理的贫困,因为身体的设计是多么荒谬:基于泌尿生殖系统的爱,在女性肚子里的一段寄居期;无数人为的神话的贫困,妨碍我们获得现实感,妨碍我们看到真实事物本来的面目。那些共同构成"文化"的神话啊! 仅仅几年或十几年,人们就已拧成一团乱麻,为了切身利益而作茧自缚。

我读过几种语言的诗作,它们往往将奥西普·曼德尔施塔姆描写成一个自由的烈士。我还听过一盒磁带,向他致敬的一个波兰戏剧的录音剪辑。所有这一切都与真正的曼德尔施塔姆少有共同之处。

一个问题:曲解、陈腐化是不可避免的吗?是不是说,范围越广——比如名声——复杂性得以保存的可能性就越小?那么我们,已经属于过去历史的人,在激活神话方面,我们的作用是什么?换言之,在提升神话方面,我们能起到什么作用?

我曾听过一个录音,康拉德·斯维纳尔斯基[1]导演的密茨凯维奇诗剧《先人祭》。我萌生了一个不太谦逊的想法:有时,波兰文学接受的一些作家,他们的敏感性迥异于一般的模式,因此,在这一点上,存在着对审美价值以及其他价值产生误解的根

---

① 康拉德·斯维纳尔斯基(Konrad Swinarski, 1928—1975),波兰著名戏剧导演。

源——一个关于人的喜恶之共同体(a community of likes and dislikes)的错误信念。

还有一个想法,一个谦虚而痛苦的想法。也许,我的诗作(很多? 一些? 几首?)也包含着少许的媚俗,它们刺激了人们那般高声朗诵的欲望? 毕竟,随着时间流逝,汰选的原则所起的作用会更明显。曾几何时,在杜维姆写作的那个时期,他的诗歌似乎也很有创新,但在今天看来,多少作品其实平庸不堪! 我始终坚持不懈——生活、奋斗、辨别——的原因,就是不想犯下同样的错误却还浑然不知。

1988 年 4 月 22 日

田纳西州,纳什维尔,范德比尔特广场酒店。

范德比尔特大学的唐纳德·戴维[①]教授即将退休,并返回他的出生地英格兰。英语系举办告别仪式以纪念这一时刻,温德尔·贝里[②]、海伦·文德勒[③]和我,共同出席了仪式。温德尔·贝里昨晚就到了。美国南部农耕诗人的继承人,他们的大本营就是范德比尔特大学(兰塞姆[④]、泰特[⑤])。美国传统价值观

---

① 唐纳德·戴维(Donald Davie, 1922—1995),英国诗人、批评家。

② 温德尔·贝里(Wendell Berry, 1934—),美国小说家、诗人。

③ 海伦·文德勒(Helen Vendler, 1933—),美国文学评论家。

④ 约翰·兰塞姆(John Ransom, 1888—1974),美国诗人、评论家。

⑤ 艾伦·泰特(Allen Tate, 1899—1979),美国诗人、随笔家。

的捍卫者，农场主的美国价值和“自然”价值的捍卫者，如今都已中了工业的毒。当地有一个讽刺性的说法：“是的，他的农耕项目是可行的，假如他来自一个富裕家庭，继承了一个大农场，并在肯塔基州立大学占有一个教授职位。”

昨天，我在飞机上重读了唐纳德·戴维论述我的诗歌的书，发现他有许多敏锐的洞察，对于我，那是既愉快又痛苦的洞察。他发现，在“抒情诗之我”和“酒神颂歌之我”（我属于后者）之间，存在一个重大区别。这次会议的主题是“诗人的职责”。每当我听到这样的题目，习惯性的反应就是：我想说，无论何时，当我努力想尽责时，我是最少负责的。但是，这要很久之后才会变得明显。

1988 年 4 月 23 日

会议结束，我赶紧抽身，躲过了那些对出席嘉宾的一般恭维，当然，这是一个幽默的说法。下午四点，海伦·文德勒在礼堂做演讲，关于济慈对诗人作用的看法，同时她也引用了现场两个诗人——唐纳德·戴维和我的作品（《可怜的诗人》）。晚上八点，戴维的纪念文集首发式，接着是我的诗歌朗诵。

我读了唐纳德·戴维发表在《达勒姆诗歌》[①]上关于兹比格涅夫·赫贝特诗歌的文章。科特·耶伦斯基是对的：波兰文学

① 由英国著名高等学府达勒姆大学（也译为杜伦大学）出版的诗歌刊物。

今天已经成为一种世界文学。戴维解释了英语界对赫贝特反讽诗歌的接受;他认为,与美国相比,战后的衰落使英国处于劣势,如同波兰相之于俄罗斯,所以出现了对于反讽的需要。一个奇怪的想法,至少可以这么说。

昨天的诗歌朗诵来了一群热情的波兰青年。这些八十年代的新来者无处不在。

我的厌世情绪难以克服,但是,因为我在美国不可思议的、出乎意料的、令人诧异的发现而得到缓解:我可以通过我的诗歌的翻译与听众交流。我不满于西欧的是:那里缺乏机构能给公众提供诗歌朗诵。但是,在这里,就像昨天,在纳什维尔,不仅有教授和学生,也有校外的诗歌读者参加。

不久前,一位高中英语教师给我寄来了她的学生写的论文,关于我在南伊利诺伊大学的诗歌朗诵。她所带的班级,参加了那次诗歌朗诵。学生的评论写得很聪明、新鲜,读来令我愉快,也令我感动。他们从来没有见过诺贝尔桂冠诗人。他们以为会见到一个像埃德加·爱伦·坡(!)那样的诗人,却高兴地看到我这样一个普通人,健谈、富有幽默感。同时,他们也懂那些诗,虽然一般说来诗歌是难以理解的。

1988 年 4 月 25 日

乘飞机从纽约到旧金山。

疲惫,更多是由于饮酒而不是工作。虽然在康奈尔俱乐部我也进行了诗歌朗诵，还为波兰艺术与科学学院义务进行了波兰语和英语的诗歌朗诵，这确实消耗了很多能量；那次朗诵结束后，我几乎不能站立。这一次我更多是坐着，与不同的人聊天，所以我意在改善几年前给人留下的坏印象，那次朗诵一结束，我就离开了，似乎显得很傲慢，仿佛一个妄自尊大的人，虽然真实的原因却是，我必须走了。

不只波兰艺术与科学学院，还有纽约州立大学的一个关于贡布罗维奇的座谈，由美国笔会俱乐部主办。大厅被人占满。苏珊·桑塔格和约翰·西蒙[①]读了《费尔迪杜凯》和《日记》选段。接下来，关于贡布罗维奇：约翰·西蒙、苏珊、雅努什·格沃瓦茨基和我分别发言。然后，与其他作家共进晚餐。《新共和》的文学编辑莱昂·维泽尔蒂尔[②]也加入了我们。他告诉我，他非常赞赏奥斯卡·米沃什的《高贵的旅行者》，读过好几遍。

潜入最底部——升到最高处。我们的抱负应该满足；这是健康的、正常的，只要不丧失对自我的洞察。我常常由于缺乏一定的勇气而自责，一种由来已久的谦逊使我不能伸手和索取，不相信那是我应得的。

我不时会萌生些想法，要探究我以前那种不安全和胆怯的状态。恼人的是，我们有一种遗忘的天赋（“公牛不记得它是小牛的时候”）。

---

① 约翰·西蒙（John Simon，1925— ），美国作家、批评家。

② 莱昂·维泽尔蒂尔（Leon Wieseltier，1952— ），美国作家、批评家。

1988 年 4 月 27 日

乘飞机从旧金山抵达爱达荷州首府博伊西。

我曾无意之中闯进过一些未曾想到的领域，尽管我准备只献身一个专业。对我来说，强烈的“对存在之奇异的形而上感觉”意味着“人类社会存在的奇异感”，或者如我们通常所说，是对“文明”的形而上之感。我的全部创作应分成两部分，试图表达那种感觉的作品和其余的作品，仅前者应该保存：这将符合我的想法。尽管后者之中很多作品也可以保留，外表似乎不同，也可以发现同样的东西。

不过我所尽力表达的，是那么少，只是一些随处涌现的思想和感情。

毫无疑问，观点随时间而变化。但也存在一些持久的因素。最重要的是，大多数动物一样个体的存在，他们是整个人类的组成部分，他们凑在一起时，还在我很年轻时就已让我惊讶不已。这一点，最明显地体现于这样一些地方：公共厕所、妓院、墓地。我认为，女性的虚伪源于她们的攀比，它远大于男人的动物式狂热，以及因为环境因素戴上面具的需要。一个迷人的年轻女子穿戴整齐，在镜子前化妆打扮，是为了像征服者那样出去吸引男人贪婪的目光，而在此之前不久，她还坐在马桶上，还记得排便不畅，而且清醒地知道她的经期刚开始，正在使用卫生棉。所有这一切加起来，使她产生一种挥之不去的内疚感，因为伪装太多,因为经常地扮演着一个角色。这可能怂恿她进行另外一些游戏,表现出纯粹功利性的伪善。

1988 年 4 月 28 日

在俄勒冈州,彭德尔顿,机场。

我从来不是那么疏离——也就是说,远离一切。俄勒冈州的格朗德市只有一万一千人,一所大学,并且自豪于有一名电梯操作员,那是在半径五百英里内唯一的一名。唯一的高楼,有七层楼高。但是这个区域,面积大致上相当于整个波兰,人口密度不过每平方英里六人。连绵的群山、森林(国有)、荒野。"格朗德"这个名称,来自魁北克法国猎人的命名。在这所大学里,还没有人见过一个真正的诺贝尔奖得主。人们从周围地区前来参加我的读诗会,也就是说,从两百英里以外的地方赶来,主要是一些教授和年轻人。乔治·维恩①热情好客,他是诗人,对这一地区颇有好感,因为这里的环境没有遭到污染破坏;他在大学里任教和写作;有自己的家庭,从家里出发开车进城很容易。沿着通往彭德尔顿的道路,都是森林,一片片的森林,以及印第安人的一个保留地;在彭德尔顿,我参观了一家羊绒制品厂,一年一度的秋季牛仔表演大会。一地的羊、牛仔、印第安人。还有蘑菇。我羡慕他们有那么多牛肝菌,和橙色的乳胶似的乳状蘑菇。

---

① 乔治·维恩(George Venn, 1943—),美国诗人、作家。

现在是春天,他们开始收集羊肚菌。

乘坐一架小型螺旋桨飞机飞往帕斯科和波特兰。飞机盘旋在一个绿色的矩形地带之上,那里一块块交织着未经开垦的金黄土地。这里是干旱的农业地区,土地有一年的休耕时间,吸收水分,再种小麦,然后又休耕一年。我们飞越了哥伦比亚河。

读巴朗恰卡发表于《文学笔记本》第二十二期上的新诗,非常高兴。太精彩了。他的诗歌终于完成一个蜕皮的过程,变化的阶段终告结束;这条蛇终于将旧皮(波兰的痛苦)留在了身后。

1988年4月29日

在波特兰机场,等待返回的航班。

终于舒了一口气,令人筋疲力尽的一天半。昨天,我以为要崩溃了。驱车往科瓦利斯①,在雨中行驶,大约两个小时。与英语系的教授聚会,闲聊。幸运的是,我在旅馆打了一个盹,但时间不够长。诗歌朗诵会不是很顺利。礼堂不太合适——缺乏直接的互动。然后,与教职员工一起喝酒。翌日早晨,再从科瓦利斯开车到波特兰。我坐在校园里,准备从十二点到一点的新节目;这一回非常成功,有了直接的互动;与几个人在餐厅吃午饭,然后他们开车送我到机场。

---

① 科瓦利斯(Corvallis),美国西海岸俄勒冈州最主要的城市,有著名的俄勒冈州立大学。

不过，一路上我分成了两个人，一个以他们想要的方式玩着游戏，另一个则完全沉浸在自己的思想之中。关于奇异的人类社会。关于波兰的主题，这是由那期《文学笔记本》引发的。

明智如耶日·斯蒂姆坡夫斯基，何时、何种情况下犯过错误？当他以自己喜欢的角度回首时，就仿佛从永恒回顾，这使他对待当前的事件，犹如对待一顶很旧的帽子。真的，对于一个埋头于希腊和罗马的作家，不可能有全新的智力产品，因为，对于一个已知的范畴，一切都是确定的。尽管如此，“太阳底下无新事”的箴言是不真实的。如果不能更为完善，那么在文化阶段的复杂性方面，至少会有一些进展，不同的文化阶段往往会吸收一些新出现的东西。

斯蒂姆坡夫斯基对贡布罗维奇的理解方式，跟战前知识分子阶层一样——认为他是一个受过特别良好教育的代表。也就是说，斯蒂姆坡夫斯基知道他的不成熟，看出了一个狂妄青年人的傲慢、怪癖。

1988 年 5 月 1 日

这次旅行仅一天休息。昨天,小纳塔莉亚的洗礼仪式,我是她的教父。

乘飞机从旧金山飞纽约。

我承认,这是一个开放的问题:一个人能否像斯蒂姆坡夫斯基一样,具有良好的、古典的、绅士的教养,足以对现时代做出正确评判?通常他们的评判是轻慢的。毕竟,他们就是那样的人,起先是对印象派不屑一顾,后来是对立体主义。从一个远距离的角度来看,他们可能是对的,但他们的动机是错误的。当然,我不知道斯蒂姆坡夫斯基对于绘画的态度,他早期的文章《喀迈拉:作为责任的怪兽》[①],只是特别关注绘画的社会学。

我与斯蒂姆坡夫斯基交情甚好。波兰真正的自由主义者不会超过五个,对于像我这样无法容忍"民族主义"波兰的人,他是一个珍贵的盟友。他也是基耶德罗伊奇珍贵的盟友。他对于传统的波兰天主教精神的态度,体现在他对波兰的地缘政治形势说过的颇为不敬的一句妙语之中:"幸运的是,圣母创造了中国人。"

---

① 喀迈拉(Chimera),希腊神话中狮头、羊身、蛇尾的吐火女怪。

他对贡布罗维奇的《日记》有过轻蔑的评判，在此，他到底错得有多远？注意：当我读到科特·耶伦斯基和贡布罗维奇就《费尔迪杜凯》在欧洲出版一事交流的通信时，我也对自己说过，如果我必须那样扩大自己的名声，我会羞愧得要死。我认为这有失身份。也许，是我，而不是"大师"贡布罗维奇，更像一个傲慢的乡绅，或者一个立陶宛的牢骚鬼？我几乎没有怎么推广自己；相反，如果我有察觉，我经常违背自己的利益，虽然不像杨·勒宾斯坦走得那么远，全然无视巴黎最具影响力的评论家。

回到我的主题：人类社会的奇异性。沉思这一点，我们不必借助阴谋、反叛或殉难。甚至不必劳神费力，日常生活就足够了。而且，肯定会有足够多的波兰人，哲学天赋强于扔炸弹、炸桥梁。但是，他们的才能没有多大用处，因为他们受制于违背其意愿的困境。在第二次世界大战期间的法国，马蒂斯、毕加索和其他人仍在"蓝色海岸"平静地继续他们的绘画。"国家的武器，是杰作/不是剑，也不是盾。"（西普里安·诺尔维德）而在波兰，杰作是那么少，有什么奇怪的吗？

毕苏斯基在为自己选择革命之路辩护时曾说，"我不可能生活在一个外屋。"如果谁是一个作家，那么他必然会写下抗议的作品，就像热罗姆斯基。显然，对于这一点，我一直有着自己的认识，但在某个特定时刻，我会有不同的理解，不惮于打破爱国主义的禁忌。我一直试图这么做，却又不无内疚之感。现在，我看到，在"骑士精神"和"艺术"之间存在一种冲突，它永远需要不偏不倚的沉思。

社会。似乎存在无数的风俗、宗教,以及教化年轻人的方式。我们的想象力只够指出其中很少的一部分。西班牙传教士到达过现在属于亚利桑那州和加利福尼亚州的那些地区,他们证明所到之处遇见的“野人”(这一绰号准确反映了白人的厌恶,虽然也有“高贵的野蛮人”的传说)都是浑身赤裸、恶臭,个个好逸恶劳、本能地爱偷窃,等等。

狡猾的人类学家有一个著名的“发现”——菲律宾那里有一个原始部落的洞穴人,据说从未接触过文明世界,这一“发现”似乎确认了一个梦想:人类是一个温柔、敏感、爱孩子、喜宁静的物种,拒绝暴力和战争。毫无疑问,人类学是在教育我们,去寻找每一个“原始”社会里不太可能的复杂性。然而,所谓“天生的良善遭到文明诱因的破坏”这样一个神话,给那些人类学家的调查报告施加了怎样的影响?我在阅读有关非洲俾格米人的人类学研究资料时,也有过类似的怀疑。

以前的社会难以了解。我们所在的社会很快也将变得无法理解。甚至耶日·斯蒂姆坡夫斯基先生——我经常想到他的生平——也会变得如此。他不仅是“公认的单身汉”,而且身边从来没有女人。他的一生是绅士学者的典范,完全脱离了那些俗人事务的领域,仿佛性事完全不属于一切良好品位的要求——如同宗教一样,那是他完全忽视的,或者就像他忽视“现代祖国”的概念,在这一点上,他跟那些坚定的波兰移民格格不入。可以肯定的是,甚至在我眼里,他也似乎来自另外的某个地方,来自第一次世界大战之前那个时代。

1988年5月6日

在纽约停留一天半，下榻阿冈昆酒店。周一晚（5月2日）我们带着行李，抵达曼哈顿剧院俱乐部，举行一个波兰诗歌晚会，朗读的作品主要由彼得·索默尔、斯坦尼斯瓦夫·巴朗恰卡和我三人英译。我们朗读的其他诗人包括：米隆·比亚沃谢夫斯基、雷沙德·克利尼茨基[1]、兹比格涅夫·赫贝特、维斯瓦娃·希姆博尔斯卡[2]、安娜·斯维尔。晚上十一点，我们乘安·盖蒂女士的飞机，前往里斯本。有些客人是我们熟悉的。作为一个维尔诺的乡下人，这是我第一次乘这样的飞机，它的内部设施（木镶板、黄铜）反映出百万富翁良好的品位。有一个作家会议，由盖蒂女士的惠特兰基金会赞助。

1988年5月9日

中欧诗人作家小组：亚当·扎加耶夫斯基、杨·布沃尼斯基、杨·约瑟夫·什切潘斯基、克日什托夫·米哈尔斯基、切斯

---

① 雷沙德·克利尼茨基（Ryszard Krynicki，1943— ），波兰诗人、翻译家。

② 维斯瓦娃·希姆博尔斯卡（Wisława Szymborska，1923—2012），波兰诗人、翻译家。1996年诺贝尔文学奖获得者。

瓦夫·米沃什、格奥尔基·康拉德[1]、丹尼洛·契斯、彼得·埃斯特黑齐[2](小说家)、米哈伊洛·拉里奇[3](诗人)、韦诺·陶费尔[4](诗人)、约瑟夫·施科沃热茨基[5]。博胡米尔·赫拉巴尔和伊凡·克里玛被拒签。俄国、苏联,和流亡作家小组:安年斯基(批评家)、约瑟夫·布罗茨基、阿纳托利·金[6]、塔季扬娜·托尔斯泰娅、谢尔盖·多夫拉托夫[7](来自纽约)、格兰特·马蒂沃希安[8](来自亚美尼亚)、奇诺维·奇尼克[9](来自伦敦)。

苏联作家和流亡作家的惊人聚会,只是第二次。(第一次是在一年前华盛顿,会议也是由惠特兰基金会赞助主办。)我们波兰的国内诗人和流亡诗人在巴黎开会是在什么时候?很可能是在 1967 年。来自波兰的伊瓦什凯维奇、普日博希、阿图尔·米耶兹热茨基[10]和流亡作家卡齐米日·维耶任斯基、我、杨·布

---

① 格奥尔基·康拉德(Georgy Konrad, 1933—),匈牙利小说家、随笔家。

② 彼得·埃斯特黑齐(Peter Esterhazy, 1950—2016),匈牙利小说家。

③ 米哈伊洛·拉里奇(Mihailo Lalić, 1914—1992),塞尔维亚诗人。

④ 韦诺·陶费尔(Veno Taufer, 1933—),斯洛文尼亚作家、翻译家。

⑤ 约瑟夫·施科沃热茨基(Josef Škvorecký, 1924—2012),捷克作家。1968 年后移居加拿大。

⑥ 阿纳托利·金(Anatoly Kim, 1939—),朝鲜裔俄语作家。

⑦ 谢尔盖·多夫拉托夫(Sergei Dovlatov, 1941—1990),俄罗斯作家。1979 年移民纽约。1990 年死于心脏病。

⑧ 格兰特·马蒂沃希安(Grant Matevosian, 1935—),亚美尼亚作家。

⑨ 奇诺维·奇尼克(Zinovy Zinik, 1945—),俄罗斯作家。1975 年移民以色列。后到英国 BBC 做播音员。

⑩ 阿图尔·米耶兹热茨基(Artur Międzyrzecki, 1922—1996),波兰诗人、社会和政治活动家、翻译家。

热科夫斯基[1]。那次会见，是渐变发生的一个预兆。中欧诗人作家和俄罗斯诗人作家之间的碰撞却更为惊人——他们甚至是第一次听到"中欧"这一说法。中欧诗人作家对他们表现出的敌意态度，那是他们难以接受的；敌意让他们震惊，无法掩饰；当然，因为俄罗斯人从小就接受那样的教育，他们相信自己被所有人尊敬和爱戴。与匈牙利人的一场专门交流会，说明他们完全对我们缺乏了解，对相互之间的隔膜没有心理准备。（格奥尔基·康拉德说："是的，你们解放了我们，但那已经是在四十三年前。你们已经撤回你们的坦克了！那是很久以前的事了！"）他们不理解他们的帝国主义思维达到了何种程度，或者，如同听众席里的萨尔曼·拉什迪[2]所说，那是殖民主义思维。约瑟夫·布罗茨基试图为他们辩护，攻击"中欧"的概念。一个来自波兰的同行后来告诉我，"我感到可怕。他们变得脸色苍白，局促不安。他们中那些非俄罗斯人呢？他们处在和我们相同的位置。来里斯本仅仅见证这样一次交锋，就很值得了，这在几年前是完全不可能的。"

1988 年 5 月 12 日

芒通市，艾格隆酒店。

---

① 杨·布热科夫斯基（Jan Brzękowski，1903—1983），波兰诗人、作家、艺术理论家。

② 萨尔曼·拉什迪（Salman Rushdie，1947— ），印度裔英国作家。因 1988 年出版的小说《撒旦诗篇》引起极大争议。

内拉询问了很多,关于布加勒斯特、巴黎、布里、蒙特热龙的一些事和我们曾经的熟人。我不停地说:"不记得了。"我的记忆完全是选择性的,这导致一个问题:会不会一直遗忘?或者,储存人物和姓名的脑细胞只在必要时激活那些区域?比如,我有很长时间无法想起,自1950年秋天起就熟悉的一条街,它的名字却又突然跳了出来:杜蒙德维尔街。这无疑是一个生物学或心理学问题,也是一个神学问题(最后的审判)。

我们来芒通后运气不太好。阴天。下雨。但气候跟里斯本相同,据天气预报,巴黎的气候跟去年一模一样;在五月,欧洲都差不多。

关于里斯本的诗人和作家的座谈,中欧与俄罗斯两个小组冲突的报道,适时出现在《纽约时报》,值得注意的是,这是自第二次世界大战结束后,第一次发生这种性质的对抗。来自莫斯科的客人第一次遇到"中欧"的概念,这也解释了他们的愤怒和困惑。"我们知道波兰、匈牙利、捷克斯洛伐克以及这些国家的文学,"他们说,"但这怎么是中欧呢?"流亡诗人约瑟夫·布罗茨基完全持相同的立场,当然,这不是新闻;自从他与米兰·昆德拉展开论战后,这已是众所周知的事情。他的朋友、同行,诺贝尔奖得主切斯瓦夫·米沃什,则与匈牙利、南斯拉夫、捷克和波兰同行们团结一致,反驳他说,是时候打破俄罗斯文学的禁忌了,这一禁忌反对提及那个"帝国"的边界问题,然而,正是约瑟夫·布罗茨基本人,在其诗歌里第一次使用了"帝国"这个词来指称苏联。

俄罗斯人痛苦的惊讶直指这一敏感问题,它隐藏在作为集团或联盟的国家概念之中。着手重建“中欧”这一术语将是一个非常好的主意;事实上,这个概念的使用已经十年有余,而且在各种语言的出版物中,已经取得相对的成功。如果它不是作为一个适当的术语,至少是在某些文学圈子里被接受,里斯本作家大会的组织者就不会在这样一个名目下,安排一次专门小组座谈。

1988 年 5 月 15 日

芒通,艾格隆酒店。

1945 年,在克拉科夫我经历了欧洲的终结。它甚至使我惊奇,说我和其他人具有欧洲终结的敏锐意识,也是不太贴切的。因为,如果那时有人告诉我,一切都会开始 da capo①,至少在欧洲大陆的西部将会如此,我也不会相信。事实上,西欧居民也不相信;似乎还要再过几个月,他们才会相信。

期待新的战争爆发的那些人(比如流亡伦敦的那些人),很容易找到维持其狂热的燃料。尽管如此,美国固执地开始了富有成效的马歇尔计划——也就是说,拯救西欧。当斯大林在 1949 年获得了原子弹,如果不说是彻底的恐慌,至少也是一股恐惧的潮流再次蔓延到了全世界。1950 年 10 月,杨卡不情愿陪我离开美国,这是完全可以理解的。

① 意大利语,音乐专业术语,意为“从头重复”。

安东尼·斯沃尼姆斯基似乎对他文学生涯里极不名誉的行动感到难为情(他的攻击发生在我逃离之时),他用来证明自己的方法,就是撒谎,说我业已证明我的卑鄙,说我1951年2月1日在巴黎领过薪水就开溜了。这是他被告知的内容。敌人必须也是一个无赖。这并不符合事实。我没有报告大使馆,我是假装生病,然后出现在了位于迈松-拉菲特的《文化》编辑部。

那时,《文化》编辑部刚从罗马迁到法国,差不多是以战时的方式,在科尔内耶大道,一栋几乎毁坏的房子外面,扎营办公,这里与一个大型公园相邻,它给我的印象是特别阴郁,顺便一说,一切也像秋天和冬天一样阴郁。我通过电话宣布了我即将到达的消息,不知道我会遇到什么,尽管从克隆斯基的信中,我已经推断出他们在巴黎给我安排了几件事。

克隆斯基夫妇自从在德国的集中营被解放后(出色的德语救了他们),就一直逗留在巴黎,他们最初是站在“伦敦流亡政府”一边。他的关于“存在主义”的文章出现在《文化》编辑部迁至巴黎后最早出版的刊物上,这在后来常常引起他的恐惧发作。然而,不久之后,他们转向了波兰人民共和国大使馆那一边。(“法西斯分子给的报酬太少。”他给我的信里如此写道。)

“法西斯分子”这一说法,不过是“克隆斯基式幽默”的一例;他给所有反对巴黎的共产主义者的人都安上了这个标签——包括在西边的整个波兰军队和来自东边的新移民。我全部感情的复杂性、我对波兰即将发生的一切的恐惧,加上我对失败者的反感，使我很难再去科尔内耶大道的那栋建筑的厨房里谈论什么，那里有一张油布覆盖的桌子，用于“共产村”(phalanstery)吃饭和拆早晨到来的邮件。对我来说，这意味着触底了，因为我无处可去。在某种程度上，我受伤的骄傲使我粗鲁地对待东道主，激烈挖苦和攻击他们先前的某个结论。

我与他们的争吵，很大程度上是我的挑衅行为引起的；我故意装傻，以激怒那些“反动派”。我们对彼此的精神状态都很陌生，因为耶日·基耶德罗伊奇，以及佐西亚与齐格蒙特·赫兹的保守主义，仍然坚持着战前波兰那个阶段的东西，需要逐步地放开。我认为，我与某些特别讨厌而精明的人的对抗，在某种程度上影响了《文化》的办刊方向。尤其在文学方面。在我出现之前，基耶德罗伊奇已决定出版贡布罗维奇的一卷作品，包括《婚姻》和《横跨大西洋》，但齐格蒙特非常不满，尽管只是悄悄抵制，有时他大声嚷嚷(基耶德罗伊奇却根本没有听)，说要照顾他们习惯的做法。那时的齐格蒙特和后来的齐格蒙特，是多么不同啊！

假如《文化》没有显示出一种非凡的进取的能力，就会停留在像“伦敦圈子”那样一种情况，对波兰知识界的改变不会产生任何影响。除了难以置信的毅力，基耶德罗伊奇的特点是彻底的独立和绝对的固执，这使他避免了任何墨守成规的倾向，所以，他在法国的出版活动，他所推出的两个“堕落”作家——贡布罗维奇(小丑、自大狂)和米沃什(“红色”诗人)——他的这一举措，几乎具有一种象征性的意义。

1988 年 5 月 16 日

巴黎,雷恩街(玛丽·麦卡锡的寓所)。

我坐在图书室里,苦恼不堪,因为遭受着一种神经性的奇痒,不得不用手抓挠,直到流血。因为抽烟,也因为烧火炉,图书室四壁被熏黑,而火炉还必须添加煤块。在那里,最初的几个月里,我还处于一种神秘状态;仅仅消失在众人的视线之外。尽管如此,无论何时我到市中心时,齐格蒙特都不离开我左右,因为不能排除被绑架的可能。

巴黎,这座光之城,诗歌、绘画、戏剧之城,建筑之城,在太阳照耀下,披上了新的色彩。唉,对它知道得太多,意味着对人类社会的律法知道得太多。如果我编制一份巴黎著名人物的名录,把1951 年的他们,他们发表的东西,与今天的他们比较一番,他们会感到脸红吗?我对此表示怀疑。时代的潮流让他们漂浮着。

1988 年 5 月 20 日,雷恩街

来到巴黎,这是第几次?没有哪个城市像巴黎,它永恒不变,见证了不同的我,在我的青春时期,在我的盛年,如今在我的老年。毕竟,维尔诺和华沙已不再像从前;如今已是完全不同的城市。但是这里:依然是同样的街道、同样的地铁站、同样的咖

啡馆;只是我每次看它们的眼光已经改变。这里,我逗留的地方,离德阿萨街上巴黎天主教大学不远,离拉斯帕伊大道上的法语联盟(Alliance Française)也不远——换言之,离我的1934—1935年不远。我能重现遥远的那个自我吗?我能重现那时的我,重现当时感知一切的方式吗?那一年,我写下了《兵工厂的大门》,如今这首诗,它独立于我,向我敞开,正如一件完成的作品。巴黎,由于其不变的性质,对我来说,始终是一个沉思的题目,它牢固的形式和人类的生活之间有着巨大的差别——人类的生活总是那么脆弱、转瞬即逝、屈服于时间,不断冲向前方,一闪而过、转眼消失,生活的急流却依然奔腾不息。圣米歇尔大道咖啡馆里的那些女生!还有那些七十岁的妇女,现在何处?这便是最值得寻思的东西:出现在我们眼前的现实总是那么不同,而且常常发生变化,取决于我们所处的阶段;同时,在人流里的每个人眼中,它也是不同的,并且受制于时间丰富的变化。总之,存在无限多个的巴黎。如果不是因为每一帧画面的味道、颜色、气味,每一帧画面的狂喜或抑郁状态都是独一无二的,我想说它犹如一部电影;换言之,在这里,"摄影术"是个不太准确的隐喻。那么问题来了:如果说这一现实揭示了无数主观的色彩,现实的客观真相在哪里?神的眼里看到了什么?这个主观状态的仓库,或者某个基础,它"如其所是"的根据是什么?

我们应该区分"微观的变化"和"宏观的变化"。以前我对巴黎的沉思,常常局限于将它看作一个呈现各种"纯粹的"状态的城市,在我这个来自遥远欧洲的小地方人的眼里,它富于异国情调。我们要想自然地、自如地接受它的风俗,就必须相当法国化;也就是说,需要体会某些语音语调的味道,或者他们独特的反应方式,正如每一代年轻的法国人在学校学习那样。因为不能成为法国人,我发现自己无法进入他们的某些神秘的事物——比如烹饪。我,一个未开化的人,完全被镇住了,这里存在很多其他的原因。不过,渐渐地,我的内心对社会的忧郁感占据了上风,作为一个独特的种类,法国也开始暴露出人类这个物种普遍的可怜特征——至少,在一个老练的观察者眼中,就是如此,因为一个外国人永远不能渗入法国社会的中心。

然而,移居美国后,我开始以一个观光者的身份访问巴黎时,事情发生了根本的变化。早些时候,巴黎是一座被云层笼罩的山峰,我必须攀登,就像巴尔扎克笔下的主人公,从外省被一阵大风带到了这个首都。这是理论上而言,在实际中,因为对于流亡者的政治敌意,这是不可能实现的。尽管如此,1953 年的欧洲文学大奖为我打开了出版的大门,但是,在当时,我几乎是有意地拒绝了很多机会,因为我选择了写作《伊萨谷》,一本“保守”的书。无论如何,因贫穷产生的紧张和焦虑感,妨碍了我进行更公正的思考。现在作为一个游客,我可以观察这城市的洪流,无须担心明天是否吃得上饭。

1988 年 5 月 21 日,雷恩街

说一说 1951 年的巴黎。从奥利机场到市区,无论经过多少次,我都会等待出租车,经奥尔良门,再转入勒克莱尔将军

大道[1]，然后，我会看一眼外面的建筑(那一个，是吧?)，其中就有马克和谢巴·古德曼租住的漂亮公寓。马克在美国大使馆的经济部门工作；专门负责石油方面的事务。考虑到当时的美元汇率，他的薪水不菲。谢巴管理着国际救援委员会的巴黎分支机构，它成立于纽约，为西班牙内战的难民提供援助，在那之后，则帮助过许多国家的难民。他们俩都是纽约人。青年时期都尝试过共产主义，当他们告诉我，在一个马克思主义者的夏令营的经历时，他们脸上都笑了。在那里有一种活力、积极、进步的精神支配着一切，每天开始于早晨扩音器快乐的召唤，要求人人都去参加体操："大——家——早上好！体——操——时间到了。"他们很快失去了兴趣，但从此对俄国革命之后果的研究发生了兴趣(他们认真阅读库斯勒和奥威尔)，并喜欢上来自东欧的难民。注意：杨卡也参加过一个类似的马克思主义者的露营，大约是在1930年代的波兰，这并不是无关紧要的，因为我们第一次见面时，她身上就有些不同于波兰年轻知识分子的东西，而那些人通常属于右翼。

马克在大学学习物理学，这让他受益匪浅。他来自一个移民家庭，并不特别富裕；古德曼夫妇年轻时则很穷；他们都是来巴黎后才第一次经历富裕的生活，这多亏了马克的职位，而且他们懂得如何享受。他们的寓所装饰豪华，马克还爱在酒吧尽主

---

[1] 奥尔良门(Porte d'Orléans)，巴黎十九世纪中叶修建的梯也尔城墙十七个城门之一。第一次世界大战后城墙拆除。现在是从南进出巴黎的重要门户，位于巴黎十四区。通往奥尔良门的道路，即今日的20号国道。1944年8月24日，菲利普·勒克莱尔将军(Général-Leclerc)的第二装甲师从此进入解放了巴黎。

人之谊。他们的家是敞开的,温暖、好客;频繁举行招待会、宴会。从某种意义上说,他们的家是我那时在巴黎的避难所。我永远不会忘记古德曼夫妇的温暖和他们的信任——毕竟,是他们对我施以信任,不顾对我层出不穷的诽谤,不仅有来自红色阵营的,也有来自美国大使馆的政治部门的诽谤,可以肯定的是,马克与这些毫无共同之处。有一个俄罗斯血统的女人受雇于使馆,她在共产主义事务方面的顾问是雷沙德·弗拉加①。在战前,弗拉加(非真名)是波兰在俄罗斯的情报部门负责人。斯坦尼斯瓦夫·温森记得,弗拉加那时还是一个年轻的中尉,盲目效忠于毕苏斯基。也许这还不足以保证他有资格成为谍报部门的领导人,如果从他在巴黎的活动来判断,可以这么说,波兰情报部门对于东部边境背后发生的事情所知甚少。弗拉加患有严重的窥探狂症(espionitis);与从事间谍和特工活动大有关系。换言之,他本人成了个人职业的受害者,使他成了一个怪人。这也表明以抓间谍为业是多么危险。至于我,他绝对相信是个极度危险的特工,表面上“选择了自由”,实际上却在为“东边”的操纵者效力。而且,既然《文化》欢迎我,那么,在他看来,基耶德罗伊奇“客观上”具有作为间谍的嫌疑。本着这种精神,弗拉加以波兰语发表了许多文章,可以说都是十足的威胁谩骂,然后,

① 雷沙德·弗拉加(Ryszard Wraga, 1902—1968),本名耶日·涅兹博日茨基(Jerzy Niezbrzycki),波兰军人、政论作家。他曾预言苏联将从东边进攻波兰。米沃什在波兰国家电台的同事。二战爆发后逃亡罗马尼亚,后到伦敦。1949年移居巴黎,后到美国。1968年死于癌症。文中提到的他的俄罗斯妻子名为娜塔莉·弗拉加(Natalie Wraga, 1901—2002),2002年在弗吉尼亚州去世。

他将这些文章和其他谴责文章，提供给了他的俄罗斯女友（后来与之结婚）。《被禁锢的头脑》出版时，根本就无需更进一步的证明了：这种书，只可能出自一个共产主义特工之手。

作为朋友，马克和谢巴虽然不懂波兰语（这意味着我作为一个诗人对于他们是不存在的），但他们却理解我的痛苦，理解杨卡在美国为我获得签证付出的努力；获得签证在那时完全是不可能的，如果能够查阅美国大使馆关于我的文件，一切就清楚了。我在古德曼夫妇家里遇到过很多美国人，他们中间许多人的人生故事，都有一些作为前国际共产主义者的独特经历——如伯特伦·沃尔夫[①]，他写过关于列宁、托洛茨基和斯大林的不朽历史著作。还有一些外国人——例如印度作家和哲学家雷杰·饶[②]，很多年后我在得克萨斯大学又遇到过他。有没有法国客人出现在他们家？很少。

我与古德曼夫妇的友谊，在杨卡和孩子来到法国后得到了继续。当我们生活在布里孔特罗贝尔时，每次古德曼夫妇的加长豪华轿车到来，总是会受到托尼和彼得的欢迎，即使他们到访的次数相当多，那也仍然像一个快乐的家庭节日，毕竟，我们也没有其他的家。在 1955 年，我们曾经一起度假，我想，是在大天堂山断层脚下的奥斯塔山谷[③]。那里曾是古代皇

---

① 伯特伦·沃尔夫（Bertram Wolfe，1896—1977），美国学者，前国际共产主义者。

② 雷杰·饶（Raja Rao，1908—2006），印度作家、哲学家。曾获得 1988 年诺斯达特国际文学奖。

③ 大天堂山（the Gran Paradiso）奥斯塔山谷（Aosta Valley），位于意大利皮埃蒙特大区西北部。

家狩猎场，如今变成一个国家公园。然而，在我们与他们的关系中，我们也不得不观察到某些外交式的习惯，而且，由于汉娜非常嫉妒、嫉恨谢巴，这意味着我们必须尽力避免搅入敌对的两方阵营。汉娜成长于捷克的土地，当时那里还属于哈布斯堡君主国，所以从文化上讲，她是德国人；她已经定居法国，战争期间与丈夫一起生活于多尔多涅省[①]一个农场，但她能说一口流利的英语。我从来没有能够弄清她为什么仇恨谢巴，但我相信，是她将谢巴排挤出巴黎的国际救援委员会。但是，谢巴的善良和某种迟钝的温柔，让那些偏激的激情不可能有任何爆发的机会。对照我与古德曼夫妇的友谊（他们很快就接受了我），我与汉娜是逐渐成为熟人——在国际救援委员会，我是一个申请者——起初的关系非常糟。正如她后来告诉我的，我没有留下一个好印象；看起来阴郁、局促不安、神神秘秘，似乎浑身都有值得引起怀疑的材料。只是后来，在我的家人到来后，汉娜心里的不信任才逐步转变为对我们的爱，尤其是对孩子，但这是一种在排他性上狂热的爱。

1988 年 5 月 22 日，雷恩街

马克和谢巴追踪阅读各种新出版物，对文学界的人物了然于胸，但是我们的谈话却不太涉及知识界的问题。马克认

① 多尔多涅省（Dordogne），法国西南部省份。

为自己是一个受到谋生的必要性限制的诗人；换言之，他属于次要作家中的一员，此类作家在这个世纪有越来越多的趋势。他有几首诗是成功的，我甚至将其中一首译成了波兰语。多年来，他在业余时间里致力于翻译保罗·瓦莱里的《海滨墓园》（诗歌就是业余的，诗歌翻译是又一层的业余）。

另一方面，汉娜对于各种时事有着罕见的胃口——文学的、政治的、艺术的、电影的、戏剧的，三种语言的各种书籍、小道消息和生活故事。她几乎每个星期天都会到访，不停向我倾销那一周里收集的各种信息，直到杨卡因为我们刺耳的交谈开始头疼。稍后我将具体描述汉娜和她的朋友圈子。

所以，1951 年很快过去，忽然就是 1952 年了。我必须简单写写让娜·赫什。在海德堡教书时，卡尔·雅斯贝尔斯有两个才华横溢的女学生。一个是汉娜·阿伦特，另一个就是让娜。阿伦特移居美国，并在那里出了名。她的这个同学却没有从欧洲移民，因为她是瑞士人，但是她的语言即法语在一定程度上限制了她的活动。让娜的父亲利伯曼·赫什①是维尔诺人；他属于那里一个同盟会的激进分子，并不得不逃离沙俄政府的统治，我想，时间应该是在 1908 年。作为一个政治流亡者，他勤奋而强健，在日内瓦成了日内瓦大学统计学方面的一名教授。让娜的母亲是一名内科医师。他们在家里讲波兰语，这也解释了让

---

① 利伯曼·赫什（Liebman Hersch，1882—1955），出生于维尔诺的犹太人，日内瓦大学人口和统计学教授。

娜为什么拥有一些波兰语的知识,尽管说得并不很好。

她是约瑟夫·恰普斯基的朋友,我就是这样认识她的。现在问题来了:如何在短短的几行文字里描述一个非常特别的人?她的头脑具有哲学思想的内核(从童年起),也许有些过度思辨的倾向,追求精确的辨别力。追求对真理的爱,以及瞬间看穿谎言的能力,同时还要识别那些哲学家常常在背后隐藏的模糊的东西。(她无法忍受海德格尔。)她直接、尖锐、固执,不擅长外交策略和妥协;聚会和学术会议的参与者(主要是男性)都怕她,我有过这样的经历,目睹她一击而中,摧毁他们的论点。

很显然,她是一名出色的教师,先是在日内瓦国际高等专科学院,后来在日内瓦大学担任哲学教授。有一个时期,她还是联合国教科文组织哲学部门的负责人。除了自己著述,她多年从事雅斯贝尔斯作品的翻译,把它们译成法语,她的译文完全忠实于早年的导师。多亏了她,我在雅斯贝尔斯去世前不久,得以在巴塞尔拜访了他;他为《被禁锢的头脑》德文版写了一篇导论。在巴黎,她还介绍我认识了汉娜·阿伦特。

她的非凡性格:今天找到像她一样充满道德激情的人并不容易。她属于那么一个先知的部族。"旷野的女儿",正如我们彼此的朋友斯坦尼斯瓦夫·温森对她的概括。她的社会主义,源于她的家庭,又经她在日内瓦社会党里的成员资格所确认,它首先是一种高于一切的道德义务。同样的理由,它排除了任何极权主义的诱惑。让娜轻蔑地摒弃了五十年代整个巴黎左倾分子的那种"花言巧语"的风格。我需要她作为一面墙,能够反弹我那些挑衅的球,挑衅表明我正遭受着"黑格尔式的蜇伤",需要寻求一些能够战胜我论点的论点。

我们的友谊持续几十年,经过了不同时期的亲密和疏离,可怕的争吵,但是也有幽默。我必须使自己变得更坚硬些,才能做出一个难以启齿的告白:我怕她。就像参加那些聚会和学术会议的男性,虽然可能有某些不同。不幸的是,让娜是注定孤立的,因为每个人都害怕她。她身上那么一种过于纯洁的道德空气,简直令人不能呼吸。像我这样一个被扭曲的、优柔寡断的人,用我自己的观点来看,一个有着猪的某些特性的人,如何能够忍受?最糟糕的是,我还是一个爱喝酒的人。对于让娜来说,酒精是邪恶的,是意识丧失的象征,是一切最可贵之物消失的象征,因为她认为,清晰的思维与正确的行为毕竟是不能分开的。

勇敢。绝对的公正。对自己和他人的要求之严格。好斗;你不可能想到与她发生矛盾。她咄咄逼人的手指。她智力的严密性,绝对无误,这些反过来,也许会带来一种结果,我想称之为“缺乏灵活性”。在最后的分析中,我们必须知道:什么时候应该放手,什么时候应该坚持——我是说在思考方面,在进行价值判断时。科特·耶伦斯基对她的评价很高,但也没有称赞她过于禁欲主义的道德说教。科特是那么灵活的一个人,对各种观点都那样好奇,也不得不指责她太执着于那些牢不可破的原则,让她显得越来越死板。我们另一个共同的朋友,斯坦尼斯瓦夫·温森对她就像对待自己可爱善良的女儿,他那个女儿恰巧也有一点疯狂,每次谈到她的那些冒险经历时,温森总是哈哈大笑。因为在让娜的那些冒险里,总有许多不被接受的规范,许多被认为不合时宜的怪癖(特别是在伪善的日内瓦),这些都是由于她喜欢孤注一掷的习惯,百分之一百,完全不考虑他人有什么看法或者怎么想,而她自己,随时准备徒手对付“习俗”的坦克。她不是太招人喜欢。但也有一些忠诚的密友,而她也不是太怕失去他们。我非常喜欢与让娜合作翻译雅斯贝尔斯的海伦娜·纳伊夫以及她的整个家庭。我在日内瓦还见到了作家丹尼斯·德·鲁日蒙①、专门画动物的画家罗伯特·海纳德,以及出色的诗人让·保罗·德·达德尔森②(我至今仍这么认为)。

1988 年 5 月 23 日,雷恩街

在我看来,让娜的“严苛”非常有魅力——对人、对各种风格、对书的挑剔,在这方面我完全信任她。当她说好时,我知道她不是故意抬高或空泛地恭维我。我在她眼里,比她在我眼里,更像一个奇异的生物。她认为我是她所知道的最像一个“乐器”的人。也就是说,生活里的我,和书桌前写作那段时间里的我,是完全不同的两个人,仿佛我生活着,只是为了那另一个自我而存在的乐器。(我本来可以引用克拉辛斯基的诗句,“美的河流经过你,但你不是美”——但让娜不了解波兰诗歌。)她对

① 丹尼斯·德·鲁日蒙(Denis de Rougemont, 1906—1985),瑞士散文家、评论家、思想家。

② 让·保罗·德·达德尔森(Jean Paul de Dadelsen, 1913—1957),瑞士诗人。

我的才能有着绝对的信任，无论别人怎么看，我获得任何文学奖项，对于她一点都不意外。

她力促我写作《攫权》参加比赛。我耸了耸肩。我的确同意了那样去做，但有些不情愿，我争辩说，在二十世纪小说已经不再是作为一种优秀的艺术品而存在，不值得尝试那种文体。作为一个实验，也为了取悦她，我开始写作那部小说，每天完成一定的写作量。在差不多两个月的时间内完成了这部小说。她将它译成了法语，赶在作品提交日期截止之前。欧洲文学奖由日内瓦"基尔特图书行会"（Les Guildes du Livre）资助，那是一个类似图书俱乐部的机构；按照该奖的评选规则，来自欧洲各国的成员组成评审团进行初选，然后由他们提名候选人。我由法国评审团提名（虽然手稿上注明是"从波兰语翻译"）。我与另一个叫瓦辛斯基的德国散文作家分享了此奖的奖金（五千瑞士法郎）。两千五百瑞士法郎（在当时是一笔不菲的奖金）不是太重要，重要的是这本书由瑞士和法国的图书俱乐部出版了。就这样，我靠写作终于能够养活自己，并将我的家人带到了法国。

当我诉说我可不想写小说的时候，没想到自己很快又写了《伊萨谷》，再次违反了那个原则。当然，肯定是出于完全不同的原因。作为一种自我治疗的尝试，使自己摆脱一个令自己无法创作诗歌的辩证的瓶颈，也是为了走出单纯的怨恨。它不是巴黎的市场所要求的东西，巴黎的市场是左倾的，总在追逐最新的时尚。让娜赞赏我的小说风格。因为法国科学院逐渐从字典里删除了许多涉及农业、狩猎、捕鱼、天气等的旧词，她费了许多心思才将它译成法语；让娜埋头苦干，成天包围在字典之中，而且，她做这一切，是在我们之间产生了嫌隙的那段时间；这使她的翻译成果更显英雄主义的味道。我不认为这本书得到了很好的评论。我记得，可能是在《快报》(*L'Express*)上，我的照片附带的说明有这样的文字："东欧的浅易的形而上学"。好像一个作家身上困难的东西、有价值的东西，就是那些社会和政治性的事务，而一个对形而上学感兴趣的人便犯了逃避主义的过错。阿尔贝·加缪很喜欢这部小说。这本书为我赢得了一些忠实的读者和赞许的评论家，主要是在西德，卡斯帕·维奇博士，当时基彭霍伊尔和维奇出版公司(Kiepenheuer und Witsch)的主任，他是这部小说的支持者和出版人。事实上，翻译质量如何对我是个未知数；我怀疑它的译者玛丽拉·莱芬贝格[1]在风格上采用了某种老式的语调，她为人很好，1912 年从波兰一个庄园来到慕尼黑时还是个小女孩，后来一直生活在德国，嫁给了一个性格温和的大个子男人、具有一半荷兰人血统的艺术评论家本诺·莱芬贝格[2]。

在我看来，在不断攀登知识高峰方面，让娜不啻一个很好的学校；每次她说"你又忘了如何成为一个笨家伙"时，这感觉就进了一步。从哲学上看，她代表了雅斯贝尔斯式的存在主义及其哲学信念。注意：我与雅斯贝尔斯有过一次关于儿童的宗教教养的谈话。他对圣经的传统多有依恋，尽管他不喜欢天主教，

① 玛丽拉·莱芬贝格(Maryla Reifenberg, 1892—1981)，德国翻译家。

② 本诺·莱芬贝格(Benno Reifenberg, 1892—1970)，德国艺术评论家。

却建议天主教徒对儿童施以天主教的教育,作为一条通向圣经的道路。这一点与加缪有些类似;加缪告诉我,他作为一个无神论者,却有意让他的孩子参加第一次圣礼,他问我是否感到奇怪。

我不只受到我们之间讨论的影响,还包括让娜的哲学著作——如果说《哲学的幻觉》只有一点影响,《内容与形式》的影响就非常强烈。很久之后,她又写了一本书《意识形态与现实》,将各种政治学说进行了分类;那好像是作为巴黎《文化》名下的出版物,以波兰语译本形式出版的,书名改为《政治和现实》。然而,我相信她真正的舞台是哲学的高地,而不是它的社会应用。对这些问题的分析,给汉娜·阿伦特带来了很大的名声。让娜的研究领域却在哲学和神学之间。我很遗憾,不能旁听她与卓越的基督教神学家加斯顿·费萨尔[①]之间的讨论;她和他的友谊可以追溯至我的美国时期。费萨尔神父可能是他的同时代人里,唯一详细阐述过基督教历史哲学体系的人(我没有算泰亚尔·德·夏尔丹[②],因为我不认为他是一个思想家),他的哲学基于关于主人与奴隶的黑格尔辩证法,同时基于保禄会有关犹太人与异教徒的辩证法。

这些兴趣并不意味着让娜曾经背叛而转向基督教的倾向。她参加了冈道尔夫堡的研讨会,但不是作为一个基督徒。因为

① 加斯顿·费萨尔(Gaston Fessard, 1897—1978),法国神学家。

② 泰亚尔·德·夏尔丹(Teilhard de Chardin, 1881—1955),法国古生物学家、地质学家、哲学家。汉名德日进。

我一直寻求与虔诚敬神的人为伴(为了弥补自己的不足),我视她的虔敬高于一切;她真是一个卓越的女祭司,也是一个顺从至高召唤的代表。因为这种品质,曾经和现在,我都准备原谅她的缺点。

1988 年 5 月 24 日,雷恩街

去布罗卡医院看望汉娜,她已经九十二岁了,因为摔断腿,一直在住院。

地铁冰川站。这一站,也就是以前民族宫地铁站,它没有"救世军避难所"(为无家可归者而准备)那么有名。因为缺钱住酒店,在 1931 年夏天,我们三个人就睡在那里——"大象""罗伯斯庇尔"(斯蒂凡 · 耶德热霍夫斯基)和我。真的难忘,那三个少年,他们跃跃欲试的样子。

现在,说说汉娜。她在布罗卡医院是 de long séjour(长期居留),就是说,那里主要是作为老年人之家。我了解这些为破碎的玩具娃娃准备的贮藏室。老年痴呆患者,依靠拐杖无力地挪步,或者在轮椅子上滑移,喃喃自语,胡言乱语,疯鸟一样地尖叫。汉娜几乎失明;让她认出我来,不是件容易的事。但她的头脑仍然好使,尽管她总是抱怨记不住谁谁的名字。

汉娜在维也纳写的博士论文,是论述托马斯 · 曼的作品;出版于 1925 年,正值曼五十岁之际。她于 1930 年移居法国。在

医院，我们谈到她的朋友和亲戚——那些我认识和不认识的人。我不认识她的丈夫，一名来自德国的翻译家，而且我很可能见过一次巴拉迪妮·克洛索夫斯基[①]；她是里尔克的红颜知己、两个画家（巴尔图斯和皮埃尔·克洛索夫斯基）的母亲。我以前常在汉娜的家里见到皮埃尔。我不认识艺术史家埃利·福尔[②]，他们结识于战争期间，在多尔多涅省他们的住处。还有列夫·托洛茨基，无论何时来巴黎，他都是他们的座上宾，那已属于另一个时代，需要一整篇文章来讲述，包括第二次世界大战结束前，留在美国和德国的流亡者对托洛茨基主义者的同情。因为汉娜，我认识了阿尔弗雷德和玛格丽特·罗斯默[③]，法国劳工运动中几个老积极分子，我们一度经常拜访他们位于巴黎城外的乡村住地。

薇依夫人，西蒙娜·薇依的母亲。住在拉丁区的一间公寓里，在卢森堡公园附近，汉娜带我去见过她。那时我正在以波兰语翻译西蒙娜·薇依的《选集》。西蒙娜·薇依的房间，有她写作的书桌。从汉娜口里，我得知西蒙娜与列夫·托洛茨基有过一次很长的对话，后者也许很欣赏她的抗争能力。

关键的是：穆里尔。各种故事的线条皆汇集于此，包括我

---

① 巴拉迪妮·克洛索夫斯基（Baladine Klossowski，1886—1969），画家。出生于普鲁士的布雷斯劳，后移居巴黎。她是诗人里尔克的最后一位恋人。

② 埃利·福尔（Elie Faure，1873—1937），法国历史学家、随笔家。

③ 阿尔弗雷德·罗斯默（Alfred Rosmer，1877—1964），法国工团主义者。玛格丽特·罗斯默（Marguerite Rosmer）是他的妻子。

们的家眷。穆里尔·加德纳[①]，一个美国人，来自一个非常富裕的家族（阿穆尔火腿）；第二次世界大战前她在维也纳学医，奥地利被吞并之后，她深深卷入了反对希特勒的地下斗争。电影《茱莉亚》讲述了一个地下情报员的故事，其中借鉴了她的经历，莉莲·赫尔曼[②]被认为是电影人物茱莉亚的某种原型，虽然与真实的情况相去甚远。在维也纳反希特勒的活动之中，有一个穆里尔的同志、社会主义者，约瑟夫·布廷格尔[③]，他在一个提洛尔人的村庄作为牧羊人开始了他的人生，后来她嫁给了他。第二次世界大战后，布廷格尔夫妇成了汉娜的好友和保护人，而在美国时，她多次拜访过他们；他们到巴黎时，也会邀请汉娜周围的许多人，包括杨卡和我，一起去巴黎左岸的餐厅吃饭。布廷格尔夫妇的圈子，其中包括斯蒂芬·斯彭德[④]，与汉娜的另外一个圈子相互补充，有着松散的联系；德怀特·麦克唐纳和他的妻子南希·麦克唐纳（她积极卷入了对西班牙难民的救助），也可能在那里出现过。

布廷格尔夫妇对汉娜非常关心，这体现在他们满足她的每一个愿望，其中一个办法就是他们在蒙特热龙购买了房子。我们花很少的钱，在布里租了一套老房子，房子属于一个叫贝尼耶

---

① 穆里尔·加德纳（Muriel Gardner，1901—1985），美国心理学家、精神病学家。

② 莉莲·赫尔曼（Lillian Hellman，1905—1984），德国作家。

③ 约瑟夫·布廷格尔（Joseph Buttinger，1906—1992），奥地利作家、社会活动家。1942年移居美国纽约。

④ 斯蒂芬·斯彭德（Stephen Spender，1909—1995），英国诗人。

的先生，但租约到期了，贝尼耶先生需要将房子留给家人住。1956 年，我们正在寻找一个新的住处，在乡下寻找（因为巴黎房租太贵，也因为杨卡觉得城市不适合孩子们）。但我们找到的每个地方，开销都负担不起。汉娜出了个主意。我们从布廷格尔夫妇手上借一笔无息贷款，在蒙特热龙买下一处房子，带大花园，在佩卢斯绿化带附近，而且与托尼即将就读的公立中学相邻。那笔借款，今天看来可能少得滑稽，但当时却是相当大一笔款子。我们迁居加利福尼亚时，把房子卖掉才还清那笔贷款。

我勤勉地锄草，杨卡也慢慢做了一些改进，以致邻居以为我们是很有钱的美国人，然而，尽管我非常辛苦努力，我们仍然难以维持收支平衡。有趣的是，我们的孩子，如我们之后知道的，他们一直未曾发觉杨卡常常不敢去布里的商店，因为我们未偿的债务，也因为我们在蒙特热龙的兴旺只是一种表面的假象。

现在，汉娜到了这里。杀人，这个世纪疯狂的愚行，当然是坏的。然而，突然而意外的死亡，较之缓慢的死亡甚至更糟神志清醒地死去，却是仁慈的。这种恐怖的永恒而不变的沉积物，连同那种节日的表面上的嘈杂场面，至少在我看来，提供了一个违背造物主之善良的证据。这确实使我烦恼，让我回到我的起点，在我还是十五岁时就开始体验到的形而上学性质的沮丧。因为，在最后的分析中，死后的构想，失去了真实的根据，不再能够相信死后的真实生活，而且，不再相信会有另一个身体取代这个灵魂的暂居所，另一个与之前完全一样的身体，会被关怀、被喜爱、被考验，具有重要性的身体。唯一的我，肉身的我，无可逃避地穿越众生之路。我不知道,那些基督徒的信仰是否比我们更强大,他们能超越身体,走向天堂或地狱,而我们的血液的律动、我们的贪婪、我们的感官的欲望,控制着我们,一直裹挟着我们,让我们投入那表面的节日。作为一个十五岁的人,我无法融入其中,还没有被吸引到那些欢庆活动中,无法羡慕那些奋争的人、奔跑的人、渴求的人、充分满足自己的人,还没有看出那只是一个幻觉。温森有一个短篇小说,讲了一个叫多博什的强盗的故事:他应邀参加一个舞会,在喀尔巴阡山中的一座城堡里。一场盛大的舞会;来了许多衣着美丽的女人,五彩缤纷,场面壮丽,一支小型管弦乐队伴奏舞曲。但是,多博什的一个同伙发现,乐师不时将手指浸到碗中某种液体里,然后涂在身上、眼睑上。他慢慢走过去,也那样做了。然后,他看到的,不是一场精彩的舞会,而是骷髅随着魔鬼的音乐在舞蹈。他抓住多博什的胳膊,他们逃出了城堡,那是黑暗山顶的一个废墟。现在,在老年,我再次陷入一种疏离的状态里,舞会不能使我快乐。或者它也能让我快乐,却是越来越少了。

汉娜说她只想要一个东西——死——而她又不能自杀,她怎么能呀,因为"在我一生里,我甚至从未拍死过一只苍蝇"。她向我诉说她做过的梦:她在一个歌剧院里,走上楼梯,当她走到门口时,门却都是锁着的。然后,更多的楼梯和锁着的门。"一个人如何才能从生活里退出?"她问道,"我如何才能睡着而不再醒来?"谁能成功说服这样一个无助的人,她唯一的愿望只是不再存在,谁能对她说,应该保持固有的活着的希望?请注意,当我们说这个世界的安排是“怪异的”,我们就进入了一个休戚与共的状态;我们强调的,是我们的、是我们这个物种在宇宙里的独特性,而我们的意识和道德主张只被一个光明而弱小的神所支持,而这个弱小的神,要去对抗一个黑暗而强大的“大自然”的神。

列夫·舍斯托夫受不了禁欲主义:我们为什么要在必然的事物面前低头,仅仅因为那是不可避免的?为什么不是呼喊“不”?

但是,呼喊“不”是什么意思?现在,我来到这个医院里,我知道,我们全部的所谓“善”,背后都暗含着孩子气的单纯和明显理想化的游戏成分。没有什么放过我,甚至被称作“爱”的阴暗面也没有。我并没有崩溃,我并没有垮掉,无论如何,我必须忍受那一切。对于那个十五岁孩子的“厌世情绪”,这是一种个人经验上的追加物。

“主!惟你有永生的话,我们去投奔谁呢?”(《若望福音》,6:69)因此,反抗终止。

1988 年 5 月 25 日

布里孔特罗贝尔是巴黎大区平原上的一个小城,距巴黎三十公里。那里难看的教堂尖顶,始建于几个世纪之前,混合了多种风格,远远就可以看见。那里也有一座城堡的废墟。周围是麦田和甜菜地。当杨卡和孩子们在 1953 年夏天从美国迁来之后,在我们搬到布里之前,先是在勒芒湖[①]的法国一侧,一个叫博恩的村子住了几个月,村子中间还有一个小池塘,人们在那里饮马,女人在洗衣池里洗涤亚麻制品。见不到任何外国人,因为交通不便,只有公共汽车开往巴士底广场,那需要一小时。

1988 年 5 月 29 日,洛桑

前几天,我到迈松-拉菲特拜访了约瑟夫·恰普斯基。他即将访问瑞士,他邀请我去看他的画展,画展在洛桑外的谢布尔[②]小城的艾胥里曼画廊。我原计划星期六(5 月 28 日)去看望伊雷娜·温森。但是前一天我有一场波兰语诗歌朗诵会,在帕洛蒂尼神父那儿靠近教堂的一个大厅举行。在赶往那里的路上,我被大雨淋透了,虽然诗歌朗诵很成功(加上一小时的签名狂欢),但我感觉颇为糟糕。尽管如此,我还是乘火车赶到了洛桑;并且,我们一到温森太太那里,就乘小汽车去看约瑟夫的画展。我直流鼻涕,又担心当着温森太太打喷嚏(她已经八十八岁,似乎还有支气管炎),我挨过了一个相当痛苦的下午。在巴西雅·温森处过了一晚,发烧,服了药片。

---

① 勒芒湖(Lake Leman),阿尔卑斯山北麓法国和瑞士共有的湖泊,也称日内瓦湖。

② 谢布尔(Chexbres),瑞士联邦西部法语区一个小城,行政上属拉沃-奥龙区管辖。

温森太太和已经九十二岁的恰普斯基，头脑都和汉娜一样灵敏。我惊讶于恰普斯基作为一个画家持续的活力。我不明白他怎么可以画那么多、那么好，虽然他几近失明——至少他是这么说的。尤其是他最近几年的画作；那些正是他想让我来看的。特别是一幅静物画：一块破布，灰色和白色的影子。

我在五十年代与《文化》的冲突，在多大程度上波及恰普斯基？在这一点上，我必须质问自己，因为我的敬畏甚至崇敬，似乎在暗示着我们之间没有摩擦。在恰普斯基的一生里，他已成为一个传奇，并且必将更具传奇性——作为一个画家、见证者、作家、不朽作品（他的日记、文本和绘画）的作者。他仍然在写日记，却已不能辨认自己的笔迹（没有人能），这些可能需要很长时间才能出版。

正是恰普斯基向我介绍了西蒙娜·薇依的《重负与神恩》。薇依出版的第一本书。也正是恰普斯基给我看了戈比诺关于凯特曼[①]的几页东西。我可以和他进行真正的交谈。然而，有一个障碍。我的假说：他所说的一切都是对的，但我拒绝，因为我的头脑是被污染的。我的第二个假说：由于我自身性格和头脑的缺陷，我坚持我的（辩证的）不信任，对于“是即是”“否即否”模式的不信任，所以，我尽量准确地指出恰普斯基身上许多独有的特征。有一些涉及他的波兰背景——贵族的、骑士的、理想主

---

① “凯特曼”（Ketman）一词来自法国贵族、哲学家和小说家阿蒂尔·德·戈比诺（Arthur de Gobineau，1816—1882），在他所著《中亚地区宗教与哲学》一书里，一位法国旅行家在游历波斯地区时，用它描述选择性自我认同现象。人若将“凯特曼”融入骨髓，便知行不一，说一套做一套。参见《被禁锢的头脑》。

义的、浪漫的、古老波兰人的背景——他身上另外一些特质，却使他通向艺术、哲学、宗教。我不满于第一个恰普斯基身上某些过分的道德热情——换言之，就是那些性格特征，损坏了他的妹妹玛丽亚·恰普斯基所写的几本书。

我不能决定两个假说哪个是正确的。这让我想起，在学校读书时，我自己也有些特别，有些傲慢自大，同时在班上，处于一个并非全然无辜的位置。我——一个内在的驼背者；他们，我的同学——却都完全像个正常男孩。然而，一个驼背者，有着久经磨炼的意识，理解他人不能理解有关他们自己、他本人的一切。代价是：在说“是即是”“否即否”时，他怀有某种模糊的“不确定性”。恰普斯基是一个特别积极的多样化的典型，而我自己，无论是在中学的班上，还是现在，都是一个可疑的突变体。

1988 年 5 月 30 日，雷恩街

几天前，就某个实际问题，我打电话给伦敦的斯蒂芬·斯彭德。在巴黎，我读了他关于 T. S. 艾略特的书，我都是在夜晚读书。直到他讨论艾略特“当代”戏剧作品里的“中上层阶级”的生活那一章，这本书都写得很好。也许，“圆滑”妨碍他做出进一步的批评，而不仅仅是指出艾略特的人物缺乏真实性。但是，不能排除，作为一个英国人，他没有看出这个社会阶层的喜剧性及其例行的仪式。对于我这样一个外国人来说，这是难以理解的，作为一个大诗人，艾略特梦寐以求的是：戏剧的背景设置在

社会的最高层,人物以韵文说话。这种组合的奇异性、错乱的戏仿,很可能源于这样一个事实,即当他们在客厅端庄地争论心理和宗教问题时,这些先生们(让我们想象,还有一个印度教徒身份的仆人和见证者)使我们的笑声打了对折。这一社会阶层的明确特征,使它不可能严肃对待像西莉亚·科普尔斯通[①]这样一个人物,她渴望的是殉难,成为传教士,被野蛮人在非洲钉上十字架。她最多可以在某个廉价滑稽戏里成为一个代表人物。我认为,每个社会阶层的习俗,都存在类似喜剧性的方面,只是没有被意识到。比如在法国,安德烈·纪德穿越非洲的旅行。当黑人用轿子抬着他时,他正在阅读拉辛(见《刚果之行》)。

在某种意义上,诗人对于他的阶级和国家的依赖,暴露出他自己的弱点;它脱去了他的假面。在我看来,艾略特的"客厅"诗歌,某种程度上有损于他那些更崇高的文本。因为说到底,它们毕竟是同一个声音。

恰普斯基的绘画将我们带回人类个体性的秘密之中。从远处它们也很容易识别;观者一眼就能知道,那是恰普斯基的创作。真是艺术的精品。

卡西亚瞬间被燃尽。
留下的只是一把灰。

---

① 西莉亚·科普尔斯通,艾略特剧作《鸡尾酒会》(*The Cocktail Party*)里的人物。她是在心理诊所接受治疗的病人。

而在这灰烬上升起的，是精华，是超凡的蒸气，无与伦比，因为这世界的开始，无可比拟。

1988 年 5 月 31 日，雷恩街

“生活在别处”的渴望。关于它在现代时期的形成，尤其是在十九世纪和二十世纪的形成，可以写出一本大部头。显然，“别处”的一个变体就是未来；整个俄罗斯知识分子阶层都感染了这种疾病。稍后，在俄国革命之后，法国人和英国人试图在东方寻找，对付他们寻常而难以忍受之现实的办法。萨特甚至在俄罗斯、古巴，然后从中国，发现了他理想的国家。

写到这里时，我正在阅读马尔科姆·考利[①]的《流放者归来》的新版。自愿的流放者从美国移居战后欧洲，这表明出现了某些变化。美国，作为一个土气而停滞不前的地方，一个迟钝的物质主义国家，无人可在那里创作或写作。而现在，在大批艺术家、小说家、诗人自我流放之后，时间过去了将近六十年——美国仿佛一块磁铁，文化中心从巴黎、伦敦，从那些文化冻结的首都，迁移到了这里。

美国流亡者的“别处”是地理性的：欧洲。对于美国高校所扮演的角色，考利提供了很好的观察，因为美国高校采取欧洲教育的模式，对年轻人逐渐输灌了“文化”：拉丁语和希腊语得到

① 马尔科姆·考利(Malcolm Cowley, 1898—1989)，美国诗人、作家。

研究，经典得到阅读，历史被理解为地中海和西欧土地的历史。那么，我们不应感到惊讶，最易受到影响的人逃向了他们真正的精神祖国。对于我们尤其如此，比如说，在巴黎生活美妙又便宜。几十年来，在我们那个"更差的欧洲"，我们的艺术家和作家，他们渴望的眼睛，难道不都是转向了罗马、巴黎、慕尼黑吗？风格和时尚是进口的；在那里旅行的人，靠的是奖学金，通常出自私人资助，这样一来他们接触到了自然主义、象征主义、印象主义、立体主义。

"别处"属于头脑里的那个怪物，它回应头脑的某些需求。关于那些怪物的力量，我本人听说了太多，它们像狗似的追逐一只机械兔。在文化的未来与文化的首都双重的意义上，都是如此。至于我的巴黎品位与我的法语，也是自命不凡的，跟那些美国流放者一样——如果不是"有过之而无不及"。

1988年6月1日,雷恩街

美国和欧洲。美国人问:“我们是谁?”俄罗斯和欧洲。俄罗斯人问:“我们是谁?”沃尔特·惠特曼(出生于1819年)和陀思妥耶夫斯基(出生于1821年)——事实上他们是同时代人。然而,作为一个整体,十九世纪美国文学却比不上强大和自主的俄罗斯文学,后者在跟欧洲友好与不友好的竞争中崛起。

1988年6月2日,雷恩街

经过蒙帕纳斯大道上的咖啡馆——圆亭咖啡馆、圆顶咖啡馆。1931年夏天我第一次看见它们时,简直是一个奇迹、一个启示,那群神仙般的人,躺在柳条扶手椅子里,懒洋洋看着路人。作为一个维尔诺居民,从未见过那样的情形。他也不能理解那些神仙似的人。当然,那里是蒙帕纳斯最后的好日子。那些自我流放的美国人准备回去,他们被迫离开,因为股市的崩盘从经济上让他们“断了奶”。当德国移民逃离希特勒来此定居时,蒙帕纳斯的咖啡馆将再次回到1920年代的最高点,不过它的到来,将有更多令人悲哀的成分。

关于1918年至1939年，二十年之间独立的波兰，我是否应该写一本书？因为奥拉·瓦特坚持认为我应该写。没有别的人可以写，因为必须由一个目击者来写。La Pologne est où pays marécageux ou habitent les Juifs——波兰是一个犹太人居住的多沼泽国家。这就是波兰在西欧人心中的图景。另一图景——与此相反——也已虚构出来，并将继续虚构下去，但是，那只是出于一种理想化的幻象，关于那些不认识自己，也不可能认识自己的波兰人的幻象。

我一直以来就认为自己不是太够格，因为我毕竟不是在波兰长大，而是成长于一块波兰的飞地，一个孤立的、隔绝的地方。也许因为我有这种经验，我的荒谬意识反而特别敏锐。我无法重现我的思想，“意识”这个词可能是不贴切的，因为它暗示着一个限定清晰的概念的领域。也许我对自己并不公平，没有充分重视深深根植于我的洞察力和痛苦。在最后的分析中，《三个冬天》的确证明了某种东西；那些诗，只可能是由一个写过挽歌的诗人写出来。

有人可能会问，东边的人们是如何习惯沙皇俄国的；在南边，则是如何习惯哈布斯堡王朝；在西边，是德国。对于许多人，也许对于大多数人来说，波兰似乎是个异常的国家，或者，算是一个痛苦的惊喜。毕竟，几乎所有国会议员都在反对毕苏斯基的军团。建立这样一个国家，其目的何在？在成千上万犹太人心里，甚至更多乌克兰人心里，或者别尔斯科、彼得哥什、索波特这些地方的德国人心里，都有这样一个疑问。同样，还有那些“当地人”，他们对于国籍问题的回答往往是“东正教”或“天主教”。从一个更遥远的角度来看,只有宗教的区别仍然是有意义的;一个波兰人,等于一个罗马天主教徒,而他也有其他宗教的人来反对他。此外,除了在维尔诺、格罗德诺、比亚韦斯托克,俄罗斯文化也许具有更持久和强大的影响力。至于加利西亚和维也纳的影响,我不能说太多。但是我们波兰的犹太人和波兰议会中的那些人,对于建立一个“波兰”,态度不冷不热,或者不情愿,他们显然认为它是一个临时的产物。这并不奇怪。毕竟,只有波兰人的民族优越感,能够成功遮蔽国际形势的事实。也许二十年代,也就是在1920年的胜利之后,形势仍然有利于波兰,但是,知识分子阶层的激进化,随着经济危机,包括美国的经济危机的爆发,已经无处不在了;那时候,我们在维尔诺的诗歌小组,与纽约知识分子有着完全一致的经验。犹太人根本不会以波兰民族中心主义的眼光去看世界;换言之,他们看待当时形势的眼光更为客观。我们在一个种族混居地的诗歌小组,可能也受到了类似的影响。

阿图尔对我说过,他在三十年代从别尔斯科到华沙的旅行。犹太人在大街上谈论政治;政治意味着不同程度的“赤化”。我现在觉得,我们的诗歌小组的演变是不可避免的,这一点从亨利克·丹宾斯基身上可以看得最清楚——他从在学校时的天主教右翼,走向了共产主义。以我之见,在波兰只有两种立场、两种理论基础是有意义的。要么是“民族主义”的那套理论(它意味着承认教会和国家的主导地位),要么是左派或者共济会的那套理论。至于“少数人”,要么被剥夺国籍和/或驱逐出境,要么接受民族友爱、种族多元与国际主义,这反过来使许多人倾向于认真对待共产主义者的国际主义。

在巴黎，我一直尝试寻找让·勒·卢埃，但不成功。昨天，在默东[1]，我与皮埃尔和贝蒂·莱里斯夫妇一起晚宴后，从刚出版的我的新书《艺术之不朽》（*L'Immortalité de L'art*）中，我读到《态度》这首诗。他们都认为这是一首好诗。但这是先从法语译成波兰语，现在又译回法语的作品。法语原作已经被弄丢了。它的作者让·勒·卢埃是法国超现实主义运动第二波中的诗人，可能出于罗曼蒂克的原因（他是同性恋），1939 年 8 月他在华沙。我有一个模糊的记忆，他认识伊瓦什凯维奇，并曾在斯塔维斯科出现过。战争爆发使他困在了华沙；德国人把他作为法国公民遣送到了康斯坦斯湖边，然后，他和另一法国公民斯坦尼斯瓦夫·迪盖特一起，被拘禁于集中营。他在那里写下了这首诗，时间是在 1940 年，法国刚刚沦陷，我相信。在华沙，迪盖特把这首诗给了我；我将它翻译，并收进了我的诗歌选集《不可战胜的歌》（1942）。

态　度

那时我看到三个男人。第一个浑身是血，因为他们一直在殴打他，他的血不断涌出。第二个男人跪在地上，因为他们捆住了他的胳膊，所以他一直跪着。第三个男人坐在敌人的桌子前，因为敌人对他够尊重，所以他一直坐在那张

---

① 默东（Meudon），在巴黎东南，法兰西岛大区上塞纳省的一个市镇。

桌子前。

然后我叫第一个人的名字,哀求他:“不要死。”但血液不停地在流,透过血沫,他回答说:“我不会死的,因为我爱着。”

然后,我叫第二个人的名字,哀求他:“摆脱你的束缚。”他回答说:“我太无力,把我绑起来的人却太强大。”

我叫第三个人的名字,对他说:“站起来,你难道不想吗!”他回答说:“我将要留在这里,因为我的敌人是狡猾的,我想以智取胜。”

然后,我召唤来“团结天使”,对他说:“让这些人团结起来,否则摧毁他们。”“团结天使”取了第一人的血,并涂抹在另外两个人身上。

那个一直跪着的人,和那个坐着的人,变强大了。

那个流血的人,靠在他们身上,以得到支持。他的伤口的血,流得少了。而且,那血消除了他们眼睛的遮蔽物。

莱里斯年纪很大了,他熟知巴黎文学界所有事情。他说他记得让·勒·卢埃,但只有一个模糊的印象:削瘦、纤弱,差不多像个女人,嗓音虚弱,说话低声。我从另外一个人(小皮埃尔·布唐[①]?)那里听说,他在战后过着流浪生活。没有人知道他什么时候离世的。这就是全部。作为一个诗人,他完全被遗忘了,除了一首诗的标题给了他一点名声——这一首译成波兰语的诗。一首不寻常的诗,与超现实主义毫无共同之处,正如莱里斯指出的那样,它指向圣经的传统(仿佛一个波兰浪漫主义诗人写下的);一首先知的预言诗,因为在1940年他是如何预见合作的呢?如果有人要编纂一部选集,收录各语言中关于二战的最佳文本,这首诗必须包括在内。我认为,这诗比年轻的华沙地下诗人写得更好——更坚定,更密实,仿佛来自福音书的一个寓言。

"在这里,我注意到,你在美国诗人和波兰朋友的陪同下,"卡罗尔说,"我可以看出,美国人欣赏你,因为你是一个诗人;对于波兰人,你是某个更为重要的对象,一个著名人物。"没错,正是如此。今天,我又收到一封信:"祝贺您获得当之无愧的荣誉,您以此令我们不幸的祖国熠熠生辉。"

1988年6月4日

再一次到布罗卡医院看望汉娜。我们谈到了杨卡。

无论多少次我的笔诱惑我,描述我们在布里与蒙特热龙的

---

① 小皮埃尔·布唐(Pierre Boutang Jr., 1916—1998),法国哲学家、诗人。

生活,我都会犯踌躇。因为如果我那么做,绝对诚实地、公开地描写,就必然袒露我所知道的一切,或者,至少是公开我之所想。我没有写,因为我想到这里涉及的其他人。尤其是杨卡,她已经不能讲话,不能纠正任何东西,所以只会有我的版本留下来。只有一方出庭的法庭,那是怎样一个法庭?我毫不怀疑,我们各自会有非常不同的版本。

1988 年 6 月 6 日,雷恩街

昨天,星期天,和一年前一样,我去了枫丹白露,这次是跟安德烈·席尔瓦[1]和他的儿子一起坐小汽车去的。在奥斯卡·米沃什的墓前举行摆放鲜花的仪式,然后,照例是在黑鹰酒店(L'Aigle Noir)长时间的早餐。

我寻找让·勒·卢埃有了后续结果;原来席尔瓦认识他。在战争爆发前那几年,勒·卢埃出版了一份杂志《文学新闻》。他的诗集名字比较奇怪。伽利玛出版社不愿出版它们,因为《文学新闻》与《法兰西新闻月刊》存在一些竞争关系。有些人——比如让·卡索——欢呼出现了这么一位年轻的天才,几乎把他当成了兰波的又一个化身。他被授予奖学金前往波兰。席尔瓦在图卢兹遇见过他,法国溃退之后。勒·卢埃告诉席尔

---

① 安德烈·席尔瓦(André Silvaire, 1910—2003),法国文学编辑、出版人。长期致力于奥斯卡·米沃什作品的发掘和出版。

瓦他正设法离开法国。他在西班牙度过了战争剩下的几年。我自问：他从康斯坦斯湖边集中营被释放，是在什么时候？他何时写下了那首诗？我不记得迪盖特是何时从集中营返回的，无论如何，勒·卢埃可能被释放得更早。也许是在法国沦陷不久，他写下了这首诗，并将他交给了迪盖特，或者，如果那时他已脱离集中营，通过书信寄给了他。但是，如果这首诗写在法国沦陷之前，如它开头可能暗示的，它就不涉及法国，而是有关波兰的处境，属于一个作者的想象，在这种情况下，可以说，本质上它是一首出自一位法国诗人笔下的波兰诗歌。

战后，勒·卢埃没有再回到文学。谈起他的凋落，人们无不震惊和遗憾。他成了一个真正的流浪者，而且就那样生活了很长一段时间，因为他几年前才去世；换言之，我本来是可以找到他的。席尔瓦坚称他在战后没有发表任何东西。

回到布里的话题。

想起来那真是艰难。每次谈起布里，我都不免心生自怜。那真是一种严酷的生存，仿佛在旷野里。布里离巴黎不远，但是，每次我去那里时，口袋里的钱都只够买一杯葡萄酒和一张回程车票。古德曼夫妇和汉娜那时经常访问我们；波兰人也会出现，但只是偶尔到来——在“解冻”之后，才来得频繁些，而那时我们已经搬到蒙特热龙生活，然后有了多次饮宴以及同胞之间热闹的交谈。我们很少一起去市里，所以社交生活非常有限。当一个来自波兰的优雅的女人震惊于我们在布里的生活时，我们认为这非常有趣。你说这里是法国，是巴黎？呸。不过是个穷乡僻壤。而且，是如此的贫困。

1988 年 6 月 12 日

回到伯克利；松了一口气。成堆的邮件，仅仅整理它们就要花费很多时间，何时、怎样才能回复所有这些信件和提议？前天，我花一天时间准备一个研讨会，关于波兰和美国诗歌；昨天，在旧金山大学附校，我讲了四个多小时的研讨课，从上午十点持续到下午，仅中间午餐休息了一次。一个不错的成人班，接受能力很强，一群真正的诗歌爱好者，可能也是一些诗歌作者。研讨会很成功，我对自己说，一定要从帽子里再掏出一只兔子。在经历了欧洲多云、多雨的五月之后，现在是灿烂阳光，天赐至福。

1988 年 6 月 13 日

昨晚，我们正在与托尼和乔安娜一起吃晚饭时，房子摇晃起来，然后又晃了一次。我们等待着，但没有再发生什么事。这是一次中等强度的地震，大约里氏 5.0 级。

在研讨会上，我专门讨论了客观性诗歌。不试图定义我所说的意思，而是用不同诗人的具体例子：桑德拉尔、卡瓦菲斯、杰弗斯、惠特曼；以及一位大约生活于 1200 年的中国女诗人的一首诗。然后是波兰诗人：赫贝特、斯维尔、扎加耶夫斯基。

我谈了很多,关于被时间的流逝所净化的现实。因此,某个具体个人的过去,对于“无常”的忧伤(按照埃德加·爱伦·坡的说法,这是最有诗意的语调),同时,还有历史性的过去。我希望能重现“美好时代”[①],以明确的(客观的?)愿望将个人和历史的事物来一番综合。但是,我对我的学生们说,我们不要忘记隐藏在这背后的矛盾。毕竟,如果所有的关注都集中在实际的对象上,它们是不受我的存在或非存在支配的,那么,我有一种感觉,我的力量似乎来源于我的选择:我裁剪下这一些影像而不是另一些,并且把它们组合在一起。就像在桑德拉尔的作品里,一切都像快照(“柯达相机的拍摄”),都像从加斯顿·勒·鲁热[②]的小说《康奈利医生》中抽取的句子拼贴而成,所以,除了担心细节的忠实,我更担心我的好时代是过于主观的。在别人的叙述里,它可能是完全不同的。

在自我辩护里,我愿意引用叔本华或西蒙娜·薇依:相对于过去,我的沉思是真实的,换言之,它是公正的;在这个意义上,我接近客观,虽然我永远不可能完全做到。

密茨凯维奇在写《塔杜施先生》时,他是公正、不带私人感情的吗?“剩下的只有一块土地/那里还能给波兰人一点快乐:/我们的童年之地……”平心而论,密茨凯维奇也许不是

---

① 美好时代(Belle Epoque),作者此处用了法语专门说法,指第一次世界大战前一个时期。

② 加斯顿·勒·鲁热(Gaston Le Rouge),这里作者记忆出现了偏差。应是古斯塔夫·勒·鲁热(Gustave Le Rouge, 1867—1938),法国小说家。《康奈利医生》(*Dr. Cornelius*)为其代表作品。

公正无私的,当他让自己跨入过去,跳进回忆(他的目标:增强心灵),然后,他公正地遵从了内心最深刻的需要?事实上,《塔杜施先生》是一个童话,一首田园诗,一部多有修饰的作品。真正的立陶宛,比如,在所罗门·迈蒙[①]的回忆录里,或者在约翰斯顿关于1813年从莫斯科到华沙之旅的描述里,那些犹太人城镇里到处都是穷人;残忍的庄园管家,愚昧的农民,村子里偷猎海狸和麋鹿的人,无数怪异的残疾者;换言之,这样的地方不过是个最普通的"泪之谷"。

当我想起我们那个地区流行的斑疹伤寒,想到1919年一整个冬天的葬礼(如果我没有记错),《伊萨谷》虽然只是一部小说,不是记录文献,倒有了一些童话的色彩。而我随时准备审判所有的文学,因为它们的"不精确"。

当然,也有一些人坚持认为,不存在有关现实的客观真理,在我们笔下,千变万化的现实,仅仅对应着我们所能理解的现实的某个方面。这些人有着他们相当坚实的哲学根据,但是,不幸的是,他们在实际中却给那些从事写作的人提供了一个任意处理现实的武器,将现实转化成梦境和纯粹词语的假象。毕竟,一个仅仅专注于内心生活的人和一个痛苦的猎人,他们之间还是有区别的;对后者来说,他痛苦是因为"世界的野天鹅"是不能被捕获的(正如杰弗斯的诗指出过的)。

---

① 所罗门·迈蒙(Salomon Maimon, 1753—1800),欧洲哲学家。其出生地属于当时的立陶宛大公国(在今天的白俄罗斯)。但是他讲德语,后移居柏林。1792年出版《自传》(*Lebensgeschichte*)。

1988 年 6 月 15 日

昨天，为纪念我的《诗选》出版，在黑橡树书店，我做了一场诗歌朗诵。很难理解，四百人如何挤在书店的两个房间；这是高兴的店主的统计。我完全主导了观众；我本来还可读上半个小时。换言之，这是一次成功的晚会。然后，签名售书，不只新书。甚至还包括我的几本波兰语书。活动主持人伦纳德·内森向观众介绍了我一番。

世界的恐怖。我曾读过论述塞尚的青年时期的一些东西。那时他对恐怖非常敏感，但从他的后期画作里，你不会想到这一点。他的早期绘画充满暴力和迷狂，尖刻而怪诞，对性事怀有敌意。我们应该记住，犹如“死亡”一样，“性”也常常采取一种真实而无情的手段，带人进入一个具有持久的诱人色彩的领域。我想到布里-塞朗侯爵夫人和她的女儿，我在一首有关波尔尼克小镇①的诗里写到过她们。“醉酒的男人惩罚她们，因为她们太骄傲。”她们的大腿被强迫分开，令人恶心的异性的器官塞进她们处女的阴道，说到底，这是自古以来无数女性的命运。但是，倒过来说也是对的——无数年轻的小伙子，面对女性的阴部那

---

① 波尔尼克（Pornic），法国大西洋卢瓦尔省一个市镇，属圣纳泽尔区波尔尼克县。

贪婪、也许带齿的无底洞时，他们也经历了恐怖。

每当看到一只盲蜘蛛，在光滑的地板上移动长腿，或者，想起一条蛇盘绕着轻柔而不祥地滑动时，我就会想到自己的死亡。放弃这个尘世，切断与它的一切联系？我该怎么办？等待我的，还有多少疾病，或者体力缓慢的衰竭？最好不要写到恐怖，而是像成熟的塞尚那样，不管不顾地，赞美世界的具体形式，从而尽可能让自己与恐怖保持距离。

1988 年 6 月 26 日

到俄勒冈州的本德市参加一个音乐节，出席的诗人有：厄休拉·勒·吉恩[①]、伦纳德·内森、杰拉尔德·拉姆齐[②]、切斯瓦夫·米沃什。从法国回来后，一直很放松：开放的空间，阳光，乘汽车在空阔的高速公路右车道愉快地旅行。松林上的雪峰。我身上美国化的一面越来越强，说到底，我不太情愿考虑长期待在欧洲了。在巴黎待一个月就已经太长。不管怎么说，西欧几乎不适合举办公开的诗歌朗诵会，所以我特别重视此次本德之行。地点没有选在大厅，而是在公园，在河岸边支起一个大帐篷。观众太想开怀大笑了，期待着我的同行们机智地提供一些俏皮话。几年前，我对此感到很恼怒，但我现在不再那么容易生

---

① 厄休拉·勒·吉恩（Ursula K. Le Guin，1929—2018），美国作家、诗人。

② 杰拉尔德·拉姆齐（Gerald Ramsey，1938—2011），美国作家、诗人。

气了，我已更加老练，因此也更加公平。这是一群很好的听众，我并非妥协，我朗读了想读的作品，只是剔除了太长的诗，结果反响很好。

在西欧和美国之间，诗歌的命运是不同的。欧洲文化的神话使美国诗人有些羡慕他们的欧洲同行，但是，事实上应该反过来。

这次短暂的旅行，主要是对眼睛的一次治疗。从伯克利到本德，白雪覆盖沙斯塔山[①]，加利福尼亚和俄勒冈州交界的山下，是广阔的草地。在回来的路上，沿山路驱车行驶，用了一天时间：巴彻勒山[②]、融雪的火山口湖[③]和早春的鲜花，然后是克拉马斯湖[④]，盛产鱼类和水生飞禽，在克拉马斯的福尔斯[⑤]住了一个晚上，然后踏上返回伯克利之旅，一路三百多英里的路程，没有倦意，大部分时间都是依靠恒速操纵器在行驶。

---

① 沙斯塔山（Mt. Shasta），加利福尼亚州第二高山。

② 巴彻勒山（Mt. Bachelor），在俄勒冈州中部，靠近本德。

③ 火山口湖（Crater Lake），俄勒冈州西南部一死火山口形成的湖。这里是美国国家公园。

④ 克拉马斯湖（Klamath Lake），在俄勒冈州南部。湖水来源于火山口湖，被国家公园环绕。

⑤ 福尔斯（Falls），俄勒冈州克拉马斯县所在地，一个小城市。

1988年7月1日

昨天是我的七十七岁生日。卡罗尔做了烤肉，我们在花园享用；罗斯是唯一的非家族的来宾。天空蔚蓝。天气一如七十年前在谢泰伊涅一样，那时候我的小椅子上装饰着牡丹花。在我所有的生日（或命名日）里，我记得最清楚的，是1918年6月我们从俄罗斯被遣返，更精确地说，从多尔帕特[1]穿越苏联领土归来后的那一个生日。

阅读《炼香术》（*Al-Kemi*），一本有关勒内·施瓦勒·德·卢比奇[2]的书，由林迪斯法恩（Lindisfarne）出版社出版。从中我知道了奥斯卡·米沃什与施瓦勒断交的原因。他一度视其为自己最亲密的朋友，近乎兄弟，亲密到了如此地步，以致把名字的一半赠与施瓦勒：让他，一个阿尔萨斯人，在名字后面加上了“卢比奇”（这是米沃什的盾形纹章上的姓氏）。1919年，他们两个人都属于一个叫“守夜者”（Les Veilleurs）的组织，它是由施瓦勒创立的；奥斯卡的密友卡洛斯·拉龙德[3]，此人我曾认识，也

---

① 多尔帕特（Dorpat），爱沙尼亚东南部城市。

② 勒内·施瓦勒·德·卢比奇（René Schwaller de Lubicz，1887—1961），法国神秘学专家、术士、埃及古物学者。

③ 卡洛斯·拉龙德（Carlos Larronde，1888—1940），法国诗人。

是该组织成员。这是一个神秘者组织，却具有我们今天所说的“法西斯主义”的政治倾向，即使制服也与救世军①后来所采用的制服相似。希特勒主义在其早期阶段与神秘术士有联系，这是众所周知的事实。不过后来，奥斯卡从不允许任何人谈论“守夜者”组织或者施瓦勒。他失去了一个朋友，因为右翼政治立场；后来又失去了卡洛斯·拉龙德，因为拉龙德是一个工人阶级社区的戏剧导演，显示出具有共产主义者的倾向。那些挑选出来的人，左翼或右翼，他们知道如何使社会幸福。奥斯卡在这个方向上的强烈的渴望，经第一次世界大战之后，终告结束，他开始意识到，搞组织活动，他会落入一个陷阱。同时，还有另外一个导致他与施瓦勒决裂的重要原因。似乎因为施瓦勒不是一个基督徒，但从这本书，即安德烈·万达布卢克的《炼香术》，我所获不多；施瓦勒关注的只是精英、秘密的知识，奥斯卡却是一个宗教作家，并且，大约在 1927 年之后，开始成为一个天主教徒。

1988 年 7 月 4 日

在本德，我得知，有一半的食肉鸟（鹰、猎鹰、猫头鹰）死在

① 救世军（The Salvation Army），成立于 1865 年的基督教教派，以街头布道和慈善活动、社会服务著称。其国际总部位于英国伦敦维多利亚皇后街 101 号，在全世界有几千个分部，分布在七十多个国家，据称有成员两百万人，其中以美国较多。

第一年,因在生长中没有获得捕猎所需的敏捷性。这些鸟要想成为熟练的猎手,拥有生存所需的实际技能,要到一岁之后。啊,想一想,数千年来,有过多少"自然选择"发生在这个物种头上,尽管如此,还是有一半的幼鸟注定灭亡!

1988 年 7 月 9 日

"当你和杨卡的父母住在一起。"这样的事情从未发生。那时,在战争期间,我们很穷;不过她的父母比我们更穷,所以我们邀他们一起共同生活。

首先,在代纳西街(Dynasy)。令人难忘的是,在那里我们三个人——杨卡、安德热耶夫斯基和我——准备出版我的第一本诗集,那可能是在被占领的华沙出版的第一本油印诗集。同样令人难忘的,还有城中进行的大搜捕;那时我们还不知道,那是为了建立奥斯维辛集中营。我和安德热耶夫斯基在一起,无畏无惧,离开斯塔维斯科后,从通勤火车站走回我们的住地。进到屋子几分钟后,我就听到大楼前有人在喊:他们围捕所有的男人。大楼看门人厄班斯基,正站在屋子前面,他就被带走了。几个月后,厄班斯基太太(他们有两个孩子)收到了丈夫的死讯。那些就是建造奥斯维辛的人。如果我被拖到了那里,我想,我不会幸存下来。厄班斯基夫妇留在我记忆中的印象,是他们无产阶级的愤懑、对特权阶级的仇恨。在这一点上,我们与他们感同身受。

然后,代纳西街被德国驻军强行占用,我们不得不搬走。搬到克里迪托瓦街拐角的玛佐维茨卡街,或者玛佐维茨卡街拐角的克里迪托瓦街——我们住到了安东尼·博赫杰维奇[1]家里,他是一个生活在维尔诺的巴黎人,是刚成立的波兰国家电台的前主播,后来成为"起点"(Start)小组的导演和一家电台的播音员——换言之,他是杨卡和我的同事。这里是一座超现代的建筑,战争爆发时,收尾工作才完成。我们租了安东尼的一间房,隔壁是一个挺大的照相馆,等等。在这里,什么事情都可能发生,包括地下工作。相邻的阿里亚咖啡馆(Arria),人称"女演员之家",安东尼在这里做调酒师;这也解释了为什么我们能够接触到一些白酒。维托尔德·卢托斯瓦夫斯基[2]和安杰伊·帕努夫尼克[3]在此演奏钢琴二重奏。安东尼是一个斤斤计较的人;如果我们的房租晚缴几天,他会从门下塞进一张催缴单。

1941年6月,希特勒进攻俄国,华沙多出许多军队空出的空房子。通过与市政当局的关系——也就是说,经过地下组织适当的推荐——我在独立大道得到一套公寓。三个房间带一个厨房,可以看到外面的田野。更远处则是默克多夫[4]的防御工

---

① 安东尼·博赫杰维奇(Antoni Bohdziewicz, 1906—1970),波兰剧作家。

② 维托尔德·卢托斯瓦夫斯基(Witold Lutosławski, 1913—1994),波兰作曲家。代表作有《交响变奏曲》《葬礼音乐》等。

③ 安杰伊·帕努夫尼克(Andrzej Panufnik, 1914—1991),波兰作曲家、指挥家。

④ 默克多夫(Mokotow),波兰古城,1916年并入华沙,成为华沙人口稠密的一个地区。

事。从 1941 年到 1944 年,我才有了一些与自然的交流,散步。战争的最后一年,杨卡养了一只从巢穴落到地上的霸鹟,用苍蝇喂它(杨卡可以抓到飞行的苍蝇,这事我不行)。但是霸鹟和燕子(我们也有燕子),如果不向它们的父母学习,也不会捕猎。最后,在理工学院花园,我们将霸鹟放生了。它长得又肥又大,动作却像一只雏鸟,拍着翅膀飞走,实际上,别的霸鹟就得开始喂养它了。这事发生一两天后,华沙起义爆发,有的地方有激烈的战斗。至于独立大道,它从来就不是一个田园牧歌的所在。围捕和处决的事发生在相邻的地区,稍后,在起义期间,我们的房子,它离田野最近,也被炮火摧毁了。

1988 年 7 月 10 日

我发誓我不知道我的哪些诗歌和散文作品将会受到重视。我常收到读者的来信,他们告诉我在他们的生活中起了什么作用。这些信件来自波兰和美国,来自通过英语阅读过我作品的读者。(德国读者的来信很特别,百分之九十九要求我亲笔签名。)这是很让人高兴的事,获知你有助于他人,他人认为你对于他们很亲近和重要。然而,我永远不会知道,对我的接受实际上究竟是怎样的,我总怀疑,文本根据读者自己的需求被彻底转变了,乃至我从中也许看不出我自己的那些意图。

对一个人死亡的思索,总会涉及对于救赎或永世受罚的沉思;至少我不能例外。在我看来,有些具体的个体,他们是美德的典范,因此应该被拯救。我们有一种倾向,喜欢引证我们在艺术方面的价值,但是经过片刻的反思之后,却不得不承认它们其实微不足道。如果我们同意,也就是说,一个坏人是无法创造出真正杰出的作品来的,因此,完美的艺术品,等于为其创造者身上隐藏的平凡的美德提供了间接的证明。

1988 年 7 月 11 日

关于立陶宛之行的一封信:

希温提布拉提什村(Sventybrastis)的木教堂还在。最近它被列为建筑地标。每个星期天的下午两点都会举行弥撒。教堂漆成黄色,墓地洁净,尽管有一些波兰人的十字架正摇摇欲坠。教区内有一所学校。然而,没有初级班,因为整个村子注定要消失了。在希温提布拉提什,最后一个孩子是 1978 年出生的。所有的年轻人都想方设法搬进了城。但基耶达尼[1](目前居民五万)也不是天堂。他们建造了一些大化工厂,污染了整个地区。生牛奶不能喝,蔬菜不宜消费。二氧化硫和氧化亚氮高度集中,引起酸雨。涅维亚

① 基耶达尼(Kiejdany),立陶宛最古老的城市之一,在首都考纳斯北约五十公里处。

察[1]河不再有生物更替。只是一个泥浆肆流的通道……谢泰伊涅也被开发；可以说，从生态学观点来看，它与基耶达尼截然不同。

1988 年 7 月 16 日

我们每个人都应该感谢天赐的灵活的大脑。即使我今年的诗调子过于忧郁，以致我难以问心无愧地发表它们。然而，它们存在，其中还是有某些可取之处的，就诗来说，它往往存在于二三十岁的人信手而为的习惯之中；它与成熟无关，更不用说老年。诗歌或散文，一大早我坐在书桌前想到它们，往往引起我同样的兴奋，类似于我在童年，想到很快又可以跑进花园嬉戏一整天的那种感觉。

1988 年 7 月 21 日

在亨利科夫[2]，在一个小修道院。

我在国外生活几十年，不得不忍受的最大损失就是看不了戏。在美国，戏剧并不存在。它不为我存在；对另一些人来

---

① 涅维亚察(Niewiaza)，涅曼河的主要支流之一，也是立陶宛第六大河。

② 亨利科夫(Henrykow)，波兰下西里西亚地区的一个城市。

说,它是否存在,多大程度上存在,不是我要说的。我看过各种各样的戏,完全无动于衷,仿佛我没有看过。但我可以说,巴黎的戏剧情况几乎是一样的。只有三个晚上我有所收获:那是战前,看皮兰德娄[①]的戏《柳德米拉·皮托伊夫》,女主角通过化妆在几分钟之内从一个小女孩变成一个老妇;在战争结束后,看《等待戈多》——但我之所以记得这次,主要是因为我被激怒了,他们居然只是嘲笑它;最后一次,是看布莱希特的《高加索灰阑记》,因为里面有一段对徒步长途旅行富有节奏的模拟。此外,也许还应该加上来自北京的中国戏剧公司的一次演出。对我来说,戏剧主要是语言,或者更准确地说,是它的背景,伴随它发生的种种关联。如果戏剧语言是外语,而不是我自己的语言,我更喜欢舞台上的动作,但这是不够的。所以,没有戏剧生活,只有看看电影,作为替代。

我是电影艺术的同龄人。早在 1918 年,我在多尔帕特就开始看晃眼的、有德语字幕的电影;在维尔诺看的,则是无声电影,每到动人的时刻,常有钢琴和小提琴暴风雨般的伴奏("光头儿,演奏!"——顶层座上的观众喊),直到看了一些七八十年代精致的虚无主义的电影作品。我为玛丽·碧克馥、丽莲·吉许、西尔维亚·西德尼[②]的不幸故事而感动;我爱上

---

① 路伊吉·皮兰德娄(Luigi Pirandello, 1867—1936),意大利小说家、戏剧家。1934 年获诺贝尔文学奖。

② 玛丽·碧克馥(Mary Pickford, 1892—1979),美国演员,曾获第二届奥斯卡最佳女主角奖;丽莲·吉许(Lillian Diana Gish, 1893—1993),美国演员;西尔维亚·西德尼(Silvia Sidney, 1910—1999),美国演员。

了葛丽泰·嘉宝[1];我模仿道格拉斯·费尔班克斯[2]高超的演技(《巴格达窃贼》);我被巴斯特·基顿[3]和卓别林逗得大笑不止。我着迷于跌宕起伏的传奇剧和庸俗艺术。是的,电影首先是一种情节和媚俗的艺术。它不请自来,没有任何理论的先导,一种平民的娱乐——任何受过良好教育的人也会悄悄地上瘾,虽然不无难为情。在起源上,电影与小说具有明显的、不可避免的相似性。小说也是以同样的方式出现,作为"真实的冒险",作为感伤的爱情故事,作为骑士和龙的烂俗童话的变体。事实上,塞万提斯作为小说这一文体的创始者之一,他写作《堂吉诃德》,就是对骑士罗曼司的戏仿。

1988 年 7 月 22 日

尽管小说起初不大引人注目(大约在 1800 年,小说作为一种文学样式,仍然不像抒情诗、史诗、悲剧一样得到尊重),但是它迅速成熟,成为反映社会习俗、人类心理、社会流行观念的一面"镜子",甚至还参与到哲学和神学的争论之中。问题出现

---

① 葛丽泰·嘉宝(Greta Garbo, 1905—1990),生于瑞典的好莱坞默片时代的电影皇后。

② 道格拉斯·费尔班克斯(Douglas Fairbanks, 1883—1939),美国演员、导演、剧作家。因在电影中扮演蒙面侠而闻名。

③ 巴斯特·基顿(Buster Keaton, 1895—1966),美国演员。在无声电影时期,与卓别林齐名。

了：电影的发展也是如此吗？从轻薄肤浅到高度严肃，不仅可与小说竞争，且侵入小说本身的领地，探索我的同时代人所关注的每一个问题吗？

尼古拉·恰罗蒙特坚持认为，这样类比是误导性的。我努力回想起我们之间的那些对话，那是1963年夏天，在卡拉拉[①]附近博卡迪马格拉村（Bocca di Magra）。我们喝了许多红酒。乘摩托艇在海湾兜风，大理石峭壁耸立岸边，在那里游泳是一件极美妙的事。我们展开讨论——尼古拉，他的妻子米里亚姆，玛丽·麦卡锡，杨卡，和我——恰罗蒙特属于二十世纪的英雄人物，他们注定要被遗忘，但有一天，当荒漠遍地时，他们的声名将会日益伟大。他是一个诚实、独立的知识分子；懂得他所反对的极权主义制度。他在自己的祖国意大利反对法西斯主义；在西班牙反对佛朗哥，在马尔罗[②]的空军部队里担任飞行员（阅读柏拉图）；战争结束后他反对苏联，与伊格纳奇奥·西洛内合编《现代》（*Tempo Presente*）杂志。

我是先接触到他的名字，在我第一次待在美国时，从《党派评论》和《政治学》上读到他的随笔，我对他赞赏有加。是的，尼古拉当时是罗马一个受人尊敬的戏剧批评家，一边饮酒一边争论有关电影导演的话题——比如费里尼、安东尼奥尼，他认为他们的野心与其知识准备不相匹配，如果与十九世纪那些伟大作

---

① 卡拉拉（Carrara），意大利城市。在托斯卡纳与利古利亚大区结合处，号称“世界大理石之都”。

② 安德烈·马尔罗（André Malraux，1901—1976），法国小说家、评论家。

家相比，他们付出了同样的努力，却暴露了知识的贫困，容易受到社会上那些陈词滥调的影响。我记得，每次我去看电影时，他严厉的表态；我本想滋养滋养我的眼睛和头脑，看完电影后走在街上，口里却只有一股奇怪的味道，一种羞愧的感觉，或者愤怒。如此高级的技术，如此专业的摄影，弄出的却是如此垃圾？有人甚至认为，因为必须运用一些动作防止观众睡着，电影本身需要去除一些小说的手段，小说里不能取悦于人的那些东西，一个作家因为使用的只有语言材料，反而有许多其他方式吸引读者的注意力。无论如何，人物及其相互之间的关系，在电影里失去了其多维性。假如电影导演依赖语言，那么，语言一经说出，瞬间就会消失；不像在一本书上，一直留在我们眼前。之所以造成如此贫乏的结果，也许应该从经济和社会压力、某种文明的特性方面找原因，或者，需要挑选一个适合做导演的人，他不能是缪斯不喜欢的活动家、政客、金融家。

1988年7月23日

“但是，”有人会反对说，“电影也已经产生了杰作。”

的确。但也许只是电影的杰作，限于那种媒介，不能转化为全盛时期小说所具有的那种思想和情感的力量。尽管如此，仍然有些例外，像我这样的观众，对电影就有一个始终如一的看法，认为电影仍然具有未被实现的无限可能性。也许，电影在这个世纪主要的贡献在于它的表达方式和手段，极大地丰富了文学(包括诗歌和散文),以及绘画艺术。

我有一部自己想象的电影,却没有急于写出剧本。一部特别的电影,我在私人的银幕上观看。而且不只我知道,谁第一个、谁最后一个出现在里面。

莱昂·席勒[①]。那个时期,我与他常常在一起,还有斯蒂凡·雅拉什[②]、埃德蒙·威尔琴斯基[③]、博赫丹·科任涅夫斯基[④]。席勒住在华沙保诚保险公司大楼顶楼的一层,他因阅读广泛而闻名,这在被占领的华沙那些爱书人中也属特别。很简单——他的睡眠需要不超过四小时,夜晚其余的时间都可用于阅读。对于我们这些比他年轻许多的人,他是一个可望而不可即的存在,他浑身都是作为一个导演的历史——以及作为歌手的过去。他会坐在钢琴边,一边唱"青年波兰"[⑤]时期那些卡巴莱[⑥]歌曲,如果不是由于夜晚的聚会,那些歌曲我们永远不会听到。无论如何努力,我也回忆不起聚会的地点。但我清晰记得听过的这些:

风在窗玻璃外大笑。

---

① 莱昂·席勒(Leon Schiller, 1887—1954),波兰戏剧家、电影导演。

② 斯蒂凡·雅拉什(Stefan Jaracz, 1883—1945),波兰演员、制片人。

③ 埃德蒙·威尔琴斯基(Edmund Wierciński, 1899—1955),波兰演员、导演。

④ 博赫丹·科任涅夫斯基(Bohdan Korzeniewski, 1905—1992),波兰导演、戏剧史学家、批评家、作家、翻译家、教育家。

⑤ 青年波兰(Young Poland),指波兰 1890—1918 年那段历史时期。

⑥ 卡巴莱(cabaret),城市里有歌舞表演的餐馆、夜总会。

该死，生活如此糟糕。

不，我不想再喝了，

明天将会完全不一样。

或者，另一首歌，更温暖、更真诚，虽然我只记得开头：

我亲爱的长得那么丑，

她的小牙齿已烂掉……

“青年波兰”时期的流行歌曲主要来自巴黎，对此，我差不多能够肯定，因为我参加了与席勒的那些聚会，其中还有泰奥菲尔·特热琴斯基①。毕竟，席勒在1907年至1909年间生活在巴黎，然后在1910年至1911年又回到巴黎，那时，他属于位于登弗特-罗什罗②街上的“波兰艺术家团体”（如同奥斯卡·米沃什一样）。

我无法描述席勒，波兰戏剧史上这样一位传奇式的人物，他既是一个导演，又是戏剧批评家；但我仿佛还看见他坐在钢琴前，一边弹奏一边歌唱。那些歌词和曲谱也许还能找到，尽管它们的合集，随他华沙的房子一起被烧毁了。他是一个矮个子男人，头很大，一副结实的运动员体格；脸很黑，蓝眼睛，黑头发。

---

① 泰奥菲尔·特热琴斯基（Teofil Trzciński，1878—1952），波兰电影和戏剧导演。

② 登弗特-罗什罗（Denfert-Rochereau），在今巴黎第十四区。

他给我的印象非常老;不到六十,看起来却比实际年龄要大。

席勒将他的秘密带进了坟墓,我不认为它们还保存在什么地方。他是那么丰富的一个人,任何想把他裁剪成某个电影人物的企图,都将不可避免地矮化他。

亨利科夫。华沙的地下戏剧生活可分为两个时期:伊戈·西姆[①]被枪杀之前,和这个事件发生之后,这时席勒和雅拉什遭到了逮捕(1941 年),并被送往奥斯维辛集中营。几个月后,费了好大劲,他们才被弄出来。不久前,我在巴黎戴高乐机场买到一本吉勒·拉加什和让-罗伯特·拉加什[②]合著的书,《被占领期间的作家和艺术家(1940—1944)》;我在读过它之后,再次得出的结论是:德国对法国的占领,与它对波兰的占领本质上是不同的。也许可以这样解释:相对于法国文化,德国有一种自卑情结;而对它东边所谓"次等人类",他们只有一种彻底的蔑视。波兰人和法国人的行为也颇为不同。如果伊戈·西姆能够获得剧院经营的许可证,像在法国那样,他的行为就不会被当成什么特别的事;然而,他在波兰却被当作叛徒处决了(因为他宣称自己是德意志国家[③]的公民,因为他出生在奥地利),而且,他还被当成一个败坏其他演员的人(煽动他们与敌人合作;也就

---

① 伊戈·西姆(Igo Sym, 1896—1941),波兰演员。华沙被占领期间与德国勾结的著名合作者。

② 吉勒·拉加什(Gilles Ragache, 1940—),法国历史学家;让-罗伯特·拉加什(Jean-Robert Ragache, 1939—),法国历史学家。

③ 德意志国家(Reichsdeutsch),指 1938 年以前德意志国家的疆界范围。

是，在占领当局的许可下进行演出活动）。谁射杀了他，仍不清楚；德国人怀疑是杜别斯瓦夫·达米耶茨基[1]，所以他不得不换了名字，携妻子伊雷娜·戈尔斯卡-达米耶茨卡[2]一起逃离了华沙。在袭击了伊戈·西姆之后，任何组建官方剧院的尝试，实际上就终结了；后来才有了一些对于这一原则的偏离，那是在被占领的末期。演员大多改行作了服务员（比如，在玛佐维茨卡街优雅的阿里亚咖啡馆，即"女演员之家"）。无论波兰的，还是新翻译的剧本，它们的宣读仅仅发生在私人寓所，所以说，许多戏剧作品实际上在那里已经排演好了。地下的"戏剧理事会"负责监督这一切，发布许可声明，什么剧目可以演，哪些剧目是为战后准备的，哪些剧本是委托翻译的，还有预先设计的组建剧院的计划。莱昂·席勒在理事会的作用很关键，虽然埃德蒙·威尔琴斯基和博赫丹·科任涅夫斯基也是理事会活跃的成员。

波兰人没有立即理解德国人执行灭绝政策的意图，起初许多人认为，这是取胜的军队在战时一次普通的占领。这也解释了，比如说为什么人们会在德国人相应的部门，注册各种职业的许可证，包括职业文人。在我们圈子里，费迪南德·戈特尔便曾建议人们去登记，而且有几个人被他说服了，包括耶日·扎戈尔

---

① 杜别斯瓦夫·达米耶茨基（Dobiesław Damięcki，1899—1951），波兰演员、导演。

② 伊雷娜·戈尔斯卡-达米耶茨卡（Irena Górska-Damięcka，1910—2008），波兰演员，戏剧和电影导演。

斯基[1]。耶日·安德热耶夫斯基和我都很反对,在1940年,我诚实地宣布,我们很可能会上当受骗。

1942年圣诞节来临前的一个冬日,耶日·安德热耶夫斯基,我记得是他(那时我经常能看到他)告诉我说,有人邀请我们去亨利科夫,拜访那里的一群修女,她们准备演出席勒编剧的圣诞剧(Pastorałka)。我从未听说过亨利科夫。没想到它就在维斯瓦河另一边,在东北方向;我从未到过那个地区。本笃会修女(Benedictine Sisters)在那里有一座修道院;同时,还有一个感化机构,意在挽救那些年轻的女犯,主要是些妓女,"蓝衣警察"(波兰人)把她们从华沙街头抓了来,关在里面。

1988年7月25日

所以,有了亨利科夫之行。首先,杨卡和我,从独立大道和拉科维茨卡街转角处的车站乘有轨电车到市中心;我们在那里与耶日汇合,再乘有轨电车穿过基尔伯兹大桥,抵达布拉加。灰蒙蒙的被占领下的城市;灰蒙蒙的潮湿的冬天;挤进拥挤不堪的电车,头节车厢预留给了德国人。从布拉加出发,是一条郊区线路。我不记得了,除了知道遇到过一些人,他们有着同样的目的。关于亨利科夫,我也完全不记得了,只记得我们被领进我所

① 耶日·扎戈尔斯基(Jerzy Zagórski, 1907—1984),波兰诗人、随笔家、翻译家。米沃什朋友,同属"灾变派"诗人。

认为的教堂那一刻,一排排低矮的长凳;一群人,大约百把人,坐在长凳上;大都是些熟知的面孔,演员、作家、画家、来自大学的人。

斯坦尼斯瓦娃·乌明斯卡[①]。让我们再回忆一下过去。二十年代的华沙城和想象的完全不一样,主要是因为第一次世界大战前那个时期发展缓慢,而且经过很长一段时间后,仍停留在二十年代,尽管也冒出了一些新时代的时尚和习俗。帽子,许多带帽檐的帽子——下层阶级的标志;带柔软褶边的帽子——上层阶级不可或缺的配饰(无人敢光着头出去);犹太人喜欢戴平顶黑帽,一身长大衣;女性不再穿紧身内衣,但仍保留了十九世纪的盛装;街道上,四轮马车、出租车、汽车,四处可见。当然,空气里弥漫着重获国家独立后的胜利喜气、在1920年战争中战胜俄罗斯的自信(多少波兰人有过一场获胜的经历?),与此相伴,是劳工社区和失业人口的贫困、叫卖轰动新闻的报童,还有国会(Sejm)里各党派之间的相互指责、政府一次次的解体。那个时期伦敦或纽约的照片可能有些帮助,因为在每十年里,大城市之间有着一些共同的精神。华沙的具体特征,主要是它从"俄国西部的一个城市"转型而为国家的首都,带有很多偏远地区的残余物。咖啡馆、报社、剧院、舞台上朗诵的诗人,他们虽然那么年轻、不到二十岁却已成名,这仿佛一个象征,表明一切刚刚开

---

① 斯坦尼斯瓦娃·乌明斯卡(Stanisława Umińska,1901—1977),波兰戏剧演员。

始，所有那些——文学、艺术、时尚——被战争的停顿从眼前隔开，仿佛匆匆扔进博物馆的旧东西。

1988年7月26日

一个女演员年轻而有才华，这意味着什么？斯坦尼斯瓦娃·乌明斯卡很快就为自己赢得了一些名气。因在莎士比亚的《仲夏夜之梦》里扮演精灵迫克而广为人知。有人说这是一个演得特别出色的迫克。要演好，需要魅力、男孩子气的美、步伐轻盈。1924年6月15日的《文学新闻》以其大幅照片作为封面人物，附带这样的说明文字："年轻一代中最杰出和有趣的女演员，孔苏埃洛（《被掌掴者》）和莉迪亚（《什么是最重要的》）出色的扮演者，曾在《壁炉里的一只蟋蟀》里完美出演贝尔塔一角，今又取得新的成功。"

有人可能会得出这样的结论：编辑发表如此赞美之词，是他知道，乌明斯卡与他在《文学新闻》的合作者杨·齐日诺夫斯基[1]有私情，而且知道这对情侣去过巴黎，为给齐日诺夫斯基寻求治疗。我从《波兰当代作家词典》读到如下关于齐日诺夫斯基的文字：

---

① 杨·齐日诺夫斯基（Jan Żyznowski，1889—1924），波兰小说家、评论家、画家、舞台设计师。

1889 年 6 月 15 日出生于华沙一个乡绅地主之家。安东尼和米哈琳娜·(娘家姓:雅米奥乌科夫斯基)·齐日诺夫斯基之子。第一次世界大战前几年,他到巴黎继续其文学和艺术研究。战争爆发时他在巴黎,是第一批在巴约讷①加入波兰军团的波兰人。1915 年解职后,他去了俄罗斯,供职于圣彼得堡出版的日报《波兰之声》。回到波兰后,参加了 1920 年的战争。复员后,先后担任《共和国》《画报周刊》和《小姐》杂志艺术评论部主任。1924 年有几个月在《文学新闻》杂志社,担任艺术展览评论部的负责人。因身患绝症(癌症),到巴黎接受放射治疗。应其本人请求,他的未婚妻、戏剧演员斯坦尼斯瓦娃·乌明斯卡朝他开了一枪。1924 年 7 月 15 日,在巴黎去世。

1988 年 7 月 28 日

1924 年的巴黎,对我将是一个永远的谜,因为那里的艺术爆炸。毕竟,一场大屠杀过去才几年;那些街头漫步的人,不久之前可能还身处凡尔登的地狱,或索姆河战役的战场。在陷入那样一个深渊之后,思想、艺术、文学的整体调子似乎应该是阴郁的。在相邻的德国以及英国,丧失了年轻一代里大部分的精英。T. S. 艾略特的《荒原》——一首讽刺和灾难性的诗——非常适合那里的

① 巴约讷(Bayonne),法国西南部城市。

情绪。而在法国,每个小镇都竖起了一座纪念碑,纪念那些倒下的人,有些地方死去的男性人口甚至达到了三分之二,而法国却引导了一种欢欣的潮流,它迅速传遍全球,并再次吸引了艺术和文学革命的狂热者。正是在这一时期,来了许多“自我流放”的美国作家和艺术家;海明威和格特鲁德·斯泰因是最著名的例子。那是蒙帕纳斯及其咖啡馆的全盛时期——虽然不像丁香园咖啡馆(它的鼎盛期在1914年之前),但是,像圆亭咖啡馆和圆顶咖啡馆,两旁的椅子就占满了整个人行道;他们来自世界各地,而且还不包括大批游客,游客的到来应该稍晚一些,他们将给巴黎带来新的影响(他们造成的氛围,在根本上也大为不同)。

乌明斯卡和齐日诺夫斯基就身在那个欢欣的巴黎。在圆顶咖啡馆的露台上,一边啜饮杜本内酒,一边看着漫步的行人。想一想吧,绝对没有一个人(不是永远不会)知晓他们在说着什么、如何做出决定。他们来此本为寻求治疗的希望。当一切希望破灭时,剩下的就只有一个女人忠实的爱,她在任何救助行动前都不会畏缩,虽然那个治疗措施一定令她惊骇无比。然后,巴黎的报纸立刻登满了一个耸人听闻的故事,它完全符合这个城市对现代波希米亚的日常绯闻的期待:一个女演员枪杀了情人。

1988年7月29日

审判也很轰动。法国人组成的陪审团,惯常的程序——有人恨不得穿越法庭紧闭的大门。这个故事是动人的，肯定击中了一些人的心，尤其女性，虽然被告的国籍不对。当时，法国北部一些小城镇到处是波兰人，他们来这里在矿底和工厂打工，多是直接从乡下来的，他们不一定被当作白色人种，仅被看作外国人，那种可以用来吓唬孩子的外国人，正如后来的阿尔及利亚人。在警方的临时记录上，波兰人主要是那些盗窃和谋杀的肇事者，这也是“波兰强盗”（les bandits polonais）这一说法的由来。

判决结果更是轰动：无罪。这就是说，“谋杀”有时不仅不是犯罪，或许还缩短（在本案中是“避免”）了某个人的痛苦，所以不应受到惩罚。

也许，乌明斯卡首先想到的，是寻求隐遁，避开众人的眼目和口舌，在法国找一个避风港；也许她立刻返回了波兰。但是无论如何，没有重返戏剧舞台。她认为她生命中的那一章已经翻过去了。她进了修道院。她的这一决定，可以有不同的解释，但所有解释都是基于猜测。在一个天主教的国家，传统上，修道院是未婚女性不得已而选择的避难所，个中原因无外乎家庭的、财经的、个人的，但不一定是职业的。“进入修道院”，相当于经历某些人生戏剧后逃离尘世的同义语。乌明斯卡也许转而求助某个传统，修道院的匿名性让她拥有了一个假名字，这对她很重要。也可推测，在选择修道院的清规戒律时，她实际上是在实行自我惩罚，因为她做出的自己也不能原谅的行为，或者，因为她放弃了齐日诺夫斯基，没有陪他一起走向死亡。显然，最困难的是提出一个假说，关于她的宗教信仰和祷告的性质。我们不应忘记,人的内在生活从来不是静态的,每个月、每一年都在发生变化,因此,其中有些特征会衰退,另一些会发展。

在修道院多年的生活中,如同所有修女一样,乌明斯卡肯定同时经历着垂直和水平方向的改变。前者是指人的灵魂在孤独的沉思中的历史,努力向神;后者指在一个封闭环境中修女的日常事务,姐妹之间大量和多方面的关系。个性在不可避免的性格碰撞之中得以确立。这对于乌明斯卡也许很不容易;因为她毕竟迥异于她的新环境;从知识层面上讲,她高于它;然而,最重要的,也许是,尽管还很年轻,她却有着那些舞台经历、爱情和个人悲剧所赋予她的优点。"适应"首先是一件谦卑的事,或者,是在羞辱她的孤绝。在这一点上,进入各种角色的能力,可能帮了她一些忙。无论如何,她成了一个模范修女,因为为人虔诚、得体、对他人友善而倍受重视。1942 年,她成为亨利科夫修道院的女院长。

我们不知道,在她做修女的那些年,是否完全割断了与戏剧圈子的联系,或者相反,保持着某些友谊,或者至少还关注戏剧方面发生的事情。但是,当席勒从奥斯维辛集中营被救出来后,她邀请他到亨利科夫时,她与他的谈话,对于她,肯定是一个特别的时刻。有人也许想弄清那是怎么发生的,是出于谁的提议——他、她,或某些为他寻找安全之地的朋友,毕竟,那是他在奥斯维辛集中营被囚禁几个月之后。

席勒和修道院——两者不搭。尽管当时,在被占领的华沙,旧的区分不太明显,席勒的过去,比之他在戏剧上作为最杰出人物的地位,也不那么重要。在战前,他被认为是一个左派,但是我直到在和亚历山大·瓦特做一个对谈的录音时，才发现席勒左到了何种程度。席勒从财务上支持共产主义者的《文学月刊》，而且，仅仅是出于策略上的考虑，他才没有加入编辑部。共产主义的同情者许多会议安排在他的公寓里（精心选择）。席勒肯定是一个共产主义者无疑，如其所是，“一个沙龙共产主义者”；说到底，他对党的价值，尤其存在于戏剧的政治化方面——也就是，他的语言、他在戏剧里表达的思想。他是右翼媒体攻击的对象，而且，时不时地，他会找不到一显身手的戏剧舞台。战后，他加入了波兰工人党，并在1946年为竞选国会议员写了自传，他说过许多有关迫害的话，却没有提及那些与之过从甚密的人物——也就是，他与设法保护过他的那些政府要人的友谊。当然，也未提及他对宗教的态度，尽管作为一个“大剧院”理论的倡导者和实践者，一个导演过密茨凯维奇《先人祭》、克拉辛斯基《非神曲》和斯沃瓦茨基《莎乐美的银色之梦》的大导演，不可能没有思考过此类问题。

在亨利科夫，乌明斯卡让他把那些年轻的娼妓作为演员坯子去对待，这样一来，席勒在实践中就能尽兴发挥他的导演才能。然而，他在修道院的经历，并不仅限于此（他于1943年永久搬到了那里）。据《波兰戏剧人物传记词典》（1972），“他那时成了一个本笃会献身修道院生活的人，甚至取了一个修道士的名字：阿尔达利翁”。所谓献身修道院生活的人，还是一个世俗的人，但要遵守修道院生活的规则，只无须起誓。修道院的戒律包括定时参领圣餐，这意味着席勒是一个准备信仰天主教的教徒。多种假说都是可能的。在他身上，一个革命性的变化，发生在一个极端的情况下,也就是说,发生在奥斯维辛。或者,斯坦尼斯瓦娃・乌明斯卡改变了他。不然,且不说他青年时期在克拉科夫就已形成的反教权主义,像他这样聪明博学和智慧之人,完全具备一种能力,可以同时生活于几个不同的层面,在他的革命信仰与秘密宗教体验之间达成平衡。也许,我的直觉误导了我,但我明显感到了席勒内心的某种专注,那个未被透露给任何人的核心,这是每个具有神秘倾向的人身上都会发生的事情。据我目前所知,在这方面,席勒从未写过任何东西。华沙起义前不久,他从亨利科夫返回华沙;起义后他被驱逐到德国。战争结束后,在那里,在基督教青年会①的保护下,他立即组建了一个剧院,为波兰人演出。此后,在人民波兰,他积极活动,各方面都像一个坚定的革命者和党员,一个国会的代表,所以,这样说他,应该不存在任何私人的偏见。一般来说,在斯大林主义时期,人们相信,他的热心是出于深刻的信仰,而他变得越来越狂热,超出了合适的限度,甚至比党希望他做的还多。

1988 年 7 月 30 日

圣诞剧。"她像一个伟大的女演员那样出场了。"当女院长

---

① 基督教青年会(YMCA, Young Men's Christian Association),1844 年英国商人乔治・威廉在伦敦创立,希望通过坚定信仰和推动社会服务活动来改善青年人精神生活和社会文化环境,在约一百一十个国家有青年会组织,总部在日内瓦。

领着那些修女进入大厅占据第一排长椅时，耶日说。他表达了我们共同的感觉：对她的美貌（犹在）和尊严的尊重。

以前我不了解圣诞剧。1919 年，席勒排演了以民间颂歌和民谣为主的《古老的波兰之马槽景象》；之后，1922 年，他又在"雷杜塔"剧院将它作为圣诞剧上演了。此刻，我在这里说到这个事；但并不是说，那时我已经知道；我最多只是听说了一些东西。你瞧，它不是希腊悲剧，不是莎士比亚作品，不是曾给我带来强烈戏剧体验的浪漫主义戏剧，它只是一种民间的奇观，一个马槽的场景，一个"基督诞生剧"（Nativity play），由来自华沙街头的一些可怜女孩表演，之前她们甚至从未到过剧院。毫无疑问，波兰颂歌有一种特殊的魅力，新鲜、真诚、幽默，在其他圣诞歌曲里，无法发现如此多的东西，也许，应该将它们当作波兰诗歌的精髓。我对这种表演之所以容易接受，可以这样解释：因为我从孩提时起，就听圣诞颂歌，也因为那些戏对我有着如此影响，完全像是我们自己的东西，已深植于我们语言的节奏之中。所以，也可以说，后来我在国外之所以跟戏剧关系很糟糕，就是因为不喜欢它们的语调。

圣诞剧，就像很久以前在希腊一样，情节根本不惊人，因为情节早已确定，人们已烂熟于心。同时，角色也已形成，一切发生在"之间"：在角色与作为其化身的演员之间，在剧本与表演之间，在台词里，在歌唱里，在舞蹈里。

当然，圣母穿蓝色衣服；娇小，几乎是个孩子，瘦弱，金发。她出场的背景，是许多个世纪里形成的传统，她在传统的绘画和彩色雕塑中就被描绘成了那样，虽然另有一个关于圣母玛利亚的传统,其中她是橄榄色皮肤、黑眼睛、黑头发。导演准确无误地选择了那个小演员,也许正因为她的声音。小小的、老鼠似的声音,当她开口演唱时,我的喉咙因激动有收缩的紧张感。我分享了一种神秘,它同时揭示了戏剧的本质。这个本质,也许就是"生活于别处"的可能性,如果思考这种可能性,它意味着,每个人身上都潜藏着许多不同个性的人,可能从未被意识到,因为他们之中,只有一个出现在表面并提供被他人接受的面具。心理结构上发生的改变,通过参与者的变化带来隐藏的,也是一直被压抑的个性。圣母的纯洁和神圣,无疑是她自己,那个年轻女演员的,虽然同时她是"另一个人",那"另一个人"为了几个兹罗提,刚刚把自己卖给了德国士兵。因此,戏剧是,或者应该是,人类多面性和可塑性的一次盛大庆典,它让每个男人和每个女人自身能够体验到一切范围内的经验和姿态,从最高的美德到最寻常的邪恶,并在朦胧地意识到的过程中,与舞台上的演员产生共鸣。问题出现了:在多大程度上,我们有必要意识到,我们是在观看舞台上的人的双重性,比如说那个"扮演"圣母的女孩,她既是"自己"又是她?在"酷似生活"的戏剧里,我们被告知,要忘记双重性,也许,这就是为什么它是一种低级的戏剧样式。但在这里,在亨利科夫,业余演出转变成了一名优秀导演的专业行为,所以,我坚持认为,这个戏剧表演的鲜明反差在于:我们明知组成剧团的那些孩子他们是谁。也许,我们不止一人在想,为了扮演圣母,很难不经历一个内在的转变,所以那个表演者,她也是在场的,连同她的无法想象的未来生活的故事。

圣约瑟夫穿着一种棕色的连帽斗篷,和所有那些流浪者一

起;在逃离埃及的途中,他温柔地护送玛利亚。我看到那个场景,听见玛利亚轻柔地唱,我不能确定歌词,但凭记忆可以写几行下来:

走几步,约瑟夫
走几步,约瑟夫
毕竟我跑不了
那么远。

在圣诞剧里,轻柔、安静的旋律,交织着欢乐的颂歌和胜利的舞蹈。在最开始,马槽里牧羊人的到来,和他们带来的礼物,提供了一个轻松的机会。在波兰,很难将"民间"元素与教会作家和音乐家的贡献分开来,更不用说为教区工作的神学院学生和歌手的贡献。在十七世纪,此类活动最为活跃;因此,波兰古老的"民歌",以及最重要的,"颂歌",都打上了巴洛克风格的强烈印记。牧羊人从乡村带来了他们朴实的幽默、游戏和滑稽动作,那些负责维持秩序的神学院学生也加入到他们之中。

倍低音和男高音
我们分拆成两个唱诗班
嗨,嗨,嗨!

我记得那些欢快的颂歌的旋律,以及每一个表演者的欢乐,他们抓住机会,尽其所能地释放自己的能量——在那样严苛的机构，能量的释放无疑是非常必要的。看到希律王[①]和死神的可怕冒险，我已完全不觉得是在演戏了；但是，当圣诞剧以酒神之舞而告结束时，我与身边的杨卡、耶日，连同全部观众，在一种热情的情绪里结合在了一起，这种感觉仿佛延续至今。那是彻底的疯狂，一种不受控制的舞台疯狂，超出一切界限的放松，虽然全部台词都十分平常。

舞者的狂喜，疯狂的跳跃和转身，俨然自然的动作。

自从看过圣诞剧，我一直坚信，我知道什么是真正的戏剧，并以它作为标准，衡量后来我在剧院度过的夜晚，结果却往往是否定的。当然，可能有人会说，对席勒制造的场景的接受（不仅仅指我的接受），应该是与当时特殊的情形分不开的：在一个被占领的城市里，长期单调的贫乏所造成的视觉饥饿、戏剧或电影娱乐的彻底阙如；长久拥挤于电车和郊区火车之后，戏剧表演具有奖赏的特殊性质；甚至还有发现的惊喜，在一群偶然集合在一起的女孩中，有着那么多表演的天赋。也许，观众的接受情绪，也因类似的情况，在一定程度上受到鼓舞，因为，说到底，一个神奇空间的创造、一个丰富多彩场面的展开，可以不顾周围颜色的不足，这一点正属于戏剧的本质。因为从一个现实跳入另一个现实，内在节奏的突然变化也是必要的。在被极权主义瘟疫污染的欧洲，亨利科夫的圣诞剧，属于具有某种治疗作用的事件；这些表演活动，发生于被占领

---

① 希律王（Herod），公元前40年至公元4年统治加利利和犹太。该希律王曾想杀害幼儿耶稣。（《马太福音》2：1）

的城市、犹太人区、战俘集中营。然而,我不愿相信,真正的戏剧体验只可能出现在大剧变的时期。

不,我不愿将在我的想象里成形的电影转移到屏幕上。席勒的存在越清晰,乌明斯卡的存在就越是触手可及,甚至还有齐日诺夫斯基,虽然我不知道他的外表,我也越发清楚地看见圣诞剧里那些女孩,如果她们今天还活着,一定都是老女人了——我也越发强烈地感到,相对于人物的丰富性和命运,电影表现的手段何其不足。所有这些人,同时存在于他们不同的阶段,却无法在一个线性时间的维度里、在一个展开的情节里,捕捉到他们,尽管闪回技术的使用越来越频繁。当尼古拉·恰罗蒙特否认电影具有与文学竞争的可能性时,他也许是对的。好吧。文学特殊的长处又在哪里呢?毫无疑问,长处也甚微。不过,文学试图通过词语捕捉和保存现实的无能,则完全是另一个单独的话题。

1988 年 7 月 31 日

翻阅《锚版法语引语词典》(*The Anchor Book of French Quotations*)时,我发现这样一段话,适合用来结束我今年的笔记:

主啊,我做了我所能做的。你没有说得更清楚,这是我的错吗?我尽力理解。——梅特林克

书 目

Komentarze w języku polskim

1. A. Bagłajewski, *Dziennik Miłosza*, "Kresy" 1992, nr 9-10, s. 175-177.
2. J. Czarnomorska, *Diariusz Miłosza*, "Czas Kultury" 1990, nr 21, s. 83-84.
3. M. Czermińska, *Rok z Konwickim*, *Rok z Miłoszem*, "Teksty Drugie" 1995, nr 5, s. 126-134.
4. Cz. Dziekanowski, "*Rok myśliwego*" - doświadczanie wartości, "Literatura" 1992, nr 12, s. 4-6.
5. A. Fiut, *Łowca istnienia*, "NaGłos" 1991, nr 3, s. 100-106.
6. Z. Florczak, *Diariusz niby szyfr*, "Nowe Książki" 1991, nr 5, s. 53-55.
7. M. Klecel, *Inny Miłosz*, "Spotkania" 1992, nr 4.
8. A. S. Kowalczyk, *Rok Miłosza*, "Kultura" 1990, nr 12, s. 120-125.
9. K. Latawiec, E. Mikoś, *Z perspektywy Mędrca*, "Lektura" 1992, nr 3/6, s. 19-21.
10. P. Lisicki, *Zdumienie*, *które ocala*, "Znak" 1991, nr 4, s. 95-104.
11. R. K. Łozowska, *Próba spojrzenia na* "*Rok mytliwego*" *Czsława Miłosza*, [w:] *Mity i stereotypy w kulturze*, *literaturze i języku*, Szczecin 1993.
12. J. Łukasiewicz, "*Rok myśliwego*", [w:] tegoż, *Rytm*, *czyli powinność*. *Szkice o książkach i ludziach po roku* 1980, Wrocław 1993, s. 274-277.
13. J. Majcherek, *Na tropie bytu*, "Po prostu" 1991, nr 3, s. 8-9.

14. D. Pawelec, *Z lotu ptaka*, "Twórczość" 1991, nr 1, s. 96-99.
15. A. Pietrzak, *Rok z życia poety*, "Przegląd Powszechny" 1992, nr 7/8, s. 172-174.
16. J. Pilch, *Na czym polega różnica między poezją a prozą?*, "Tygodnik Powszechny" 1990, nr 38, s. 10.
17. J. Stryjkowski, *Czy odwaga zastępuje prawdę?*, "Gazeta Wyborcza" 1992, nr 23.
18. J. Trznadel, *Kot Hafiza, czyli skaza Miłosza*, "Tygodnik Solidarność" 1990, nr 51/52, s. 18-19.
19. T. Walas, *Na tropie myśliwego*, "Tygodnik Powszechny" 1991, nr 5, s. 10.
20. J. Węgiełek, *Kontrabanda*, "Więź" 1992, nr 3, s. 156-159.
21. A. Wierciński, *Diariusz Miłosza*, [w:] tegoż, *Przywracanie pamięci*, Opole 1993, s. 121-128.
22. M. Wyka, *Poeta, czasy, ludzie...*, [w:] tejże, *Szkice z epoki powinności*, Kraków 1992, s. 110-114.
23. M. Zaleski, *Diabeł i duszyczka*, "Res Publica" 1991, nr 1, s. 101-104.
24. K. Żukowska, *Kochaj dzikiego łabędzia*, "Literatura" 1992, nr 10.

Komentarze w języku angielskim

1. D. Davie, "*The Year of the Hunter*" [recenzja], "New York Times Book Review" 28 VIII 1994, s. 9.
2. M. Ignatieff, "*The Year of the Hunter*" [recenzja], "New York Review of Books" 25 II 1995, s. 39.
3. J. Maciuszko, "*The Year of the Hunter*" [recenzja], "World Literature Today" 6 I 1996, s. 727.

索 引

译后记

切斯瓦夫·米沃什虽然精通几种语言，但他只用母语，也就是波兰语写作。《猎人的一年》1989年由巴黎著名的波侨出版机构“文学研究所”（Instytut Literacki）出版发行，1994年被译成英语在美国出版，出版社是FSG，译者是米沃什的学生玛德琳·G.莱文。

《猎人的一年》具有明显的自传性质，采取了日记形式，记录米沃什从1987年8月至1988年7月一年之中的日常生活，包括养花、参会、讲课、度假、访友等等，这是一条明线；另外一条暗线则是穿插其中的诗人对一生中不同阶段的许多回忆，特别是在维尔诺、华沙、巴黎、美国各个时期，作者与一些作家、朋友之间交往的经历。所以，正如前言里所说，现在和历史是交织出现的。这虽然是一部日记，主体部分却主要由回忆组成，说它是一部回忆录，大体是不错的。除了对一些经历的记述，对一些历史事实的澄清，还有对一些历史事件和人物中肯和独到的评说，笔者认为这些都是本书最为精彩、深刻的部分。

写作这部书的时候，米沃什已经七十七岁，不仅功成名就，诗人很可能是打算将它作为最后一部大书来写。1986 年在一首题为《准备》的诗中，米沃什透露，将准备一年，“开始着手撰写一部大书，其中我的世纪将如其所是地出现”。在本书里，作者几次提及，要写一部关于二十世纪的大书，特别是关于知识人的思想变迁，他甚至设想那是类似托马斯·曼《魔山》那样的国际性小说。也许因为年龄、因为体力的衰弱或别的原因，作者又说自己“高兴于不写小说”，但这个念头还是反复出现在他脑海中，说明大师无法忘怀自己经历而即将逝去的那个世纪。同时，米沃什晚年似乎一直也被这样一个问题折磨着：昨日之我与今日之我之间那个巨大的断裂是如何形成的？换言之，他是否无愧于他的一生？因此，这部书也成为对此问题的一个回答。作为读者，我们从旁观之，答案当然是肯定的。不过，作者的回答似乎不这么简单。其中的奥妙和滋味，自然蕴含在这本书的字里行间，读者不妨仔细体味。米沃什的一生，几乎贯穿了整个二十世纪，对此个人问题的反省与沉思，在很大程度上即是对二十世纪的反思，进而提出他个人化的总结。这显然属于一种极有价值的个人化历史写作。译者特别着迷的，正是书中涉及回忆的那些部分。虽然诗人在《准备》一诗中，谦逊地说“我还没有学会平静地讲话，如我所应该的那样”，但读者应该不难在这些回忆文字里，读到一个世纪老人最后所获得的那种平静和睿智。值得一提的是，这种回忆录性质的写作，与作者在稍后几年出版的另一部著作《米沃什词典》，彼此之间形成一种互文和映衬的关系，它们共同构成了米沃什晚年散文写作的主要成就。

我觉得，在理解米沃什的时候，有两种倾向是需要避免的。一种就是将他苛责成一个伪君子，这当然是那些非道德主义庸人的泼污。世界上还有比米沃什更正直的人吗？他的生活、他的写作、他传记材料中的一切，无不证明着他无愧于被誉为一个有德的人，一个纯粹而高尚的人。另一种则是急于将他推崇为一个圣人。事实上，笔者读到的米沃什是一个有血有肉、有情有欲、有信有疑、有狂喜也有哀恸的大诗人、思想家、信仰者；他与生俱来的矛盾，正是他不断超越的内在动力，也是他以毕生努力去弥合的深渊。他不是一个完人，但他是一个足够真实的人，一个终生与二十世纪的恶魔搏斗而幸存的人。波兰学者耶日·J.马丘什科(Jerzy J. Maciuszko)在美国《今日世界文学》上发表的书评文章里说："诗人不仅体现了他的绝对正直，而且表现了他难以否认的个人勇气。我们钦佩米沃什全部的创造力；由于其作品的自传性质，我们对这位诗人的尊敬之情大大地加深了。"笔者也充分相信，《猎人的一年》将会为我们准确地理解米沃什，提供一个更为直接的通道，更多丰富的细节和有力的证据。

常常有朋友对我说，米沃什的散文比诗歌写得好。对此，我虽有同感，却还是不得不理性地倾向于认为，应该将判断一位外国诗人特别是一位大诗人优秀程度的特权，归之于其母语国的人。因为语言的、经验的、文化历史政治地理背景后的那些东西，尤其是涉及审美微妙的那一切，别国的人说了往往不能算数。别国的人有什么优势呢？唯一的优势也许就是一种距离感，而距离感仅在审视某些大的方面起到一点作用，或者带来一点不同的视角而已。具体到《猎人的一年》这本书，据我了解，即使在一些专业读者那里，阅读起来似乎也不乏难度，因为其思想的深度、信息的密度，这些不仅需要一些专业背景，还需要一些理解的耐心。同样，正如一些书评作者认为的，这本书，只要你真正投入进去，换言之，如果读者足够专注，一定会感到兴味盎然，因为你是在倾听一位历史过来者娓娓而谈。而且，你肯定不能只阅读一遍就有把握说足够理解了。笔者认为这是一部值得反复揣摩、沉思的书。

本书涉及的历史人物实在众多，译者在翻译过程中感到很有必要增加一些注释以方便读者。译者对这些增加的注释负责，亦请有心的读者，对包括注释在内的全书所有内容批评指正。

本书在审校过程中，译者得到了责任编辑魏东先生不少良好的建议，他和助理陈天祥先生根据波兰文版索引精心整理出了中文版索引，也为他们对本书的出版付出的心血和努力，特表谢忱。

李以亮

2018 年 12 月 28 日于武汉